SÉRIE BASTARDOS IMPIEDOSOS – 1

SARAH MACLEAN

A NOIVA DO
Bastardo

Tradução: A C Reis

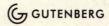

GUTENBERG

Copyright © 2020 Sarah MacLean

Título original: *Wicked and the Wallflower*

Todos os direitos reservados pela Editora Gutenberg. Nenhuma parte desta publicação poderá ser reproduzida, seja por meios mecânicos, eletrônicos, seja via cópia xerográfica, sem a autorização prévia da Editora.

EDITORA RESPONSÁVEL
Flavia Lago

REVISÃO
Júlia Sousa

CAPA
Larissa Carvalho Mazzoni (sobre imagem de LightField Studios/ Shutterstock)

DIAGRAMAÇÃO
Waldênia Alvarenga

**Dados Internacionais de Catalogação na Publicação (CIP)
Câmara Brasileira do Livro, SP, Brasil**

MacLean, Sarah
 A noiva do bastardo / Sarah MacLean ; tradução A. C. Reis. -- 1. ed. -- São Paulo : Gutenberg, 2020. -- (Série Bastardos Impiedosos ; 1.)

Título original: Wicked and the Wallflower.

ISBN 978-65-86553-00-0

1. Ficção histórica 2. Romance norte-americano I. Título. II. Série.

20-38225   CDD-813

Índices para catálogo sistemático:
1. Romances históricos : Literatura norte-americana 813

Cibele Maria Dias - Bibliotecária - CRB-8/9427

A **GUTENBERG** É UMA EDITORA DO **GRUPO AUTÊNTICA**

São Paulo
Av. Paulista, 2.073, Conjunto Nacional, Horsa I
23º andar . Conj. 2310-2312
Cerqueira César . 01311-940 São Paulo . SP
Tel.: (55 11) 3034 4468

Belo Horizonte
Rua Carlos Turner, 420
Silveira . 31140-520
Belo Horizonte . MG
Tel.: (55 31) 3465 4500

www.editoragutenberg.com.br

*Para meu pai,
que foi o primeiro a saber dos meus
criminosos de Covent Garden,
mas não chegou a conhecê-los.*

*Grazie mille, Papà.
Ti voglio tanto bene.*

Prólogo
O PASSADO

Os três foram trespassados juntos, muito antes de terem consciência; fios de aço sedosos entrelaçados que não podiam ser separados – nem mesmo quando o destino insistia.

Irmãos nascidos no mesmo dia, na mesma hora, no mesmo minuto, de diferentes mulheres. A cortesã de luxo. A costureira. A viúva do soldado. Nascidos no mesmo dia, na mesma hora, no mesmo minuto, do mesmo homem.

O pai deles, o duque, cuja arrogância e crueldade o acaso trataria de punir sem hesitação, roubando dele o que mais desejava e o que seu dinheiro e seu poder não podiam comprar: um herdeiro.

Os videntes o alertaram para os Idos de Março, com a ameaça de traição e vingança, de sorte volúvel e providência inalienável. Mas, para esse progenitor – nunca fora mais que isso, nem perto de ser um pai –, foram os Idos de Junho que trouxeram sua ruína.

Porque naquele mesmo dia, naquela mesma hora, naquele mesmo minuto, surgiu uma quarta criança, nascida de uma quarta mulher, uma duquesa. E foi a esse nascimento – que o mundo todo julgou legítimo – que o duque compareceu, mesmo sabendo que a criança que deveria herdar seu nome, sua fortuna e seu futuro não era dele, mas ainda assim, de algum modo, era sua única esperança.

Mas essa criança era uma menina.

E com seu primeiro bocejo roubou o futuro de todos eles, de tão poderosa que era ela. Mas isso fica para um outro momento.

Esta história começa com os garotos.

Capítulo Um
O PRESENTE

Maio de 1837

Devil parou diante da Casa Marwick, debaixo da ampla sombra de um velho olmo, e observou seu irmão bastardo lá dentro.

O vidro martelado e o tremeluzir das velas distorciam os convidados no salão de baile, transformando a multidão de pessoas – nobres e aristocratas rurais – numa massa de movimento indiscernível, lembrando Devil da maré do Tâmisa, subindo e descendo, carregada de cores e odores.

Corpos sem rosto – silhuetas de homens com trajes formais e de mulheres em suas sedas e seus cetins reluzentes – fluíam juntos, quase incapazes de se moverem diante dos olhares curiosos e dos leques agitados que sopravam fofocas e especulações pelo ar estagnado do salão de baile.

No meio de todos, o homem que estavam desesperados para ver – o solitário Duque de Marwick – brilhava como novidade, embora carregasse o título desde a morte de seu pai. Desde que o pai *deles* tinha morrido.

Não. Pai não. Progenitor.

E o novo duque, jovem e atraente, voltou de Londres como o filho pródigo – mais altivo que o restante dos presentes, de cabelo loiro e rosto pétreo, com olhos âmbar que os Duques de Marwick ostentavam há gerações. Saudável, solteiro e tudo mais que a aristocracia desejava que ele fosse.

E nada do que a aristocracia acreditava que ele fosse.

Devil conseguia imaginar os sussurros alienados que corriam em polvorosa pelo salão de baile.

Por que um homem de tal superioridade banca o solitário?
Quem se importa, quando ele é um duque?
Você acha que os boatos são verdadeiros?
Quem se importa, quando ele é um duque?
Por que ele nunca vem para Londres?
Quem se importa, quando ele é um duque?
E se ele for louco como dizem?
Quem se importa, quando ele é um duque?
Ouvi dizer que ele está querendo um herdeiro.

Foi isso que trouxe Devil das trevas.

Houve um pacto, feito vinte anos antes, quando eles eram irmãos de armas. E, embora muito tivesse acontecido desde então, uma coisa continuava valendo mais do que tudo: ninguém volta atrás em um acordo com Devil.

Não sem que houvesse punição.

E assim, em Londres, Devil aguardava, com infinita paciência, nos jardins de uma residência de gerações de Duques de Marwick, pela chegada de um terceiro que também participara do acordo. Fazia décadas desde que ele e seu irmão, Whit – os dois conhecidos na cidade como os Bastardos Impiedosos – não viam o duque. Décadas desde que tinham escapado da jurisdição do ducado na calada da noite, deixando para trás segredos e pecados, para erguer seu próprio reino, constituído de outros tipos de segredos e pecados.

Mas, duas semanas antes, convites chegaram às casas mais luxuosas de Londres – aquelas com os nomes mais veneráveis –, enquanto criados chegavam à Casa Marwick armados até os dentes de espanadores e cera, ferros de passar e varais. Uma semana antes, caixas foram entregues com velas e vinhos, tomates e tecidos, e meia dúzia de divãs para o imenso salão de baile Marwick, agora adornados com as saias das damas mais atraentes de Londres.

Três dias atrás, o *Notícias de Londres* chegou à sede dos Bastardos em Covent Garden, e nesse jornal, na página quatro, uma manchete em tinta borrada perguntava: "O misterioso Marwick comprometido?".

Devil tinha dobrado o jornal com cuidado e o deixado na mesa de Whit. Quando ele retornou para trabalhar na manhã seguinte, uma faca fincava o jornal, prendendo-o ao carvalho da mesa.

E assim ficou decidido.

O irmão deles, o duque, tinha voltado, aparecendo sem aviso naquele lugar projetado para os melhores, mas repleto dos piores homens, na propriedade que herdara no momento em que reclamou seu título, em uma cidade que os Bastardos tornaram sua. Ao fazê-lo, Marwick revelou sua ganância.

Mas ganância, naquele lugar, naquela terra, não era permitida.

Assim, Devil aguardou e observou.

Após longos minutos, uma brisa soprou, e Whit apareceu ao seu lado, silencioso e mortal como um reforço militar, o que era adequado, pois aquilo não seria nada menos que uma guerra.

– Bem na hora – Devil disse, com tranquilidade.

Um grunhido.

– O duque procura uma noiva?

O outro assentiu na escuridão.

– E herdeiros?

Silêncio. Não ignorava, sentia apenas raiva.

Devil observou o irmão bastardo se mover em meio à multidão lá dentro, dirigindo-se à extremidade do salão de baile, onde um corredor escuro se alongava até as vísceras da casa. Foi a vez de ele assentir com um movimento de cabeça.

– Vamos acabar com isso antes que comece. – Devil pegou sua bengala de ébano, com a cabeça de leão em prata, gasta pelo uso, que se encaixava perfeitamente em sua mão. – Entrar e sair, causando estrago suficiente para ele não nos seguir.

Whit assentiu, mas não colocou em palavras o que os dois pensavam – que o homem que Londres chamava de Robert, Duque de Marwick, o garoto que eles conheceram como Ewan, era mais animal do que aristocrata, o único homem a chegar perto de superá-los. Mas isso foi antes de Devil e Whit se tornarem os Bastardos Impiedosos, Reis de Covent Garden, e aprenderem a manusear armas com precisão suficiente para cumprirem suas ameaças.

Naquela noite mostrariam para o duque que Londres era o território deles e o mandariam de volta para o campo. Era só entrar na festa e fazer exatamente isso – lembrá-lo da promessa que tinham feito há muito tempo.

O Duque de Marwick não teria herdeiros.

– Boa caçada. – As palavras de Whit vieram num grunhido baixo, sua voz rouca pela falta de uso.

– Boa caçada – respondeu Devil, e os dois se moveram em oportuno silêncio até a sombra escura de um terraço comprido, sabendo que teriam de agir com rapidez para evitar serem vistos.

Com fluidez elegante, Devil escalou o terraço, pulando sobre o parapeito, pousando em silêncio na escuridão do outro lado, seguido por Whit.

Eles foram até a porta, sabendo que a estufa estaria trancada, sem acesso para os convidados, o que a tornava o ponto de entrada perfeito para eles. Os Bastardos usavam trajes formais, preparados para se misturarem na multidão até encontrarem o duque e dispararem seu golpe.

Marwick não seria o primeiro nem o último aristocrata a receber uma punição dos Bastardos Impiedosos, mas Devil e Whit nunca desejaram tanto punir alguém.

A mão de Devil mal tinha pousado na maçaneta da porta quando ela se virou sob seu toque. Ele a soltou instantaneamente, recuando, mesclando-se à escuridão, enquanto Whit se lançava pelo parapeito e aterrissava em silêncio no gramado abaixo.

Então, a garota apareceu.

Ela fechou a porta atrás de si com urgência, apoiando suas costas ali, como se pudesse evitar que a seguissem usando apenas sua força de vontade.

O estranho é que Devil pensou que ela poderia conseguir.

Ela estava tensa, a cabeça apoiada na porta, o longo pescoço pálido sob o luar, o peito arfando quando sua mão solitária e enluvada veio descansar na pele acima do decote, como se ela pudesse acalmar sua própria respiração entrecortada. Anos de observação revelaram que aqueles movimentos eram naturais e espontâneos – ela não sabia que era observada. Ela não sabia que não estava sozinha.

O tecido do vestido cintilou ao luar, mas estava escuro demais para distinguir a cor. Azul, talvez. Verde? A luz deixava-o prateado em alguns pedaços, preto em outros.

Luar. Parecia que ela estava coberta de luar.

A estranha observação ocorreu quando ela foi até o parapeito de pedra, e, por uma louca fração de segundo, Devil pensou em ir em direção à luz para vê-la melhor.

Quer dizer, até ele ouvir o gorjeio baixo e delicado de um rouxinol – Whit alertando-o. Lembrando-o do plano, com o qual a garota não tinha relação alguma. A menos que ela os impossibilitasse de colocá-lo em prática.

Ela não sabia que o pássaro não era um pássaro e virou o rosto para o céu, apoiando as mãos no parapeito de pedra e soltando um longo suspiro, baixando a guarda. Seus ombros relaxaram.

Ela tinha sido forçada a se refugiar ali.

Algo desagradável o agitou diante da ideia de que ela tinha fugido para uma sala escura e saído para um terraço ainda mais escuro, onde aguardava um homem que poderia ser pior do que qualquer coisa de que ela fugia.

E então, como um tiro no escuro, ela riu. Devil ficou rígido, os músculos em seus ombros, tensos, e ele apertou o castão de prata de sua bengala.

Ele precisou empregar toda sua força de vontade para não se aproximar dela. Lembrar que tinha esperado por aquele momento durante anos – tanto tempo que mal conseguia se lembrar de quando não estava preparado para combater seu irmão.

Devil não permitiria que uma mulher o tirasse do curso. Ele nem a tinha visto com clareza, mas, ainda assim, não conseguia desviar o olhar.

– Alguém devia dizer para essas pessoas como elas são horríveis – ela disse para o céu. – Alguém devia chegar para a Amanda Fairfax e dizer que ninguém acredita que sua pinta não é real. E alguém devia dizer a Lorde Hagin que ele fede a perfume e faria bem se tomasse um banho. E eu adoraria lembrar Jared da vez em que ele caiu sentado no lago da casa de campo de minha mãe e teve que contar com a *minha* bondade para conseguir roupas secas sem ser visto.

Ela fez uma pausa longa o bastante para Devil pensar que ela tinha parado de conversar com o ar. Mas, de repente, ela continuou.

– E a Natasha precisa ser tão *desagradável*? Isso é o melhor que você pode fazer?

Ele se chocou com essas palavras – este não era o momento de falar com a tagarela solitária do terraço.

Ele chocou mais Whit, e o gorjeio desesperado de rouxinol que se seguiu imediatamente serviu de indício.

Mais que todos, contudo, ele chocou a garota.

Com um gritinho de surpresa, ela se virou para encará-lo, levando a mão a cobrir a pele acima do decote do corpete. Qual era a cor daquele corpete? O luar continuava com seus truques, tornando impossível distingui-la.

Ela inclinou a cabeça e estreitou os olhos, tentando enxergar nas sombras.

– Quem está aí?

– Você me faz perguntar o mesmo, querida, levando em conta que não para de falar.

Os olhos apertados se transformaram em uma careta de escárnio.

– Estava falando comigo mesma.

– E nenhuma de vocês duas conseguiu encontrar um insulto melhor do que *desagradável* para essa Natasha?

Ela avançou um passo na direção dele, depois pareceu pensar duas vezes quanto a se aproximar de um estranho no escuro. Ela parou.

– Como você descreveria Natasha Corkwood?

– Eu não a conheço, então não a descreveria. Mas considerando que você pareceu se divertir ao ridicularizar a higiene de Hagin e ressuscitar constrangimentos passados de Faulk, acredito que Lady Natasha mereça um nível similar de criatividade.

Ela encarou as sombras por um longo minuto, o olhar fixo num ponto em algum lugar além do ombro esquerdo dele.

– Quem é você?

– Ninguém importante.

– Como você está num terraço escuro, do lado de fora de uma sala vazia na casa do Duque de Marwick, me parece que você pode ser um homem de assustadora importância.

– Segundo esse raciocínio, você é uma mulher de assustadora importância.

A risada dela veio alta e inesperada, surpreendendo a ambos. Ela meneou a cabeça.

– Poucos concordariam com você.

– Eu raramente me interesso pela opinião dos outros.

– Então você não deve ser membro da *alta sociedade* – ela respondeu, irônica. – Pois as opiniões dos outros são como ouro aqui. São excessivamente valorizadas.

Quem é ela?

– Por que você está na estufa?

Ela piscou.

– Como você sabe que é uma estufa?

– É minha ocupação saber de coisas.

– A respeito de casas que não lhe pertencem?

Esta casa quase foi minha, certa vez. Ele resistiu às palavras.

– Ninguém está usando esta sala. Por que você está?

Ela ergueu um ombro. E o deixou cair.

Foi a vez de Devil escarnecer.

– Veio se encontrar com um homem?

– Perdão? – Ela arregalou os olhos.

– Varandas escuras são excelentes para encontros românticos.

– Não entendo disso.

– De varandas? Ou de encontros românticos? – Não que ele se importasse com a resposta.

– Sinceramente, de nenhuma dessas coisas.

Ele não deveria ter sentido satisfação com a resposta.

– Você acreditaria se eu falasse que gosto de estufas? – ela continuou.

– Não – ele disse. – Além do mais, a estufa está proibida para os convidados.

– É mesmo? – ela inclinou a cabeça.

– A maioria das pessoas entende que salas escuras são proibidas.

Ela fez um gesto de pouco caso.

– Não sou muito inteligente. – Devil também não acreditou nisso. – Eu poderia lhe fazer a mesma pergunta, sabe.

– Qual? – Ele não gostou do modo como ela torcia a conversa à volta deles, levando-a em sua direção.

– Você está aqui para um encontro romântico?

Por um momento fugaz e louco, ele teve a visão do encontro que poderiam ter ali, naquele terraço escuro no calor do verão. Do que ela permitiria que ele lhe fizesse enquanto metade de Londres dançava e fofocava pouco distante dali.

Do que ele permitiria que ela lhe fizesse.

Ele se imaginou erguendo-a e colocando-a sobre o parapeito, descobrindo a sensação da pele dela, do aroma. Descobrindo os sons que ela faria ao sentir prazer. Ela gemeria? Gritaria?

Ele congelou. Aquela moça, com seu rosto comum e seu corpo vulgar, que falava sozinha, não era o tipo de mulher que Devil costumava imaginar possuindo contra a parede. O que estava acontecendo com ele?

– Vou tomar seu silêncio como um sim, então. E deixá-lo para que continue com seu encontro, meu senhor. – Ela começou a se afastar dele, seguindo pelo terraço.

Ele deveria deixá-la ir.

Mas ele a chamou.

– Não há encontro algum.

O rouxinol gorjeou de novo. Mais apressado e alto que antes. Whit estava aborrecido.

– Então por que você está aqui? – ela perguntou.

– Talvez pela mesma razão que você, querida.

Ela fez uma careta.

– É difícil acreditar que você seja uma solteirona que foi empurrada para a escuridão depois de ser rejeitada por aquelas que um dia chamou de amigas.

Então ele estava certo. Ela tinha sido forçada a se refugiar ali.

– Preciso concordar. Não me pareço com nada disso.

Ela apoiou as costas no parapeito.

– Saia para a luz.
– Receio que não possa fazer isso.
– Por quê?
– Porque eu não deveria estar aqui.
Ela deu de ombros.
– Eu também não.
– Você não deveria estar no *terraço*. Eu não deveria estar na *propriedade*.
Os lábios dela formaram um pequeno "O".
– Quem é você? – ela perguntou.
Ele ignorou a pergunta.
– Por que você é uma solteirona? – Não que isso importasse.
– Não me casei.
Ele resistiu ao impulso de sorrir.
– Eu mereci isso.
– Meu pai diria para você ser mais específico com suas perguntas.
– Quem é seu pai?
– Quem é o seu?
Ela não era a mulher menos obstinada que ele conhecia.
– Eu não tenho pai.
– Todo mundo tem um pai – ela disse.
– Não um que se importem em reconhecer – ele disse com uma calma que não sentia. – Então nós voltamos ao início. Por que você é uma solteirona?
– Ninguém quer se casar comigo.
– Por que não?
A resposta honesta foi instantânea.
– Eu não... – Ela parou, levantando e espalmando a mão, e ele teria dado toda sua fortuna para ouvir o resto, ainda mais depois que ela começou de novo, contando as razões nos longos dedos enluvados. – Estou encalhada.
Ela não parecia velha.
– Sou comum.
Ele tinha pensado em comum, mas ela não era. Não mesmo. Na verdade, talvez fosse o oposto disso.
– Desinteressante.
Isso absolutamente não era verdade.
– Fui rejeitada por um duque.
Ainda não era toda a verdade.
– E esse é o problema?

– Exato – ela disse. – Mas me parece injusto, pois o duque em questão nunca teve a intenção de se casar comigo.

– Por que não?

– Ele estava loucamente apaixonado pela esposa.

– Que infelicidade.

Ela lhe deu as costas, voltando a olhar para o céu.

– Não para ela.

Em toda sua vida, Devil nunca quis tanto se aproximar de alguém. Mas ele permaneceu nas sombras, encostado na parede, observando-a.

– Se existem todos esses motivos para não se casarem com você, por que desperdiça seu tempo aqui?

Ela soltou uma risadinha, o som baixo e encantador.

– O senhor não sabe? O tempo de uma mulher solteira é bem empregado se passado perto de cavalheiros solteiros.

– Ah, então você não desistiu de um marido.

– A esperança é a última que morre – ela disse.

Ele quase riu ao ouvir o ditado. Quase.

– E então?

– Está difícil, pois agora minha mãe tem exigências severas para qualquer pretendente.

– Por exemplo?

– Que o coração esteja batendo.

Ele riu disso, uma risada solitária, áspera, que o deixou chocado.

– Com padrões tão elevados, não é surpresa que esteja com tantas dificuldades.

Ela sorriu, os dentes brancos brilhando sob o luar.

– É de admirar que o Duque de Marwick não tenha dado cambalhotas para me conquistar. Eu sei.

A lembrança de seu propósito ali foi instantânea e desagradável.

– Você está atrás de Marwick. – *Por cima do meu cadáver putrefato.*

Ela fez um gesto de pouco caso.

– Minha mãe está, assim como todas as outras mães de Londres.

– Dizem que ele é louco – Devil observou.

– Só porque as pessoas não conseguem imaginar por que alguém escolheria viver fora da sociedade.

Marwick vivia fora da sociedade porque há muito tempo tinha feito um pacto de nunca viver dentro dela. Mas Devil não revelou isso.

– Elas mal o conhecem.

– Elas conhecem o título dele, meu senhor. – Ela sorriu como se dissesse uma verdade evidente. – E ele é atraente como o pecado. Um duque solitário ainda faz uma duquesa, afinal.

– Isso é ridículo.

– É o mercado do casamento. – Ela fez uma pausa. – Mas isso não importa. Eu não sirvo para ele.

– Por que não? – Devil não se importava.

– Porque eu não sirvo para duques.

Por que diabos não?

Ele não enunciou a pergunta, mas ela respondeu assim mesmo, tranquila, como se estivesse conversando com outras ladies durante o chá.

– Houve um tempo em que pensava que servia – ela explicou, mais para si mesma do que para ele. – E então... – Ela deu de ombros. – Não sei o que aconteceu. Imagino que todas aquelas coisas. Comum, desinteressante, cada vez mais velha, invisível, solteirona. – Ela riu da lista de palavras. – Acho que eu não deveria ter perdido tempo, pensando que encontraria um marido, pois isso não aconteceu.

– E agora?

– E agora – ela disse, a voz com tom de resignação – minha mãe procura alguém cujo coração bata.

– E você, o que procura?

O rouxinol de Whit gorjeou na escuridão, e ela respondeu após esse som.

– Ninguém nunca me perguntou isso.

– E então... – ele a incitou, sabendo que não devia. Sabendo que devia deixar a garota no terraço, bem como qualquer que fosse o futuro dela.

– Eu... – Ela olhou para a casa, para a estufa escura e o corredor além, para o salão de baile a distância. – Eu queria ser parte de tudo isso outra vez.

– Outra vez?

– Houve uma época em que eu... – ela começou, mas parou. Meneou a cabeça. – Não importa. Você tem coisas mais importantes para fazer.

– Tenho, mas como não posso fazê-las enquanto está aqui, milady, sinto-me mais do que disposto a ajudá-la a organizar seus pensamentos.

Ela sorriu ao ouvi-lo.

– Você é engraçado.

– Ninguém, em toda a minha vida, concordaria com você.

O sorriso dela ficou maior.

– Eu raramente me interesso pela opinião dos outros – ela disse.

Ele não deixou de notar a citação de suas próprias palavras, ditas pouco antes.

– Não acredito nisso nem por um segundo.

Ela deu de ombros.

– Houve um tempo em que eu fazia parte de tudo isso. Eu era incrivelmente popular. Todo mundo queria me conhecer.

– E o que aconteceu?

Ela espalmou as mãos de novo, um movimento que começava a se tornar familiar.

– Eu não sei.

– Você não sabe o que a tornou invisível? – Ele arqueou uma sobrancelha.

– Não – ela murmurou, a voz triste e confusa. – Eu nem vi acontecer. Então, um dia – ela deu de ombros –, lá estava eu. Transparente. Então, quando você me perguntou o que procuro...

Ela se sentia solitária. Devil entendia de solidão.

– Você quer voltar.

Ela soltou uma risada curta, desesperançada.

– Ninguém consegue voltar. Não sem um casamento que faça história.

– O duque. – Ele concordou com a cabeça.

– É o sonho de qualquer mãe.

– É o seu?

– Eu quero voltar. – Outro alerta gorjeado por Whit, e a mulher olhou por sobre o ombro. – Esse é um rouxinol muito persistente.

– Ele está irritado.

Ela inclinou a cabeça para o lado, curiosa, mas como ele não se explicou, ela perguntou:

– Você não vai me contar quem é?

– Não.

– É melhor assim, eu acho. – Ela consentiu com a cabeça. – Saí para ter um momento tranquilo, longe dos sorrisos de desdém e dos comentários maldosos. – Ela apontou para a outra extremidade do terraço, a parte mais iluminada. – Eu vou até lá procurar um bom lugar para me esconder. Você pode voltar a se esgueirar por aí, se quiser.

Ele não respondeu, sem saber o que dizer. Sem confiar em si mesmo para dizer o que deveria.

– Não vou dizer a ninguém que vi você – ela acrescentou.

– Você não me viu – ele disse.

– Então teremos o benefício adicional de essa ser a verdade – ela observou.

O rouxinol outra vez. Whit não confiava em Devil com aquela mulher. E talvez não devesse mesmo.

Ela fez uma pequena mesura.

– Bem, vai se lançar aos seus atos nefastos, então?

O movimento dos músculos ao redor dos lábios dele era desconhecido. Um sorriso. Ele não conseguia se lembrar da última vez que tinha sorrido. Aquela estranha mulher tinha despertado isso nele, como uma feiticeira.

Ela se foi antes que ele pudesse responder, suas saias desaparecendo ao virar, em direção à luz. Ele precisou de toda sua força para não a seguir e vê-la melhor – a cor de seus cabelos, o tom de sua pele, o brilho de seus olhos.

Ele ainda não tinha certeza da cor do vestido dela.

Tudo que ele precisava fazer era segui-la.

– Dev.

Seu nome o devolveu ao presente. Ele olhou para Whit, mais uma vez no terraço e ao seu lado nas sombras.

– Agora – Whit disse. Estava na hora de retomar o plano. De procurar o homem que ele tinha jurado matar se algum dia colocasse os pés em Londres. Se tentasse reivindicar aquilo que tinha roubado. Se pensasse em quebrar o juramento de décadas atrás.

E Devil acabaria com ele. Mas não seria com as mãos.

– Vamos – Whit sussurrou. – Agora.

Devil meneou a cabeça uma vez, o olhar fixo no lugar onde a saia misteriosa da mulher tinha desaparecido.

– Não. Ainda não.

Capítulo Dois

O coração de Felicity Faircloth estava batendo tão acelerado, por tanto tempo, que ela pensou que talvez precisasse de um médico.

Começou a bater ainda mais rápido quando ela escapuliu do cintilante salão de baile da Casa Marwick e fitou a porta trancada à sua frente, ignorando o desejo quase insuportável de extrair um grampo de seu penteado.

Ela sabia que não devia extrair um grampo e que, de modo algum, devia extrair dois – muito menos inseri-los no buraco de fechadura a quinze centímetros de distância, nem trabalhar pacientemente nas tranquetas da fechadura.

Não conseguiremos bancar outro escândalo.

Ela ouviu as palavras de seu irmão gêmeo Arthur como se ele estivesse parado ao lado dela. Pobre Arthur, desesperado para que a irmã solteirona – 27 anos e encalhada numa ilha distante – fosse entregue aos cuidados de outro homem, mais disposto. Pobre Arthur, cujas preces nunca seriam atendidas – nem mesmo se ela parasse de arrombar fechaduras.

Mas ela ouviu, ainda mais alto, as outras palavras. Os comentários jocosos. Os nomes. *Felicity Fugidia, Felicity Infrutífera*. E o pior de todos... *Felicity Fracassada*.

O que ela está fazendo ali?

Com certeza ela não acredita que alguém possa querê-la.

Seu pobre irmão, desesperado para casá-la.

...Felicity Fracassada.

Houve um tempo em que uma noite como esta teria sido o sonho de Felicity – um novo duque na cidade, um baile de boas-vindas, a possibilidade empolgante de um compromisso com um homem atraente e disponível.

Teria sido perfeito. Vestidos, joias, orquestras, fofocas, conversas, passos de dança e muita champanhe. Felicity mal teria descanso, e, se tivesse, seria porque tinha reservado um tempo para si mesma, para poder apreciar aquele lugar de um mundo coruscante.

Não mais.

Agora ela evitava bailes quando podia, sabendo que estes ofereciam horas de sofrimento, em que ela ficava pelos cantos do salão em vez de dançar por todo o espaço. E havia o profundo constrangimento quando encontrava uma de suas antigas conhecidas. A lembrança de como era rir com elas. Bancar a superior com elas.

Mas não havia como evitar um baile em que um novo duque se apresentaria, e assim ela se enfiou num antigo vestido e na carruagem do irmão e permitiu que o pobre Arthur a arrastasse para o salão de baile da Casa Marwick. Mas, na primeira desatenção do irmão, ela conseguiu escapar.

Felicity fugiu por um corredor escuro, seu coração disparado enquanto removia os grampos do penteado, dobrava-os com cuidado e inseria um, depois o outro, no buraco da fechadura. Quando ouviu o *clique* suave e a tranca saltou, seu coração ameaçava pular para fora do peito.

E pensar que todo esse sobressalto aconteceu antes mesmo de ela conhecer aquele homem.

Embora *conhecer* não parecesse a palavra correta.

Encontrar também não parecia muito preciso.

Aquilo era algo como uma *experiência*. No momento em que ele falou, o ritmo grave de sua voz a envolveu como seda no ar escuro de verão, como a tentação de um pecado.

Um calor subiu pela sua face com a lembrança do modo como ele parecia atraí-la para si, como se estivessem conectados por um fio. Como se ele pudesse puxá-la para perto – e ela iria, sem resistir. Ele havia feito mais do isso. Aquele homem tinha resgatado a verdade de dentro dela, a qual Felicity mostrou sem hesitar.

Ela listou seus defeitos como se fossem itens de um catálogo. Quase confessou tudo, mesmo as partes que nunca tinha dito a ninguém. As que ela mantinha dentro de si, mas no escuro. No entanto a sensação não foi de uma confissão. Parecia que ele já sabia de tudo. E talvez soubesse mesmo. Talvez não fosse um homem no escuro. Talvez ele fosse a própria escuridão. Efêmero, misterioso e tentador – muito mais atraente do que a claridade do dia, em que os defeitos, as imperfeições e os fracassos brilham e é impossível os ocultar.

A escuridão sempre a atraiu. As fechaduras. As barreiras. O improvável.

Esse era o problema, não? Felicity sempre quis o impossível. E ela não era o tipo de mulher que aceitava isso.

Mas e quando aquele homem misterioso sugeriu que ela fosse uma mulher importante? Por um momento, ela acreditou nele. Como se não fosse ridícula a simples ideia de que Felicity Faircloth – a filha solteira e sem graça do Marquês de Bumble, desprezada por mais do que um solteiro cobiçado em razão de sua própria má sorte e totalmente incompatível com aquele baile, onde um atraente duque há muito tempo sumido procurava uma esposa – pudesse sair vitoriosa.

O impossível.

E assim ela fugiu, retomando seus velhos hábitos e caindo na escuridão porque tudo parecia mais possível no escuro do que sob a luz fria e dura.

E ele tinha tentado descobrir isso também, aquele estranho. Ela quase não o deixou só nas sombras. Ela quase se juntou a ele na escuridão. Porque naqueles momentos, poucos e fugazes, Felicity imaginou que talvez não fosse para este mundo que desejava voltar, mas sim que quisesse procurar um mundo novo, escuro, onde pudesse recomeçar do zero. Onde pudesse ser alguém diferente de Felicity Faircloth, a solteirona invisível. E o estranho no terraço pareceu ser o tipo de homem que poderia lhe fornecer isso.

O que era loucura, óbvio. Ninguém fugiria com homens estranhos que conhece num terraço. Em primeiro lugar, era assim que alguém poderia ser assassinado. Segundo, sua mãe *nunca* aprovaria. E ainda havia Arthur. O perfeito, o sério e pobre Arthur, com seu *Nós não vamos suportar outro escândalo*.

Assim, ela fez o que qualquer mulher faria após um instante de insanidade no escuro: deu as costas para o pecado e foi em direção à luz, ignorando a pontada de arrependimento quando virou à esquerda, distanciando-se da grande fachada de pedra, e entrou no brilho do salão de baile, iluminando para além das imensas janelas, onde toda Londres saltitava e dançava, rindo e fofocando e buscando a atenção de seu atraente e misterioso anfitrião.

Onde o mundo do qual já tinha feito parte rodopiava sem ela.

Ela assistiu à cena por um longo momento, vendo de relance o Duque de Marwick na outra ponta do salão, alto, belo e empiricamente atraente, com uma boa e aristocrática aparência que deveria ter feito com que suspirasse, mas que, na verdade, não produziu impacto nela.

Seu olhar deslizou do homem do momento para o brilhante cabelo acobreado de seu irmão, do outro lado do salão, onde conversava, concentrado, com um grupo de homens mais sérios que o entorno.

Felicity imaginou o que eles estariam discutindo – seria sobre ela? Estaria Arthur tentando vender para outro grupo de homens as qualidades de Felicity, a Fracassada?

Nós não vamos suportar outro escândalo.

Eles também não podiam suportar o último. Ou o anterior. Mas a família dela não queria admitir isso. E lá estavam eles, no baile de um duque, fingindo que a verdade não era a verdade. Fingindo que tudo era possível.

Recusando-se a acreditar que a comum, a imperfeita e a rejeitada Felicity nunca iria conquistar o coração, a mente e – o mais importante – a *mão* do Duque de Marwick, não importava que tipo de rico solitário potencialmente atordoado ele fosse.

Contudo, houve um tempo em que ela poderia tê-lo conquistado. Em que um duque eremita poderia ter caído de joelhos e implorado para que Lady Felicity reparasse nele. Bem, talvez não caído de joelhos e implorado, mas ele teria dançado com ela. E ela o teria feito rir. E talvez... eles tivessem gostado um do outro.

Mas isso foi antes de ela sequer ter sonhado em olhar para a sociedade de fora – quando ela nunca tinha ao menos imaginado que a sociedade *tinha* um lado de fora. Ela vivia dentro, afinal, era jovem, casadoura, aristocrática e interessante.

Ela tinha dezenas de amigas e centenas de conhecidas, recebia inúmeros convites para visitas, festas e passeios ao longo do rio Serpentine. Nenhuma reunião era digna de nota, a menos que ela e as amigas estivessem presentes. Ela nunca ficava sozinha.

E então... isso mudou.

Um dia, o mundo parou de brilhar. Ou, mais precisamente, *Felicity* parou de brilhar. Suas amigas se distanciaram e, pior, deram-lhe as costas, sem nem tentar disfarçar o desdém. Elas tinham prazer em ignorá-la. Como se Felicity não tivesse sido uma delas. Como se nunca tivessem sido amigas.

Ela imaginava que não tivessem sido, mesmo. Como não tinha percebido? Como ela não tinha visto que essas pessoas não a queriam de verdade?

E a pior de todas as perguntas – *por que* não a queriam?

O que ela tinha feito?

Felicity Fugaz, de fato.

A resposta não importava mais – fazia tanto tempo que ela duvidava que alguém lembrasse. O que importava agora era que quase ninguém reparava nela, exceto para olhá-la com pena ou indiferança.

Afinal, ninguém gostava menos de uma solteirona do que o próprio mundo que a tinha criado.

Felicity, certa vez um diamante da aristocracia (bem, não um diamante, mas talvez um rubi. Com certeza uma safira – filha de um marquês com bom dote), havia se tornado uma verdadeira solteirona, com um futuro de toucas de renda e convites feitos por pena.

Se pelo menos ela se casasse, Arthur gostava de dizer, *ela conseguiria evitar um futuro sombrio.*

Se pelo menos ela se casasse, sua mãe gostava de dizer, eles *conseguiriam evitar um futuro sombrio*. Afinal, embora a solteirice fosse constrangedora para Felicity, era um distintivo vergonhoso para a mãe – especialmente para uma mulher que tinha se saído tão bem ao se casar com um marquês.

E assim, a família Faircloth ignorava a solteirice de Felicity, disposta a fazer qualquer coisa para lhe arrumar um casamento decente. Ignorava, também, a verdade sobre os desejos dela – aqueles que o homem no escuro colocou à prova.

Na verdade, Felicity queria a vida que lhe tinha sido prometida. Ela queria ser parte daquilo outra vez. E, se não pudesse ter tal vida, que, francamente, sabia que não poderia – ela não era tola, afinal –, queria mais do que um casamento de consolação. Esse era seu problema. Ela sempre quis mais do que podia ter.

E era isso que a deixava com nada, não é mesmo?

Felicity soltou um suspiro impróprio para uma lady. Seu coração já não martelava com tanto vigor. Ela imaginou que fosse algo positivo.

– Será que consigo ir embora sem ninguém perceber?

As palavras mal tinham deixado sua boca quando a imensa porta de vidro do salão de baile foi aberta, liberando meia dúzia de convivas com sorriso nos lábios e champanhe nas mãos.

Foi a vez de Felicity fugir para as sombras, encostando-se na parede enquanto os outros chegavam ao parapeito de pedra, ofegantes e empolgados. Ela os reconheceu.

É claro.

Eles eram Amanda Fairfax e o marido, Matthew – Lorde Hagin –, Jared – Lorde Faulk – e sua irmã mais nova, Natasha, mais duas pessoas – outro casal, jovem, loiro e cintilante, como um brinquedo novo. Amanda, Matthew, Jared e Natasha gostavam de aliciar novos seguidores. Afinal, certa vez já haviam aliciado Felicity.

Ela tinha sido a quinta daquele quarteto. Amada, até não ser mais.

– Frio ou não, Marwick é terrivelmente atraente – Amanda disse.

– E rico – Jared observou. – Ouvi dizer que ele decorou a casa toda na semana passada.

– Ouvi a mesma coisa – Amanda disse com uma empolgação ofegante. – E também ouvi que ele está circulando pelas salas de chá das anciãs.

– Se isso não faz do homem suspeito, não sei o que faz – grunhiu Matthew. – Quem quer tomar chá com um bando de viúvas?

– Um homem que precisa de uma noiva – respondeu Jared.

– Ou um herdeiro – sugeriu Amanda, pensativa.

Matthew pigarreou.

– Esposa – ele disse, e o grupo todo riu, fazendo Felicity lembrar, por uma fração de segundo, como era fazer parte das brincadeiras e dos gracejos. Parte daquele mundo supostamente brilhante.

– Ele tinha que se encontrar com as viúvas para conseguir que Londres viesse esta noite, certo? – interveio a terceira mulher do grupo. – Sem a aprovação delas, ninguém teria vindo.

Houve um instante de silêncio antes de o quarteto rir, o som indo da camaradagem à crueldade. Jared se inclinou para frente e deu um peteleco no queixo da jovem loira.

– Você não é muito inteligente, é?

Natasha bateu no braço do irmão e fingiu que o repreendia.

– Jared. Ora essa. Você não espera que Annabelle saiba como funciona a aristocracia? Ela se casou tão acima do nível dela que essa garota de sorte nunca precisou saber dessas coisas!

Antes que Annabelle entendesse totalmente o insulto das palavras mordazes, Natasha se aproximou e falou, alto e devagar, como se a pobre jovem fosse incapaz de compreender os conceitos mais simples:

– Todo mundo teria vindo ver o duque, querida. Ele poderia ter aparecido nu que todos nós dançaríamos alegremente ao redor dele, fingindo não notar a nudez.

– Do jeito que todo mundo fez o homem parecer louco – Amanda interveio –, acho que imaginávamos mesmo que ele poderia aparecer nu.

O marido de Annabelle, herdeiro do Marquês de Wapping, pigarreou e tentou ignorar o insulto à esposa.

– Bem, ele já dançou com uma dúzia de ladies esta noite. – Ele olhou para Natasha. – Incluindo você, Lady Natasha.

O resto do grupo soltou risadinhas, e Natasha ficou envaidecida – quer dizer, menos Annabelle, que olhou feio para o marido risonho. Felicity achou a reação muito gratificante, pois o marido em questão certamente merecia qualquer punição que sua esposa lhe reservasse por não sair em sua defesa.

E agora era tarde demais.

— Ah, sim — Natasha dizia, parecendo um gato que pegou o canário. — É preciso acrescentar que ele é um interlocutor brilhante.

— É mesmo? — Amanda perguntou.

— Com certeza. Não tem nada de louco.

— Que interessante, Tasha — Matthew respondeu como quem não quer nada, bebendo seu champanhe para fazer uma pausa dramática. — Pois assistimos à dança toda, e ele não pareceu falar com você nem uma vez.

O resto do grupo debochou de Natasha, e ela ficou vermelha.

— Bem, estava claro que ele *desejava* falar comigo.

— Brilhante, de fato — o irmão provocou, fazendo um brinde com seu champanhe.

— E — Natasha continuou —, ele me segurou bem apertado. Dava para dizer que o duque estava resistindo ao impulso de me aproximar mais do que seria decente.

— Oh, sem dúvida — Amanda fez uma careta de deboche, sua descrença evidente.

Natasha revirou os olhos, e o resto do grupo riu. Quer dizer, o resto do grupo menos um.

Jared, Lorde Faulk, estava ocupado demais olhando para Felicity.

Droga.

O olhar dele estava carregado de um apetite e um deleite que embrulharam o estômago dela com nós de marinheiro. Felicity tinha visto aquela expressão centenas de vezes antes. Ela ficava sem respirar quando acontecia, porque significava que ele estava para alfinetar alguém com sua ironia maldosa. Nesse momento, ela ficou sem respirar por um motivo diferente.

— Ora essa! Eu pensei que Felicity Faircloth tinha ido embora há muito tempo.

— Eu pensei que nós a tínhamos feito ir — Amanda disse, sem ver o que Jared via. — Honestamente. Na idade dela e sem amigos para conversar, era de se pensar que ela não iria mais a bailes. Ninguém quer uma solteirona vagando pelos cantos. É deprimente demais.

Amanda sempre teve a notável habilidade de fazer suas palavras cortarem como o vento de inverno.

— Mas aqui está ela — Jared pronunciou com escárnio, apontando a mão na direção de Felicity. O grupo todo se virou devagar, como numa horrível cena ensaiada, um sexteto de debochados; quatro membros bem-treinados e dois um pouco constrangidos. — Escondida nas sombras, ouvindo a conversa dos outros.

Amanda procurou um ponto em uma de suas luvas verde-água.

– *Sério*, Felicity. Que *aborrecimento*. Não existe mais ninguém que você possa espreitar?

– Quem sabe algum lorde incauto cujo quarto você queira conhecer? – disse Hagin, sem dúvida se achando muito inteligente.

Mas ele não era, embora o grupo parecesse não notar, com suas risadinhas e ar superior. Felicity odiou a onda de calor que se espalhou por seu rosto, uma combinação de humilhação pelo comentário deles e de vergonha por seu passado – pelo modo como ela também costumava debochar dos outros.

Ela apertou as costas contra a parede, desejando que pudesse desaparecer nela.

O rouxinol que tinha ouvido antes gorjeou outra vez.

– Pobre Felicity – Natasha disse para o grupo, a falsa compaixão de sua voz arranhando a pele de Felicity. – Sempre desejando ter alguma importância.

E foi assim, com aquela simples palavra – *importância* –, que Felicity percebeu que tinha aturado demais. Ela saiu para a luz, os ombros para trás e a coluna ereta, e encarou com seu olhar mais frio a mulher que um dia considerou sua amiga.

– Pobre Natasha – ela disse, imitando o tom de voz da outra. – Ora, você acha que eu não a conheço? Eu conheço você melhor do que qualquer um aqui. Solteira como eu. *Sem graça* como eu. Com pavor de ficar encalhada. Como eu tenho. – Natasha arregalou os olhos ao ouvi-la. Felicity preparou o golpe de misericórdia, desejando punir exemplarmente aquela mulher; uma dama que tinha atuado tão bem ao bancar sua amiga, para então machucá-la tanto. – E, quando estiver encalhada, esta turma não vai mais aceitar você.

O rouxinol trinou outra vez. Não. Não o rouxinol. Era um tipo diferente de trinado, baixo e longo. Ela nunca tinha ouvido um pássaro como aquele.

Ou talvez tenha sido o tamborilar de seu coração que tornou o som estranho. Entusiasmada, ela se virou para as mais novas adições ao grupo, cujos olhos arregalados estavam fixos nela.

– Vocês sabem, minha avó costumava me alertar para ter cuidado. Ela gostava de dizer que dá para julgar uma pessoa pelos amigos com que anda. Esse adágio é mais que verdadeiro com este grupo. E vocês deveriam ter cuidado para não se mancharem com a sujeira deles. – Ela se virou para a porta. – Eu me considero com sorte por ter escapado quando tive chance.

Ao se dirigir à entrada do salão de baile, bastante orgulhosa de si mesma por ter enfrentado aquelas pessoas que a consumiam há tanto tempo, palavras ecoavam dentro dela:

Você é uma mulher de assustadora importância.

Um sorriso brincou em seus lábios com a lembrança.

De fato. Ela era mesmo.

— Felicity? — Natasha chamou-a quando ela chegou à porta. Felicity parou e se virou. — Você não escapou de nós — estrilou a ex-amiga. — Nós é que expulsamos você.

Natasha Corkwood era tão... tão desagradável.

— Nós não a queríamos mais e jogamos você fora — Natasha acrescentou, as palavras frias e cruéis. — Do mesmo jeito que todo mundo fez. Como todo mundo sempre vai fazer. — Ela se virou para a festa com uma gargalhada alegre demais. — E aqui está ela, achando que tem condições de disputar um duque!

Tão desagradável.

Isso é o melhor que você pode fazer?

Não. Não era.

— O duque que *você* pretende conquistar, certo?

Natasha deu um sorriso de escárnio.

— O duque que eu *vou* conquistar.

— Receio que seja tarde demais para você — Felicity disse, as palavras saindo sem hesitação.

— E isso por quê? — Foi Hagin quem perguntou. Hagin, com o rosto pretensioso, o perfume tóxico e o cabelo de príncipe de conto de fadas. A pergunta foi feita num tom de absoluta superioridade, como se falar com ela fosse uma concessão da parte dele.

Como se todos eles não tivessem sido amigos um dia.

Depois, ela culparia a lembrança dessa amizade por sua resposta. A evocação da vida que ela tinha perdido num instante, sem entender por quê. A devastadora tristeza disso tudo. O modo como foi catapultada para a ruína.

Afinal, deveria haver algum motivo para ela dizer o que disse, considerando o fato de que era pura idiotice. Absoluta loucura.

Uma mentira tão grande que eclipsava sóis.

— Está tarde demais para você conquistar o duque — Felicity repetiu, sabendo, ainda enquanto falava, que precisava se calar. Só que as palavras eram cavalos em disparada; soltas, livres e *selvagens*. — Porque eu já o conquistei.

Capítulo Três

A última vez que Devil esteve dentro da Casa Marwick foi na noite em que conheceu seu pai.

Ele tinha dez anos, velho demais para continuar no orfanato onde tinha passado toda sua vida. Devil tinha ouvido boatos a respeito do que acontecia com garotos que não eram adotados. Ele tinha se preparado para fugir, pois não queria enfrentar o reformatório, onde, de acordo com os rumores, provavelmente morreria e ninguém encontraria seu corpo.

Devil tinha acreditado nessas histórias.

Toda noite, sabendo que era questão de tempo até o expulsarem do orfanato, ele empacotava suas coisas – um par de meias grandes demais que tinha surrupiado da lavanderia; uma casca de pão ou um biscoito duro tirado do lanche da tarde; um par de luvas desgastadas, com furos demais para manter as mãos aquecidas por muito tempo; e o pequeno alfinete dourado que prendia suas fraldas quando ele foi encontrado, bebê, espetado num bordado que ostentava um magnífico M vermelho. O alfinete há muito tinha perdido a tinta, restando apenas a lata, e o tecido, que um dia tinha sido branco, ficou cinza da sujeira dos dedos dele. Mas isso era tudo que Devil tinha do seu passado e a única fonte de esperança para seu futuro.

A cada noite, ele deitava no escuro absoluto, ouvindo os sons de choro dos outros garotos, contando os passos para ir do seu estrado até o corredor, e deste até a porta. Para fora, para a noite. Ele era excelente para escalar e tinha decidido ir pelos telhados em vez de pelas ruas. Assim seria menos provável que o encontrassem, caso decidissem persegui-lo.

Embora parecesse improvável que o fizessem.

Sempre pareceu improvável que alguém fosse querê-lo.

Ele ouviu os passos ecoando no corredor. Estavam vindo pegá-lo, para levá-lo ao reformatório. Ele rolou para o lado do estrado, agachando-se enquanto recolhia suas coisas, depois foi até a parede, onde ficou colado junto à porta.

A fechadura estalou, e a porta foi aberta, revelando um fio de luz de vela – nunca vista no orfanato depois de escurecer. Ele disparou a correr, passando por dois pares de pernas, chegando à metade do corredor antes que uma mão forte pousasse em seu ombro e o levantasse do chão.

Ele esperneou e gritou, esticando o pescoço para morder aquela mão.

– Bom Deus, este é selvagem – uma profunda voz de barítono entoou, e Devil ficou absolutamente imóvel com o som. Ele nunca tinha ouvido alguém falar um inglês tão perfeito, tão bem-pronunciado. Ele parou de tentar morder, virando-se para ver o homem que o segurava – alto como uma árvore e mais limpo do que qualquer um que Devil tivesse visto, com olhos da cor do assoalho do quarto em que deviam rezar.

Devil não era muito bom em reza.

Alguém aproximou a vela do rosto do garoto, a chama clara fazendo-o se encolher.

– É ele – disse o diretor.

Devil virou-se para encará-lo mais uma vez.

– Eu não vou pro reformatório.

– Claro que não vai – disse o homem estranho. Ele pegou o embrulho de Devil, abrindo-o.

– Ei! Essas coisa são minha!

O homem o ignorou, jogando as meias e o biscoito de lado, levantando o alfinete e aproximando-o da luz. Devil ficou furioso com a ideia de aquele homem, aquele estranho, tocar a única coisa que tinha da sua mãe. A única coisa que tinha do seu passado. As mãozinhas dele se fecharam em punhos, e ele disparou um soco, que atingiu o quadril do homem chique.

– É meu! Você não vai ficar com isso!

O homem gemeu de dor.

– Cristo! Este demônio sabe dar um soco.

O diretor tentou enrolar.

– Ele não aprendeu isso conosco.

Devil fez uma careta. Onde mais ele podia ter aprendido?

– Devolve.

O homem bem-vestido trouxe-o mais para perto, balançando o tesouro de Devil.

– *Sua mãe deu isto para você.*

Devil esticou a mão e arrancou o alfinete da mão do homem, odiando a vergonha que sentiu ao ouvi-lo falar. Vergonha e saudade.

– *É.*

O homem assentiu com a cabeça.

– *Estive procurando você.*

Esperança surgiu, quente e quase desagradável, no peito de Devil.

– *Você sabe o que é um duque? – continuou o homem.*

– *Não, senhor.*

– *Vai saber – ele prometeu.*

Lembranças são uma droga.

Devil se esgueirou pelo longo corredor superior da Casa Marwick, os acordes da orquestra sussurrando pelo espaço pouco iluminado, vindos do andar de baixo. Ele não pensava na noite em que seu pai o encontrou há uma década. Talvez mais.

Mas esta noite, estando nesta casa, que de algum modo ainda tinha o mesmo cheiro, ele se lembrou de cada detalhe daquela primeira noite. O banho, a comida quente, a cama macia. Como se tivesse pegado no sono e acordado num sonho.

E naquela noite tinha sido um sonho.

O pesadelo começou pouco depois.

Afastando a lembrança, ele chegou ao quarto principal, pousando a mão na maçaneta, virando-a rápida e silenciosamente, e entrando.

Seu irmão estava parado junto à janela, o copo pendurado em sua mão, o cabelo loiro brilhando à luz das velas. Ewan não se virou para Devil.

– Eu estava me perguntando se você viria – ele disse, apenas.

A voz era a mesma. Cultivada, ponderada e profunda, como a do pai deles.

– Você fala como o duque.

– Eu sou o duque.

Devil deixou a porta se fechar atrás de si.

– Não foi o que eu quis dizer.

– Eu sei o que você quis dizer.

Devil bateu sua bengala duas vezes no chão.

– Nós não fizemos um pacto, anos atrás?

Marwick se virou, revelando o lado do rosto.

– Eu procuro vocês há doze anos.

Devil sentou-se na poltrona baixa junto à lareira, estendendo as pernas em direção ao lugar onde estava o duque.

— Se pelo menos eu soubesse.

— Eu acho que você sabia.

É claro que eles sabiam. Assim que atingiram a maioridade, um fluxo de homens foi fuçar os cortiços, perguntando sobre um trio de órfãos que tinha ido para Londres anos antes. Dois garotos e uma menina, com nomes que ninguém em Covent Garden reconhecia... ninguém exceto os próprios Bastardos. Ninguém a não ser os Bastardos e Ewan, o jovem Duque de Marwick, rico como um rei e com idade suficiente para usar bem o dinheiro.

Mas oito anos nos cortiços tornaram Devil e Whit tão poderosos quanto ardilosos, tão fortes quanto ameaçadores, e ninguém falava dos Bastardos Impiedosos por medo de vingança. Principalmente as pessoas que não eram dali.

E, quando os rastros esfriavam, os homens que apareciam fuçando sempre iam embora.

Dessa vez, contudo, não foi um empregado que os procurou. Foi o próprio Marwick. Com um plano melhor do que todos os outros.

— Imagino que você pensou que, anunciando sua busca por uma esposa, conseguiria nossa atenção — disse Devil.

— Funcionou. — Marwick se voltou para ele.

— Sem herdeiros, Ewan — Devil advertiu, incapaz de usar o nome do título na frente. — Esse foi o acordo. Você se lembra da última vez que voltou atrás em um acordo comigo?

Os olhos do duque ficaram sombrios.

— Lembro.

Naquela noite, Devil tomou tudo que o duque amava e fugiu.

— E o que faz você pensar que não vou fazer o mesmo?

— Desta vez eu sou um duque — Ewan disse. — E meu poder vai muito além de Covent Garden, não importa o quão poderosos seus murros sejam atualmente, Devon. Vou transformar sua vida num inferno. E não só a sua. A do nosso irmão. Dos seus homens. Acabo com seus negócios. Você vai perder tudo.

Valeria a pena. Devil olhou fixamente para o irmão.

— O que você quer?

— Eu lhe disse que a procuraria.

Grace. A quarta da turma, a mulher que Whit e Devil chamavam de irmã, embora não houvesse laços sanguíneos entre eles. A garota que Ewan tinha amado desde sempre, mesmo quando eram crianças.

Grace, cujos três irmãos tinham prometido proteger anos atrás, quando eram jovens e inocentes, antes que a traição tivesse rompido sua união.

Grace, que, na traição de Ewan, tinha se tornado o segredo mais perigoso do ducado. Pois ela era a verdade do ducado. Grace, nascida do antigo duque e de sua esposa, a duquesa. Grace, a filha batizada, apesar de ser ilegítima à sua própria maneira.

Mas era Ewan que agora, anos depois, usava o nome da família. Que detinha o título que não pertencia a nenhum deles por direito.

E Grace era a prova viva de que Ewan tinha roubado o título, a fortuna, o futuro – um roubo que a Coroa não aceitaria de modo algum.

Um roubo que, se descoberto, faria Ewan dançar na ponta de uma corda em Newgate.

Devil fitou o irmão com escárnio.

– Você nunca irá encontrá-la.

Algo cintilou nos olhos de Ewan.

– Não vou machucá-la.

– Você é louco como diz sua preciosa aristocracia se pensa que vamos acreditar nisso. Não se lembra da noite em que partimos? Eu lembro, toda vez que me olho no espelho.

Marwick olhou para o rosto de Devil, para a feia cicatriz ali, um poderoso lembrete de como a fraternidade significou pouco quando chegou a hora de conquistar o poder.

– Eu não tive escolha.

– Todos nós tivemos escolha naquela noite. Você escolheu seu título, seu dinheiro e seu poder. E nós permitimos que você ficasse com essas três coisas, apesar de Whit querer matá-lo antes que a podridão do nosso genitor o consumisse. Nós deixamos que você vivesse, apesar da sua vontade evidente de nos ver mortos. Com uma condição: nosso pai estava louco por um herdeiro e, embora tivesse recebido um falsificado com você, não teria a satisfação de uma linhagem, nem mesmo após morto. Nós sempre vamos estar em lados opostos nessa luta, duque. Nada de herdeiros era a regra. A única regra. Nós o deixamos em paz, todos esses anos, com seu título roubado, por causa disso. Mas saiba que, se decidir brincar conosco, eu acabo com você, e nunca terá uma pitada de felicidade na vida.

– Você acha que estou transbordando de felicidade agora?

Cristo, Devil esperava que não. Ele tinha esperança de que nada fizesse o duque feliz. Ele tinha se deleitado com o lendário isolamento do irmão, sabendo que Ewan morava na casa onde foram jogados um contra o outro, filhos bastardos em uma batalha por legitimidade. Por nome, título e fortuna. Ensinados a dançar, comer e falar com eloquência para disfarçar a vergonha na qual os três tinham nascido.

Ele esperava que cada lembrança da infância deles consumisse o irmão, que o arruinasse o arrependimento de se permitir brincar de filho devotado de um maldito monstro.

– Não me importo – mentiu Devil.

– Eu procurei vocês por mais de uma década e nunca os encontrei. Os Bastardos Impiedosos, ricos e implacáveis, comandando só sabe Deus que tipo de atividade criminosa no coração de Covent Garden, lugar onde *eu* nasci, devo acrescentar.

– O lugar cuspiu você longe no momento em que nos traiu – disse Devil.

– Eu fiz centenas de perguntas de mil maneiras diferentes. – Ewan lhe deu as costas, passando a mão agitada pelo cabelo loiro. – Nada de mulheres. Nada de esposas. Nada de irmãs. Onde ela está?

Havia pânico em suas palavras, uma sensação vaga de que ele poderia enlouquecer se não recebesse uma resposta. Devil tinha vivido tempo suficiente na escuridão para compreender os loucos e suas obsessões. Ele meneou a cabeça, enviando uma prece de agradecimento aos deuses por manter o povo de Covent Garden leal a eles.

– Sempre longe do seu alcance.

– Você a tirou de mim! – O pânico beirava a fúria.

– Você tirou o título dela – Devil disse. – O título que adoeceu seu pai.

– Nosso pai.

Devil ignorou a correção.

– O título fez você adoecer. Deixou-o preparado para matá-la.

O duque olhou para o teto por um longo minuto.

– Eu deveria ter matado *você* – ele disse, então.

– Ela teria escapado.

– Eu deveria matar você agora.

– Então nunca vai encontrá-la.

Ele crispou o maxilar familiar – um eco do pai. Os olhos enlouqueceram, depois, tornaram-se inexpressivos.

– Entenda, Devil, que não tenho interesse em manter minha parte do acordo. Vou ter herdeiros. Sou um duque. Preciso ter uma esposa e um filho dentro de um ano. Eu vou renegar nosso acordo, a menos que me diga onde ela está.

A raiva de Devil se inflamou, e sua mão apertou o castão de prata da bengala. Ele deveria matar o irmão agora. Deixá-lo sangrando no maldito chão, e finalmente dar à linhagem Marwick o que lhe era de direito.

Ele bateu a bengala na ponta de sua bota preta.

— Você faria bem em lembrar a informação que tenho a seu respeito, *duque*. Uma palavra, e você seria enforcado.

— Por que não a usa? — A pergunta não foi agressiva, como Devil podia esperar. Foi sofrida, como se Ewan quisesse a morte. Como se ele a invocasse.

Devil ignorou essa percepção.

— Porque brincar com você é mais divertido.

Era mentira. Devil destruiria alegremente este homem, que já tinha sido seu irmão. Mas anos atrás, quando ele e Whit fugiram da propriedade Marwick e foram para Londres em busca de seu futuro aterrorizante, jurando manter Grace a salvo, eles fizeram outro juramento, este para a própria Grace.

Eles juraram não matar Ewan.

— Sim, acho que vou entrar na sua brincadeira idiota — Devil disse, levantando e batendo duas vezes a bengala no chão. — Você subestima o poder do filho bastardo, meu irmão. As mulheres adoram um homem disposto a levá-las para um passeio no escuro. Vou arruinar com alegria suas futuras noivas. Uma após a outra, até o fim dos tempos. Sem hesitar. Você nunca terá um herdeiro. — Ele se aproximou, ficando frente a frente com o irmão. — Eu tirei Grace de você — ele sussurrou. — Acha que não consigo tirar todas as outras?

O maxilar de Ewan ficou tenso, com uma raiva passional.

— Você vai se arrepender de mantê-la longe de mim.

— Ninguém mantém Grace em lugar algum. Ela escolheu ficar longe de você. Ela escolheu fugir. Ela não confiava em você para mantê-la em segurança. Não quando ela é prova de seu segredo mais tenebroso. — Ele fez uma pausa. — Robert Matthew Carrick.

O olhar do duque ficou embaçado ao ouvir o nome, e Devil imaginou se os boatos podiam ser verdadeiros. Se Ewan era, de fato, louco. Não seria surpresa, com o passado que o assombrava. Que assombrava a todos. Mas Devil não ligava e continuou.

— Ela nos escolheu, Ewan. E vou garantir que toda mulher que você cortejar faça o mesmo. Vou arruinar cada uma delas, com prazer. E, ao fazê-lo, irei salvá-las do seu louco desejo por poder.

— Você acha que não tem o mesmo desejo? Você acha que não o herdou do nosso pai? Vocês são chamados de Reis de Covent Garden; poder, dinheiro e vícios os rodeiam.

— Nós fizemos por merecer tudo isso, Ewan. — Devil deu um sorriso convencido.

— Acho que você quer dizer que roubaram tudo isso.

— Bem que você sabe algumas coisinhas sobre futuros roubados. Sobre nomes roubados. Robert Matthew Carrick, Duque de Marwick. Um belo nome para um garoto nascido num bordel de Covent Garden.

O duque baixou o rosto, seus olhos brilhando, altivos.

— Então vamos começar, irmão, pois parece que já consegui uma noiva. Lady Felicia Fairhaven, ou Fiona Farthing, ou algo parecido com isso.

Felicity Faircloth.

Foi assim que os cretinos no terraço a chamaram antes de a destroçarem, de a forçarem a agir, inspirando-a a conquistar um noivo num surto de atrevimento ultrajante. Devil tinha assistido ao desenrolar do desastre, incapaz de impedi-la de se envolver nos assuntos do irmão. Em seus assuntos.

— Se você pretende me convencer que não está disposto a magoar mulheres — disse Devil —, não é colocando uma garota inocente no meio disto tudo que vai conseguir.

O olhar de Ewan encontrou o do irmão no mesmo instante, e Devil arrependeu-se de suas palavras. Do que Ewan pareceu pensar que elas sugeriam.

— Não vou magoá-la — disse Ewan. — Vou me casar com ela.

A declaração desagradável o irritou, mas Devil fez o possível para ignorar a sensação. Felicity Faircloth, com seu nome tolo, estava definitivamente envolvida agora. O que significava que ele não tinha escolha a não ser procurá-la.

— A família dela parece desesperada por um duque — continuou Ewan. — Tão desesperada que a própria Felicity simplesmente nos declarou noivos, esta noite. E, até onde eu sei, nós nem sequer nos conhecemos. É claro que se trata de uma tola, mas não me importa. Herdeiros são herdeiros.

Ela não era tola. Era fascinante, curiosa. Tinha a língua afiada e ficava mais à vontade no escuro do que ele teria imaginado. E possuía um sorriso que fazia um homem prestar atenção.

Era uma pena que ele teria que a arruinar.

— Vou procurar a família da garota e oferecer-lhes fortuna, título, o pacote completo. O que for necessário. O proclama será lido domingo — disse Marwick, calmo, como se estivesse comentando sobre o clima. — E estaremos casados em menos de um mês. Herdeiros logo estarão a caminho.

Ninguém consegue voltar. Não sem um casamento que faça história.

As palavras de Felicity ecoaram na memória de Devil. Ela devia estar empolgada com essa reviravolta em sua vida. O casamento com Marwick proporcionaria o que ela queria. O retorno da heroína à aristocracia.

Só que ela não retornaria.

Porque Devil nunca permitiria, tendo ela um sorriso lindo ou não. Embora aquele sorriso pudesse tornar a ruína dela mais satisfatória.

Devil baixou as sobrancelhas.

— Você terá herdeiros com Felicity Faircloth só por cima do meu cadáver.

— Você acha que ela vai escolher Covent Garden em vez de Mayfair?

Eu quero voltar.

Mayfair era tudo que Felicity Faircloth queria. Ele apenas teria que mostrar para ela o que mais havia para ser visto. Enquanto isso, ele disparou seu golpe mais poderoso.

— Acho que ela não será a primeira mulher que vai preferir se arriscar comigo em vez de passar a vida com você, Ewan.

Aquilo doeu porque era verdade.

O duque desviou o olhar, voltando-se para a janela.

— Vá embora.

Capítulo Quatro

Felicity entrou apressada pela porta aberta de sua casa, ignorando o fato de que seu irmão estava atrás dela. Parando brevemente, ela sorriu para o mordomo, que segurava a porta.

– Boa noite, Irving.

– Boa noite, milady – entoou o mordomo, fechando a porta atrás de Arthur e estendendo a mão para pegar as luvas do conde. – Milorde.

– Não vou ficar, Irving. – Arthur sacudiu a cabeça. – Só estou aqui para falar com a minha irmã.

Felicity se virou para encarar os olhos castanhos do irmão, idênticos aos dela.

– Agora você quer falar? Nós viemos em silêncio na carruagem.

– Eu não chamaria de silêncio.

– Ah, não?

– Não. Eu chamaria de "sem fala".

Ela bufou, arrancando as luvas, usando o movimento para evitar os olhos do irmão e a culpa desconfortável que a agitava frente à ideia de discutir a noite desastrosa que tinha se passado.

– Bom Deus, Felicity, não sei se existe um irmão, em toda cristandade, que seria capaz de encontrar palavras após sua demonstração de audácia.

– Ah, por favor. Eu contei uma mentirazinha. – Ela foi em direção à escada, fazendo um gesto com a mão e tentando não parecer tão apreensiva quanto estava. – As pessoas fazem coisas muito mais chocantes. Não é como se eu tivesse arrumado um emprego num bordel.

Os olhos de Arthur saltaram das órbitas.

– Uma *mentirazinha*? – Antes que ela pudesse responder, ele acrescentou: – E você nem deveria conhecer a palavra bordel.

Ela olhou para trás; os dois degraus que ela tinha subido a deixavam mais alta que o irmão.

– Sério?
– Sério.
– Imagino que você ache indecoroso eu saber a palavra bordel.
– Eu não acho, eu sei. E pare de repetir isso.
– Estou deixando você constrangido?

O irmão apertou os olhos para ela.

– Não, mas estou vendo que é essa a sua intenção. E eu não quero ofender Irving.

O mordomo arqueou as sobrancelhas. Felicity se virou para ele.

– Estou ofendendo você, Irving?
– Não mais do que o normal, milady – disse o homem, todo sério.

Felicity deu uma risadinha quando ele se virou para sair.

– Fico feliz que um de nós consiga encontrar leveza em uma situação como esta. – Ele olhou para o grande lustre acima e exclamou: – Bom Deus, Felicity!

E assim eles retornaram para onde tinham começado, culpa e pânico e uma quantidade considerável de medo borbulhando dentro dela.

– Eu não pretendia dizer aquilo.
– Bordel? – O irmão olhou feio para ela.
– Ah, agora é você que está brincando?

Ele abriu os braços.

– Eu não sei mais o que fazer! – Ele parou, então pensou em algo mais para dizer. O óbvio. – Como você pôde pensar...
– Eu sei – ela o interrompeu.
– Não, eu não acho que você saiba. O que você fez é...
– Eu *sei* – ela insistiu.
– Felicity, você declarou para todo mundo ouvir que vai se casar com o Duque de Marwick.

Ela estava começando a se sentir nauseada.

– Não foi para o mundo todo.
– Não, apenas para seis dos maiores fofoqueiros que existem. E preciso acrescentar que nenhum deles gosta de você, então nós não podemos contar com o silêncio deles. – A lembrança da repugnância deles por Felicity não estava ajudando o incômodo gástrico dela. Contudo, Arthur continuou sem perceber. – Não que isso importe, já que foi como se você tivesse gritado

do palco da orquestra, pela velocidade com que a fofoca se espalhou pelo salão de baile. Eu tive que fugir de lá antes que Marwick me procurasse e exigisse uma explicação. Ou, pior, antes que se pronunciasse diante de todos os convidados e chamasse você de mentirosa.

Tinha sido um erro terrível. Ela *sabia*. Mas os ex-amigos a deixaram tão *furiosa*. E foram tão cruéis. E ela se sentiu tão *sozinha*.

– Eu não pretendia...

Arthur soltou um suspiro longo e pesado, oprimido por um fardo invisível.

– Você nunca pretende. – As palavras saíram baixas, quase num sussurro, como se não fosse para Felicity escutá-las. Ou como se ela não estivesse lá. Mas é óbvio que estava. Possivelmente sempre estaria.

– Arthur...

– Você *não pretendia* ser pega no quarto de um homem...

– Eu nem sabia que *era* o quarto dele. – Era apenas uma porta trancada. Acima de um baile que tinha partido o coração dela. É claro que Arthur nunca compreenderia isso. Na cabeça dele, aquilo tinha sido uma idiotice. E talvez tivesse sido mesmo.

Ele continuou:

– Você *não pretendia* recusar três propostas de casamento perfeitamente boas nos meses seguintes.

Ela endireitou a coluna. *Isso* ela pretendia.

– Eram propostas perfeitamente boas para quem gosta de velhos ou imbecis.

– Eram homens que queriam se casar com você, Felicity.

– Não. Eram homens que queriam se casar com o meu dote. Eles queriam fazer negócios com *você* – ela afirmou. Arthur tinha uma ótima cabeça para os negócios e conseguia transformar penas de ganso em ouro. – Um deles até me disse que eu poderia continuar morando aqui, se eu quisesse.

As bochechas do irmão estavam ficando vermelhas.

– E o que haveria de errado nisso?

Ela arregalou os olhos.

– Em morar separada do meu marido num casamento sem amor?

– Por favor – ele escarneceu. – Agora nós estamos falando de amor? Você mesma pode nadar até um banco de areia e encalhar, então.

Ela o encarou fixamente.

– Por quê? Você encontrou o amor.

Arthur exalou com força.

– É diferente.

Vários anos atrás, Arthur se uniu a Lady Prudence Featherstone num célebre casamento; eles estavam apaixonados. Pru era a garota que morava numa propriedade em péssimo estado vizinha à sede rural do marquesado do pai de Arthur e Felicity. Toda Londres suspirava quando se referia ao jovem e brilhante Conde de Grout, herdeiro do marquês, e sua humilde e linda noiva, que imediatamente deu à luz seu sucessor e agora estava em casa esperando o segundo filho.

Pru e Arthur se amavam de um modo despropositado em que ninguém acredita até ser testemunha. Eles nunca discutiam, gostavam das mesmas coisas e, com frequência, eram vistos nos cantos dos salões de baile de Londres, preferindo a companhia um do outro à de qualquer outra pessoa.

Era enjoativo, na verdade.

Mas não era tão impossível, era?

– Por quê?

– Porque eu conheço Pru desde sempre, e o amor não vem para todo mundo. – Ele fez uma pausa e acrescentou: – E mesmo quando vem, não é sem uma série de desafios.

Ela inclinou a cabeça diante daquelas palavras. O que significavam?

– Arthur?

Ele meneou a cabeça, recusando-se a responder.

– A questão é que você tem 27 anos, e está na hora de parar com a hesitação e se casar com um homem decente. Mas é claro que agora você tornou isso quase impossível.

Mas ela não queria se casar com um homem velho qualquer. Ela queria mais do que isso. Ela queria um homem que pudesse... Felicity nem sabia. Com certeza, um homem que pudesse fazer mais do que se casar com ela e deixá-la sozinha pelo resto da vida.

Apesar disso, ela não queria que sua família sofresse por suas ações tresloucadas. Ela baixou os olhos para as mãos e foi sincera.

– Eu sinto muito.

– Seu arrependimento não é suficiente. – A resposta foi dura, mais do que ela poderia esperar do irmão gêmeo, que a acompanhava desde o momento em que nasceram. Desde antes disso. Ela encarou os olhos castanhos – os quais conhecia tão bem porque também eram os seus – e viu incerteza. Não, pior. Decepção.

Ela desceu um degrau na direção dele.

– Arthur, o que aconteceu?

Ele engoliu em seco e meneou a cabeça.

– Não é nada. É só que... eu achei que talvez tivéssemos uma chance.

— Com o duque? — Ela arregalou os olhos, incrédula. — Não tínhamos, Arthur. Nem mesmo antes de eu dizer o que disse.

— De... — Ele fez uma pausa, sério. — De um casamento decente.

— E por acaso havia um elenco de cavalheiros querendo me conhecer esta noite?

— Havia Matthew Binghamton.

Ela arregalou os olhos.

— O Sr. Binghamton é chato de doer.

— Ele é rico como um rei — Arthur observou.

— Mas receio que não rico o bastante para eu querer me casar com ele. Riqueza não compra personalidade. — Quando Arthur grunhiu, ela continuou: — Seria tão ruim assim continuar solteira? Ninguém vai culpar você por eu não conseguir me casar. Papai é o Marquês de Bumble, e você, um conde, herdeiro dele. Podemos passar sem um casamento, não?

Embora estivesse completamente envergonhada pelo que tinha acontecido, havia uma parte dela, não muito pequena, que sentia considerável gratidão por ter acabado aquela farsa.

Ele parecia estar pensando em algo diferente. Algo importante.

— Arthur?

— Também havia Friedrich Homrighausen.

— Friedrich... — Felicity inclinou a cabeça, confusa. — Arthur, *Herr* Homrighausen chegou a Londres há apenas uma semana. E ele não fala inglês.

— Ele pareceu não se importar com isso.

— Não ocorreu a você que eu poderia me importar, já que não falo alemão?

Ele deu de ombros.

— Você poderia aprender.

Felicity piscou várias vezes, descrente.

— Arthur, eu não tenho nenhuma vontade de morar na Bavária.

— Ouvi dizer que é um lugar lindo. Dizem que Homrighausen tem um castelo. — Ele apontou para cima. — Com torres.

Ela inclinou a cabeça para o lado.

— Eu estou procurando torres?

— Poderia estar.

Felicity observou o irmão por um longo momento. Alguma coisa a incomodava, algo que ela não conseguia dizer o que era. Então, ela se contentou com:

— Arthur?

Antes que ele conseguisse responder, meia dúzia de latidos ecoaram acima deles.

– Oh, céus! – Foi a exclamação que seguiu os latidos. – Imagino que o baile não tenha saído como planejado? – A pergunta veio do andar de cima, no rastro de três dachshunds de pelo longo, o orgulho da Marquesa de Bumble, que, apesar do resfriado que a manteve em casa e lhe deu um nariz vermelho, descia toda elegante, envolta num lindo penhoar cor de vinho, o cabelo grisalho caído nos ombros. – Você conheceu o duque?

– Ela não conheceu, na verdade – Arthur disse.

A marquesa fitou a única filha com um olhar de decepção.

– Ah, Felicity. Assim não dá. Duques não crescem em árvores, você sabe.

– Não crescem? – Felicity ganhou confiança com sua resposta, desejando que o irmão gêmeo ficasse calado enquanto ela lutava para se desvencilhar dos cachorros que agora estavam parados sobre as patas de trás, com as da frente na saia dela. – Não! Desça!

– Você não é tão divertida quanto pensa – a mãe continuou, ignorando o ataque canino que se desenrolava. – Há talvez *um* duque disponível por ano? Alguns anos não trazem duque algum! E você já perdeu sua chance com o do ano passado.

– O Duque de Haven já estava casado, mãe.

– Não precisa falar como se eu não lembrasse! – ela ralhou. – Eu gostaria de repreendê-lo pelo modo como a cortejou sem nunca pretender se casar com você.

Felicity ignorou o solilóquio, que já tinha ouvido mil vezes antes. Ela nunca teria sido enviada para competir pela mão do duque se não fosse pelo fato de que outros homens não estavam exatamente clamando para tê-la, então Felicity não ligou para o fato de ele preferir continuar casado com a esposa.

Além de ter gostado muito da Duquesa de Haven, Felicity também aprendeu algo muito importante a respeito da instituição do casamento: um homem loucamente apaixonado resulta num marido extraordinário.

Não que houvesse um marido perdidamente apaixonado no destino de Felicity. Esse navio tinha zarpado esta noite. Bem, para ser honesta, o navio já tinha zarpado meses atrás, mas esta noite tinha sido o último prego no caixão.

– Estou misturando as metáforas – ela disse.

– O quê? – Arthur estrilou.

– Você está o quê? – a mãe repetiu.

– Nada. – Ela fez um gesto de pouco caso. – Eu pensei alto.

Arthur suspirou.

– Pelo amor de Deus, Felicity – disse a marquesa. – Isso não vai ajudar você a conquistar o duque.

– Mãe, Felicity não vai conquistar o duque.

– Com essa atitude, é claro que não – a mãe retorquiu. – Ele nos convidou para um baile! Toda Londres parece pensar que ele está procurando uma esposa! E você é filha de um marquês, irmã de um conde. E tem todos os dentes!

Felicity fechou os olhos por um momento, resistindo ao impulso de gritar, chorar, rir ou fazer as três coisas.

– É isso que os duques procuram hoje em dia? Posse de dentes?

– Faz parte! – insistiu a marquesa, suas palavras alarmadas transformando-se em uma tosse seca. Ela cobriu a boca com a mão. – Droga de resfriado. Eu mesma poderia ter feito a apresentação.

Felicity fez uma oração silenciosa para a divindade que tinha mandado um resfriado para a Casa dos Bumble dois dias antes, ou ela teria sido obrigada, sem dúvida alguma, a dançar ou tomar ratafia com o Duque de Marwick.

Ninguém gostava de ratafia. O porquê de servirem esse licor em todos os bailes da alta sociedade era algo que estava além da compreensão de Felicity.

– Você não poderia ter nos apresentado – disse Felicity. – Você não conhece Marwick. Ninguém conhece. Porque ele é um eremita e um louco, se é que podemos acreditar nas fofocas.

– Ninguém acredita em fofocas.

– Mãe, todo mundo acredita em fofocas. Se não acreditassem... – Ela fez uma pausa quando a marquesa espirrou. – Deus te crie.

– Se Deus me quisesse bem, ele faria você se casar com o Duque de Marwick.

Felicity revirou os olhos.

– Mãe, depois desta noite, se o Duque de Marwick mostrar algum interesse por mim, será um indício claro de que ele é mesmo maluco, que vaga por aquela casa imensa colecionando mulheres solteiras e vestindo-as com roupas chiques para um museu particular.

– Isso é meio assustador – Arthur disse, arregalando os olhos.

– Bobagem – a mãe disse. – Duques não colecionam mulheres. – Ela fez uma pausa. – Espere. *Depois desta noite?*

Felicity ficou quieta.

– Arthur? – A mãe insistiu. – Como foi a noite?

Felicity virou de costas para a mãe e lançou um olhar arregalado, de súplica, para o irmão. Ela não aguentaria ter que contar a noite desastrosa para a mãe. Para isso, ela precisaria dormir. E talvez sob efeito de láudano.

– Nada de mais, não é, *Arthur*?

– Que pena – a marquesa suspirou. – Nem uma única proposta adicional?

– Adicional? – Felicity repetiu. – Arthur, você também está procurando um marido para mim?

Arthur pigarreou.

– Não.

– Não para quem? – Felicity arqueou as sobrancelhas.

– Para a mamãe.

– Ah – a marquesa disse da escada. – Nem mesmo de Binghamton? Ou do alemão?

– O alemão. – Felicity piscou várias vezes. – *Herr* Homrighausen.

– Dizem que ele tem um castelo! – a marquesa disse antes de se dissolver em outro acesso de tosse, ao que se seguiu um coro de latidos.

Felicity ignorou a mãe, mantendo a atenção no irmão, que fazia o possível para não olhar para ela antes de enfim responder com irritação.

– Sim.

A palavra destravou o pensamento que antes rondava a consciência de Felicity.

– Eles são ricos.

Arthur olhou feio para ela.

– Não sei o que você quer dizer.

Ela olhou para a mãe.

– O Sr. Binghamton, *Herr* Homrighausen, o Duque de Marwick. – Ela se virou para Arthur. – Nenhum deles combina comigo. *Mas são todos ricos.*

– Ora essa, Felicity! Ladies não discutem a situação financeira de seus pretendentes! – exclamou a marquesa, os cães latindo e saltitando ao redor dela, como anjinhos gordos.

– Só que eles não são meus pretendentes, são? – ela perguntou, a compreensão vindo ao mesmo tempo em que ela virava o olhar acusador para o irmão. – Ou se eram... arruinei tudo esta noite.

A marquesa ficou boquiaberta ao ouvir a filha.

– O que você fez desta vez?

Ela ignorou o tom da mãe, como se fosse esperado que Felicity fizesse algo para espantar quaisquer possíveis pretendentes. O fato de ela ter feito exatamente isso era irrelevante. A questão era que sua família estava escondendo segredos dela.

– Arthur?

O irmão virou-se para olhar para a mãe, e Felicity reconheceu a súplica e a frustração nos olhos dele, a mesma expressão desde a infância, como se ela tivesse comido a última tortinha de cereja, ou estivesse pedindo para ir com ele e os amigos ao lago à tarde. Ela seguiu o olhar dele até onde a mãe estava, no alto da escada, e, por um instante, pensou em todas as vezes que estiveram nessa mesma posição, crianças abaixo e um dos pais acima, como o rei Salomão, esperando uma solução para o ínfimo problema dela.

Mas este problema não era ínfimo.

Se o desamparo no rosto da mãe era algum indício, este problema era maior do que Felicity tinha imaginado.

– O que aconteceu? – Felicity perguntou antes de se colocar bem na frente do irmão. – Não, não olhe para ela. Eu sou o motivo do problema, é óbvio, então gostaria de saber o que aconteceu.

– Eu poderia perguntar a mesma coisa – a mãe disse da escada.

Felicity respondeu à marquesa sem olhar para ela.

– Eu disse a toda Londres que iria me casar com o Duque de Marwick.

– Você *o quê*?!

Os cachorros começaram a latir de novo, alto e freneticamente, quando sua dona sucumbiu a outro acesso de tosse. Mesmo assim, Felicity não desviou o olhar do irmão.

– Eu sei. É terrível. Causei um probleminha. Mas não fui a única... fui? – O olhar culpado de Arthur encontrou o dela, e Felicity repetiu: – Fui?

Ele inspirou fundo e soltou o ar num suspiro longo e cheio de frustração.

– Não.

– Algo aconteceu.

Ele anuiu.

– Algo a ver com dinheiro.

E de novo:

– Felicity, nós não discutimos dinheiro com os homens.

– Então, por favor, mamãe, pode sair, porque eu pretendo ter esta conversa com meu irmão. – Os olhos castanhos de Arthur encontraram os dela. – Algo a ver com dinheiro.

Ele desviou o olhar para os fundos da casa, onde uma escada estreita levava aos aposentos dos criados, onde dormiam duas dúzias deles sem saber que seu destino estava em jogo. Do mesmo modo que Felicity dormia até esta noite, quando seu irmão, que ela amava de todo coração, assentiu uma última vez.

– Não temos nenhum – ele disse.

Ela arregalou os olhos diante das palavras ao mesmo tempo esperadas e chocantes.

– O que isso significa?

A frustração cresceu, e ele lhe deu as costas, passando os dedos pelo cabelo antes de se voltar para ela, os braços abertos.

– O que parece? Acabou o dinheiro.

A marquesa desceu da escada, meneando a cabeça.

– Como é possível? Você é Midas.

Ele riu, o som desprovido de humor.

– Não sou mais.

– Não é culpa do Arthur – disse a Marquesa de Bumble do patamar superior. – Ele não percebeu que era um negócio ruim. Ele pensou que podia confiar nos outros homens.

– Um negócio ruim? – ela meneou a cabeça.

– Não foi um negócio ruim – ele disse em voz baixa. – Eu não fui enganado. Eu só... – Ela se aproximou dele, estendendo a mão para o irmão, querendo reconfortá-lo. Então, ele acrescentou: – Eu nunca imaginei que perderia tudo.

Ela segurou as mãos dele.

– Vai ficar tudo bem – ela disse, tranquila. – E daí que você perdeu algum dinheiro.

– Todo o dinheiro. – Arthur baixou os olhos para as mãos deles, entrelaçadas. – Meu Deus, Felicity. A Pru não pode saber.

Felicity duvidava que a cunhada se aborreceria por Arthur ter feito um investimento ruim. Ela tentou um sorriso.

– Você é herdeiro de um marquesado. Papai vai ajudar você a recuperar seus negócios e sua reputação. Nós temos terras. Casas. A coisa vai se corrigir sozinha.

Arthur negou com a cabeça.

– Não. Papai investiu comigo. Tudo se foi. Tudo que não estava vinculado.

Felicity arregalou os olhos e se virou para a mãe, que, parada com mão sobre o peito, aquiesceu.

– Tudo.

– Quando?

– Não é importante.

Ela se virou para o irmão.

– Na verdade, acho que é. Quando?

Ele engoliu em seco.

– Dezoito meses atrás.

Felicity ficou boquiaberta. Dezoito meses. Eles mentiram para ela durante um ano e meio. Esforçaram-se para casá-la com uma coleção de homens aquém do ideal, depois a enviaram para uma ridícula festa, numa casa de campo, onde ela teve que competir com quatro outras mulheres que tentavam conquistar o Duque de Haven a escolhê-las como sua segunda mulher. Ela deveria ter desconfiado, claro, no momento em que sua mãe, que só ligava para decoro, seus cães e seus filhos (nessa ordem), apresentou como boa a ideia de Felicity competir pela mão do duque.

Ela deveria ter compreendido quando seu pai permitiu esse absurdo. Quando seu irmão permitiu.

– O duque era rico. – Ela olhou para Arthur.

O irmão pareceu confuso.

– Qual deles?

– O dois. O do último verão. O desta noite.

Ele assentiu.

– E todos os outros.

– Eram ricos o bastante.

Ela sentiu o sangue pulsando nos ouvidos.

– Eu deveria ter me casado com um deles.

Arthur concordou.

– E o casamento deveria ter enchido nossos cofres.

– Essa era a ideia.

A família a esteve usando durante um ano e meio. Fazendo planos sem que ela soubesse. Por um ano e meio, ela tinha sido um peão nesse jogo. Felicity meneou a cabeça.

– Como vocês puderam não me contar que o objetivo era o casamento a qualquer custo?

– Porque não era. Eu não casaria você com qualquer um...

Ela ouviu a hesitação no fim da frase.

– Porém?

Ele suspirou e fez um gesto indefinido.

– Porém. – Ela ouviu as palavras que não foram ditas: *Porém, nós precisávamos do casamento*.

Sem dinheiro.

– E os criados?

Ele meneou a cabeça.

– Nós cortamos a criadagem em todas as propriedades, menos aqui.

Felicity sacudiu a cabeça e se virou para a mãe.

– Todas as desculpas... as milhares de razões pelas quais não fomos para o interior.

– Nós não queríamos preocupar você – a mãe respondeu. – Você já estava tão...

Fugidia. Infrutífera. Fracassada.

Felicity meneou a cabeça.

– E os meeiros? – As pessoas que trabalhavam duro para cultivar a terra no interior. Que dependiam do título para sustento. Para proteção.

– Agora eles ficam com o que produzem – Arthur respondeu. – Eles mesmos negociam o gado e fazem a manutenção de suas casas. – Protegidos, mas não pelo título a que a terra estava vinculada.

Sem dinheiro. Nada para proteger a terra para as futuras gerações, para os filhos dos meeiros. Nada para o filhinho de Arthur e o segundo que estava a caminho. Para o futuro dela, caso não se casasse.

Não vamos suportar outro escândalo.

As palavras de Arthur ressoaram nela outra vez, espontâneas. Com sentido novo, literal.

Eles estavam no século dezenove, e ter um título não garantia o estilo de vida como antes; havia aristocratas empobrecidos por toda parte em Londres, e em breve a família Faircloth faria parte dessa parcela da nobreza.

Não era culpa de Felicity, mas, de algum modo, parecia ser inteiramente responsabilidade dela.

– E agora, eles não vão me querer.

Arthur desviou o olhar, envergonhado.

– Agora eles não vão querer você.

– Porque eu menti.

– O que deu em você para contar uma mentira pavorosa dessas? – perguntou a mãe, sem respirar direito de pavor.

– Imagino que foi a mesma coisa que deu em vocês para guardarem um segredo tão pavoroso – Felicity disse, tomada pela frustração. – Desespero.

Raiva. Solidão. Desejo de mudar o futuro sem pensar no que poderia acontecer em seguida.

Seu gêmeo a encarou, o olhar claro e honesto.

– Foi um erro.

Ela levantou o queixo, tomada por terror e uma raiva quente.

– O meu também.

– Eu devia ter lhe contado.

– São muitas as coisas que nós dois deveríamos ter feito.

– Eu pensei que podia poupar você... – ele começou, mas Felicity ergueu a mão para impedi-lo de continuar.

– Você pensou que podia poupar *você* mesmo. Você pensou que podia se poupar de ter que contar para sua mulher, que você jurou amar e proteger, a verdade da sua realidade. Você pensou que podia se poupar do constrangimento.

– Não só constrangimento. Da preocupação. Eu sou o marido dela. Eu devo cuidar dela. Deles todos. – Uma esposa. Um filho. Outro a caminho.

Uma pontada de tristeza reverberou em Felicity. Um fio de empatia, tingido pela decepção que sentia. Por seu medo. Pela culpa por se comportar de modo tão imprudente, por falar alto demais, por cometer um erro.

No silêncio que se seguiu, Arthur enfim falou:

– Eu não devia ter pensado em usar você.

– Não – ela concordou, com raiva o bastante para não isentá-lo de culpa. – Não devia mesmo.

Ele soltou outra risada desprovida de humor.

– Acho que fiz por merecer o que vai acontecer. Afinal, você não vai se casar com um duque rico. Ou ninguém rico. E você não deveria baixar suas expectativas.

Só que agora Felicity tinha contado uma mentira enorme e arruinado qualquer chance de suas expectativas serem alcançadas. E, de quebra, arruinado qualquer chance de garantir o futuro de sua família. Ninguém iria querê-la agora; ela não só estava manchada por seu comportamento passado como também tinha mentido. Em público. Sobre seu casamento com o duque.

Nenhum homem com a cabeça no lugar consideraria esse erro como perdoável.

Adeus, expectativas.

– Expectativas não valem a energia que gastamos pensando nelas se não tivermos um teto sobre nossas cabeças. – A marquesa suspirou, como se do alto pudesse ler os pensamentos da filha. – Minha nossa, Felicity, o que deu em você, afinal?

– Não importa, mãe – Arthur interveio antes que Felicity pudesse falar.

Arthur, sempre protegendo a irmã. Sempre tentando proteger todo mundo, o idiota.

– Tem razão – a marquesa lamentou. – Imagino que a esta altura o duque já tenha informado a sociedade inteira da mentira, devolvendo-nos, assim, ao nosso escandaloso lugar de direito.

– Provavelmente – Felicity disse, culpa, fúria e frustração em guerra dentro dela. Afinal, como mulher, ela deveria ter um objetivo singular em momentos como esse... casar-se por dinheiro e devolver honra e riqueza à sua família.

Exceto que ninguém se casaria com ela depois desta noite.

Pelo menos ninguém com a cabeça no lugar.

Arthur percebeu a revolta dela pela direção da conversa e colocou as mãos em seus ombros, dando um beijo fraternal da testa de Felicity.

– Nós vamos ficar bem – ele disse com firmeza. – Vou encontrar outro modo.

Ela anuiu, ignorando o ardor das lágrimas que ameaçavam transbordar. Sabendo que dezoito meses tinham se passado, e a melhor solução que Arthur tinha encontrado era o casamento dela.

– Vá para casa ficar com sua mulher – Felicity disse.

Ele engoliu em seco diante da lembrança de sua linda e amada esposa, que não sabia nada da dificuldade em que todos estavam. Que sorte a de Prudence.

– Ela não pode saber – sussurrou Arthur quando conseguiu encontrar sua voz.

O medo em suas palavras era palpável. Horrível.

Eles estavam em uma enrascada.

– É o nosso segredo – Felicity assentiu.

Quando a porta se fechou atrás dele, a garota levantou as saias – de um vestido da última temporada, alterado para acomodar as mudanças na moda em vez de ser doado e substituído por algo novo. Como ela pôde não perceber? Ela subiu a escada, com os cachorros indo de um lado para outro à sua frente.

Quando chegou ao patamar, ela encarou a mãe.

– Seus cachorros estão tentando me matar.

A marquesa anuiu, permitindo a mudança de assunto.

– É possível. Eles são muito inteligentes.

Felicity forçou um sorriso.

– São seus melhores filhos.

– Dão menos trabalho que os outros – a mãe respondeu, abaixando-se e pegando um cão peludo nos braços. – O duque era bonito?

– Eu mal o vi na multidão, mas pareceu bonito. – Sem perceber, Felicity se pegou pensando no outro homem. O da escuridão. O que ela desejava ter visto. Ele tinha lhe parecido mágico, como uma chama invisível.

Mas se esta noite lhe ensinou algo, foi que magia não é real.

Reais são os problemas.

— Tudo que nós queríamos era um bom casamento. — As palavras da mãe interromperam seus pensamentos.

Felicity retorceu os lábios.

— Eu sei.

— Foi tão ruim quanto parece?

Você não escapou de nós; nós nos livramos de você.

Felicity Acabada. Felicity Infrutífera. Felicity Fracassada.

Está tarde demais para você conquistar o duque.

Felicity assentiu.

— Foi pior.

Ela seguiu pelos corredores escuros até seu quarto. Ao entrar no cômodo pouco iluminado, ela jogou as luvas e a bolsa na mesinha ao lado da porta, e a fechou, encostando-se nela e finalmente exalando o ar que vinha segurando desde que se vestiu para o baile Marwick, horas atrás.

Ela foi até a cama no escuro, jogando-se no colchão. Ficou olhando para o dossel acima, por um longo momento, relembrando os eventos horripilantes da noite.

— Que desastre!

Por um momento, Felicity imaginou o que faria se não fosse ela mesma – alta demais, comum demais, velha demais, com a língua afiada demais; uma mulher invisível sem qualquer esperança de conquistar um solteiro disposto a se casar. Ela se imaginou escapulindo da casa e voltando à cena de seu crime devastador.

Ganhando uma fortuna para sua família e o mundo todo para si.

Querendo mais do que ela podia ter.

Se Felicity não fosse ela mesma, conseguiria fazer isso. Ela poderia encontrar o duque e seduzi-lo. Ela poderia deixá-lo de joelhos. Se fosse linda, inteligente e carismática. Se estivesse no centro e não na periferia do mundo. Se estivesse dentro da festa, e não espiando pelo buraco da fechadura.

Se ela pudesse inspirar paixão – do tipo que tinha visto consumir um homem, como mágica. Como fogo. Como chama.

Seu estômago deu uma cambalhota com o pensamento, com a fantasia que o acompanhou. Com o prazer da ideia – algo que ela nunca se permitiu imaginar. Um duque desesperado por ela.

Um casamento que faça história.

— Se pelo menos eu fosse uma chama – ela falou para o dossel acima. — Isso resolveria tudo.

Mas era impossível. E ela imaginou um tipo diferente de chama, destruindo Mayfair, incinerando seu futuro e o de sua família.
Ela imaginou os nomes.
Felicity Fuxiqueira.
Felicity Falsa.
– Pelo amor de Deus, Felicity – ela sussurrou.
Ela ficou deitada ali, sentindo medo e vergonha, por um longo tempo, refletindo sobre seu futuro, até suas pálpebras ficarem pesadas, e ela cogitar dormir de vestido em vez de chamar uma criada para ajudá-la a se despir. Mas o traje era pesado e apertado, e o espartilho já estava tornando difícil respirar.
Com um gemido ela se sentou, acendeu a vela na mesinha de cabeceira e foi puxar o cordão da campainha para chamar a criada. Antes que pudesse alcançá-lo, contudo, uma voz soou na escuridão.
– Você não deveria contar mentiras, Felicity Faircloth.

Capítulo Cinco

Felicity deu um pulo e soltou um gritinho ao ouvi-lo, virando-se para a parede mais distante do quarto, envolta pela escuridão, onde nada parecia fora do lugar.

Levantando sua vela, ela perscrutou os cantos, e a luz enfim tocou um par de botas pretas perfeitamente lustrosas, cruzadas nos tornozelos, a brilhante ponta de prata de uma bengala apoiada no bico de uma delas.

Era ele.

Ali. No quarto dela. Como se fosse algo normal.

Nada nesta noite estava sendo normal.

O coração dela começou a bater mais forte, ainda com mais vigor do que antes naquela noite, e Felicity recuou em direção à porta.

— Acredito que se enganou de casa, meu senhor.

As botas não se mexeram.

— Estou na casa certa.

Ela arregalou os olhos.

— Com certeza você se enganou de quarto.

— Estou no quarto certo também.

— Este é o meu quarto.

— Eu não poderia bater na porta da sua casa no meio da noite e pedir para falar com você, poderia? Os vizinhos ficariam escandalizados. Imagine em que situação isso a deixaria.

Ela evitou observar que os vizinhos ficariam escandalizados de qualquer modo, pela manhã, quando toda Londres soubesse de sua mentira. Ele ouviu seu pensamento.

— Por que você mentiu? — ele perguntou.

Ela ignorou a pergunta.

– Não converso com estranhos no meu quarto.

– Mas não somos estranhos, querida. – A ponta prateada da bengala começou a bater na bota num ritmo lento e uniforme.

Ela retorceu os lábios.

– Não tenho tempo para pessoas sem importância.

Embora ele continuasse no escuro, Felicity imaginou tê-lo ouvido sorrir.

– E esta noite você mostrou a eles, não é, Felicity Faircloth?

– Não fui eu quem mentiu. – Ela apertou os olhos para a escuridão. – Você sabia quem eu era.

– Você é a única cuja mentira foi grande o bastante para destruir esta casa.

Ela fez uma careta de escárnio.

– Você me encurralou, meu senhor. Com que objetivo? Amedrontar?

– Não. Não desejo amedrontá-la. – A voz do homem era pesada como a escuridão que o envolvia. Grave, baixa e, de algum modo, mais clara que um tiro de pistola.

O coração de Felicity batia forte.

– Acho que é exatamente isso que você deseja fazer. – A ponta prateada bateu de novo, e ela voltou o olhar irritado para a peça. – E acho que deveria ir embora antes que eu decida sentir medo, em vez de raiva.

Pausa. *Bate, bate.*

E então ele se moveu, inclinando-se na direção do círculo de luz, de modo que ela pôde ver suas pernas compridas, a cartola preta sobre uma coxa. As mãos sem luvas com três anéis de prata brilhando sob a luz da vela no polegar, no indicador e no anelar da direita, abaixo da manga preta do sobretudo, que caía com perfeição em seus braços e ombros. O círculo de luz terminava em seu maxilar definido e bem barbeado. Ela levantou mais uma vez a vela e lá estava ele.

Ela inspirou profundamente, lembrando com vergonha de ter pensado antes que o Duque de Marwick era bonito.

Não mais.

Pois com certeza nenhum homem sobre a Terra podia ser tão bonito quanto este. Era notável como a aparência combinava com a voz. Como um trovão baixo, líquido. Como tentação. *Como um pecado.*

Um lado do rosto continuava na sombra, mas o outro, que ela podia ver... era magnífico. Um rosto longo, magro, cheio de ângulos agudos e depressões definidas, sobrancelhas aladas e lábios carnudos, olhos que brilhavam com segredos que, ela podia apostar, ele nunca compartilhava, e um nariz que fazia inveja à família real, perfeitamente reto, como se tivesse sido esculpido com uma lâmina afiada e precisa.

O cabelo era escuro e aparado rente à cabeça, curto o bastante para revelar o crânio redondo.

– Sua cabeça é perfeita – ela disse.

Ele sorriu.

– Sempre achei isso também.

Felicity baixou a vela, devolvendo-o à escuridão.

– Quero dizer que o formato é perfeito. Como você corta o cabelo tão rente ao couro cabeludo?

Ele hesitou antes de responder.

– Uma mulher em que confio.

Felicity arqueou as sobrancelhas diante da resposta inesperada.

– Ela sabe que você está aqui?

– Não.

– Bem, como ela segura uma lâmina perto da sua cabeça com frequência, é melhor você ir embora antes que ela fique brava.

Um troar baixo ecoou como resposta, e ela prendeu a respiração. Era uma risada?

– Não vou embora antes de você me dizer por que mentiu.

Felicity meneou a cabeça.

– Como eu disse, meu senhor, não tenho o hábito de conversar com estranhos. Por favor, vá embora. Saia por onde veio. – Ela fez uma pausa. – Como você entrou?

– Você tem uma sacada, Julieta.

– Também tenho um quarto no terceiro andar, *não Romeu*.

– E uma treliça resistente. – Ela percebeu o divertimento preguiçoso nas palavras dele.

– Você escalou a treliça.

– Escalei, sim.

Ela sempre imaginou alguém escalando aquela treliça. Mas não um criminoso vindo para... O que ele queria ali?

– Então imagino que a bengala não seja para ajudá-lo a andar.

– Não é para esse tipo de ajuda.

– É uma arma?

– Tudo pode se tornar uma arma quando você precisa de uma.

– Excelente conselho, pois parece que tenho um invasor.

Ele fez um som de repreensão.

– Um invasor amigável.

– Ah, sim – ela debochou. – Amigável é a primeira palavra que eu usaria para descrever você.

– Se eu estivesse aqui para sequestrar e carregar você para o meu covil, a esta altura eu já teria feito isso.

– Você tem um covil?

– Na verdade, eu tenho. Mas não pretendo levar você para lá. Não esta noite.

Ela estaria mentindo se dissesse que a última frase não foi estimulante.

– Ah, isso vai garantir que eu durma em paz no futuro – ela disse.

Ele riu, baixo e suave, como a luz do quarto.

– Felicity Faircloth, você não é o que eu esperava.

– Você diz isso como se fosse um elogio.

– E é.

– Vai continuar sendo quando eu o acertar no meio da cabeça com este castiçal?

– Você não vai me machucar – ele disse.

Felicity não gostou da facilidade com que ele pareceu perceber que sua bravata não passaria disso.

– Você parece muito seguro de si mesmo para alguém que não me conhece.

– Eu a conheço, Felicity Faircloth. Eu a conheci no momento em que a vi naquele terraço do lado de fora da estufa trancada de Marwick. A única coisa que eu não consegui saber foi a cor do seu vestido.

Ela baixou os olhos para o vestido, fora de moda e da cor de suas bochechas.

– É rosa.

– Não é só rosa – ele disse, a voz sombria com uma promessa e algo mais de que ela não gostou. – É da cor do céu de Devon na alvorada.

Ela se incomodou com o modo como as palavras a agitaram, como se algum dia ela pudesse ver aquele céu e pensar neste homem e neste momento. Como se ele pudesse deixar uma marca que ela não conseguiria apagar.

– Responda à minha pergunta, e eu vou embora.

Por que você mentiu?

– Eu não lembro.

– Lembra, sim. Por que você mentiu para aquele bando de infelizes? – A descrição foi tão ridícula que ela quase riu. Quase. Mas ele não parecia estar achando graça.

– Eles não são tão infelizes.

– São aristocratas mimados, pomposos, com a cabeça enfiada tão fundo no rabo um do outro que não têm ideia de que o mundo está mudando rapidamente, e que outros logo vão tomar o lugar deles.

Ela ficou boquiaberta.

– Mas você, Felicity Faircloth... – Ele bateu a bengala duas vezes na bota. – Ninguém vai tomar seu lugar. Então vou perguntar mais uma vez. Por que você mentiu para eles?

Se foi o choque daquela descrição, ou o modo tranquilo como ele os descreveu, o homem convenceu Felicity a responder.

– Ninguém deseja estar no meu lugar. – Ele não falou, e ela preencheu o silêncio. – Com isso eu quero dizer que... meu lugar é nada. Nenhum lugar. Já foi com eles, mas então... – Ela foi parando de falar. Deu de ombros. – Eu sou invisível. – E então, porque não conseguiu se segurar, ela acrescentou, em voz baixa: – Eu queria puni-los. E queria que me quisessem de volta.

Ela odiou a verdade nessas palavras. Felicity não deveria ser forte o bastante para dar as costas para eles? Ela não deveria se importar menos com eles? Ela odiou a fraqueza que expôs.

E ela o odiou por fazê-la expor isso.

Felicity esperou que ele respondesse no escuro e, estranhamente, lembrou-se da vez em que visitou a Real Sociedade Entomológica e viu uma enorme borboleta aprisionada em âmbar. Linda e delicada, preservada com perfeição, mas congelada no tempo, para sempre.

Este homem não iria capturá-la. Hoje não.

– Acho que vou chamar um criado para vir e retirá-lo. Você deve saber que meu pai é um marquês, e é ilegal entrar na casa de um aristocrata sem permissão.

– É ilegal entrar na casa de qualquer um sem permissão, Felicity Faircloth, mas você gostaria que eu dissesse que estou devidamente impressionado com o título do seu pai e do seu irmão?

– Por que eu devo ser a única a mentir esta noite?

Uma pausa.

– Então você admite? – ele insistiu.

– É melhor eu admitir; toda Londres estará sabendo amanhã. Felicity Fugidia com seu lindo noivo.

A tentativa de graça não o divertiu.

– Sabe, o título do seu pai é ridículo. O do seu irmão também.

– Perdão? – ela disse, na falta de outra coisa.

– Bumble e Grout. Meu Deus. Quando a pobreza enfim os abraçar, eles podem se tornar boticários, vendendo tinturas e tônicos para os desesperados em Lambeth.

Ele sabia que sua família estava pobre. Será que toda Londres sabia? Ela tinha sido a última a descobrir? A última para quem contaram, mesmo com a família pretendendo usá-la para reverter sua situação? A irritação veio quente com o pensamento. O estranho continuou.

– E você, Felicity Faircloth, com um nome que deveria figurar num livro de histórias.

Ela olhou enviesado para ele.

– Eu estava mesmo querendo saber sua opinião sobre nossos nomes.

Ele ignorou o comentário.

– Uma princesa dos contos de fadas, trancada na torre, desesperada para ser parte do mundo que a aprisionou... para ser aceita por ele.

Tudo naquele homem era perturbador, estranho e vagamente irritante.

– Eu não gosto de você.

– Não. Você não gosta é da verdade, minha pequena mentirosa. Você não gosta que eu veja que o seu desejo tolo é uma amizade falsa com uma turma de aristocratas perfumados e pretensiosos que não conseguem ver o que você de fato é.

Ela deveria estar muito incomodada com ele em seu quarto, tão perto e no escuro. Ainda assim...

– E o que eu sou?

– Muito melhor do que aqueles seis.

A resposta provocou um arrepio de empolgação nela, e Felicity quase se permitiu ser atraída por aquele homem, que parecia ser feito de magia e champanhe. Mas ela meneou a cabeça e fez sua melhor expressão de desdém.

– Se eu *fosse* essa princesa, meu senhor, você não estaria aqui. – Ela foi até a parede, de novo disposta a puxar o cordão da campainha.

– Não é essa a parte de que todos gostam? A parte em que a princesa é resgatada da torre?

Ela olhou para ele por cima do ombro.

– Um príncipe é que deveria fazer o resgate. Não... seja lá o que você é. – Ela pegou o cordão.

Ele falou antes que ela o puxasse.

– Quem é a mariposa?

Felicity se voltou para ele, o constrangimento crescendo.

– O quê?

– Você queria ser a chama, princesa. Quem é a mariposa?

As bochechas dela arderam. Ela não tinha dito nada sobre mariposas. Como ele podia saber o que ela quis dizer?

– Você não devia ficar de ouvido no que os outros falam.

– Eu também não deveria estar sentado no escuro do seu quarto, querida, mas aqui estou eu.

Ela apertou os olhos.

– Estou percebendo que você não é o tipo de homem que se importa com regras.

– Você já me viu importar com alguma coisa em nosso longo relacionamento?

A irritação aumentou.

– Quem é você? Por que estava à espreita no terraço da Casa Marwick como se fosse algum nefasto... espreitador?

Ele continuou sem se alterar.

– Então eu sou um espreitador à espreita?

Esse homem, assim como toda Londres, parecia saber mais do que ela. Ele parecia conhecer o campo de batalha e tinha habilidades para lutar a guerra. E ela odiou isso. Ela lhe deu seu olhar mais mortífero. Não surtiu efeito.

– De novo, querida. Se você é a chama, quem é a mariposa?

– Com certeza não é o senhor.

– Que pena.

Ela também não gostou da insolência naquelas palavras.

– Eu me sinto bastante satisfeita com a minha escolha.

Ele soltou uma risadinha, um estrondo baixo que produziu coisas estranhas nela.

– Posso lhe dizer o que eu acho?

– Prefiro que não diga – ela estrilou.

– Eu acho que sua mariposa é muito difícil de atrair – ele disse, e ela abriu a boca, mas não falou. – E eu sei que posso consegui-la para você. – Ela prendeu a respiração, e ele continuou. – A mariposa cujas asas você afirmou, para metade da cidade, que já chamuscou.

Felicity ficou grata pela iluminação fraca do quarto, para que ele não pudesse ver seu rosto vermelho. Nem seu choque. Nem sua empolgação. Estaria aquele homem, que de algum modo tinha entrado em seu quarto no meio da noite, sugerindo que ela não tinha arruinado sua vida nem as chances de sobrevivência da família?

A esperança era uma coisa louca, aterrorizante.

– Você *consegue* atraí-lo?

Então ele riu. Baixo e sombrio e quase sem achar graça, provocando um arrepio desagradável nela.

– Como um gatinho com um pires de leite – ele respondeu.

Ela fez uma careta de escárnio.

– Você não deveria brincar com isso.

– Quando eu brincar com você, querida, vai saber. – Ele se recostou de novo, esticando as pernas, batendo de novo aquela bengala infernal na bota. – O Duque de Marwick pode ser seu, Felicity Faircloth. Sem Londres nunca saber a verdade sobre a sua mentira.

– Isso é impossível – ela afirmou, a respiração curta. Ainda assim, de algum modo, Felicity acreditou nele.

– Alguma coisa é realmente impossível?

Ela forçou uma risada.

– Além de um duque solteiro me escolher em vez de qualquer outra mulher na Grã-Bretanha?

Bate, bate. Bate, bate.

– Até isso é possível, minha querida, sem graça, mordaz e rejeitada Felicity Faircloth. Esta é a parte do conto de fadas em que a princesa recebe tudo que sempre desejou.

Exceto que não se tratava de um conto. E esse homem não podia lhe dar o que ela desejava.

– Essa parte geralmente começa com algum tipo de fada. E você não se parece nada com uma.

A risada trovejante de novo.

– Nisso você está certa. Mas além das fadas existem criaturas com atividades semelhantes.

O coração dela voltou a acelerar, e Felicity odiou a louca esperança que a invadiu, de que aquele homem estranho no escuro pudesse cumprir sua promessa impossível.

Era loucura, mas ela avançou na direção dele, trazendo-o para a luz mais uma vez, aproximando-se cada vez mais, até chegar à extremidade das pernas impossíveis de tão compridas, da bengala impossível de tão longa, e levantou a vela para revelar mais uma vez o rosto impossível de tão lindo.

Dessa vez, contudo, ela pôde vê-lo por inteiro, e o perfeito lado esquerdo não combinava com o direito, onde uma cicatriz feia e grande o riscava da têmpora até o maxilar, enrugada e branca.

Quando ela inspirou fundo, ele tirou a cabeça da luz.

– Que pena. Eu estava ansioso para ver a descompostura que você parecia pronta para me passar. Não pensei que pudesse ser repelida com tanta facilidade.

– Ah, mas não fui repelida. Na verdade, sinto-me grata por você não ser o homem mais perfeito que eu já vi.

Ele voltou à luz, seu olhar escuro encontrando o dela.

– Grata?

– Com certeza. Eu nunca soube muito bem o que se faz com homens excessivamente perfeitos.

Ele arqueou uma sobrancelha.

– O que se faz.

– Além do óbvio.

Ele inclinou a cabeça para o lado.

– O óbvio.

– Olhar para eles.

– Ah! – ele exclamou.

– De qualquer modo, agora me sinto mais à vontade.

– Porque não sou mais perfeito?

– Você continua muito perto de ser, mas já não é o homem mais bonito que vi na vida – ela mentiu.

– Sinto como se devesse me sentir ofendido, mas vou ignorar isso. Só por curiosidade, quem usurpou meu trono?

Ninguém. A cicatriz deixa você ainda mais atraente.

Mas aquele não era o tipo de homem para o qual se podia dizer *isso*.

– Tecnicamente, o trono já era dele antes de você aparecer. Ele apenas o retomou.

– Eu agradeceria um nome, Lady Felicity.

– Como você o chamou antes? Minha mariposa?

Ele ficou imóvel por um momento – não o bastante para que uma pessoa comum percebesse. Felicity percebeu.

– Eu imaginei que você soubesse – ela disse, o tom debochado. – Com sua oferta de conquistá-lo para mim.

– A oferta ainda está de pé, mas eu não acho o duque atraente. Nem um pouco.

– Não precisamos debater isso. O homem é empiricamente atraente.

– Hum – ele fez, não parecendo convencido. – Diga-me por que você mentiu.

– Diga-me por que você está tão disposto a me ajudar.

Ele sustentou o olhar dela por um longo momento.

– Você acreditaria que eu sou um bom samaritano?

– Não. Por que você estava espreitando o baile Marwick? O que ele é para você?

O homem levantou um ombro. Deixou-o cair.

– Diga-me por que você acha que ele não ficaria empolgado de saber que é seu noivo.

Ela fez uma careta.

– Primeiro, ele não faz ideia de quem eu seja.

Um lado da boca dele se torceu, e Felicity imaginou como seria receber o pleno impacto de seu sorriso.

Colocando esse pensamento louco de lado, ela continuou.

– E, como já disse, não tenho utilidade para homens excessivamente perfeitos.

– Não foi isso que você disse – respondeu ele. – Você disse que não sabia qual é a utilidade de homens excessivamente perfeitos.

Ela refletiu por um instante.

– As duas declarações são verdadeiras.

– Por que você pensa que não teria utilidade para Marwick?

Ela franziu a testa.

– Eu acredito que isso seja óbvio.

– Não é.

Ela resistiu responder, cruzando os braços como se para se proteger.

– É rude da sua parte perguntar.

– Também é rude da minha parte escalar a treliça e invadir o seu quarto.

– É mesmo. – Então, por alguma razão que ela nunca compreenderia por completo, Felicity respondeu à pergunta, deixando-se dominar pela frustração, preocupação e uma sensação muito real de catástrofe iminente. – Por que sou a síntese do que é comum. Porque não sou linda, nem divertida, nem uma interlocutora brilhante. E, embora um dia tenha pensado ser impossível acreditar que eu pudesse me tornar uma solteirona, aqui estou eu, e ninguém jamais me quis de verdade. E não espero que isso mude agora com um duque atraente.

Ele permaneceu em silêncio por um longo momento, a vergonha dela borbulhando.

– Por favor, vá embora – ela pediu.

– Comigo você parece uma interlocutora muito brilhante.

Ela ignorou o fato de ele não discordar dela nos outros pontos.

– Você é um estranho nas sombras. Tudo é mais fácil no escuro.

– Nada é mais fácil no escuro – ele disse. – Mas isso é irrelevante. Você está errada, e é por isso que estou aqui.

– Para me convencer que sou boa de conversa.

Ele mostrou os dentes e se levantou, preenchendo o quarto com sua altura. Os nervos de Felicity zuniram quando ela admirou o formato dele, comprido e lindo, com os ombros largos e os quadris estreitos.

– Eu vim para lhe dar o que você quer, Felicity Faircloth.

O sussurro com a promessa percorreu as veias dela. Era medo que sentia? Ou algo diferente? Ela meneou a cabeça.

– Mas você não pode. Ninguém pode.

– Você quer a chama – ele disse em voz baixa.

Ela negou com a cabeça.

– Não quero.

– É claro que quer. Mas isso não é tudo que deseja, certo? – Ele se aproximou um passo, e ela pôde sentir seu cheiro, quente e fumacento, como se viesse de algum lugar proibido. – Você quer tudo. O mundo, um homem, o dinheiro, o poder. E algo mais, também. – Ele se aproximou ainda mais, ficando a centímetros dela, seu calor inundando-a, inebriante e tentador. – Algo mais. – As palavras tornaram-se um sussurro. – Algo secreto.

Ela hesitou, detestando que aquele estranho parecesse conhecê-la. Detestando que ela quisesse responder. Detestando que respondeu.

– Mais do que eu posso ter.

– E quem lhe disse isso, milady? Quem lhe disse que você não pode ter tudo?

O olhar dela baixou para a mão dele, onde o castão de prata da bengala estava preso entre os dedos longos e fortes, onde o anel de prata no dedo indicador reluzia para ela. Felicity estudou o padrão do metal, tentando discernir o formato do castão. Depois do que pareceu uma eternidade, ela olhou para ele.

– Qual o seu nome?

– Devil.

O coração dela disparou com a palavra, que parecia completamente ridícula e perfeita.

– Esse não é seu nome verdadeiro.

– É estranho como nós colocamos tanto valor em nomes, não acha, Felicity Faircloth? Me chame do jeito que quiser, mas eu sou o homem que pode lhe dar tudo. Tudo que deseja.

Ela não acreditou nele. É óbvio. Nem por um segundo.

– Por que eu?

Então ele estendeu a mão para ela, e Felicity soube que deveria ter recuado. Ela soube que não deveria permitir que ele a tocasse, não quando os dedos dele desceram por sua face esquerda, deixando fogo em seu rastro, como se deixasse sua cicatriz nela, uma marca de sua presença. Mas o fogo de seu toque não tinha nada de doloroso. Principalmente quando ele respondeu:

– Por que não você?

Por que não ela? Por que ela não podia ter o que desejava? Por que ela não podia fazer um pacto com o diabo, que tinha aparecido do nada e logo iria embora?

– Eu queria não ter mentido – ela disse.

– Não posso mudar o passado. Apenas o futuro. Mas posso tornar verdadeira a sua promessa.

– Transformar palha em ouro?

– Ah, então estamos num conto de fadas, afinal.

Ele fazia tudo parecer tão fácil – tão possível, como se pudesse fazer um milagre, sem qualquer esforço.

Era loucura, claro. Ele não podia mudar o que ela tinha dito. A mentira que tinha contado, maior que todas as outras. Portas tinham se fechado à volta dela mais cedo naquela noite, negando-lhe qualquer caminho concebível. Interrompendo seu futuro. O futuro de sua família. Ela se lembrou da impotência de Arthur. Do desespero da mãe. Da sua própria resignação. Fechaduras que não conseguiria arrombar.

E agora, este homem... brandindo uma chave.

– Você pode tornar realidade.

A mão dele se virou, o calor da palma em sua face, no queixo... por um momento fugaz, ele *foi* um padrinho mágico. Ela *ficou* sob o poder dele.

– O noivado é fácil. Mas isso não é tudo que você deseja, é?

Como ele sabia?

O toque dele espalhou fogo pelo pescoço dela, os dedos beijaram a elevação do ombro.

– Conte-me tudo, Felicity Faircloth. O que mais a princesa na torre deseja? O mundo a seus pés, a família rica mais uma vez e...

As palavras foram sumindo, preenchendo o espaço até a resposta dela vir, de repente.

– Eu quero que ele seja a mariposa. – Ele tirou a mão de sua pele, e Felicity sentiu a perda. – Eu quero ser a chama.

Ele aquiesceu, seus lábios curvando-se como um pecado, seus olhos escuros e sem cor nas sombras, e ela imaginou se iria se sentir menos sob o poder dele se pudesse ver a cor de seus olhos.

— Você deseja atraí-lo para si.

Uma lembrança veio; um marido desesperado pela esposa. Um homem alucinado por sua amada. Uma paixão que não podia ser negada, tudo por uma mulher que detinha todo o poder.

— Sim.

— Tenha cuidado com a tentação, milady. É um plano perigoso.

— Você faz parecer como se tivesse passado por algo assim.

— É porque passei.

— Sua barbeira? — Seria essa mulher a esposa dele? Sua amante? Seu amor? Por que Felicity se importava?

— A paixão corta para os dois lados.

— Mas eu não preciso — ela disse, sentindo-se repentina, aguda e estranhamente à vontade com aquele homem que não conhecia. — Espero vir a amar meu marido, mas não preciso ser consumida por ele.

— Você quer a consumação.

Ela queria ser desejada. Além do racional. Felicity queria que ansiassem por ela.

— Você deseja que ele voe para sua chama.

Impossível.

— Quando se é ignorada pelas estrelas, você passa a imaginar se algum dia conseguirá brilhar forte — ela respondeu, ficando no mesmo instante com vergonha de suas palavras. Felicity deu-lhe as costas, quebrando o encanto. Ela pigarreou. — Não importa. Você não pode mudar o passado. Você não pode apagar minha mentira e torná-la verdade. Você não pode fazer com que ele me queira. Nem mesmo se fosse o diabo. É impossível.

— Pobre Felicity Faircloth, tão preocupada com o que é impossível.

— Foi uma *mentira* — ela disse. — Eu nem mesmo *conheço* o duque.

— E esta é a verdade... o Duque de Marwick não vai negar sua afirmação.

Impossível. Mesmo assim, uma pequena parte dela esperava que ele estivesse certo. Assim, ela poderia salvar a todos.

— Como?

— Magia do diabo. — Ele deu um sorriso sarcástico.

Felicity arqueou uma sobrancelha.

— Se puder fazer isso acontecer, meu senhor, terá feito por merecer seu nome bobo.

— A maioria das pessoas acha meu nome perturbador.

— Não sou a maioria das pessoas.

— Isso, Felicity Faircloth, é verdade.

Ela não gostou do calor que se espalhou por ela quando ouviu essas palavras e decidiu ignorá-lo.

— E você vai fazer isso por causa da bondade de seu coração? Perdoe-me se eu não acredito, *Devil*.

Ele inclinou a cabeça.

— É óbvio que não. Não existe nada de bom no meu coração. Quando estiver feito, e você o tiver conquistado, coração e mente, eu virei para cobrar meus honorários.

— Imagino que esta seja a parte em que você me diz que seus honorários serão meu filho primogênito?

Ele riu disso. Um riso baixo e secreto, como se ela tivesse dito algo mais divertido do que pretendia. E então:

— O que eu faria com um bebê chorão?

Ela retorceu os lábios.

— Eu não tenho nada para lhe dar.

Ele a observou por um longo momento.

— Você se subestima, Felicity Faircloth.

— Minha família não tem dinheiro para lhe dar — ela disse. — Você mesmo disse isso.

— Se sua família tivesse dinheiro, você não estaria nesta situação, estaria?

Ela escarneceu do comentário verdadeiro. Da impotência que surgiu com as palavras.

— Como você sabe?

— Que o Conde de Grout e o Marquês de Bumble perderam uma fortuna? Querida, toda Londres sabe disso. Até aqueles de nós que não são convidados para os bailes de Marwick.

— Eu não sabia.

— Não até que você precisasse saber.

— Nem assim — ela resmungou. — Eles me contaram apenas quando eu não pude fazer mais nada para ajudar.

Ele bateu a bengala duas vezes no chão.

— Estou aqui, não estou?

Ela estreitou os olhos.

— Por um preço.

— Tudo tem um preço, querida.

— Então deduzo que já saiba o seu.

— Eu sei, na verdade.

— Qual é?

Ele sorriu, a expressão maliciosa.

– Dizer para você iria tirar toda graça.

Uma comichão se espalhou por ela, começando pelos ombros e descendo a coluna, quente e estimulante. Aterrorizante e esperançosa. Qual o preço da segurança e do conforto da sua família? Qual o preço da reputação dela como esquisita, mas não uma mentirosa?

E qual o preço de um marido que não sabia do seu passado?

Por que não negociar com o diabo?

Uma resposta quis saltar dela, a promessa de algo perigoso. Ainda assim, a tentação a agitou. Mas primeiro, ela precisava ter garantia.

– Se eu aceitar...

Aquele sorriso de novo, como se ele fosse um gato com um canário.

– *Se* eu aceitar – ela repetiu, com uma expressão de desgosto –, ele não vai negar o noivado?

Devil inclinou a cabeça.

– Ninguém jamais vai saber da sua invenção, Felicity.

– E ele vai me querer?

– Como o ar que respira – ele disse, as palavras soando como uma linda promessa.

Não era possível. O homem não era o diabo. E mesmo que fosse, nem Deus podia apagar os eventos da noite e fazer o Duque de Marwick se casar com ela.

Mas e se ele pudesse?

Uma negociação vale para os dois lados, e aquele homem parecia mais divertido que a maioria.

Talvez na perda da paixão impossível que ele lhe prometia, ela pudesse ganhar outra coisa. Ela o encarou.

– E se você não conseguir? Eu recebo um favor em troca?

Ele refletiu um instante antes de falar.

– Tem certeza de que deseja um favor do diabo?

– Acho que seria um favor bem mais útil do que vindo de alguém que é perfeitamente bom o tempo todo – ela observou.

Achando graça, ele arqueou a sobrancelha acima da cicatriz.

– Faz sentido. Se eu fracassar, você pode me pedir um favor.

Ela assentiu e estendeu a mão para um aperto formal, do qual se arrependeu no momento em que a manzorra dele se fechou sobre a dela. Era quente e áspera na palma, de um modo que sugeria trabalho muito distante do que cavalheiros de berço executavam.

Foi delicioso, e ela o soltou no mesmo instante.

– Você não devia ter concordado – ele comentou.

– Por que não?

– Porque nada de bom pode resultar de acordos feitos no escuro. – Ele pôs a mão no bolso e extraiu um cartão de visita. – Vejo você daqui a duas noites, a menos que precise de mim antes. – Ele deixou o cartão sobre a mesinha ao lado da cadeira que Felicity julgou ser dele pelo resto de sua vida.

– Tranque a porta quando eu sair. Você não quer que alguma figura nefasta entre enquanto você dorme.

– Fechaduras não impediram que a primeira figura nefasta entrasse no meu quarto esta noite.

Um lado da boca dele se levantou.

– Você não é a única em Londres que sabe arrombar fechaduras, querida.

Ela corou quando ele tocou a cartola e saiu pelas portas da sacada antes que Felicity pudesse negar. O castão de prata da bengala brilhou sob o luar.

Quando ela chegou ao parapeito, ele já tinha sumido, capturado pela noite.

Ela voltou para dentro e trancou a porta, seu olhar caindo no cartão de visita.

Pegando-o, ela estudou a elaborada insígnia:

O verso trazia um endereço – uma rua da qual ela nunca tinha ouvido falar – e, abaixo, a seguinte mensagem com a mesma caligrafia masculina:

Capítulo Seis

Duas noites depois, conforme os últimos raios de sol desapareciam na escuridão, os Bastardos Impiedosos passavam pelas ruas sujas dos cantos mais distantes de Covent Garden, onde o bairro conhecido por seus teatros e tavernas dava lugar a um conhecido por crimes e crueldade.

Covent Garden era um labirinto de ruas estreitas e tortuosas, que se torciam e giravam sobre si mesmas até um visitante desavisado se ver aprisionado em sua teia de aranha. Uma única curva errada após sair do teatro podia fazer com que um dândi fosse roubado e jogado na sarjeta – ou coisa pior. As ruas que levavam ao coração do cortiço de Garden não eram gentis com os visitantes – principalmente cavalheiros respeitáveis vestindo trajes ainda mais respeitáveis –, mas Devil e Whit não eram respeitáveis nem cavalheiros, e todo mundo ali sabia que não era boa ideia contrariar os Bastardos Impiedosos, não importava se estivessem vestindo trajes refinados.

Além disso, os irmãos eram reverenciados no bairro, vindos eles próprios do cortiço, lutando e roubando e dormindo na sujeira com os melhores do bairro, e ninguém gosta mais de um rico do que um pobre com a mesma origem. Ajudava também que a maioria dos negócios dos Bastardos passasse por aquele cortiço em particular – onde homens fortes e mulheres inteligentes trabalhavam para eles, e garotos confiáveis e meninas espertas ficavam de olho em qualquer coisa estranha, relatando o que descobriam em troca de uma bela coroa de ouro.

Ali, uma coroa podia alimentar uma família por um mês, e os Bastardos gastavam dinheiro na região como se fosse água, o que os tornava – bem como seus negócios – intocáveis.

– Sr. Beast. – Uma garotinha puxou a perna da calça de Whit, usando o nome que todos ali utilizavam para se referir a ele, exceto seus irmãos. – Aqui! Quando a gente vai ganhar gelado de limão de novo?

Whit parou e se agachou, a voz rouca pela falta de uso e carregada do sotaque de sua infância.

– Escute aqui, pirralha. A gente não fala de gelado nas ruas.

A garotinha arregalou os brilhantes olhos azuis.

Whit mexeu no cabelo dela.

– Você guarda os nossos segredos, e nós lhe arrumamos os doces de limão, não se preocupe. – Uma falha no sorriso da menina indicava que ela tinha perdido um dente havia pouco tempo. Whit a virou para o outro lado. – Vá procurar sua mãe. Diga a ela que eu vou pegar minha roupa lavada depois que terminar o serviço no armazém.

A garota saiu em disparada.

Os irmãos continuaram sua caminhada.

– Foi generoso da sua parte dar sua roupa para Mary lavar – disse o Devil.

Whit grunhiu.

O cortiço deles era um dos poucos em Londres que tinha água fresca comunitária – porque os Bastardos Impiedosos tinham cuidado disso. Eles também deram um jeito para que tivesse um médico, um padre e uma escola para que os pequenos pudessem aprender a ler e escrever antes de terem que ir às ruas encontrar trabalho. Mas os Bastardos não podiam dar tudo, e, de qualquer modo, os pobres que moravam ali eram orgulhosos demais para aceitar.

Assim os Bastardos empregavam tantos quanto podiam, muitos velhos e jovens, fortes e espertos, homens e mulheres de toda parte – londrinos, nortistas, escoceses, galeses, africanos, indianos, espanhóis e americanos. Se estivessem em Covent Garden e pudessem trabalhar, os Bastardos lhes arrumavam trabalho em um de seus numerosos negócios. Tavernas e ringues de luta, açougues e confeitarias, curtumes e tinturarias, e meia dúzia de outros empreendimentos espalhados pelo bairro.

Não era apenas que Devil e Whit tinham crescido naquele lugar; o trabalho que eles ofereciam – em condições seguras, com salários decentes – conquistava a lealdade dos moradores do cortiço. Isso era algo que outros empresários nunca entendiam, achando que podiam arrumar empregados onde, a pouca distância, pessoas passavam fome. O armazém nos limites do bairro, agora operado pelos irmãos, tinha sido usado para produzir piche, mas foi abandonado havia muito tempo, quando a empresa que o construiu percebeu que os moradores da região não possuíam sentimento algum de lealdade para com a companhia e roubavam qualquer coisa deixada desprotegida.

Era diferente quando a empresa dava trabalho a duzentos homens locais. Entrando no edifício que agora servia de armazém central de vários negócios dos Bastardos, Devil acenou para meia dúzia de homens espalhados pelo interior escuro, guardando caixas de bebidas, doces, couro e lã – se era tributado pela Coroa, os Bastardos Impiedosos vendiam, e barato.

E ninguém roubava deles, por medo da punição prometida por seu nome – que eles conquistaram décadas atrás, quando eram mais leves e lutavam com mais força e rapidez do que provavelmente deviam para conquistar território e mostrar aos inimigos que não tinham misericórdia.

Devil foi cumprimentar o homem robusto que comandava o turno.

– Tudo certo, John?

– Tudo certo, senhor.

– O bebê já nasceu?

Dentes brancos brilharam com orgulho em contraste com a pele morena.

– Semana passada. Um garoto. Forte como o pai.

O sorriso de satisfação do pai recente era como a luz do sol no ambiente pouco iluminado, e Devil lhe deu um tapinha no ombro.

– Não tenho dúvida. E a sua esposa?

– Com saúde, graças a Deus. Ela é boa demais para mim.

Devil anuiu e baixou a voz.

– Todas elas são, meu caro. Melhores do que todos nós juntos.

Ele se virou do som da risada de John para ver Whit, agora junto ao Nik, capataz do armazém, uma jovem – mal tinha feito 20 anos – com uma cabeça para organização que Devil nunca tinha encontrado igual. O sobretudo de Nik, o chapéu e as luvas cobriam a maior parte da pele dela, e a luz escassa escondia o seu resto, mas ela estendeu a mão para cumprimentar Devil quando ele se aproximou.

– Como estamos, Nik? – Devil perguntou.

A norueguesa de cabelos claros olhou ao redor e acenou para que fossem até um canto distante do armazém, onde um guarda abriu uma porta que levava ao subsolo, revelando um grande abismo escuro abaixo.

Devil sentiu um desconforto tênue e se virou para o irmão.

– Depois de você.

O sinal que Whit fez com a mão expressou mais do que palavras conseguiriam, mas ele se abaixou e pulou na escuridão sem hesitar.

Devil foi em seguida, estendendo a mão para aceitar uma laterna apagada oferecida por Nik, que foi atrás deles, voltando-se para o guarda.

— Feche — ela ordenou.

O guarda fez o que ela mandou sem pestanejar, e Devil pensou que o negrume do buraco cavernoso só encontrava rival no da morte. Ele se esforçou para manter a respiração normal. Para não lembrar.

— Merda — Whit grunhiu na escuridão. — Luz.

— Está com você, Devil — disse Nick com seu forte sotaque escandinavo.

Cristo. Ele tinha esquecido que estava segurando a lanterna. Ele se atrapalhou ao ligá-la, a escuridão e as suas emoções estavam incômodas, fazendo-o demorar mais que o habitual. Mas, enfim, ele usou a pederneira, e a luz veio, abençoada.

— Rápido, então. — Nick pegou a lanterna dele e foi na frente. — Nós não queremos produzir mais calor do que o necessário.

O vestíbulo escuro como a noite dava em um corredor longo e estreito. Devil seguiu Nik, e, na metade do caminho, o ar começou a ficar gelado.

— Chapéus e casacos, por favor — ela disse, virando-se para eles.

Devil fechou o sobretudo, abotoando-o por completo, e Whit fez o mesmo, puxando o chapéu sobre a testa.

No fim do corredor, Nik pegou uma argola com chaves de ferro e começou a abrir a longa fila de cadeados da pesada porta de metal. Quando todos estavam abertos, ela abriu a porta e começou a trabalhar num segundo conjunto de cadeados — doze no total. Ela se virou antes de abrir a porta.

— Temos que ser rápidos. Quanto mais deixarmos a porta...

Whit a interrompeu com um grunhido.

— O que meu irmão quer dizer — Devil disse — é que carregamos esse depósito há mais tempo do que você existe, Annika. — Ela estreitou os olhos sob a luz da lanterna ao ouvir seu nome completo, mas abriu a porta. — Entrem, então.

Depois que entraram, Nik fechou a porta, e eles ficaram no escuro de novo, até ela se virar e levantar a luz, revelando o grande salão cavernoso, cheio de blocos de gelo.

— Quanto restou?

— Cem toneladas.

Devil soltou um assobio baixo.

— Nós perdemos trinta e cinco por cento?

— Estamos em maio — Nik explicou, tirando o cachecol de lã da parte de baixo do rosto para que pudessem escutá-la. — O oceano esquenta.

– E o resto da carga?

– Conferi tudo. – Ela tirou um conhecimento de embarque do bolso. – Sessenta e oito barris de conhaque, quarenta e três tonéis de *bourbon* americano, vinte e quatro caixas de seda, vinte e quatro caixas de baralhos, dezesseis caixas de dados. E também uma caixa de pó facial e três de perucas francesas, que não estavam no conhecimento e que vou ignorar, a não ser para deduzir que você quer que eu as entregue no local de sempre.

– Isso mesmo – Devil disse. – Nenhum estrago em razão do derretimento?

– Nenhum. Estava tudo bem empacotado do outro lado.

Whit grunhiu sua aprovação.

– Obrigado, Nik – disse Devil.

Ela não tentou disfarçar o sorriso.

– Noruegueses gostam de noruegueses. – Ela fez uma pausa. – Só tem uma coisa. – Dois pares de olhos sombrios a encararam. – Tinha alguém de olho nas docas.

Os irmãos se entreolharam. Embora ninguém ousasse roubar dos Bastardos no cortiço, carroças dos irmãos tinham sido atacadas duas vezes nos últimos dois meses, roubadas por bandidos armados, após deixarem a segurança de Covent Garden. Fazia parte dos negócios, mas Devil não estava gostando do aumento de roubos.

– De olho como?

– Não sei ao certo – Nick respondeu, inclinando a cabeça.

– Tente – disse Whit.

– Pelas roupas parecia concorrência das docas.

Fazia sentido. Havia um bom número de contrabandistas trabalhando dos lados americano e francês, embora ninguém mais tivesse um método de importação tão eficiente quanto os Bastardos.

– Mas?

Ela apertou os lábios antes de responder.

– As botas estavam limpas demais para um garoto de Cheapside.

– Alguém da Coroa? – Esse era sempre um risco para o contrabando.

– É possível – Nik disse, mas não pareceu segura.

– E as caixas? – Whit perguntou.

– Escondidas o tempo todo. O gelo foi transportado em carroças-plataforma, com as caixas escondidas dentro. E nenhum dos nossos homens viu qualquer coisa fora do comum.

Devil anuiu.

— Os produtos devem ficar aqui por uma semana. Ninguém entra nem sai. Avise os garotos na rua para ficarem de olho em qualquer um que pareça não ser daqui.

— Pode deixar — Nik disse.

Whit chutou um bloco de gelo.

— E a embalagem?

— Intacta. Pronta para vender.

— Faça com que os açougues do cortiço recebam um pouco esta noite. Ninguém precisa comer carne rançosa quando nós temos cem toneladas de gelo paradas. — Devil fez uma pausa. — E o Beast aqui prometeu gelado de limão para as crianças.

Nik arqueou as sobrancelhas.

— Gentil da parte dele.

— É o que todo mundo fala — Devil disse, seco como areia. — "Ah, aquele Beast é tão gentil."

— Você vai misturar o xarope de limão também, Beast? — ela perguntou com um sorriso.

Whit grunhiu.

Devil riu e deu um tapa num bloco de gelo.

— Você manda um destes para o escritório?

— Já mandei — Nik adiantou-se. — Com uma caixa de *bourbon* das colônias.

— Você me conhece bem. Preciso voltar. — Após rodar pelo cortiço, ele precisaria de um banho. Devil tinha negócios a tratar na Rua Bond.

E depois ele tinha negócios com Felicity Faircloth.

Felicity Faircloth, com uma pele que ficava dourada à luz de velas, olhos castanhos grandes e inteligentes, carregados de medo, fogo e fúria. Ela sabia duelar como ninguém que ele tivesse conhecido recentemente.

Ele queria outra rodada.

Devil pigarreou diante do pensamento, virando-se para Whit, que o observava com uma expressão de entendimento nos olhos.

Devil o ignorou, abotoando casaco.

— Que foi? Está um frio de matar aqui.

— Foram vocês que quiseram negociar gelo — Nik disse.

— É um plano ruim — Whit disse, encarando Devil de frente.

— Bem, é um pouco tarde para desistir. Esse navio, como dizem, já zarpou — acrescentou Nik com um sorriso irônico.

Devil e Whit não sorriram do gracejo tolo. Nik não percebeu que Whit não estava falando de gelo; ele falava da garota.

Devil deu meia-volta e se encaminhou para a porta do salão.

– Então vamos, Nik – ele disse. – Traga a luz.

Ela o obedeceu, e os três saíram. Devil recusou-se a encarar o olhar inquisidor de Whit enquanto esperavam Nik trancar a porta dupla de aço e guiá-los pela escuridão até o armazém.

Ele continuou a evitar o olhar do irmão enquanto pegavam a roupa lavada de Whit e voltavam pelo coração de Covent Garden, serpenteando pelas ruas de paralelepípedos até seus escritórios e aposentos no prédio grande da Rua Arne.

– Você armou uma arapuca para a garota – disse Whit após quinze minutos andando em silêncio.

Devil não gostou do que o irmão insinuou.

– Eu armei para os dois.

– Você precisa seduzir a garota quando ela estiver com ele.

– Ela e todas as outras que vierem depois, se for necessário – respondeu Devil. – Ele está arrogante como nunca, Beast. Quer ter o herdeiro.

Whit meneou a cabeça.

– Não, ele quer ter Grace. Acha que vamos entregá-la para que ele não faça um duque novo nessa garota.

– Pois está enganado. Não vai conseguir Grace nem a garota.

– Duas carruagens, uma correndo na direção da outra – grunhiu Whit.

– Ele vai desviar.

Os olhos do irmão encontraram os dele.

– Ele nunca desviou.

Lembranças vieram. Ewan, alto e magro, punhos erguidos, olhos inchados, lábios partidos, recusando-se a desistir. Recusando-se a recuar. Desesperado para vencer.

– Não é a mesma coisa. Nós sofremos por mais tempo. Trabalhamos mais duro. O ducado o amoleceu.

– E Grace? – Whit perguntou.

– Ele não a encontra. Nunca vai encontrar.

– A gente devia ter matado ele.

Matá-lo faria com que toda Londres caísse sobre eles.

– O risco é grande demais. Você sabe disso.

– E nós também fizemos uma promessa para Grace.

– Tem isso – Devil anuiu.

– A volta dele ameaça todos nós, e Grace mais do que qualquer um.

– Não – disse Devil. – A ameaça maior é para ele mesmo. Lembre-se: se alguém descobrir o que ele fez... como conseguiu o título... ele vai balançar na ponta de uma corda. Um traidor da Coroa.

Whit meneou a cabeça.

– E se ele estiver disposto a se arriscar por uma chance com ela? – Com Grace, a garota que ele tinha amado. A garota cujo futuro ele roubou. A garota que ele teria destruído, não fosse por Devil e Whit.

– Então ele vai sacrificar tudo que tem – Devil disse. – E fica sem nada.

– Nem mesmo um herdeiro – Whit acrescentou.

– Ele jamais terá um herdeiro.

– Tem sempre o plano original. A gente dá uma surra no duque e manda ele para casa.

– Isso não vai impedir o casamento. Não agora. Não quando ele acha que está perto de encontrar Grace.

Whit fechou uma mão, o couro preto da luva rangendo com o movimento.

– Mas seria uma diversão e tanto. – Eles caminharam em silêncio por vários minutos antes de Whit acrescentar: – Pobre garota, ela não podia imaginar que uma mentira inocente faria com que acabasse na cama com você.

Era uma figura de linguagem, claro. Mas a visão veio mesmo assim – e Devil não conseguiu resistir; Felicity Faircloth, com cabelos castanhos, a saia rosa aberta diante dele. Inteligente e linda; a boca como o pecado.

A ruína daquela garota seria seu prazer.

Ele ignorou a tênue sensação de culpa que o ameaçou. Não havia lugar para esse sentimento ali.

– Ela não vai ser a primeira garota a ser arruinada. Vou oferecer dinheiro ao pai dela. Ao irmão também. Eles vão cair de joelhos e chorar de gratidão por terem sido salvos.

– Muita gentileza sua – Whit disse, irônico. – Mas quem vai salvar a garota? É impossível. Ela não vai ser arruinada. Vai ser exilada.

Eu quero que eles me queiram de volta.

Tudo que Felicity Faircloth queria era voltar para aquele mundo. E ela nunca conseguiria. Nem mesmo depois do que ele lhe prometeu.

– Ela vai ficar à vontade para escolher o marido.

– Homens da aristocracia fazem fila para se casar com solteironas arruinadas? – perguntou Whit.

Algo desagradável agitou Devil.

– Então ela vai ter que se conformar com um que não seja aristocrata.

Um instante. Então:

– Alguém como você?

Cristo. Não. Homens como ele estavam tão abaixo de Felicity Faircloth que a ideia soou ridícula.

Como ele não respondeu, Whit grunhiu de novo.

– Grace nunca vai poder ficar sabendo.

– É claro que não – respondeu Devil. – Ela não vai saber.

– Não vai ter como ela ficar fora disso.

Devil nunca ficou tão feliz de ver a porta do escritório deles. Aproximando-se, ele levou a mão ao bolso para pegar a chave, mas, antes que pudesse destrancar a porta, o postigo foi aberto, depois fechado. A porta se abriu, e eles entraram.

– Até que enfim.

Devil olhou para a ruiva alta que fechou a porta atrás deles e se recostou, uma mão na cintura, como se os estivesse esperando há anos. Ele olhou no mesmo instante para Whit, cujo rosto permanecia impassível. O irmão o fitou com calma.

Grace não pode saber.

– O que aconteceu? – a irmã deles perguntou, olhando de um para outro.

– O que aconteceu com o quê? – Devil perguntou ao tirar o chapéu.

– Vocês estão com a mesma cara que fizeram quando eram crianças e decidiram começar uma briga sem me contar.

– Foi uma boa ideia.

– Foi uma ideia de merda, e vocês sabem. Tiveram sorte de não serem mortos na primeira noite em que saíram. Vocês eram tão pequenos. Tiveram sorte por eu entrar no jogo. – Ela balançou o corpo e cruzou os braços sobre o peito. – O que aconteceu agora?

Devil ignorou a pergunta.

– Você voltou da sua primeira noite fora com o nariz quebrado.

Ela sorriu.

– Gosto de pensar que o machucado me dá personalidade.

– Alguma coisa ele lhe dá, com certeza.

Grace bufou e continuou.

– Eu tenho três coisas para dizer, e depois tenho trabalho de verdade para fazer, cavalheiros. Não posso ser deixada à toa aqui, esperando que vocês dois voltem.

– Ninguém pediu para você nos esperar – disse Devil, afastando-a arrogantemente para o lado e seguindo em direção aos corredores escuros e cavernosos mais adiante, e à escada nos fundos, que dava acesso aos aposentos deles. Mas ela foi atrás deles.

– Primeiro é com você – ela disse para o Whit, entregando-lhe uma folha de papel. – Hoje vamos ter três lutas, cada uma num lugar diferente, com uma hora e meia de distância entre elas. Duas vão ser limpas, e a terceira, suja. Os endereços estão aqui, e os garotos já estão recolhendo as apostas.

Whit grunhiu sua aprovação, e Grace continuou.

– Segundo, Calhoun quer saber onde está o *bourbon* dele. Disse que se estivermos com muita dificuldade para conseguir a bebida, ele pode encontrar um dos compatriotas dele para fazer o serviço. Sério, existe alguém mais arrogante que um americano?

– Diga a ele que está aqui, mas ainda não vamos transportar. Então ele pode esperar, como todos os outros, ou ficar à vontade para esperar dois meses, que é o que vai demorar para enviar o pedido aos Estados Unidos e receber a mercadoria.

Ela aquiesceu.

– Imagino que seja a mesma resposta para a encomenda do Fallen Angel?

– E tudo mais que devemos entregar a partir desta carga.

Grace o fitou com atenção.

– Estamos sendo vigiados?

– Nik acredita que é possível.

A irmã apertou os lábios por um instante.

– Se Nik acredita nisso, deve ser verdade – ela disse. – O que me leva à terceira pergunta: minhas perucas chegaram?

– Junto com mais pó facial do que você vai conseguir usar em sua vida.

Ela sorriu.

– Uma garota tem que se esforçar, não?

– Nossos carregamentos não são sua mula de carga pessoal.

– Ah, mas meus itens pessoais são legais e isentos de impostos, irmãozinho, então, receber três caixas de perucas não é a pior coisa do mundo. – Ela esticou a mão para esfregar o cabelo curto de Devil. – Quem sabe você não goste de uma... um pouco mais de cabelo não lhe faria mal.

Ele deu um repelão na mão da irmã em sua cabeça.

– Se não tivéssemos o mesmo sangue...

– Não temos, na verdade. – Ela sorriu.

Mas era como se tivessem.

– E ainda assim, por algum motivo, eu aguento você.

Ela se aproximou

– Porque eu ganho montes de dinheiro para vocês, palhaços. – Whit grunhiu, e Grace riu. – Está vendo? Beast concorda.

Whit desapareceu em seus aposentos do outro lado do corredor, e Devil tirou uma chave do bolso, inserindo-a na porta do seu quarto.

– Algo mais?

– Você podia convidar sua irmã para beber, sabe. Se eu conheço você, já deu um jeito para o *seu bourbon* chegar.

– Eu pensei que você tinha muito trabalho.

Ela deu de ombros.

– Clare pode cuidar de tudo até eu chegar lá.

– Estou fedendo a cortiço e preciso estar num lugar daqui a pouco.

– Onde? – ela perguntou, juntando as sobrancelhas.

– Você não precisa agir como se eu não tivesse nada para fazer à noite.

– Entre o pôr do sol e a meia-noite? Não tem mesmo.

– Isso não é verdade. – Era vagamente verdade. Ele virou a chave na fechadura, olhando por cima do ombro para a irmã ao abrir a porta. – A verdade é: me deixe em paz agora.

Qualquer que fosse a réplica que Grace faria – e Deus sabia que Grace sempre tinha uma réplica –, perdeu-se nos lábios dela quando seus olhos azuis se fixaram num ponto sobre seu ombro, dentro do quarto, e depois se arregalaram o bastante para Devil se preocupar.

Ele se virou para seguir o olhar, mas sabendo exatamente o que iria encontrar.

Quem ele iria encontrar.

Lady Felicity Faircloth, parada junto à janela do outro lado do quarto, como se ali fosse seu lugar.

Capítulo Sete

Havia uma mulher com ele.
Felicity fingiu estar doente para escapar de casa ao anoitecer. Ela chamou uma carruagem de aluguel para levá-la ao misterioso local rabiscado no verso do cartão de visita dele. Entre todas as coisas que esperava que pudessem acontecer – e eram muitas –, ela não esperava uma mulher.

Uma mulher alta e atraente, maquiada à perfeição, com cabelos ruivos, vestindo camadas de saias ametista, com um espartilho decorativo no mais profundo tom de berinjela que já tinha visto. A mulher não era exatamente linda, mas possuía altivez, atitude e era deslumbrantemente... deslumbrante.

Era o tipo de mulher por quem os homens perdiam a razão. Disso não havia dúvida.

O tipo de mulher que Felicity com frequência sonhava ser.

Seria Devil maluco por ela?

Felicity nunca se sentiu mais feliz num quarto mal iluminado do que naquele momento, seu rosto queimando de pânico, e cada centímetro dela querendo fugir. O problema era que o homem que se autointitulava Devil e sua acompanhante bloqueavam a única saída – a menos que ela considerasse a possibilidade de pular pela janela.

Ela se virou para a janela escura e calculou a distância até o chão da viela abaixo.

– Alto demais para pular – disse Devil, como se estivesse dentro da cabeça dela.

Ela se virou para ele, destemida.

– Tem certeza?

– Absoluta – respondeu a mulher depois de rir. – E a última coisa de que Dev precisa é uma nobre esborrachada. – Ela fez uma pausa, a intimidade do apelido preenchendo o espaço entre elas. – Você é nobre, não é?

Felicity piscou.

– Meu pai é.

A mulher entrou no quarto, empurrando Devil para o lado como se ele não estivesse ali.

– Fascinante. E qual o título dele?

– Ele é o...

– Não responda – Devil ordenou, entrando no quarto, depositando o chapéu na mesa ao lado e aumentando o gás da luminária que havia ali, inundando o espaço com uma luz dourada abundante. Ele se virou para ela, e Felicity quis resistir ao impulso de ficar olhando para ele.

E fracassou.

Ela o encarou demoradamente, observando o sobretudo pesado – quente demais para a estação – e as botas compridas, cobertas de barro como se ele tivesse brincado com porcos em algum lugar. Devil tirou o casaco e o jogou sem cuidado sobre uma cadeira próxima, revelando uma roupa mais casual do que jamais tinha visto num homem. Ele usava um colete estampado sobre uma camisa de algodão, as duas peças em tons de cinza, mas sem gravata. Nada ocultava a abertura da camisa – nada além dos músculos do pescoço e um triângulo de pele com uma leve cobertura de pelos escuros.

Ela nunca tinha visto algo assim, e podia contar nos dedos de uma mão o número de vezes em que tinha visto Arthur ou o pai sem gravata.

Ela também nunca tinha visto nada tão perfeitamente másculo na vida.

Felicity sentiu-se dominada por aquele pedaço de pele exposta.

Após uma pausa longa demais, Felicity percebeu que o estava encarando, e voltou sua atenção para a mulher, cujas sobrancelhas estavam altas em sua testa, pois ela sabia muito bem o que Felicity estava fazendo. Sem conseguir encarar a curiosidade da outra, o olhar de Felicity voou para Devil – dessa vez para seu rosto. Outro erro. Ela se perguntou se algum dia se acostumaria com o tanto que ele era bonito.

Isso dito, Felicity preferiria que ele parasse de olhar para ela como se estivesse observando um inseto que encontrou no seu mingau.

Ele não parecia o tipo de homem que comia mingau.

Ele estreitou os olhos para ela, e Felicity ficou farta daquilo.

– O que você come no café da manhã?

– O que eu... – ele meneou a cabeça, como se para clarear as ideias.
– O quê?
– Não é mingau, é?
– Bom Deus, não.
– Isto é fascinante – a mulher disse.
– Não para você. Não é, não – ele retrucou.
Felicity ficou irritada com o tom brusco dele.
– Você não devia falar com ela assim.
A outra mulher sorriu ao ouvir isso.
– Concordo completamente.
Felicity se virou.
– Acho que vou andando.
– Você não deveria ter vindo – ele disse.
– Ei! – a outra mulher interveio. – Você *com certeza* não deveria falar com *ela* assim.
– Devil olhou para o teto, como se pedisse paciência.
Felicity tentou passar por ele.
– Espere. – Ele estendeu a mão para detê-la. – Como você chegou até aqui?
Ela parou.
– Você me deu seu endereço.
– E você simplesmente veio de Mayfair até aqui?
– Qual a importância do modo como eu vim?
A pergunta o deixou agitado.
– Porque várias coisas poderiam ter acontecido com você no caminho. Você poderia ter sido atacada por ladrões. Raptada em troca de resgate por um bando de rufiões.
O coração dela começou a bater forte.
– Tipo nefastos?
– Isso mesmo – ele concordou.
Ela fingiu inocência.
– Do tipo que invade um quarto sem ser anunciado?
Ele congelou. Depois fez uma careta de escárnio.
– Oooh! – A outra mulher bateu palmas. – Eu não sei o que *isso* significa, mas é *delicioso*. Melhor do que qualquer espetáculo a que se possa assistir em Drury Lane.
– Cale a boca, Dahlia – ele disse, exasperado.
Dahlia. Parecia o nome certo para ela. O tipo de nome que Felicity nunca conseguiria usar.

Como Dahlia não respondeu, ele se voltou para Felicity.

– Como você chegou aqui?

– Eu peguei uma carruagem de aluguel.

Ele praguejou.

– E como você chegou *aqui*? No meu quarto?

Foi a vez de ela congelar, ciente dos grampos enfiados no seu cabelo. Ela não podia contar a verdade para ele.

– O quarto estava destrancado.

Ele olhou com firmeza para ela; Devil sabia que era mentira.

– E como você entrou no prédio?

Ela buscou uma resposta que pudesse fazer sentido, algo diferente da verdade. Sem encontrar nada, decidiu simplesmente ignorá-lo.

– Desculpe-me – ela disse, movendo-se para ir embora mais uma vez. – Eu não imaginava que você estaria aqui com sua... – ela procurou a palavra – amiga.

– Ela não é minha amiga.

– Ora, isso não é muito gentil! – Dahlia protestou. – E pensar que você já foi meu favorito.

– Eu nunca fui seu favorito.

– Hum. Com certeza agora não é mesmo. – Ela se voltou para Felicity. – Eu sou irmã dele.

Irmã.

Uma onda poderosa de algo que ela não quis identificar a banhou quando ouviu a palavra. Ela inclinou a cabeça de lado.

– Irmã?

A mulher deu um sorriso amplo e franco, e, por um momento, Felicity quase viu uma semelhança entre os dois.

– A única e incomparável.

– E graças a Deus por isso.

Ignorando o comentário sarcástico de Devil, Dahlia se aproximou.

– Você devia vir me ver.

Antes que Felicity pudesse responder, Devil interveio.

– Ela não precisa ver você.

– Porque ela está vendo *você*? – A mulher arqueou a sobrancelha ruiva.

– Ela *não* está me vendo.

Ela voltou-se para encarar Felicity com um sorriso de entendimento.

– Acho que *eu* vejo.

– Eu *não* vejo, se isso ajuda – Felicity disse, sentindo como se precisasse intervir para encerrar aquela conversa estranha.

A mulher tamborilou o dedo no queixo, estudando Felicity por um longo momento.
– Você vai acabar vendo.
– Ninguém está vendo ninguém! Dahlia, caia fora!
– Que grosseria – Dahlia disse, aproximando-se de Felicity com as mãos estendidas. Quando esta as pegou, Dahlia a puxou para si e a beijou numa bochecha, depois na outra, demorando-se no final para sussurrar:
– Rua Shelton, 72. Diga que Dahlia convidou você. – Ela olhou para o irmão. – Devo ficar para bancar a acompanhante?
– Caia fora.
A irmã sorriu.
– Adeusinho, irmão. – E então ela se foi, como se toda aquela cena tivesse sido absolutamente comum. Mas não era, claro, pois tinha começado com Felicity escapulindo por seu jardim dos fundos sem uma acompanhante, andando um quilômetro e contratando uma carruagem para levá-la até ali, no centro de Covent Garden, onde nunca tinha estado, e por uma boa razão – ou pelo menos era o que ela pensava.
Exceto que agora ela estava ali, naquele lugar misterioso, com aquele homem misterioso, e mulheres misteriosas que sussurravam endereços misteriosos no seu ouvido, e Felicity não podia pensar numa boa razão para estar ali, nem se sua vida dependesse disso. Era tudo terrivelmente empolgante.
– Não fique com essa cara – ele disse ao fechar a porta atrás da irmã.
– Que cara?
– Com cara de que está empolgada.
– Por que não? Eu estou.
– O que quer que ela tenha lhe dito, esqueça.
Felicity riu.
– Acho que isso não vai acontecer.
– O que ela disse para você?
– Acontece que, se ela quisesse que você ouvisse o que ia me dizer, teria dito em voz alta.
Ele apertou os lábios, formando uma linha fina, e sua cicatriz ficou mais branca. Ele não gostou da resposta.
– Fique longe de Dahlia.
– Você tem medo que ela me corrompa?
– Não – ele disse, brusco. – Estou com medo que você a destrua.
Felicity ficou boquiaberta.
– O quê?

Ele desviou o olhar para um aparador onde uma garrafa de cristal jazia cheia de um líquido âmbar. Como um sabujo sentindo o cheiro da caça, ele foi até a garrafa, servindo-se um copo e bebendo antes de se voltar para ela.

— Não, obrigada — ela disse, azeda. — Eu não bebo o que quer que seja isso que você não me ofereceu.

— *Bourbon*. — Ele bebeu outra dose.

— *Bourbon* americano? — Ele não respondeu. — *Bourbon* americano é caro demais para você ficar bebendo como se fosse água.

Ele a encarou com um olhar frio antes de servir um segundo copo e levá-lo até ela, oferecendo-o com o braço estendido. Quando Felicity foi pegá-lo, ele recuou, tirando o copo do alcance dela, seu anel de prata no polegar cintilando sob a luz.

— Como você entrou?

Ela hesitou. Então:

— Eu não queria a bebida mesmo.

Ele deu de ombros e despejou o conteúdo do copo dela no seu.

— Tudo bem. Você não quer responder. Que tal esta: por que você está aqui?

— Nós temos uma reunião marcada.

— Eu pretendia ir até você — ele disse.

A ideia de ele escalar sua treliça não era indesejada.

— Fiquei cansada de esperar — ela disse.

Ele arqueou uma sobrancelha.

— Eu não estou à sua disposição.

Felicity inspirou fundo ao ouvir aquelas palavras frias, desprezando o modo como doeram. Detestanto-o, para ser honesta.

— Bem, se você não queria que eu viesse, talvez não devesse ter me deixado um cartão com seu endereço.

— Você não deveria estar em Covent Garden.

— Por que não?

— Porque, Felicity Faircloth, você está prestes a se casar com um duque e assumir seu lugar de direito como joia da *sociedade*, e, se algum aristocrata velho vir você aqui, isso *nunca* vai acontecer.

Ele tinha certa razão, mas o estranho era que, em nenhum momento de sua jornada, ela tinha sequer pensado na sociedade. Ela estava muito empolgada com o que encontraria do outro lado do cartão de visita.

— Ninguém me viu.

— Não foi por falta de se destacar por aqui como uma margarida na terra.

— Uma margarida na terra? — Ela arqueou as sobrancelhas.

– É uma figura de linguagem. – Ele apertou o maxilar.

Ela inclinou a cabeça para o lado.

– É mesmo?

– Covent Garden não é para você, Felicity Faircloth. – Ele bebeu mais um gole.

– E por que não? – Ele sabia que dizer esse tipo de coisa fez Felicity querer explorar cada canto daquele lugar?

Ele a observou por um longo momento, seus olhos escuros imperscrutáveis, e então assentiu com a cabeça, deu meia-volta e foi até a extremidade do quarto, onde puxou um cordão. Talvez ele *soubesse*.

– Você não precisa chamar ninguém para me levar – Felicity disse. – Eu soube chegar aqui sozinha e...

– Isso é evidente, milady. E não quero que ninguém leve você. Não posso arriscar que seja vista.

Ele era um homem irritante, e Felicity começou a perder a paciência.

– Tem medo que eu destrua você, além da sua irmã?

– Não é impossível. Você não tem, sei lá, uma criada, uma acompanhante ou algo assim?

A pergunta a incomodou.

– Eu sou uma solteirona de 27 anos. Pouquíssimas pessoas estranhariam se me vissem andando sem acompanhante.

– Estou certo de que seu irmão, seu pai e muitos almofadinhas de Mayfair estranhariam muito se a vissem andando sem acompanhante até meu escritório.

– Você acha que ter uma acompanhante tornaria mais aceitável o fato de eu estar aqui?

– Não. – Ele fez uma careta de escárnio.

– Você me acha mais perigosa do que eu realmente sou.

– Eu a acho tão perigosa quanto realmente é. – As palavras, tão francas, a fizeram pensar, provocando um arrepio estranho que a percorreu. Algo parecido com poder. Ela inspirou fundo, e ele a encarou de frente. – Isso também não é empolgante, Felicity Faircloth.

Ela discordava, mas achou melhor não dizer.

– Por que você insiste em me chamar pelos dois nomes?

– Porque me faz lembrar que você é uma princesa de contos de fadas, Felicity. A mais bela e feliz de todas.

A ironia doeu, e ela se odiou por deixar que doesse, mais do que odiou Devil por dizê-la. Em vez de falar isso, contudo, ela se obrigou a rir do gracejo indesejável.

– Você achou graça? – Ele juntou as sobrancelhas.

– Não era isso que pretendia? Você não se acha incrivelmente engraçado?

– Como é que eu estava sendo engraçado?

Ele iria fazê-la dizer, e isso a fez odiá-lo ainda mais.

– Porque eu sou o oposto de bela. – Ele não respondeu nem desviou o olhar, e ela sentiu que precisava continuar. Para deixar claro. – Eu sou a mais comum de todas.

Como mesmo assim ele não falou, ela começou a se sentir tola. E irritada.

– Esse não é nosso acordo? – ela perguntou. – Você não vai me tornar linda?

Ele a observava com mais atenção agora, como se Felicity fosse um espécime curioso debaixo de sua lupa.

– Sim – ele disse, afinal. – Eu vou torná-la linda, Felicity Faircloth. – Ela escarneceu do uso intencional dos dois nomes. – Linda o bastante para atrair a mariposa para sua chama.

O impossível tornado possível. Mas ainda assim...

– Como você conseguiu?

Ele piscou.

– Consegui o quê?

– Como você fez para ele não negar o que eu disse? Meia dúzia de anciãs da alta sociedade apareceram para tomar chá esta manhã em casa, acreditando que serei a futura Duquesa de Marwick. *Como?*

Ele deu as costas para ela, indo até uma mesa baixa cheia de papéis.

– Eu lhe prometi o impossível, não foi?

– Mas *como*? – Ela não conseguia entender. Ela tinha acordado nessa manhã com uma forte sensação de desgraça iminente, certa de que sua mentira tinha sido revelada, que o Duque de Marwick a tinha proclamado louca diante de toda Londres e que sua família estaria arruinada.

Mas nada disso tinha acontecido.

Nada parecido com isso tinha acontecido.

Na verdade, parecia que o Duque de Marwick tinha confirmado tacitamente o noivado. Ou, pelo menos, não o tinha negado.

O que era *impossível*.

Exceto que este homem, Devil, tinha feito essa exata promessa, e a cumpriu.

De algum modo.

O coração dela disparou cada vez que uma das anciãs, espantada, desejou-lhe felicidades, e algo parecido com esperança cresceu dentro de seu peito, ao lado de outra emoção – alguma parecida com espanto. Tudo por causa desse homem, que parecia capaz de salvar Felicity e sua família.

Então é claro que ela foi vê-lo.

Pareceu-lhe, francamente, impossível não ir.

Uma batida ecoou na porta, e ele foi atender, abrindo-a e permitindo que uma dúzia de criados enfileirados no corredor entrassem, cada um segurando grandes baldes de água fumegante. Eles entraram sem dizer uma palavra – e sem olhar para Felicity –, marchando através do cômodo até a parede mais distante, onde uma porta se abria para um lugar escuro.

Ela olhou para Devil.

– O que tem lá?

– Meu quarto de dormir – ele disse apenas. – Você não deu uma olhada quando arrombou minha fechadura?

Um calor se espalhou pelas bochechas dela.

– Eu não arrombei...

– Arrombou, sim. E não entendo como uma lady adquire a habilidade de arrombar fechaduras, mas espero que você me conte um dia.

– Talvez esse possa ser o favor que você vai me pedir quando me entregar um marido apaixonado.

Um canto da boca dele se contorceu, como se ele estivesse gostando da conversa.

– Não, milady, essa história você vai me contar de graça.

As palavras saíram em voz baixa e cheias de certeza, e ela se sentiu grata pela luz noturna fraca, que não deixava óbvio o rubor que aquelas palavras provocaram. Pigarreando constrangida, ela olhou para a porta do quarto dele, onde foi acesa uma luz clara o bastante para fazer as sombras lá dentro dançarem, mas não o suficiente para revelar todo o aposento.

E então os criados voltaram, com baldes vazios nas mãos, e Felicity soube o que eles tinham feito. Antes que eles tivessem saído e fechado a porta atrás de si, Devil tirou o colete e desabotoou as mangas da camisa de algodão.

Ela ficou boquiaberta, e ele se virou para entrar no quarto.

– Bem, é melhor nós começarmos – ele disse por cima do ombro ao desaparecer.

– Começar o quê? – ela respondeu, arregalando os olhos.

Uma pausa. Ele estava... *tirando a roupa*? Então, de mais longe:

– Nossos planos.

– Eu... – Ela hesitou. Talvez ela tivesse entendido mal a situação. – Perdão, mas você vai *tomar banho*?

A cabeça dele apareceu na beirada da porta, e Devil olhou para Felicity.

– Na verdade, vou sim.

Ele não estava mais vestindo a camisa. A boca de Felicity ficou seca quando ele voltou a desaparecer no outro quarto, e ela ficou observando o vão da porta por vários minutos, até ouvir os dois baques das botas dele, e então o chape na água quando ele entrou na banheira.

Sozinha na sala de estar da suíte, ela sacudiu a cabeça. O que estava acontecendo?

– Lady Felicity! – ele gritou lá de dentro –, você quer gritar daí? Ou vai entrar?

Entrar?

Ela resistiu ao impulso de pedir que ele explicasse melhor e tomou sua decisão, sabendo que, ao pô-la em prática, podia se transformar na ovelha a caminho do matadouro.

– Vou entrar.

Não, não a ovelha no matadouro.

A mariposa atraída pela chama.

Capítulo Oito

Ele a estava provocando, apenas. Devil queria fazer a inocente Lady Felicity Faircloth reconsiderar sua decisão ousada de aparecer em seus aposentos sem ser convidada, sabendo que, de modo algum, ela entraria em seu quarto, muito menos enquanto ele estivesse tomando banho.

E lá estava ele, com água até a cintura dentro da banheira de cobre, um sorriso convencido no rosto, parabenizando-se por dar uma lição naquela mulher – que, com toda certeza, nunca mais apareceria, sem acompanhante, nos seus aposentos em Covent Garden após ser confrontada com uma evidência da indignidade do local –, quando a própria gritou de onde estava:

– Vou entrar!

Ele mal teve tempo de disfarçar a surpresa quando Felicity Faircloth entrou esvoaçante em seu quarto, um copo do *bourbon* na mão, como se ali fosse seu lugar.

Para aumentar sua derrota, ele se pegou imaginando como seria se ali fosse, de fato, o lugar dela. Se fosse absolutamente normal que ela se sentasse em sua cama e o observasse lavar o corpo da sujeira diária, limpando-se antes de se juntar a ela sobre o colchão.

Limpando-se para ela.

Merda. Aquilo estava saindo do controle.

E não havia como consertar essa situação, pois ele estava nu dentro da banheira, e ela completamente vestida, as mãos unidas com recato sobre as pernas, observando-o com ávido interesse.

É preciso que se diga que o interesse dela não era a única coisa ávida ali.

Não que o pau dele fosse ter seu interesse saciado. Ela não era o tipo de mulher que se comia no escuro. Ela era uma mulher para ser conquistada. Afinal, ela não tinha sido poética ao falar sobre paixão no quarto dela, aquela noite?

Seduzir Felicity Faircloth para tirá-la de seu irmão exigiria mais do que uma noite em seus aposentos. E isso não aconteceria ali, em Covent Garden, de jeito nenhum, pois ela nunca mais pisaria naquela região.

Devil não estava acostumado a se preocupar com a segurança dos outros no território dos Bastardos Impiedosos, mas, com a dela, ele estava. Preocupado até demais. Ele ainda não sabia como ela tinha chegado até ali sem trombar com algum problema.

O pensamento o incomodou, e isso o reconfortou, pois superava sua primeira reação a ela. Não era Devil que precisava ficar perturbado. Era ela.

Ele se obrigou a recostar, pegou um pano na beirada da banheira e começou a se esfregar.

— Depois que eu me lavar, pretendo devolvê-la a Mayfair.

O olhar dela acompanhava o movimento da mão dele, que passava pelo peito. Ele diminuiu o ritmo quando Felicity engoliu em seco, um leve rubor subindo por seu pescoço. Ela tomou um gole do *bourbon*, os olhos bem abertos e ligeiramente aquosos, quando um ruído fraco ecoou no fundo da garganta dela – uma tosse que ela se recusou a soltar. Depois que se recuperou, ela o fitou com seriedade.

— Eu sei o que você está fazendo.

— E o que é? – ele perguntou.

— Está tentando me afugentar deste lugar. Devia ter pensado melhor antes de me chamar para vir aqui.

— Eu não a chamei – ele afirmou. – Eu deixei o meu endereço com você para o caso de precisar me enviar uma mensagem, se fosse necessário.

— Por quê? – ela perguntou.

— Por quê? – ele estranhou.

— Por que eu precisaria enviar uma mensagem para você? – A pergunta o surpreendeu. Antes que ele tivesse que inventar uma resposta, ela continuou. – Perdoe-me se você não é bem o tipo de homem a quem eu pediria ajuda.

Ele não gostou disso.

— O que isso significa?

— Apenas que o homem que invade o quarto de uma mulher sem ser convidado não é o tipo de homem que a ajuda a subir numa carruagem ou ocupa o lugar vazio na caderneta de dança de uma lady em um baile.

— Por que não?

Felicity olhou torto para ele.

– Você não parece ser do tipo que dança.
– Você ficaria surpresa com o tipo que eu posso ser, Felicity Faircloth. Ela sorriu com ironia.
– No momento você está tomando banho na minha frente – ela disse.
– Você não precisava ter entrado.
– Você não precisava ter me convidado.

Se ele soubesse que mulher difícil ela era, nunca teria pensado em levar aquele plano adiante.

Mentira.

Ela se sentou na cama alta, deixando pendurados os pés com os sapatos cor-de-rosa, apoiando as mãos atrás, na colcha.

– Você não precisa se preocupar – ela disse. – Não é o primeiro homem à vontade que vejo.

Devil arqueou as sobrancelhas. Ele podia jurar que ela era uma virgem. Mas ela sabia arrombar fechaduras, então talvez Lady Felicity Faircloth guardasse mais surpresas do que ele imaginava. Empolgação lutou com outra coisa – algo muito mais perigoso. Algo que venceu.

– Quem?

Ela tomou outro gole, com mais cuidado desta vez, e a bebida não queimou tanto. Ou ela soube esconder melhor.

– Não vejo por que isso seria da sua conta.

– Se você quer que eu a transforme numa chama, querida, preciso saber o que a fez pegar fogo antes.

– Eu já lhe disse. Isso nunca aconteceu comigo.

Ele não acreditou. A mulher era puro combustível – o tempo todo ameaçando pegar fogo.

– Foi por isso que concordei com sua oferta, entende? – ela observou. – Receio que eu nunca vá pegar fogo. No momento, estou completamente encalhada.

Ela não parecia encalhada.

– E não fui abençoada com uma beleza clássica.

– Você não tem nada de pouco atraente – ele afirmou.

– Por favor, meu senhor – ela disse com ironia –, vai acabar me enchendo a cabeça com seus belos elogios.

Ele não gostava de como essa garota o fazia sentir coisas que não sentia havia décadas. Coisas como contrariedade.

– Bem, é verdade.

– Ah, muito obrigada.

Ele mudou de assunto, de repente se sentindo um verdadeiro cretino.

– Então, com relação aos homens à vontade que você viu, isso se resume a quem, seu pai em trajes de campo?

Ela sorriu.

– Você está demonstrando sua falta de conhecimento da aristocracia, Devil. O traje de campo do meu pai inclui gravata e paletó, sempre. – Ela meneou a cabeça. – Não. Na verdade, foi o Duque de Haven.

Ele resistiu ao impulso de ficar em pé. Ele conhecia Haven. O duque frequentava A Cotovia Canora, uma taberna a dois quarteirões dali, de propriedade de um americano e de uma cantora lendária. Mas Haven era maluco por sua esposa, e isso não era fofoca – Devil tinha testemunhado esse amor.

– Eu deduzo que esse seja o duque que a desprezou em favor da esposa?

Ela aquiesceu.

– Então, não era o fato de ele estar à vontade que importava – ela disse. – Eu era uma das candidatas.

Ela falou como se isso explicasse tudo.

– O que isso quer dizer?

Ela franziu a testa.

– Você não sabe que Haven estava à procura de uma nova duquesa?

– Eu sei que Haven tem uma duquesa. Que ele ama acima de tudo.

– Ela pediu divórcio – Felicity disse. – Você não lê os jornais?

– Não consigo articular o quanto eu desprezo os conflitos matrimoniais da aristocracia.

Ela ficou pasma.

– Você está falando sério.

– Por que não estaria?

– Você não liga mesmo para o que aconteceu? Esteve em todos os jornais de fofocas. Eu fiquei bem famosa por algum tempo.

– Eu não leio jornais de fofocas.

Ela levantou uma sobrancelha.

– Não, imagino que não leia mesmo, do jeito que é tão ocupado e importante.

Devil teve a nítida impressão de que ela o estava provocando.

– Meu interesse no assunto vai apenas até onde isso é relevante para você, Felicity Faircloth, e olhe lá.

Ela olhou torto para ele em razão do último comentário.

– No verão passado, a Duquesa de Haven pediu divórcio. Houve um concurso para escolher a segunda duquesa. Foi tudo uma bobagem, é claro, porque Haven a amava além do razoável. Ele me disse isso enquanto vestia um roupão e nada mais.

— Ele não podia se vestir antes de lhe dizer isso?

Ela deu um sorriso alegre e romântico.

— Não vou deixar que você ridicularize o acontecido. Eu nunca tinha visto alguém tão desesperado de amor.

Devil a fitou com atenção.

— E assim nós chegamos ao cerne das coisas impossíveis que você deseja.

Ela fez uma pausa; milhares de emoções passaram por seu rosto. Constrangimento. Culpa. Tristeza.

— Você não deseja algo assim?

— Eu já lhe disse, milady, que paixão é um jogo perigoso. — Ele fez uma pausa. — Então, Haven ficou com sua duquesa, e o que aconteceu com as candidatas?

— Uma de nós saiu no meio do concurso para se casar com outro. Outra se tornou dama de companhia de uma tia idosa e está no continente procurando um marido. As duas últimas, eu e Lady Lilith, continuamos solteiras. Para começar, não é como se fôssemos diamantes de primeira água.

— Não?

Ela negou com a cabeça.

— Nós não éramos nem diamantes de segunda água. E agora, o desespero de nossas mães em nos ver casadas tornou-se uma espécie de mancha levemente negra.

— Levemente quanto?

— A situação nos deixou vagamente arruinadas. — Mais um gole. — Não que eu já não estivesse vagamente arruinada antes disso.

Devil sempre pensou que as mulheres estavam ou arruinadas por inteiro, ou nem um pouco. E Felicity Faircloth não parecia arruinada.

Ela parecia perfeita.

— É por isso que tantos infelizes esnobaram você sem motivo aparente? — ele perguntou. — Porque essa parece ser uma razão. Idiota, mas do tipo que a aristocracia gosta de usar para destruir um dos seus.

Ela o encarou.

— O que você sabe sobre a aristocracia?

— Eu sei que os nobres gostam de beber *bourbon* e jogar cartas. — *E eu sei que houve um tempo em que eu queria muito ser um deles, assim como você, Felicity Faircloth.* Ele se recostou na banheira. — E eu sei que é melhor ser o primeiro a chegar ao inferno do que estar na multidão do céu.

Felicity apertou os lábios, transformando-os numa linha reta de reprovação.

– De qualquer modo, o seu lado do acordo é mais desafiador. O Duque de Marwick pode não se interessar por uma esposa de reputação tão manchada.

O Duque de Marwick não tinha interesse algum numa esposa. Ponto final.

Devil não lhe contou isso. Também não disse que sua reputação manchada logo estaria em farrapos. De repente ele se sentiu incomodado e se levantou, a água escorrendo por seu corpo conforme ele se aprumou.

Ele estaria mentindo se dissesse que não gostou do modo como ela arregalou os olhos, ou do gritinho que soltou quando pulou da cama e virou de costas para ele.

– Foi muita grosseria – ela disse, virada para a parede mais distante.

– Eu nunca fui conhecido por minha boa educação.

Ela bufou.

– Que surpresa.

Ele meneou a cabeça, achando graça. Mesmo naquela situação ela continuava atrevida.

– Está arrependida da sua coragem anterior?

– Não. – A palavra estalou, de tão aguda que saiu. Ela bebeu mais um gole. – Continue falando.

– Por quê? – Foi a vez de ele ficar desconfiado.

– Para que eu possa ter certeza de que você não está se aproximando para se aproveitar de mim.

– Se eu fosse me aproveitar de você, Felicity Faircloth, eu me aproximaria pela frente. Em plena vista, para que você tivesse a alegria de estar me esperando – ele disse. – Mas eu vou falar, com prazer. – Ele começou a se vestir, observando-a o tempo todo. – Vamos começar com um vestido.

– Um... um vestido?

Ele subiu a calça.

– Eu prometi que Marwick ficaria babando atrás de você como um cachorro, não prometi?

– Eu não disse que queria isso. – Ela hesitou.

Ele sorriu da repulsa nas palavras dela enquanto pegava uma camisa preta de algodão e a vestia pela cabeça, prendendo-a na calça antes de abotoar o fecho.

– Não, você disse que o considerava o homem mais lindo que já tinha visto, não disse?

Uma pausa.

– Acho que sim.

Veio uma irritação que ele afastou.

– Você disse querer que ele fosse atrás de você como uma mariposa atrás da chama. Você sabe o que acontece quando as mariposas atingem a chama, não? Pode se virar.

Felicity o fez, e os olhos dela procuraram os dele, depois examinaram suas roupas dos ombros aos pés descalços. A empolgação no olhar dela enquanto o avaliava provocou algo nele –, e Devil se remexeu ao sentir o peso repentino dentro de suas calças recém-passadas.

– O que acontece? – Ele arregalou os olhos diante da pergunta, e ela completou: – Com as mariposas.

– Elas pegam fogo. – Ele vestiu o colete.

Ela parou o olhar nos dedos dele enquanto Devil abotoava o paletó, e ele não conseguiu deixar de desacelerar seus movimentos, observando-a observá-lo. Devil sempre adorou o olhar feminino sobre ele, e Lady Felicity Faircloth o fitava com uma fascinação pura e autêntica, fazendo com que ele quisesse lhe mostrar tudo que ela desejasse.

– Combustão soa melhor do que baba – ela disse, as palavras mais suspiradas que antes.

– Diz a mulher que não faz uma coisa nem outra. – Ele terminou os botões e alisou o colete sobre o corpo. – Agora, se me deixar concluir...

– Mas é claro, pode babar.

Ele quase não resistiu à risada que ameaçou lhe escapar diante da réplica atrevida.

– Se você quer que ele a deseje além do que é racional, precisa se vestir de acordo.

Ela inclinou a cabeça para o lado.

– Desculpe. Eu devo me vestir para ele?

– Claro. De preferência algo com a pele à mostra. – Ele apontou para o vestido cor-de-rosa com decote alto. – Isso não vai funcionar. – Era mentira. O vestido funcionava muito bem, como os instintos de Devil podiam comprovar.

Ela levou a mão ao pescoço.

– Eu gosto deste vestido.

– É rosa.

– Eu gosto de rosa.

– Eu notei.

– O que há de errado com rosa?

– Nada, se você é um bebê chorão.

Ela apertou os lábios, deixando-os retos.

– Um vestido diferente vai fazer o quê, exatamente?
– Garantir que ele não consiga tirar as mãos de você.
– Ah – ela disse. – Eu não tinha consciência de que os homens são tão suscetíveis às roupas das mulheres, a ponto de perderem o controle das mãos.

Ele hesitou, não gostando da direção que as palavras dela estavam tomando.

– Bem, alguns homens.
– Não você – ela disse.
– Sou mais do que capaz de controlar meus impulsos.
– Mesmo se eu vestisse... o que você sugeriu? Algo com a pele à mostra?

E com isso, ele começou a pensar na pele dela.

– É claro.
– E essa é uma questão especialmente masculina?

Ele pigarreou.

– Pode-se dizer que é uma questão *humana*.
– Interessante – ela comentou. – Porque momentos atrás você estava vestindo *algo com a pele à mostra*, e minhas mãos, surpreendentemente, continuaram bem longe de você. – Ela sorriu. – Eu não babei nem um pouco.

As palavras foram como uma bandeira para um touro, e ele quis, no mesmo instante, aumentar a aposta e fazer Felicity Faircloth babar. Mas havia perigo nisso, porque ele já estava intrigado demais por essa mulher, e isso tinha que acabar antes mesmo que começasse.

– Vou mandar entregar o vestido para você. Vista-o para o baile na Casa Bourne. Daqui a três dias.
– Você compreende que vestidos não estão disponíveis em qualquer tamanho que as pessoas queiram, certo? Eles precisam ser encomendados. Depois são costurados. Demora semanas para que...
– Para alguns.
– Ah, sim – ela começou. – Para meros mortais. Eu esqueci que você tem elfos mágicos que fazem vestidos. Imagino que os teçam a partir de palha? Numa única noite?
– Eu não lhe disse que ia conseguir seu duque?

Ela meneou a cabeça.

– Eu não sei como você o impediu de negar nosso noivado, Devil, mas é impossível que ele continue em silêncio.

Ele não lhe contou que não havia negativa para ser silenciada. Não lhe contou que ela tinha caído nas mãos dele duas noites atrás, quando Devil fez parecer impossível para ela conquistar o duque – o qual já tinha decidido que ela era uma candidata conveniente. Devil não lhe contou que ele, também, tinha decidido que Felicity Faircloth era sua candidata conveniente.

De repente, ele não teve tanta certeza de que ela era conveniente.

– Eu já lhe disse que tenho a capacidade de tornar o impossível possível – ele a lembrou. – Nós vamos começar assim; você continua a tratar sua mentira como verdade, usa o vestido que vou lhe mandar e ele estará no seu caminho. Então será apenas uma questão de conquistá-lo.

– Ah – ela retrucou –, só uma questão de conquistar o duque. Como se essa fosse a parte fácil.

– Mas é a parte fácil. – Ela já o tinha conquistado. E, mesmo que não tivesse, Felicity podia ter quem ela quisesse. Disso Devil não tinha dúvida. – Confie em mim, Felicity Faircloth. Use o vestido, conquiste o homem.

– Eu ainda terei que provar o vestido, Devil Seja-lá-qual-for-o-seu-nome. E mesmo que eu use um vestido mágico, costurado por fadas e feito para arrebatar os homens, eu continuarei sendo... como você falou mesmo? *Nada de não atraente.*

Ele não deveria se sentir culpado por isso. Seu objetivo não era fazer Felicity Faircloth pensar que era linda. Mas ele parecia incapaz de não se aproximar dela.

– Quer que eu explique melhor?

Ela levantou uma sobrancelha, e ele quase riu do jeito ranzinza dela.

– Eu prefiro que não. Eu não sei como conseguirei não desmaiar no abraço fogoso dos seus elogios.

Um sorriso torceu os lábios dele.

– Você não é pouco atraente, Felicity Faircloth. Você tem um rosto franco, expressivo, que revela cada um dos seus pensamentos, e um cabelo que imagino cair em ondas de mogno profundo quando libertado de suas amarras severas... – Ele estava bem na frente dela agora. Felicity tinha aberto os lábios só um pouco, o suficiente para ela inspirar um pouco. O suficiente para ele notar. – ...e lábios carnudos, macios, que qualquer homem gostaria de beijar.

Ele foi sincero, claro. Queria impressioná-la e começar a sedução de Lady Felicity Faircloth. Para punir seu irmão e vencer.

Assim como, sinceramente, ele queria estar perto dela – perto o bastante para ver as sardas que salpicavam o nariz e as bochechas. Perto o bastante para ver o pequeno vinco deixado pela covinha que vivia aparecendo ali. Perto o bastante para sentir o cheiro do sabonete dela, de jasmim. Perto o bastante para ver o contorno cinza ao redor das lindas íris castanhas de seus olhos.

Perto o bastante para querer beijá-la.

Perto o bastante para ver que, se ele quisesse beijá-la, ela permitiria. *Ela não é para você.*

Ele se afastou com o pensamento, quebrando o encanto para ambos.

– Pelo menos qualquer almofadinha de Mayfair.

Uma emoção após a outra passou pelo olhar dela – confusão, compreensão, mágoa –, e então sua expressão se tornou vazia. Ele se odiou um pouco por causa disso. Mais do que um pouco, quando ela pigarreou e disse:

– Vou esperar na sala ao lado para você me levar para casa.

Ela passou por ele, que a deixou sair, o arrependimento agitando-o, desconhecido e ardendo quase tanto quanto o roçar das saias dela em suas pernas.

Ele ficou parado ali um longo momento, tentando encontrar sua calma – o equilíbrio frio e inabalável que o manteve vivo por trinta anos. Que tinha lhe construído um império. Que tinha sido abalado pelo aparecimento de uma única aristocrata em seu espaço privado.

E, quando enfim encontrou essa calma outra vez, ele a perdeu. Porque o encontro foi pontuado por um *clique* suave da porta dos seus aposentos.

Ele entrou em movimento antes que o som se dissipasse, atravessando a sala, agora vazia, até a porta, que quase arrancou das dobradiças, para chegar ao corredor... também vazio.

Ela era rápida, droga.

Ele foi atrás dela escada abaixo, decidido a alcançá-la. Ele percorreu o labirinto de corredores até a saída, onde a porta permanecia entreaberta, como uma frase não terminada.

Exceto que estava claro que Felicity Faircloth tinha dito tudo que queria dizer.

Ele escancarou a porta e irrompeu através dela, olhando imediatamente para a direita, na direção da Long Acre, onde encontraria com facilidade uma carruagem para levá-la para casa. Nada.

Mas à esquerda, na direção dos Seven Dials, onde com facilidade encontraria problemas, sua saia rosa desaparecia na escuridão.

– Felicity!

Ela nem hesitou.

– Merda! – ele troou, já se encaminhando para o edifício.

Droga, ele tinha calculado mal.

Porque Lady Felicity Faircloth estava se dirigindo para o que havia de pior em Covent Garden, na calada da noite, e ele estava descalço.

Capítulo Nove

Felicity afastava-se o mais rápido que podia da Rua Arne, que fazia uma curva, dirigindo-se à avenida principal onde tinha sido deixada, mais cedo naquela noite, pela carruagem de aluguel. Dobrando a esquina, ela parou, acreditando estar fora de vista da casa de Devil, e pôde, enfim, recuperar o fôlego.

Em seguida, ela pegaria uma carruagem e voltaria para casa.

De jeito nenhum que ela iria permitir que ele a acompanhasse. Era provável que fosse arruinada por ele, o que aconteceria também se ele fosse seu acompanhante.

Uma irritação indignada cresceu de novo.

Como ele ousava se dirigir a ela daquele modo, falando de seus cabelos, seus olhos e lábios? Como ele ousava quase beijá-la?

Por que ele não a beijou?

Pelo menos tinha sido um quase-beijo? Felicity nunca tinha sido beijada, mas aquilo devia ser o prelúdio do beijo de que tinha ouvido falar. Ou lido nos romances. Ou imaginado acontecendo com ela. Várias vezes.

Ele tinha se aproximado muito – o bastante para ela conseguir ver o contorno preto ao redor da íris de veludo dourado dos olhos dele, e a sombra da barba não feita, que a fez imaginar qual seria a sensação daquilo na sua pele, e a cicatriz, comprida e perigosa e, de algum modo, vulnerável, o que lhe deu vontade de estender a mão e tocá-la.

Ela quase o fez, até perceber que ele talvez fosse beijá-la, e então *isso* era tudo que ela queria. Mas ele não teve interesse algum no beijo. Pior, ele *disse* que não tinha interesse em beijá-la.

– Ele prefere deixar que algum almofadinha de Mayfair me beije – ela disse para a noite, seu rosto queimando de vergonha. Ela nunca tinha sentido mais orgulho de si mesma por pegar o touro pelos chifres, por assim dizer, e deixá-lo ali, em seu quarto, onde poderia ficar ruminando sobre o que se deve dizer ou não para as mulheres.

Felicity levantou o rosto para o céu e inalou profundamente. Pelo menos ir até lá não tinha sido um erro. Ela achou que nunca se esqueceria da irmã dele – uma mulher que sabia seu valor, sem dúvida. Felicity precisava mais disso. Ela pensou em procurar o caminho até a Rua Shelton, 72 – o que quer que encontraria ali deveria ser fascinante.

E, mesmo nesse momento, nas ruas cheias de sombras, as montanhas de edifícios apertados ao redor dela, Felicity percebeu que se sentia... livre. Esse lugar, longe de Mayfair e de suas críticas, das observações ferinas... ela gostou. Ela gostou do modo como a chuva veio. Como parecia lavar a sujeira. Como parecia libertá-la.

– Milady pode *ajudá* uma garota?

A pergunta veio de tão perto que a espantou, e Felicity se virou e encontrou uma jovem parada atrás dela, molhada da chuva que tinha começado – uma fina névoa londrina que se infiltrava nas roupas e na pele –, com um vestido esfarrapado, cabelo seboso e solto sobre os ombros. A mão dela estava estendida com a palma para cima.

– Eu... eu... perdão?

A mulher olhou para a mão aberta.

– Tem um trocado? Pra eu *comê* alguma coisa?

– Ah! – Felicity olhou para a mulher, depois para a mão. – Sim, mas é claro. – Ela enfiou a mão no bolso da saia, onde guardava uma pequena bolsa com moedas.

Uma pequena bolsa com moedas que não estava mais lá.

– Ah – ela repetiu. – Parece que eu não... – Ela se interrompeu. – Minha bolsa não...

A mulher torceu os lábios, frustrada.

– Ah, os trombadinha já te pegaram.

Felicity arregalou os olhos.

– Me pegaram?

– É. Uma *mulé* fina como você, os trombadinhas te pegaram na hora que chegou no Garden.

Felicity pôs o dedo no buraco que tinha ficado em sua saia. A bolsa tinha sumido. Com todo seu dinheiro. Como ela faria para voltar para casa?

O coração dela acelerou.

A mulher fez uma careta.

– Só tem vagabundo aqui.

– Bem – Felicity disse –, parece que eu não tenho mais nada para roubarem.

A moça apontou para os pés dela.

– O sapato é bonito. – E então para o corpete do vestido. – E as fita aí, a renda no pescoço. – O olhar dela parou no cabelo de Felicity. – E as coisa de cabelo. Todo mundo quer essas coisa das lady.

Felicity levou a mão ao cabelo.

– Meus grampos de cabelo?

– É.

– Você quer um deles?

Um brilho iluminou os olhos da mulher, parecendo até que lhe tinham oferecido joias.

– Sim.

Felicity extraiu um grampo do cabelo, oferecendo-o para a moça, que o arrancou de sua mão sem hesitar.

– Milady tem um pra mim?

– E pra mim?

Felicity se virou e encontrou mais duas garotas atrás dela, uma mais velha e outra com não mais de 8 ou 10 anos. Ela não as tinha ouvido se aproximar.

– Ah! – ela exclamou de novo, levando a mão ao cabelo mais uma vez. – Sim, é claro.

– E pra mim, moça? – Ela se virou e encontrou um homem mais adiante, magro como caniço, exibindo um sorriso cruel e uma banguela que fez a pele de Felicity arrepiar. – O que *ocê* tem pra mim?

– Eu... – ela hestiou. – Nada.

O brilho no olhar dele ficou diferente de repente. Muito mais perigoso.

– Tem certeza?

Felicity recuou, indo na direção das outras mulheres.

– Alguém roubou minha bolsa.

– Tá tudo certo, *ocê* pode me *pagá* de outro jeito. *Ocê* num é a coisa mais linda que eu já vi, mas dá pro gasto.

Uma mão tocou o cabelo dela, dedos vasculhando.

– Pode me dar mais um?

Ela a impediu de pegar o que não tinha oferecido.

– Eu preciso deles.

– Você tem mais na sua casa, num tem? – a garotinha entoou.

– Acho... acho que sim. – Ela tirou outro grampo e deu para a menina.

– Brigada – a garota disse, fazendo uma mesura curta e enfiando o grampo na cabeleira embaraçada.

– Vai pra casa, menina – o homem disse. – É minha vez de tratar com a lady.

Não vá embora, Felicity pensou. *Por favor.*

Felicity olhou para a rua escura que levava à casa de Devil, que estava fora de vista. Ele já devia ter percebido que ela tinha sumido, não? Será que ele viria atrás dela?

– Acha que uma lady vai *tratá* com *ocê,* Reggie? Ela num vai encostar nesse seu pinto bixiguento nem por uma fortuna.

Reggie perdeu o sorriso nojento, que foi substituído por uma máscara ameaçadora de escárnio.

– *Ocê* tá pedino um tranco nas ideia, garota. – Ele foi na direção dela com o braço levantado, e ela recuou, correndo para as sombras. Satisfeito com sua suposta exibição de poder, ele se voltou para Felicity e se aproximou. Ela recuou, encostando numa parede quando ele esticou a mão para o cabelo dela, agora sem grampos e caindo em seus ombros.

– Que cabelo bunito – ele o tocou, de leve, e ela se encolheu. – É como seda.

Ela se arrastou para o lado, pela parede, medo e arrependimento dando cambalhotas em sua barriga.

– Obrigada.

– Ah-ah, lady. – Ele fechou a mão, agarrando um punhado de cabelo, que puxou com força. – Vem cá – ele disse quando Felicity gemeu de dor.

– Me solte! – ela gritou, virando-se, pavor e indignação fazendo-a entrar em ação; ela fechou o punho e desferiu um soco violento na direção dele, que pegou raspando na bochecha ossuda quando ele se desviou do golpe.

– *Ocê* vai se arrependê desse soco, ah se vai! – Ele puxou o cabelo com mais força, fazendo a cabeça dela ir para trás. Felicity gritou.

Duas batidas responderam à distância, quase imperceptíveis acima do som do seu coração disparado.

– Merda – disse o homem que a segurava. Ele soltou o cabelo dela como se estivesse quente.

– Ah... Reggie – a primeira mulher riu. – *Ocê* se deu mal agora... – Ela baixou a voz para um sussurro simulado enquanto recuava para a escuridão. – Devil te encontrou.

Por um instante Felicity não entendeu, tomada pelo medo, pela confusão e pelo imenso alívio por Reggie tê-la soltado. Ela correu para o lado, afastando-se das pessoas reunidas, indo na direção dos passos que se aproximavam.

– Olha pra ela, indo pra ele – a mulher narrou. – Você mexeu com a lady dum Bastardo.

– Eu num sabia! – Reggie exclamou, sua fanfarronice desaparecendo.

E então ele chegou – o homem que chamavam de Devil –, usando as mesmas roupas em que ela o tinha visto minutos atrás, a calça preta que Felicity o tinha ouvido deslizar sobre a pele, a camisa de algodão, o colete. E agora ele estava de botas.

Devil carregava a bengala na mão, seus anéis e a cabeça de leão prateada brilhando ao luar como um mau agouro. Era uma arma, ele tinha lhe dito na noite em que se conheceram. Agora Felicity não tinha dúvida disso.

Ela expirou fundo, aliviada.

– Graças a Deus.

Devil não olhou para ela, concentrado em Reggie enquanto girava ameaçadoramente a bengala.

– Deus não anda por aqui. Anda, Reggie?

Ele não respondeu.

A bengala girava, e Felicity não conseguia despregar o olhar do rosto dele, onde ângulos frios e duros transformaram-se em pedra, e aquela cicatriz ominosa brilhava, branca, na escuridão.

– Deus se esqueceu de nós aqui em Garden, não esqueceu, Reggie?

Reggie engoliu em seco. Anuiu.

Ele continuou se movendo, passando por ela, como se Felicity fosse invisível.

– E sem Deus, de quem é a benevolência que permite que você continue aqui?

Reggie arregalou os olhos e se esforçou para fitá-lo.

– Sua.

– E quem sou eu?

– Devil.

– E você sabe as regras do meu terrirório?

– Sei – Reggie aquiesceu com a cabeça.

– E quais são essas regras?

– Ninguém mexe com as mulher.

– É isso aí! – gritou uma garota das sombras, corajosa outra vez. *Em segurança mais uma vez.* – Cai fora, Reggie!

Devil a ignorou.

– E o que mais, Reggie?

– E ninguém mexe com as criança.
– Ou?
– Ou tem que se *vê* com Devil.
Devil se inclinou na direção do outro.
– Com nós dois – ele disse em voz baixa.
Reggie fechou os olhos.
– Desculpa! Num foi nada. Eu num ia *fazê* nada.
– Você quebrou as regras, Reggie. – Devil pegou a ponta prateada da bengala e a puxou, o anel de metal ecoando nos paralelepípedos da viela.

Felicity soltou uma exclamação ao ver aparecer uma espada de meio metro saída de dentro da bengala, o aço frio brilhando como prata ao luar, a ponta pairando a um dedo da garganta de Reggie. Este arregalou os olhos.
– Desculpa!
– Espere! – Felicity exclamou e se adiantou.
Devil não olhou para ela. Ele parecia não estar ouvindo.
– Eu devia cortar sua garganta aqui mesmo, você não acha? E deixar que a chuva lave você.
– Desculpa!
Felicity pôs a mão no braço de Devil.
– Ninguém vai cortar o pescoço de ninguém! Ele não fez nada! Só puxou o meu cabelo. Apenas isso.

Se as palavras tiveram algum efeito, foi deixar Devil ainda mais frio. Seus músculos se enrijeceram debaixo da mão dela. E, por um longo momento, Felicity pensou que ele usaria aquela lâmina perversa. Que ele cortaria a garganta do homem. Que aquele sangue poderia ficar em suas mãos.
– Por favor – ela implorou, a voz suave. – Não.
Então Devil olhou para ela, pela primeira vez, fúria queimando em seus olhos escuros, e ela resistiu ao instinto de soltá-lo.
– Você está pedindo pela vida dele?
– Estou, é claro. – Ela queria que o homem sumisse, mas não morresse.
Devil a observou pelo que pareceu uma eternidade antes de falar, sem desviar o olhar do dela.
– Agradeça à lady, Reggie. Ela comprou sua vida de mim esta noite.

A ponta da espada reluziu quando ele a devolveu à sua bainha de ébano, e Reggie caiu de joelhos, aliviado.
– Obrigado, milady.
Ele estendeu as mãos para os pés dela, e Felicity recuou, evitando o toque.

– Isso... não é necessário.

Devil se colocou entre os dois.

– Vá embora, Reggie, e fique longe. Se eu vir você de novo no nosso território, seu anjo não estará aqui para salvá-lo de novo.

Reggie desapareceu antes que as palavras terminassem de ecoar.

Devil voltou-se para as mulheres que se escondiam nas sombras.

– Vocês três também. – Ele enfiou a mão no bolso e tirou algumas moedas. – Não precisa trabalhar esta noite, Hester – ele disse para a primeira, pondo uma moeda em sua mão, depois se virou e deu uma para a mais velha e outra para a garotinha. – Vão para casa antes que arrumem mais confusão.

As três obedeceram, deixando Felicity sozinha com Devil.

Ela engoliu em seco.

– Isso foi gentil.

Ele continuou em silêncio, observando o lugar onde o trio desapareceu, os segundos parecendo horas.

– Nada é gentil aqui – ele disse, então, e se virou para ela. – Você não deveria ter desperdiçado um favor na vida daquele rato.

As palavras a deixaram em dúvida. Ainda assim...

– Eu deveria ter deixado que você o matasse?

– Outros teriam deixado.

– Eu não sou os outros – ela disse apenas. – Eu sou eu.

Ele se virou para encará-la, aproximando-se.

– Você me pediu um favor em troca de algo que tinha pouquíssimo valor.

– Eu não sabia que era uma troca.

– Nada é grátis em Garden, Felicity Faircloth.

Ela meneou a cabeça, forçando uma risada.

– Bem, eu não tenho dinheiro e estou quase sem grampos de cabelo, então, que bom que ele não valia muita coisa.

Ele congelou.

– Você saiu sem dinheiro? Como estava pensando voltar para casa?

– Eu achei que tinha dinheiro – ela disse e enfiou a mão no bolso da saia, que estava vazio. – Alguém me roubou. E eu nem senti.

Ele olhou para o lugar onde ela agitava os dedos, no buraco do bolso.

– Nossos punguistas são os melhores da cidade – Devil afirmou.

– Você parece se orgulhar. – Ela tentou gracejar, ainda sentindo alívio. – Obrigada – ela disse em voz baixa, diante da falta de resposta dele.

– Aquele rato não merecia leniência. – Devil transformou-se em pedra outra vez.

– Não houve nada. Você apareceu antes que pudesse ter acontecido alguma coisa. Ele mal tocou em mim.

A cicatriz ficou branca, e um músculo vibrou no rosto dele.

– Ele tocou em você, sim. No seu cabelo. – O olhar dele estava fixo no lugar em que o cabelo, solto, tocava os ombros dela.

Ela sacudiu a cabeça.

– É, mas não foi muito. Só está solto porque eu dei meus grampos para as mulheres.

– Não foi muito? – Ele repetiu, aproximando-se dela. – Eu vi uma mecha do seu cabelo na pata suja dele. Eu o ouvi descrevê-lo. *Como seda*. E ouvi você gritar quando ele puxou. – Devil fez uma pausa, sua garganta tentando segurar as palavras, que saíram mesmo assim. – Ele tocou seu cabelo. E eu não.

Veio um eco de antes, quando estavam no quarto dele, das palavras que usou para descrever o cabelo dela. *Um cabelo que imagino cair em ondas de mogno profundo quando libertado de suas amarras severas.*

Ela arregalou os olhos.

– Eu não sabia que você queria...

Devil levantou a mão, e, por um momento, ela pensou que ele a tocaria. Por um instante, ela imaginou como seria se ele deslizasse os dedos fortes por seu cabelo, agora livre das amarras dos grampos, tocando seu couro cabeludo. Ela se imaginou aproximando-se desse toque. Aproximando-se dele.

E ele aproximando-se dela.

– Eu deveria pegar... – ele sussurrou – meu pagamento. Eu devo tocá-lo.

Ela olhou por baixo dos cílios para ele.

– Sim.

A decisão o dividia. Ela podia ver. E ela o viu tomá-la, viu-o ceder ao desejo e estender a mão para tocar seu cabelo. *Graças a Deus.*

O toque mal encostou nela, mas foi a coisa mais poderosa que Felicity já tinha experimentado. A respiração dela parou na garganta quando ele passou os dedos entre seus cabelos. A mão dele estaria quente? Ele se permitiria tocar a pele dela? *Ele a beijaria?*

– Eu devia ter matado aquele infeliz por tocar seu cabelo – ele disse com suavidade.

– Não foi... – Ela hesitou, depois sussurrou: – Não foi como isto.

O olhar dele procurou o dela na escuridão.

– O que isso quer dizer?

– Eu não vou me lembrar dele – ela disse. – Não com você aqui, agora.

Ele sacudiu a cabeça.

— Felicity Faircloth, você é muito perigosa. — Os dedos de Devil, calejados e quentes, desceram até o rosto dela, desenharam a curva do maxilar, chegaram ao queixo. Ficaram ali.

Ela estremeceu.

— Estar aqui... com você... me faz sentir que eu *poderia* ser perigosa.

Ele levantou o rosto dela e encarou seus olhos cintilantes, voltados para a névoa de Covent Garden.

— E se fosse? O que você faria?

Eu ficaria, ela pensou, enlouquecida. *Para explorar este mundo aterrorizante, magnífico.* Contudo, ela não disse essas coisas. Ela escolheu se concentrar na terceira resposta, a chocante. A que veio numa onda de desejo.

— Eu beijaria você.

Por um momento ele não se moveu, então inspirou fundo e levantou a outra mão, aninhando o rosto dela em suas palmas quentes antes de repetir.

— Você é muito perigosa.

Ela não soube de onde as palavras vieram quando disse, a seguir, a voz suave:

— Você permitiria?

Ele sacudiu a cabeça de novo, o olhar fixo no dela.

— Eu não conseguiria resistir.

Mais tarde ela culparia a escuridão por suas ações. A chuva tilintando nos paralelepípedos. O medo e a fascinação. Ela culparia as mãos quentes e os lindos lábios dele, e aquela cicatriz no lado direito do rosto que o tornava, de algum modo, impossivelmente bonito. Ela precisava culpar alguma coisa por isso, pois Felicity Faircloth, a solteirona invisível, não beijava homens.

E mais; ela com certeza não beijava homens que viviam em Covent Garden, usavam bengalas com espadas e se chamavam Devil.

Só que, naquele momento, ela fez exatamente isso, ficando na ponta dos pés e encostando sua boca nos lábios macios do Devil. Ele era tão quente — com um calor emanando através da camisa e do colete — que ela o agarrou sem pensar, espontânea, como se ele pudesse mantê-la equilibrada nesse momento insano.

Como se ele não fosse a razão de Felicity se sentir tão louca, com o modo como a envolveu em seus braços e a puxou, apertando-a contra si, o movimento fazendo com que ela soltasse uma exclamação de surpresa. Ele grunhiu, um som profundo, delicioso, e seus dentes mordiscaram o lábio inferior dela antes de ele soltar um sussurro sombrio.

– Beije, então. Pra valer.

Como ele lhe deu permissão, ela foi em frente, recebendo seu primeiro beijo daquele homem perigoso que parecia o tipo de pessoa que não dava nada de graça, mas ainda assim deu tudo de si nesse momento... para o prazer dela.

Não só dela, contudo. Devil lambeu o lábio inferior dela, fazendo sua boca se abrir para que pudesse tomá-la com uma carícia profunda, inexorável. Ele grunhiu de novo, o som extraindo dela uma vibração de desejo, que se concentrou no fundo do ventre. Mais baixo. Esse grunhido, aliado ao beijo maravilhoso e sensual, fez com que ela se sentisse mais poderosa do que jamais havia se sentido.

Como se ele fosse uma fechadura que Felicity tinha aberto.

Ele a estava arruinando.

Só que aquilo não parecia ruína. Parecia um triunfo.

Ela se encostou nele, querendo-o mais perto, querendo mais desse momento e desse poder inebriante. Ele levantou a cabeça para olhar para ela, sua respiração saindo em rajadas curtas, com algo semelhante à surpresa nos olhos dele. Devil afastou-se um pouco, passando o dorso da mão pelos lábios. Ele meneou a cabeça.

– Felicity Faircloth, você vai me incendiar.

Um berro soou ao longe, seguido por gritos e um aglomerado de vozes masculinas. Felicity se aproximou de Devil, mas este não lhe ofereceu o conforto que ela buscava.

– Não. – Ele sacudiu a cabeça com firmeza.

– Não? – Ela franziu a testa.

Sem responder, ele a pegou pelo braço, de um modo impessoal, e a puxou de volta à sua casa. Quando fizeram a curva, ele a parou no meio da rua.

– O que você está vendo?

– Seu covil. – Duas noites atrás, ela tinha pensado que era uma descrição tola. Mas agora... era um covil. O domínio de um homem mais poderoso do que ela tinha imaginado. Um homem que podia proteger ou punir como bem entendesse.

– O que mais? – ele perguntou.

Ela olhou à sua volta. Felicity nunca tinha parado para pensar na cidade à noite.

– É lindo.

Ele ficou espantado.

– O quê?

– Está vendo ali? – ela apontou. – Como a neblina e a luz deixam os paralelepípedos dourados? É lindo.

Ele observou a rua por um momento, sua cicatriz branca e furiosa. E então ele sorriu. Mas não era um sorriso bondoso. Nem amistoso. Era algo muito mais perigoso.

– Você acha que o mundo todo é lindo, não acha, Felicity Faircloth?

Felicity afastou-se dele.

– Eu...

Ele não a deixou responder.

– Você acha que o mundo está aqui para você, e por que não acharia isso? Você foi criada com poder e dinheiro, sem nunca sentir que algo deu errado para você.

– Isso não é verdade – ela disse, com calor de tão indignada. – Muita coisa já deu errado para mim.

– Ah, é claro, eu esqueci – ele disse com escárnio. – Você perdeu seus terríveis amigos no centro do seu mundo fútil. Seu irmão não consegue juntar dinheiro. Seu pai, tampouco. E você é obrigada a conquistar um duque que não quer.

Ela franziu a testa diante da crítica velada, como se fosse uma criança sem qualquer noção do que era importante. Ela sacudiu a cabeça.

– Eu não...

Ele a interrompeu.

– Você não sabe o que é paixão. Acha que paixão é doce, suave e boa... amor além do racional. Proteção. Carinho.

Veio o ressentimento.

– Acho, não. Eu sei que é.

– Deixe-me dizer para você o que é paixão, Felicity Faircloth. Paixão é *obsessão*. É desejo além do racional. Não é carência, mas *necessidade*. E vem acompanhada do pior dos pecados mais do que a melhor das virtudes.

Ela puxou o braço, que os dedos dele apertavam com força.

– Você está me machucando.

Ele a soltou no mesmo instante.

– Garota boba. Não sabe o que é machucar.

Ele apontou para as janelas escuras acima, para a sombra dos beirais e os buracos pretos na lateral das estruturas de tijolos.

– Mais uma vez. O que você vê?

– Nada – ela disse, sua raiva fazendo a palavra soar alta e agressiva. – E agora, você vai me dizer que eu não sei como olhar para um telhado?

Ele a ignorou e apontou para a rua curva e vazia à frente, de onde saíam uma dúzia de vielas.

– E ali?

– Nada. – Ela meneou a cabeça. – Escuridão.

– Lá? – Ele a virou na direção oposta.

Uma inquietação a agitou.

– N-nada.

– Ótimo – ele disse. – Essa sensação? O medo? A incerteza? Guarde-a com você, Felicity Faircloth, pois irá mantê-la em segurança.

Ele a virou de costas para si e passou à frente dela, batendo sua bengala duas vezes nas pedras duras da rua. Ele olhou para os prédios escuros e falou, suas palavras firmes e claras ecoando nas pedras.

– Ninguém mexe com ela. – Para a rua, para ninguém: – Ela tem a minha proteção.

E para o outro lado, de novo falando para o ar:

– Ela me pertence.

– Perdão? – Ela arregalou os olhos. – Você está louco?

Ele a ignorou, batendo a ponta da bengala no chão, alto e claro. Uma vez. Duas.

A resposta voltou como um trovão. Duas batidas por toda parte. Acima dela, dos dois lados, nas janelas e paredes de pedra, na própria rua. Batidas com madeira e aço, com as mãos e com botas.

Deve ter havido uma centena de batidas, nenhuma delas à vista.

Felicity olhou para ele, chocada. Ela meneou a cabeça.

– Como eu podia não saber?

O olhar sombrio dele cintilou sob o luar.

– Você nunca precisou saber. Vá para casa, Felicity Faircloth. Eu a procuro daqui a três noites. Mantenha sua farsa até lá; não conte a ninguém a verdade sobre você e Marwick.

Ela meneou a cabeça.

– Ele vai...

– Cansei dessa conversa. Você queria prova do que eu prometi, e já a forneci. Você continua imaculada, não? Apesar dos seus grandes esforços para conseguir se arruinar, arrastando-se por Covent Garden na calada da noite.

– Eu não me arrastei.

Ele se virou, e ela pensou, por um instante, que o ouviu xingar baixo. Ele pôs a mão no bolso e pegou uma moeda de ouro, colocando-a em sua mão antes de apontar para a rua, para a direção oposta da qual tinham vindo.

– Por ali, as carruagens de aluguel. Pelo outro lado, o inferno.

– Sozinha? – Com centenas de olhos observando-a das sombras? – Você não pretende me acompanhar?

– Na verdade, não – ele disse. – Você nunca esteve mais segura em toda sua vida do que agora.

Ela fez como ele a orientou, andando até a rua principal. A cada passo, ela perdia o medo. O nervosismo.

No fim da rua, um homem saiu das sombras e chamou uma carruagem para ela, abriu-lhe a porta e cumprimentou-a tocando o chapéu quando ela subiu no veículo.

Conforme a carruagem sacudia para um lado e para outro, chocalhando pelos paralelepípedos, Felicity viu a cidade pela janela, transformando-se de escuridão para luz, até chegar à sua casa.

Devil tinha razão. Felicity nunca tinha se sentido mais segura.

Ou mais poderosa.

Capítulo Dez

Três noites depois, Devil estava nos jardim dos fundos da Casa Bourne, observando as massas fervilhantes através das imensas janelas do salão de bailes, escutando a música que escapava pelas portas abertas, quando seu irmão apareceu ao seu lado.

– Você gasta tempo demais observando-a.

Devil não se virou para encarar a acusação.

– Observando quem?

Whit não respondeu. Não era necessário.

– Como você sabe quanto tempo eu gasto olhando para ela?

– Os garotos me contam aonde você vai.

Devil soltou uma exclamação de contrariedade.

– Eu não mando os garotos seguirem você.

– Eu nunca saio de Garden.

– Esta noite isso não parece verdade. – Infelizmente. Whit continuou em silêncio, e Devil acrescentou: – Nós temos vigias para ficar de olho nas ruas, não em mim.

– Você é o único que pode espionar os outros?

Devil ignorou a resposta lógica.

– Estou de olho para ver se ela vai fazer o que eu mandei.

– Quando foi a última vez que não fizeram o que você mandou? – Whit perguntou.

– Felicity Faircloth não obedece às regras que o resto do mundo, de maneira tão inteligente, segue. – Whit emitiu um ruído baixo, e Devil olhou torto para ele. – O que isso quer dizer?

Um ombro enorme subiu e desceu.

– Você acha que o plano é ruim.

– Eu acho que é um plano que não vai terminar como você imagina.
– A linhagem Marwick acaba com Ewan. Nós concordamos com isso.
Um grunhido de concordância.
– Mas aí está ele, dentro da Casa Bourne, bebendo limonada tépida, comendo *petit-fours* e dançando.
– *Petit-fours?* – Whit fez uma careta para ele.
– Seja lá o que eles comem – Devil grunhiu.
– Ele está querendo nos distrair.
Devil aquiesceu.
– Isso não vai acontecer.
– Ele ainda não conheceu a garota. Felicity Faircloth.
– Não. – Devil tinha vigiado Felicity e o duque desde a noite do baile Marwick, e os dois ainda não tinham se encontrado. Mas o silêncio de Marwick a respeito estava fazendo toda Londres falar sobre o futuro casamento do Duque de Marwick com uma lady há muito encalhada.
– Ele tem um plano, Dev – Whit disse. – Ele sempre tem um. E eu gosto ainda menos do plano dele do que do seu.
Veio uma lembrança – três garotos jovens sentados lado a lado na beira de um rio, com olhos e cachorrinhos iguais. Ele interrompeu a lembrança antes que chegasse ao fim, sacudindo a cabeça e devolvendo o olhar para o baile à sua frente.
– Você também não vai gostar quando chegar a hora de usar a garota – Whit disse.
– Não ligo para a garota. – As palavras arranharam sua garganta, mas Devil as ignorou.
– Ouvi dizer que você baniu Reggie de Covent Garden.
– Reggie tem sorte que eu não o tenha banido da droga do mundo.
– É o que eu quero falar. Hester disse que a moça implorou para você não machucá-lo, e você amoleceu.
Devil enfiou as mãos nos bolsos, ignorando a verdade das palavras.
– Eu preciso dela ao nosso lado, não? E isso seria difícil se ela me visse estripar um sujeito na viela.
O grunhido de Whit deixou claro o que ele pensava.
– Colocou-a sob nossa proteção?
Essa parte foi inesperada. Nasceu da fúria que ele sentiu ao pensar que ela poderia ter sido ferida nas ruas deles e da sua frustração de não poder levá-la para sua cama e mantê-la ali por uma noite. Ou duas. *Ou mais.*
– Não posso deixar que matem uma garota aristocrata a dois passos da nossa casa, posso?

– Você a convidou.

– Eu dei meu cartão para ela. Foi uma decisão errada.

– Você não toma decisões erradas. E nós precisamos de uma garota aristocrata sob nossa proteção do mesmo jeito que um cachorro precisa de diamantes.

– Ela não vai ficar sob nossa proteção por muito tempo.

– Não. Logo ela vai ser sua vítima. Junto a Ewan.

– Sem herdeiros – Devil disse. – Esse era o acordo.

Whit apertou os lábios, transformando-os numa linha fina.

– Eu sei. E também sei que tem jeito mais fácil e seguro de conseguir o que a gente quer do que comprando a porra de um vestido novo para uma solteirona invisível.

– Que jeito? – Devil perguntou, cada vez mais irritado.

– Cortando o rosto do nosso irmão para ficar parecido com o seu.

Devil meneou a cabeça.

– Não. Do meu jeito é melhor. – Whit não respondeu, e Devil ouviu a discordância tácita no silêncio do irmão.

– Punhos são uma ameaça. Desse modo é uma promessa. Assim, nós lembramos a Ewan que o futuro dele pertence a nós. Assim como o nosso um dia pertenceu a ele.

Uma pausa. E então:

– E a garota? O que acontecerá quando você tirar o futuro dela?

– Eu a pagarei muito bem por isso. Não sou nenhum monstro.

Whit deu uma risadinha, e Devil olhou para ele.

– O que isso significa?

– Só que você está louco se acha que pagar pela ruína da garota não é monstruoso. Ela não vai só ficar furiosa; ela vai atrás de você.

A ideia de Felicity Faircloth, comum, solteirona, indo atrás dos Bastardos Impiedosos era ridícula. Devil também forçou uma risada.

– Deixe a gatinha tentar me cortar, então. Vou manter minha espada afiada.

– Ouvi dizer que ela deu um soco em Reggie.

Ele sentiu orgulho ao se lembrar, orgulho que sua raiva afastou imediatamente.

– Ela errou.

– Você devia ensiná-la a dar um soco.

– Como ela nunca mais vai voltar para Garden, não é necessário. – Na verdade, se a outra noite nas ruas escuras de Covent Garden tinha produzido algum resultado, foi convencê-la a ficar longe daquela vizinhança.

Mesmo que ela tivesse achado as ruas lindas.

Bom Deus, quando ela apontou para os paralelepípedos brilhantes, explicando a beleza deles, Devil teve vontade de lhe dizer que, assim como banhados pela chuva, também o eram por sangue.

Embora ela tivesse razão – estavam lindos.

O que ele nunca teria notado se ela não tivesse dito, droga.

– Acho que você quis dizer que não é necessário porque agora ela tem a proteção dos Bastardos – Whit grunhiu.

– Ela não vai voltar – Devil disse. – Caramba, eu quase matei um homem na frente dela.

– Mas não o fez.

Aquele homem a tinha tocado. O cretino tinha sentido a seda do cabelo de Felicity antes de Devil. A mão que descansava sobre a bengala teve comichão de causar estrago. Melhor assim, porque enquanto desejava para fazer estrago, não pensava em tocá-la outra vez. Não desejava puxá-la para perto outra vez. Não desejava beijá-la.

Mentira.

Ele meneou a cabeça.

– Eu devia ter matado o patife.

Whit voltou-se para as janelas do salão de baile.

– Mas não matou. E isso vai fazer o povo falar.

– Já fez *você* falar, afinal.

Ainda bem que isso o silenciou.

Eles observaram em silêncio durante longos minutos, e Whit começou a balançar de um pé para outro, de leve, um movimento pouco característico para um homem, em geral, firme e parado. Pouco característico a menos que se soubesse o significado.

– Vai ter luta esta noite?

– Três.

– Você vai lutar?

– Se eu tiver vontade, sim. – Ele deu de ombros.

Havia dois tipos de lutadores – aqueles que seguiam as regras e os que lutavam para vencer a qualquer custo. Whit era do segundo tipo, mas ele só lutava quando não conseguia se segurar. Ele preferia organizar os combates e treinar os lutadores. Mas, quando entrava no ringue, ele era quase invencível.

Só tinha perdido uma vez.

Outra lembrança o tomou. Whit no chão, coberto de terra e sangue, inconsciente. Devil cobrindo-o com seu próprio corpo, levando ele próprio o que pareceu ser uma dúzia de socos. Uma centena. Protegendo o irmão. Até eles conseguirem escapar.

— Grace tem perguntado sobre a sua garota.

Devil olhou para Whit.

— Você não contou para ela quem é a garota.

— Não, mas nossa irmã não é boba, e ela tem seus próprios vigias, todos melhores que os nossos. — Grace praticamente só empregava mulheres, triando uns poucos insubstituíveis, e as garotas conseguiam se mover com rapidez e discrição por quase toda Londres.

A conversa foi interrompida por um clarão dourado dentro do salão. Felicity. Os olhos dele a seguiram pela multidão, absorvendo-a como se ela fosse a luz do sol.

— Ela chegou — ele disse, incapaz de disfarçar a ternura na voz. — Ela está usando o vestido.

— Então vamos — Whit grunhiu.

Não.

Devil engoliu a palavra e negou com a cabeça.

— Não. Quero ter certeza de que eles vão se encontrar.

O olhar do irmão foi para as janelas do salão de bailes, e ele soltou um assobio baixo.

— Ewan vai ficar maluco quando vir esse vestido.

Devil anuiu.

— Eu quero que ele saiba que estou à frente dele. E que sempre vou estar.

— Vou dizer uma coisa: Lady Felicity sabe se arrumar.

— Pare de bobagem — Devil disse, com vontade de enfiar a mão na cara do irmão pelo comentário. Mas, para fazer isso, ele teria que desviar o olhar de Felicity, e não queria fazê-lo. Ele não sabia dizer se *podia* desviar os olhos, para ser honesto.

Aquela mulher era impossível de se ignorar.

Ela parecia estar vestindo ouro líquido. Ele sabia que a costureira faria um bom trabalho, mas o vestido estava magnífico. O decote do corpete estava baixo, revelando uma porção generosa de pele — o suficiente para fazer os homens ao redor do salão repararem. Devil achou que esse era o objetivo, mas ele descobriu que não gostava que os homens pelo salão reparassem nela.

— O decote está muito baixo.

— Você está louco — Whit disse. — Nem Ewan vai conseguir tirar os olhos dali.

Devil também não conseguia tirar os olhos. Esse era o problema. As mangas eram curtas, ajustadas aos ombros, deixando longos os braços lindos, que se escondiam cedo demais sob as luvas de seda dourada que o faziam pensar em coisas absolutamente nefastas.

Coisas como tirá-las lentamente dos braços dela.

Coisas como imaginar se elas eram compridas o bastante para usá-las para amarrar os pulsos dela à cabeceira da cama. Se eram resistentes o bastante para contê-la enquanto ele extraía prazer dela uma vez após a outra, até os dois se perderem para o pecado.

E isso tudo antes de Devil lembrar o que foi entregue junto com o vestido e as luvas. Seu coração ribombava com conhecimento e curiosidade, e as batidas ficaram piores quando Felicity foi cercada por um grupo de homens vestindo preto – vários dos quais Devil reconheceu como sendo jovens canalhas que não deveriam ser admitidos num salão de baile, e menos ainda deveriam se aproximar de uma mulher tão linda como ela.

Um sujeito especialmente impertinente tocou o cabo de marfim do leque pendurado no pulso dela. Espere um pouco. O leque? Ou ele estava tocando o pulso dela?

Devil soltou um grunhido gutural baixo, e Whit olhou para ele.

– Tem razão. Não tem nada de errado com o seu plano.

Devil fez uma careta.

– Chega. – Felicity se afastou daquele toque, tirando o leque do pulso e passando-o para o homem em questão. – Quem é esse cara?

– Como eu vou saber? – Whit fazia questão de se manter o mais longe possível da aristocracia.

– Eu vou quebrar a mão dele se a tocar de novo. É evidente que ela não gostou.

O homem ao lado dela escrevia no leque, que depois passou para o próximo do círculo, que passou para o outro e assim por diante.

– O que eles estão fazendo?

– Só pode ser algum ritual ridículo de aristocrata. – Whit bocejou alto. – A garota está bem agora.

Ela não parecia bem. Ela parecia... surpresa. Ela parecia jovem, perfeita, insegura e surpresa, como se não imaginasse que o vestido mudaria alguma coisa. Como se tivesse acreditado, um dia, que os homens tinham cérebro dentro da cabeça e fossem capazes de enxergar o verdadeiro valor de uma mulher sem que fosse necessário um vestido que custava uma fortuna. Ou camadas de pó facial. Ou um toque de *blush*. Se essa fosse uma capacidade típica do gênero masculino, Felicity Faircloth não estaria encalhada. Ela teria se casado há muito tempo com um homem decente com um passado decente e sem uma vingança a caminho.

Mas os homens não possuíam essa capacidade, e ela não tinha se casado, e estava surpresa e um pouco incomodada, e Devil percebeu que queria ir até ela, lembrá-la que estava ali por uma razão – para se banhar no brilho dessa atenção e encontrar seu lugar na sociedade para a qual queria tão desesperadamente voltar.

Abraçar a promessa de um futuro com um homem que um dia pudesse amá-la como ela merecia.

– Ewan chegou.

Uma promessa que nunca seria cumprida.

Devil engoliu em seco a culpa e, com dificuldade, despregou sua atenção de Felicity, encontrando o duque na multidão. Ele observou Ewan vasculhar o aglomerado de convivas. Embora tivesse inclinado a cabeça para cumprimentar uma mulher mais velha com um turbante enorme que se dirigiu a ele, não parou de procurar.

Ewan procurava Felicity.

– Vamos – Whit disse. – Eu odeio Mayfair.

Devil meneou a cabeça.

– Não até que ele a veja.

E então o duque encontrou sua noiva surpresa, em seu vestido costurado com fio dourado, e Devil observou seu irmão – o homem mais lindo que Felicity Faircloth já tinha visto – olhar de novo, focando seu olhar nela.

– Pronto – grunhiu Whit. – A mensagem foi recebida. O vestido de ouro foi inspirador.

O vestido tinha sido calculado para chamar a atenção de Ewan e evocar suas lembranças. Para recordá-lo de uma promessa feita havia muito tempo. Promessa que ele nunca cumpriu. Que ele nunca cumpriria.

O vestido dourado carregava uma mensagem, sem que Felicity Faircloth soubesse: Devil tinha chegado primeiro. Ele estava à frente do irmão nesse jogo. E iria ganhar.

Marwick a observou por um longo momento, e tudo que Devil queria fazer era roubá-la e levá-la para longe.

Ele foi salvo do instinto por um homem diferente, pelo que tinha tocado no pulso dela antes. Ele indicou a orquestra e estendeu a mão. Um convite para dançar. Felicity pôs sua mão na dele, e ele a conduziu até a pista de dança, longe de Ewan.

Longe de Devil.

— Estou indo — Whit grunhiu.
— Vá, então — disse Devil. — Eu vou ficar.
— Com ela?
Sim.
— Com *eles.*
Após um longo silêncio, Whit falou em voz baixa.
— Boa sorte, então — E deixou Devil no escuro, observando-a passar de um parceiro de dança para outro, girando sem parar pelo salão. Ele observou-a sorrir para um, depois para outro, catalogando cada falta de decoro — uma mão baixa demais na cintura dela, um olhar demorado demais para o decote. Um sussurro perto demais de sua orelha.

Enquanto assistia ao espetáculo, Devil começou a ficar incomodado, sentindo uma repulsa aguda pelos homens que podiam tocá-la, segurá-la, dançar com ela. E imaginou puni-los do modo que tinha punido Reggie na outra noite. Banindo-os da presença dela. Por um momento, ele imaginou o que aconteceria se pudesse fazer isso — se pudesse expulsá-los um após o outro, após o outro, até que o único restante fosse ele.

Um homem indigno dela, pois ele pretendia de verdade usá-la para arruinar o irmão antes de deixar ela própria arruinada.

Mas houve um tempo, décadas antes, quando poderia ter sido Devil naquele ambiente, vestindo roupas finas, olhando para sua noiva, vestida de ouro, e tomando-a alegremente nos braços e dançando com ela por todo o salão.

Houve um tempo em que ele poderia ter sido o duque. Em que ele poderia ter dado a Felicity Faircloth a vida com a qual sonhava.

E, por um momento passageiro, ele imaginou o que poderia ter feito para abrir aquela porta se soubesse que ela estava do outro lado.

Qualquer coisa.

Como que por uma bênção, a dança parou, e ela ficou sozinha na extremidade do salão de bailes, atrás do vaso de uma samambaia. Ela aproveitou para sair por uma porta aberta para a noite.

A noite, onde ele era o rei.

Capítulo Onze

Felicity tinha passado a maior parte dos seus 27 anos no centro da sociedade. Ela tinha nascido imensamente privilegiada, filha de um marquês rico, irmã de um conde ainda mais abastado, prima de duques e viscondes.

A sociedade lhe sorria, e, quando debutou, foi acolhida de imediato pelos filhos mais poderosos da aristocracia. Mulheres as convidavam para a fofoca das reuniões das ladies, homens a reverenciavam e lutavam para chegar primeiro à mesa de bebidas e pegar copos de champanhe.

Ela nunca tinha sido a rainha do baile, mas era uma das princesas, o que significava dançar todas as músicas, flertar com cavalheiros e sentir uma pena vaga daquelas que ficavam pelos cantos do salão.

E ela nunca tinha se dado conta do que era estar no centro do salão de bailes, porque sempre esteve ali.

Quer dizer, até ela ser banida. Então, como uma viciada em ópio, tudo que ela queria era mais daquilo.

Devil tinha lhe prometido que voltaria aos seus dias de glória e, de algum modo, tinha cumprido sua promessa. Como se de fato ele pudesse tornar o impossível possível.

Naquela noite, ela chegou usando o vestido que ele tinha lhe enviado, que parecia ser feito de ouro, e foi instantaneamente rodeada por rostos sorridentes e acolhedores, cada um mais elogioso que o anterior, cada um desejando lhe dizer alguma gentileza. Fazê-la rir. E tudo porque sua mentira, de algum modo, não tinha sido revelada. Na cabeça de todos, ela seria a próxima Duquesa de Marwick — e era muito mais valiosa naquela noite do que uma semana antes —, e assim a receberam de braços abertos.

Mas o retorno não foi tão doce quanto Felicity imaginava.

Porque ela não tinha mudado nada desde a semana anterior.

E agora, na metade do baile, tendo dançado meia dúzia de músicas e flertado com certo esforço, tendo dificuldade para saber quando rir e quando suas risadas poderiam ser tomadas como um grande insulto, e estando aterrorizada de que pudesse fazer algo que arruinasse sua única chance de salvar sua família, Felicity Faircloth entendeu a verdade.

Ser uma *queridinha* da sociedade era uma lareira cheia de madeira deixada na chuva – cheia de esperança, mas inútil. Toda Londres a paparicava e bajulava porque o duque não tinha negado o noivado deles e não parecia interessado em fazê-lo nesta noite. Londres parecia ter redescoberto a Felicity Faircloth comum, solteirona, invisível, e a reclassificado como fascinante, noiva, *bon-vivant*.

Ela não era nada disso, claro. Felicity de hoje era a mesma de um mês atrás, exceto que agora ela estava para se casar com um duque. Supostamente.

E seu retorno à sociedade por causa disso não era tão gratificante quanto ela esperava.

Fugindo da multidão, Felicity se escondeu atrás de um vaso de samambaia ao lado de uma porta abençoadamente aberta. Tudo que ela desejava fazer era sair por ali e escapar para a escuridão, escondendo-se até chegar a hora de ir embora.

Mas ela não podia fazer isso, pois ainda havia três danças reservadas em sua caderneta.

Três danças, mas nenhuma com o Duque de Marwick, que, supunha-se, era seu noivo. Pelo menos ele não havia negado o noivado e tinha enviado uma mensagem ao pai dela dizendo que em breve iria visitá-lo para discutir os detalhes do casamento iminente. Isso provocou surtos de satisfação na mãe dela e fez Arthur voltar a sorrir. Até o pai de Felicity disse que estava satisfeito com os acontecimentos, e era raro o Marquês de Bumble ter tempo para assuntos domésticos, quanto mais para articular sua satisfação a respeito.

Ninguém pareceu preocupado que o duque ainda não tivesse aparecido na casa de Felicity.

– É claro que ele vai acabar aparecendo – respondeu a mãe quando Felicity observou a estranha progressão dos acontecimentos e a invisibilidade do suposto noivo. – Pode ser que ele apenas esteja ocupado.

Felicity acreditava que um homem que tinha tempo para enviar uma correspondência relativa ao seu noivado encontraria tempo para colocar as coisas em andamento, mas isso não parecia importar.

Além disso, Devil tinha prometido que o vestido que estava usando atrairia o duque, iria colocá-lo em seu caminho e ajudá-la a conquistá-lo, mas, até aquele momento, esse triunfo parecia distante. Ela nem mesmo tinha certeza de que o duque estava no baile. Seria possível que ele tivesse ido embora de Londres? E, se tivesse, o que Felicity devia fazer? Persistir e continuar mentindo para todo mundo?

Em algum momento, o Duque de Marwick perceberia que eles não estavam, de fato, noivos. E nenhum vestido – enviado por Devil ou quem quer que fosse – seria mágico o suficiente para protegê-la da verdade quando tivesse que encarar o próprio Duque de Marwick.

Nem mesmo *este* vestido, que parecia mais mágico do que qualquer outro que ela pudesse imaginar.

Era perfeito.

Como ele tinha conseguido, era um mistério, mas Devil tinha lhe prometido um vestido com caimento perfeito, e a peça chegou naquela manhã, como se criado por entidades mágicas. Na verdade, tinha sido feito por Madame Hebert, a estilista mais afamada de Londres, apesar de fazer meses que Felicity não ia ao ateliê dela. Isso se devia, ela percebeu então, tanto às dificuldades financeiras da família quanto ao seu próprio desinteresse em vestidos, agora que não era bem-vinda aos eventos da sociedade.

Parecia, contudo, que Madame Hebert sabia que tipo de vestido seria apropriado. E aquele estava, com toda certeza, funcionando, Felicity precisava admitir. Mesmo que as sobrancelhas de Arthur não tivessem dado um pulo quando ele a viu, Felicity sabia, desde o momento em que abriu a grande caixa branca marcada com um H dourado, que aquele seria um dos vestidos mais lindos que já tinha usado.

No entanto, não era apenas o vestido. Havia sapatos, meias, luvas e roupas de baixo – ela corou ao se lembrar delas, cada peça decorada com uma fita de um rosa tão vibrante que parecia um escândalo.

Eu gosto de rosa, ela tinha dito para ele alguns dias atrás.

Parecia pecaminoso usar aquela *lingerie* – de seda e cetim – estonteante sabendo que vinha dele. Quase tão pecaminoso quanto usar o próprio vestido, porque ela não conseguia parar de se imaginar vestindo-o para o homem que o tinha enviado, em vez de para todos aqueles que a viram nesta noite.

Ela até mesmo deixou a porta da sacada de seu quarto aberta o dia todo, pensando que talvez ele pudesse aparecer mais uma vez. Que ele pudesse querer vê-la com o vestido. Que ele pudesse querer ver que ela ficava algo parecido com bonita.

Mas ele não veio.

Ele a tinha beijado no escuro, dando-lhe uma prova de sensualidade e pecado, provocando-a com seu poder, prometendo vê-la dentro de três noites, e então... ele a abandonou.

Não era como se um homem que morava em Covent Garden e carregava uma arma em sua bengala pudesse ser convidado para um baile oferecido por um dos títulos mais antigos da Grã-Bretanha. Mesmo que Felicity assim o desejasse.

– Ele não veio, bastardo – ela sussurrou para si mesma e para a escuridão mais além.

– Que linguajar, Felicity Faircloth.

O coração dela disparou quando se virou para encará-lo.

– Você é mesmo o diabo? Eu o invoquei com meus pensamentos?

Os lábios dele se retorceram num sorriso irônico.

– Você estava pensando em mim?

A boca dela se abriu. Ela teria que ter tomado muito mais champanhe para admitir aquilo.

– Não.

O sorriso ficou maior, e ele pareceu um lobo ao voltar para as sombras.

– Mentirosa. Eu ouvi você, Felicity invisível e faladeira. Ouvi você maldizer o fato de eu não aparecer. Eu era esperado em seu quarto?

Ela corou, sentindo-se grata pela escuridão.

– Claro que não. Eu mantenho minha porta trancada agora.

– É uma pena que eu não conheça alguém que saiba abrir fechaduras. – Ela tossiu, e ele riu, um riso grave e delicioso. – Venha para as sombras, Felicity, para que não seja pega confraternizando com o inimigo.

Ela franziu a testa, mas o seguiu mesmo assim.

– Você é o inimigo?

Ele dobrou a quina da casa, onde a luz do salão de bailes não os alcançava.

– De todo mundo em Mayfair.

Ela se aproximou da sombra dele, desejando poder ver seu rosto.

– Por quê?

– Eu sou tudo que eles temem – Devil disse, em voz baixa e tenebrosa. – Todos têm algum pecado, e meu truque é saber enxergá-lo. Eu consigo ver qual é o pecado das pessoas.

– Qual é o meu? – ela sussurrou, o coração disparado, ao mesmo tempo ansiosa para ouvir a resposta e aterrorizada.

Ele meneou a cabeça.

– Esta noite você está quente demais para o pecado, Felicity Faircloth. Você já o queimou. – Ela sorriu, perdendo o fôlego com as palavras dele. – Então, conte-me. Você reentrou no mundinho da aristocracia?

Ela abriu os braços.

– Não sou mais invisível.

– Que pena – ele disse.

– Ninguém quer ser invisível – ela afirmou.

– As paredes de uma estufa podem ser invisíveis, mas são o que fazem as flores serem tão lindas – ele respondeu. – Diga-me, minha orquídea, que mariposas você atraiu?

Ela franziu o nariz.

– Você está misturando as metáforas.

– Cuidado, seu passado invisível está aparecendo. Nenhuma queridinha da sociedade sonharia em criticar a gramática de um homem.

– Nenhuma queridinha da sociedade sonharia em se encontrar às escondidas com um homem como você.

Ele apertou os lábios, e, por um momento, ela sentiu uma pontada de culpa por dizer aquilo, então ele se encostou na lateral da casa.

– Conte-me sobre o incidente no quarto.

Ela ficou imóvel. Não devia ser surpresa que ele soubesse a respeito daquilo – todo mundo sabia. Mas ele não sabia dos outros escândalos de sua vida, então por que saberia desse? *Por que ele tinha que saber desse?* Ela engoliu em seco.

– Que incidente?

– O que tornou você uma mulher de nubilidade questionável.

Ela se encolheu com a descrição.

– Como você sabe disso?

– Você ainda vai descobrir, milady, que existem poucas coisas das quais eu não sei.

Ela suspirou.

– Não há nada para contar. Houve um baile. E eu fui parar no quarto de um homem por acidente.

– Por acidente.

– Praticamente – ela desconversou.

Ele a observou por um longo momento antes de perguntar:

– Ele tocou em você?

A pergunta a surpreendeu.

– Não... ele... na verdade, ele ficou furioso ao me encontrar lá, e eu devo ficar grata por isso, acho, pois do contrário eu poderia ter... – Ela parou e tentou de novo. – Para começar, eu não sou a maior beldade do mundo, e para piorar... – Ela parou.

– O quê?

– Nada.

– Eu não acho que *isso* seja verdade.

Ela suspirou de novo.

– Eu estava chorando.

Um momento.

– No quarto de um estranho – ele disse.

– Podemos encerrar esta conversa?

– Não. Diga-me por que estava chorando. – Havia uma inflexão na voz dele que Felicity não tinha reparado antes.

– Eu prefiro não dizer.

– Precisa lembrá-la que você me deve isso por este lindo vestido, Felicity Faircloth?

– Eu tinha a impressão de que o vestido era parte do nosso acordo original.

– Não se você não me disser por que estava chorando.

Ele era um homem irritante.

– Eu prefiro não contar porque é bobagem.

– Não me importa que seja bobagem.

Ela não conseguiu deixar de rir ao ouvir as palavras dele.

– Perdão, mas você parece ser o tipo de pessoa que não gosta *nada* de bobagem.

– Conte-me.

– Eu era... parte de um grupo. Eu tinha amigas.

– As víboras da outra noite?

Ela deu de ombros.

– Eu pensava que fossem minhas amigas.

– Não eram.

– Sim, bem, você não estava lá para me dizer isso, então... – Ela fez uma pausa. – De qualquer forma, era por isso que eu estava... naquele estado. Nós éramos inseparáveis. E então... – Ela fez nova pausa, resistindo ao nó emocional que vinha sempre que pensava nessa época, quando era uma queridinha da sociedade, e o mundo parecia atender às suas vontades. – De repente... não éramos mais. Eles ainda brilhavam, cintilavam e se amavam. Mas não gostavam mais de mim. E eu não sabia por quê.

Ele a observou por um longo tempo.

– Amizade nem sempre é o que nós pensamos. Se não tivermos cuidado, ela acaba se tornando o que os outros querem.

Ela o encarou.

— Você não parece o tipo de homem que... perde amigos.

Ele arqueou uma sobrancelha.

— Acho que você quer dizer que eu não pareço o tipo de homem que tem amigos.

— Você tem?

— Eu tenho um irmão. E uma irmã.

— Eu gostaria de ser sua amiga. — A confissão chocou os dois, e ela desejou poder retirar o que tinha dito.

Ainda mais depois que ele respondeu:

— Felicity Faircloth, eu não sou seu amigo. — Ele não estava errado, mas aquilo a magoou mesmo assim. — Posso lhe dizer por que essas pessoas que você chamava de amigos a deixaram?

— Como você pode saber?

— Eu sou um homem do mundo e sei como ele gira.

Ela acreditou nele.

— Conte-me então.

— Eles a descartaram porque você não era mais útil. Você parou de rir das piadas idiotas. Ou parou de se encantar com os vestidos delas e os coletes deles. Ou parou de encorajar a crueldade que esses amigos dirigiam a todos os outros. O que quer que tenha sido, você fez algo que fez essas pessoas perceberem que não estava mais interessada em lamber as botas delas. E não existe nada que enfureça mais as pessoas pretensiosas como aquelas quatro do que a perda de um bajulador. — Ela detestou o raciocínio, mesmo sabendo que estava correto. Ele acrescentou: — Cada homem e cada mulher neste salão é um parasita, incluindo Faulk, Natasha Corkwood, Lorde e Lady Hagin. E você está melhor sem eles, minha bela chama.

Ao ouvir isso, ela olhou para o salão de baile, vendo as dezenas de convidados conversarem, fofocarem, dançarem e rirem. Eram pessoas como ela, não? Este era seu mundo, não era? E mesmo que ela tivesse pensado a mesma coisa mais cedo, embora não com todos esses detalhes, Felicity deveria defender seu mundo diante daquele homem — aquele estranho.

— Nem todos os aristocratas são parasitas.

— Não?

— Eu não sou.

Ele se desencostou da parede, então, atingindo sua altura plena, e ela teve que olhar para cima para encará-lo.

— Não. Você só está tão desesperada para voltar a ser parte disso tudo que está disposta a fazer um pacto com o diabo.

E se eu mudei de ideia?
Ela resistiu ao pensamento.
— Eu preciso salvar minha família — ela sussurrou, as faces queimando. *Não tenho escolha.*
— Ah, sim. Lealdade familiar. É admirável, mas para mim parece que eles poderiam ter lhe contado qual era a situação antes de jogá-la aos lobos que procuram casamento.
Ela o odiou naquele momento. Odiou-o por falar as palavras que ela mal ousava pensar.
— Eu não serei uma má esposa.
— Eu nunca disse que seria.
— Vou cuidar da casa e dar herdeiros para ele.
Na escuridão, o olhar dele encontrou o dela no mesmo instante, quente e focado.
— O seu sonho é esse, então? Ser a mãe do próximo Duque de Marwick?
Felicity pensou na pergunta por um longo momento.
— Eu nunca tive aspirações à maternidade ducal, mas sim, eu gostaria de ter filhos. Acho que eu seria uma boa mãe.
— Seria, sim. — Ele desviou o olhar. Pigarreou. — Mas esse não é o seu único sonho, é?
Ela hesitou, a pergunta girando ao redor deles. Os segredos que aquela indagação parecia saber. O desejo de ser aceita por aquelas pessoas. De recuperar um lugar entre elas.
— Eu não quero mais ficar sozinha.
Ele aquiesceu.
— O que mais?
— Eu desejo ser querida. — A verdade doeu quando emergiu, deixando um mal-estar em sua garganta.
Ele aquiesceu.
— Foi por isso que você mentiu.
— E por isso que aceitei nosso acordo — ela disse, a voz suave. — Eu quero tudo. Já lhe disse. Muito mais do que eu posso ter.
— Você vale mais do que todos eles juntos — ele afirmou. — Mas ouvir isso de mim não basta, certo?
Ouvir isso dele produzia um efeito maior do que ele poderia imaginar, pelo modo como um calor se espalhou pelo corpo dela diante das palavras. Ainda assim, não era o bastante.
— Você não sabe como era. Como é.
Ele a observou por um longo momento.

— Na verdade, milady, eu sei exatamente como é perder as pessoas com que você pensava poder contar. Ser traído por elas.

Felicity refletiu sobre o que ele dizia e o que ela sabia da vida daquele homem estranho, imoral. O tipo de vida em que uma traição pode se esconder em cada esquina. Ela anuiu.

— Não importa, certo? Nenhum dos homens com quem dancei se importa comigo; não há motivo para acreditar que o duque vá me querer.

— Eles pareciam se importar quando a rodearam para segurar seu leque por algum motivo.

Ela pegou o objeto em questão, abrindo-o para mostrar os nomes em cada um dos pedaços de madeira.

— É a caderneta de dança. E eles só se importam comigo porque acreditam que vou ser uma...

— Você tem uma dança vaga. — Com a caderneta na mão dele, Felicity estava presa a Devil.

Ela prendeu a respiração quando ele a puxou, fazendo com que se aproximasse um passo.

— Eu... eu pensei que devia reservar uma para meu noivo de mentirinha. — Ela fez uma pausa. — Não tão de mentirinha se você leu a correspondência enviada ao meu pai. Como conseguiu fazer isso?

— Mágica — ele respondeu, a cicatriz em seu rosto se destacando nas sombras. — Como eu prometi. — Felicity quis pressioná-lo por uma resposta melhor, mas ele continuou, recusando-se a deixá-la falar. — Seu noivo vai pedir essa dança em breve.

A atenção dela ficou um instante na folha fazia do leque, no modo como aquele espaço parecia anunciar sua falsidade para o mundo. Por um momento louco, ela imaginou como seria se Devil reivindicasse aquela vaga. Ela imaginou o que poderia acontecer se ele escrevesse ali seu nome blasfemo com lápis preto.

O que poderia acontecer se Devil entrasse no salão de bailes com ela, pegasse-a em seus braços e atravessasse o espaço dançado. É claro que um homem como Devil não sabia dançar como um aristocrata. Ele só podia observar das sombras. Esse pensamento a instigou.

— Espere. Você esteve me observando a noite toda?

— Não.

Foi a vez de Felicity falar:

— Mentiroso.

Ele hesitou, e ela teria dado tudo para ver a cara dele naquele momento.

— Eu precisava ter certeza de que você estava usando o vestido.

– É claro que eu estou com o vestido – ela disse. – Este é o vestido mais lindo que eu já vi. Eu queria poder usá-lo todo dia. Embora eu ainda não entenda como você o conseguiu. Madame Hebert leva semanas para produzir uma peça. Demora muito.

– Hebert, como a maioria dos empresários, está disposta a trabalhar com maior rapidez por um preço mais alto. – Ele fez uma pausa. – Além disso, ela parece gostar de você.

Felicity se sentiu bem com as palavras.

– Ela fez meu enxoval de casamento. Ou melhor, todas as roupas que levei comigo para conquistar o duque no último verão. – Ela fez uma pausa. – Para eu perder um marido em potencial, pelo jeito.

Um instante, e então:

– Bem, sem as roupas anteriores você não teria conseguido este vestido, e isso seria um verdadeiro crime.

Ela corou com as palavras – a coisa mais perfeita que alguém poderia ter dito.

– Obrigada.

– O duque não consegue desgrudar os olhos de você – ele observou.

Ela ficou boquiaberta e olhou por cima do ombro.

– Ele me viu?

– Sim.

– E agora?

– Agora – Devil disse –, ele virá até você.

Ela engoliu em seco diante aquela promessa. Da visão que invocava, de um homem diferente vindo até ela. Não um duque.

– Como você sabe?

– Ele não vai poder resistir a como você está neste vestido.

O coração dela disparou.

– E como eu estou?

A pergunta a surpreendeu pela falta de decoro, e ela quis retirar o que disse. Poderia ter retirado, se ele não lhe respondesse.

– Está querendo elogios, milady? – ele perguntou, a voz neutra, e ela baixou a cabeça.

– Talvez – Felicity respondeu.

– Você está como deveria, Felicity Faircloth; a mais bela de todas.

As faces dela queimaram.

– Obrigada. – *Por dizer isso.* – Pelo vestido. – Ela hesitou. – E... pelas outras coisas. – Ela mudou de posição nas sombras, ciente daquele lugar secreto, tão perto de todo o mundo e, ao mesmo tempo, tão particular deles.

Ela não sabia o que se devia dizer para um estranho após lhe agradecer por suas roubas de baixo. – Perdão. Acredito que não deveríamos estar discutindo... aquelas coisas.

– Nunca se desculpe por discutir isso. – Outra pausa, e ele disse, em voz baixa e maliciosa: – São rosa?

Ela ficou de boca aberta.

– Eu não vou lhe contar isso.

Ele pareceu não se importar.

– Você gosta de rosa.

Em toda sua vida, ela nunca se sentiu tão grata pelas sombras.

– Eu gosto mesmo.

– E então? São rosa?

– Sim. – Ela mal conseguiu ouvir a palavra que sussurrou.

– Ótimo. – A palavra saiu num grunhido áspero, e ela se perguntou se era possível que ele estivesse tão tocado pela conversa quanto ela.

Felicity se perguntou se ele pensou nela usando as roupas que lhe enviara tanto quanto ela pensou em usá-las para ele. Em beijá-lo usando-as.

– Os homens pareceram gostar do decote – ela disse, os dedos cobertos de cetim percorrendo a borda do tecido, embora ela soubesse que não devia chamar atenção para essa parte. Embora ela quisesse que ele notasse. O que esse homem tinha feito com ela? *Mágica*. – Minha mãe achou que... não foi adequado.

Indecoroso foi a palavra que a Marquesa de Bumble usou antes de insistir para que Felicity se cobrisse *imediatamente* com uma echarpe.

– Sua mãe é velha demais para conseguir avaliar o sucesso ou o fracasso desse vestido. Como você explicou tê-lo recebido?

– Eu menti – ela confessou, sentindo como se isso fosse algo que ela deveria sussurrar. – Eu disse que era um presente da minha amiga Sesily. Ela é bem escandalosa.

– Sesily Talbot?

– Você a conhece? – Claro que ele a conhecia. Era um homem de sangue quente, e Sesily era o sonho de qualquer um. Felicity não gostou da pontada de ciúme que esse pensamento a fez sentir.

– A Cotovia Canora fica a dois quarteirões do meu escritório. O dono é um conhecido dela.

– Ah. – Veio o alívio. Ele não conhecia Sesily. Pelo menos não no sentido bíblico.

Não que importasse quem ele conhecia biblicamente.

Felicity não se importava.

Claro que não. Isso não tinha nada a ver com ela.

– De qualquer modo – ela disse –, o vestido é lindo. E eu nunca me senti tão linda na vida quanto agora. – A confissão foi tranquila, sincera e fácil porque ela a fez para a silhueta dele.

– Posso lhe dizer uma coisa, Felicity Faircloth? – ele perguntou com a voz suave, dando um passo na direção dela. As palavras os envolveram, fazendo Felicity ansiar pelas palavras. – Posso lhe dar um conselho que irá ajudar você a atrair sua mariposa?

Irá atrair você?

Ela engoliu em seco. Ela não queria atraí-lo. A escuridão estava entorpecendo seu cérebro. E qualquer que fosse a resposta dele a essa pergunta... seria perigosa.

– Eu acho que vou voltar – ela disse, virando-se para o salão. – Minha mãe...

– Espere – ele disse, e então a tocou. A mão dele pousou na dela, e Felicity teria dado qualquer coisa para que a luva dourada desaparecesse. Só uma vez, só para sentir o toque dele.

Ela se voltou para ele, e Devil entrou na luz, tomando cuidado para que não fossem vistos. Ela pôde ver o rosto dele, então, sua força, a cicatriz do corte em sua face, os olhos cor de âmbar, antes pretos no escuro, procurando o dela. Ele levantou a mão até o rosto dela, passando o polegar por seu queixo, sua face, o anel de prata frio em contraponto ao calor da pele dela.

Mais, ela quis dizer. *Não pare.*

Ele estava tão perto, seus olhos investigando o rosto dela, assimilando todos os defeitos, descobrindo todos os segredos dela.

– Você é linda, Felicity Faircloth – ele sussurrou, e ela sentiu o hálito das palavras nos lábios.

A lembrança do beijo que trocaram em uma rua de Covent Garden a agitou, junto com a frustração dolorosa com que ele a tinha deixado naquela noite. Junto com o modo como ela sonhava com ele, repetindo o beijo. Ele estava tão perto... se ela ficasse na ponta dos pés, talvez ele a beijasse. Antes que ela se decidisse, ele a soltou, deixando-a com vontade do beijo. Com vontade dele.

– Não – ela disse, um constrangimento quente surgindo no rastro dessa exclamação. Ela não deveria ter dito isso. Mas ele não queria beijá-la de novo?

Aparentemente, não. Ele recuou um passo. Que homem irritante.

– Seu duque irá encontrá-la esta noite, milady.

A frustração a irritou.

– Ele não é meu duque – Felicity estrilou. – Na verdade, acho que ele está mais para seu.

Ele a observou por um longo momento antes de falar.

– Você pode conquistar todos eles. Qualquer um deles. A mariposa aristocrática que escolher. E você escolheu o duque no momento em que o declarou seu. Quando ele for atraído até você esta noite, começará a conquistá-lo.

E se eu não o quiser?
Se eu não quiser uma mariposa aristocrática?
Se eu quiser uma mariposa que não esteja nem perto de Mayfair?

Ela não pronunciou essas palavras, preferindo seguir o roteiro.

– Como vou conquistá-lo?

– Sendo você mesma – ele disse sem hesitar. Era bobagem. Mas ele pareceu não ligar. – Boa noite, milady.

E então ele se pôs em movimento, voltando às sombras, onde era seu lugar. Ela o seguiu até o alto dos degraus de pedra que levavam aos jardins nos fundos da casa.

– Espere! – ela o chamou, querendo dizer algo que o fizesse voltar. – Você prometeu ajudar! Você prometeu mágica, Devil.

Ele se virou, já no degrau de baixo, os dentes brancos brilhando no escuro.

– Você já a tem, milady.

– Eu não tenho mágica. Tenho apenas um vestido lindo. O resto de mim continua o mesmo. Você mandou um porco para o chapeleiro. O chapéu é lindo, mas o porco continua o mesmo.

Ele riu na escuridão, e ela ficou irritada por não poder ver o sorriso que acompanhava o som. Ele não costumava sorrir o bastante.

– Você não é um porco, Felicity Faircloth.

Com isso ele desapareceu, e ela foi até o parapeito, apoiando as mãos na pedra fria para observar o jardim, brava e frustrada, pensando no que aconteceria se fosse atrás dele. Pensando que tinha feito sua cama e que, se ela ou sua família quisesse uma chance de sobreviver, Felicity precisava se deitar nela. Sendo um porco de chapéu ou não.

– Droga, Devil – ela sussurrou para a escuridão, sem conseguir vê-lo, mas sabendo, de algum modo, que ele continuava ali. – Como?

– Quando ele lhe perguntar, diga a verdade.

– Essa é a pior ideia que eu já ouvi.

Ele não respondeu. Devil tinha colocado Felicity em plena vista de Londres, prometido um casamento marcante e a deixado com um conselho terrível sem cumprir sua promessa. Como se ela fosse a chama que ele tinha lhe garantido que seria.

Só que ela não era.

– Esse é o pior erro já cometido na história – ela disse para si mesma e para a noite. – Tão ruim quanto a ideia de achar que o Cavalo de Troia era um presente.

– Você está dando uma palestra sobre mitologia grega?

Ela se virou ao ouvir as palavras e encontrou o Duque de Marwick parado a menos de um metro dela.

Capítulo Doze

Como ela não estava bem certa do que dizer para um homem que tinha proclamado seu noivo, Felicity limitou-se ao básico.

— Olá. — Ela se encolheu com aquela palavra que nada tinha de mágica.

O olhar dele vagou pelo jardim escuro onde Devil tinha desaparecido, depois voltou para ela.

— Olá.

— Olá – ela repetiu.

Ah, sim, aquilo estava indo muito bem. Ela era mesmo uma chama. Bom Deus! Era apenas questão de tempo antes de ele voltar correndo para o salão de baile, interromper a orquestra e denunciá-la publicamente.

Mas o duque não correu. Em vez disso, deu um passo na direção dela, e Felicity apoiou as costas no parapeito de pedra.

— Estou interrompendo algo? – ele perguntou.

— Não! – ela disse com ênfase demais. – De modo algum. Eu só estava... aqui... respirando. – As sobrancelhas dele se levantaram diante da afirmação, e ela meneou a cabeça. – Respirando ar. Quer dizer, tomando um ar. Está bem quente no salão, não acha? – Ela abanou a mão na altura do pescoço. – Muito quente. – Ela pigarreou. – Quente.

O olhar dele desceu até seu pulso.

— Então foi prudente da sua parte trazer algo para enfrentar o calor.

Ela olhou para o leque de madeira pendurado em seu pulso.

— Ah! – Ela o abriu e se abanou como uma louca. – Sim. É claro. Bem, eu sou muito prudente.

Pare de falar, Felicity.

Aquelas sobrancelhas se arquearam outra vez.

– É mesmo?

– Sim. – Ela franziu as sobrancelhas.

– Eu só pergunto porque me parece que alguém que não saiba dessa sua qualidade em particular pode considerá-la o oposto de prudente.

Ela se controlou antes de ficar boquiaberta.

– Como assim?

Ele não respondeu de imediato, preferindo ficar ao lado dela junto ao parapeito do terraço, dando as costas para o jardim, cruzando os braços diante do peito e observando os convidados dentro do salão de bailes maravilhosamente iluminado. A luz fez o cabelo dele brilhar dourado ao mesmo tempo que endurecia os ângulos de seu rosto – as maçãs altas e o maxilar definido; algo nele lhe indicava familiaridade, embora Felicity não soubesse dizer com o quê. Após o longo silêncio, ele falou.

– Alguém poderia argumentar que espalhar para o mundo que você está noiva de um duque, quando nunca sequer o encontrou, indica o oposto de uma pessoa prudente.

E assim, a verdade do ato dela ficou entre eles. Felicity não se sentiu sobrepujada por constrangimento ou vergonha como imaginava. Ao contrário, ela se sentiu tomada de imenso alívio. Algo próximo a poder, da forma como se sentia quando arrombava uma fechadura, como se o passado tivesse ficado para trás, e o que viria a partir dali era uma possibilidade.

Isso, claro, era uma loucura, porque aquele homem tinha o destino dela e de sua família nas mãos, e o futuro que ele estava prestes a lhe oferecer poderia ser muito perigoso. Contudo, a euforia parecia dominá-la.

– Por que você confirmou?

– Por que você disse aquilo?

– Eu estava furiosa – Felicity afirmou em voz baixa. Ela deu de ombros. – Não é uma boa desculpa, eu sei... mas foi isso.

– É uma desculpa honesta – ele disse, voltando sua atenção para o salão de bailes. – Eu também tenho andado furioso.

– Sua fúria resultou num noivado tácito com uma pessoa que nunca viu?

Ele a observou, e foi como se a estivesse vendo pela primeira vez.

– Você me lembra alguém.

A mudança de assunto foi surpreendente.

– Eu... o quê?

– Ela teria adorado esse vestido. Um dia eu prometi mantê-la envolta em fios de ouro.

— Você cumpriu essa promessa?
Ele apertou os lábios, transformando-os numa linha reta e fria.
— Não.
— Sinto muito por isso.
— Eu também. — Ele meneou a cabeça, como se para livrar-se da lembrança. — Ela se foi, e eu estou precisando arrumar um herdeiro para...
Felicity não conseguiu conter uma risadinha de surpresa.
— Pois você veio ao lugar certo, Vossa Graça, pois não existe nada que Londres goste mais do que um duque com essa exata necessidade.
Ele a encarou, e aquela familiaridade inquietante ecoou.
— Se vamos ficar noivos, você precisa compreender meu propósito.
— Nós vamos? Ficar noivos?
— Não vamos? Você não tomou essa decisão há cinco noites, na minha casa?
— Bem, eu não chamaria aquilo de decisão – ela disse, a voz tranquila.
— Como você chamaria então?
A pergunta não lhe pareceu relevante, então, em vez de responder, Felicity retorquiu:
— Como ele convenceu você?
— Quem? — O duque pareceu confuso.
— Como eu disse, você poderia ter me rejeitado e escolhido outra sem dificuldade. Com o que ele o ameaçou para fazer com que me escolhesse? — Felicity não acreditava que Devil fosse o tipo de homem que usaria ameaças físicas, mas talvez ela não o conhecesse de verdade, pois ele *tinha* escalado sua treliça e entrado em seu quarto sem ser convidado, então talvez ele fosse menos decente do que ela imaginava.
— O que a faz pensar que precisei ser ameaçado?
Evidentemente, o duque era um excelente ator. Felicity quase acreditou que Devil não o tinha convencido a se casar com ela. Quase.
— Eu aceitei sua proposta, não? – ele disse.
— Mas por quê? Nós nem nos conhecíamos.
— Nós nos conhecemos há alguns minutos.
Ela arregalou os olhos.
— Você está louco? — Uma pergunta honesta.
— E você? — ele retrucou.
Felicity achou a réplica justa.
— Não.
Ele deu de ombros.
— Então, talvez eu também não esteja.

– Você não me conhece.

– Você ficaria surpresa com o que eu sei a seu respeito, Felicity Faircloth – ele afirmou.

Uma sensação de desconforto a agitou pelo modo como ele disse seu nome, um eco de outro homem. *A mais bela de todas.*

– Tenho certeza de que eu ficaria muito surpresa, Vossa Graça, pois me surpreende até que soubesse da minha existência.

– Eu não sabia, sinceramente, até tarde da noite do meu baile, quando meia dúzia de decanas da sociedade, das quais, a propósito, eu também não sabia da existência, me emboscaram quando eu estava a caminho do lavatório para confirmar meu noivado com... como foi que elas a chamaram? ...a pobre Felicity Faircloth. Parecia que elas queriam ter certeza de que eu sabia exatamente o tipo de vaca que estava comprando.

– Porca – ela o corrigiu, arrependendo-se no mesmo instante.

Ele inclinou a cabeça para o lado.

– Não tenho certeza se esse termo é o mais elogioso, mas se você prefere... – Antes que ela pudesse lhe dizer que não gostava de nenhuma das duas palavras, ele continuou. – A questão é que eu consegui escapar da turba de mulheres e do baile... e devo lhe agradecer por isso.

Ela arregalou os olhos.

– Deve?

– Claro. Entenda, eu não precisava mais de nada daquilo, pois já haviam feito meu trabalho no meu lugar.

– Que trabalho?

– O trabalho de encontrar uma esposa.

– E um herdeiro – ela disse.

Ele deu de ombros.

– Isso mesmo.

– E você achou que uma louca que se autoproclamou sua noiva era uma boa escolha para a mãe dos seus futuros filhos?

Ele não sorriu.

– Muitos diriam que uma louca seria a que melhor combinaria comigo.

Ela anuiu.

– Você é louco, então?

Ele a observou por um longo momento, tão longo que Felicity pensou que ele não fosse mais falar. Então...

– Isso é o que eu sei de você, Felicity Fracassada: Eu sei que um dia você já foi uma opção de esposa perfeitamente viável, pois é filha de um marquês e irmã de um duque. Eu sei que algo aconteceu para fazer com que aparecesse no quarto de um homem com quem não era casada, e que se recusou a se casar com você...

– Não é o que você está... – ela sentiu que precisava explicar, mas ele a interrompeu.

– Não me importa – ele afirmou, e Felicity acreditou nele. – A questão é que, depois disso, você se tornou cada vez mais uma curiosidade, uma excentricidade nas bordas dos salões de bailes. Então seu pai e seu irmão perderam uma fortuna, e você se tornou a única esperança deles. Sem você saber, eles lhe tiraram a liberdade e a mandaram, se eu entendi bem, para uma competição pela mão de um duque casado?

– Isso mesmo – ela confirmou, as bochechas queimando.

– Essa parece a trama de um romance ridículo.

– Não foi ridículo. Foi incrivelmente romântico para a mulher que já era casada com o duque.

– Hum – ele fez. – Então, acertei tudo? Solteirona invisível empobrecida?

Felicity odiou ser reduzida a três palavras pouco lisonjeiras, mas...

– Sim. Você acertou tudo. Exceto pela parte em que me proclamei noiva de um duque que eu sequer conhecia.

– Ah, sim. Eu tinha quase me esquecido dessa parte. – As palavras não foram irônicas. Foram honestas. Como se ele tivesse esquecido por que estavam conversando.

Talvez ele fosse mesmo louco.

– Desculpe-me, Vossa Graça – ela insistiu –, mas por que raios você, um duque jovem e atraente, com um passado tranquilo, escolheu aceitar esse noivado *comigo*?

– Você está tentando me convencer a *não* aceitar o noivado?

Ela estava?

Claro que não. Ele era, afinal, um duque jovem, atraente, com um passado tranquilo, não era? Felicity tinha declarado falsamente que ele era seu noivo, atirando sua família e ela mesma em direção à ruína social e financeira. Mas lá estava ele, oferecendo-lhe o salvamento.

Eu lhe prometi o impossível, não foi?

Por um momento estranho e louco, Felicity pensou que não era o duque quem lhe oferecia o salvamento, mas sim Devil, com suas ofertas irresistíveis, seus acordos malucos e seus atos nefastos.

Uma mariposa ducal voando direto para sua chama.

E lá estava.

Mágica.
– Mas... por quê?
Então, ele desviou o olhar, voltando-se para o jardim escuro, seus olhos procurando algo, como ela tinha feito antes de o duque aparecer.
– Como é que se chama? Um casamento por conveniência?
As palavras, simples e insatisfatórias, pairaram entre eles. É claro que a proposta de um casamento por conveniência deveria ter provocado convulsões de alegria em Felicity. Isso significava que ela salvaria a reputação de sua família – além de sua própria. Significava dinheiro na conta do pai, a conservação da propriedade e a proteção do seu nome.
E tudo isso antes de ela se tornar uma duquesa, poderosa por direito próprio, mais uma vez bem-vinda nos elegantes e coruscantes bailes de Londres. Não mais estranha ou escandalosa, mas valorizada. Devolvida ao lugar que era seu antes: comum, mas poderosa. Duquesa de Marwick.
Era tudo que ela sempre quis.
Bem, não *tudo*. Mas *muito* do que ela sempre quis.
Uma parte.
– Lady Felicity? – chamou o duque mais uma vez, tirando-a de seus pensamentos. Ela levantou os olhos para ele.
– Um casamento por conveniência, e você terá um herdeiro.
– E você, um duque muito rico. Disseram-me que sou um bem muito precioso. – Ele disse isso como se tivesse aprendido esse fato um pouco antes, como se toda a história não se baseasse em mulheres sendo forçadas a encontrar maridos ricos.
Sua mãe ficaria fora de si de felicidade.
– O que você me diz? – ele perguntou.
Ela meneou a cabeça. Tanta simplicidade seria possível? Um único encontro, e a mentira dela se tornava verdade? Ela encarou o duque.
– Por que eu, quando você pode ter qualquer uma delas? – ela insistiu.
Ela apontou a mão para a porta aberta, em direção ao salão de bailes, onde não menos que meia dúzia de mulheres os observavam descaradamente, esperando que Felicity cometesse um deslize e que o duque percebesse seu erro. Uma sensação de frustração surgiu, acompanhada daquela indignação familiar – a emoção que tinha colocado aquela insanidade em movimento. Ela resistiu à sensação, e o olhar dele acompanhou o dela, demorando-se em solteiras mais bonitas, mais novas e mais divertidas, estudando-as.
Quando o duque a olhou novamente, Felicity esperava que ele tivesse percebido que ela não era a noiva mais qualificada. Ela já es-

tava imaginando a decepção nos olhos da mãe quando esse noivado falso tivesse terminado. Ela já pensava numa solução para os bolsos vazios de Arthur. Para os do seu pai. Talvez ela conseguisse convencer o duque a terminar o noivado sem revelar seu erro estúpido. Ele não parecia um homem mau. Ele apenas parecia... bem, sinceramente, ele parecia incomum.

Só que ele não rompeu o noivado como ela esperava. Os olhos dele procuraram os dela, e, pela primeira vez, pareceu que ele a *viu* de fato. E, pela primeira vez, ela também o viu, frio e calmo, nem um pouco incomodado com o fato de ela estar ali e os dois estarem prestes a ficar noivos. Na verdade, ele não parecia se importar nem um pouco com aquilo.

– Eu não quero aquelas mulheres. Você apareceu na hora certa, então, por que não você?

Era ridículo. Casamentos ducais não se davam assim. Casamentos em geral não se davam desse modo – em terraços vazios com nada além de uma vontade vaga nascida da conveniência.

Ainda assim... isso estava acontecendo.

Ela tinha conseguido.

Não, Devil tinha conseguido. Como por mágica.

As palavras ecoaram dentro dela, ao mesmo tempo verdadeiras e terrivelmente falsas. Devil não tinha feito mágica. Esse duque não era uma mariposa. Felicity não era a chama. Ela era *conveniente*.

E não havia nada de mágico nisso.

– Você tem vaga nesse leque para outra dança? – o duque perguntou, interrompendo o fluxo de consciência que a inundava.

Ela olhou para o leque, para a aba que permanecia fazia. Um eco do que acontecera mais cedo a alcançou. O obscuro desejo de outro homem escrevendo nesse espaço. Reivindicando essa dança. Um homem que desapareceu na escuridão, substituído por este – que reinava na luz. Ela tentou um sorriso.

– Na verdade, tem vaga, sim.

Ele estendeu a mão para o leque, parando antes de tocá-lo, esperando que ela o oferecesse. Devil não tinha esperado. Devil não teria esperado. Ela estendeu a mão para o duque, e este ergueu o leque, pegando o pequeno lápis que estava pendurado na mão dela para escrever seu nome na tabuinha. *Marwick*.

Felicity imaginou que ela deveria ter ficado sem fôlego com a atitude do duque, mas não ficou. Nem mesmo quando ele soltou o leque e pegou a mão dela, levantando-a em um movimento vagaroso, decidido, até seus lábios, carnudos e belos, roçarem as juntas dos dedos dela.

Com certeza ela deveria ter ficado sem fôlego com isso. Mas não ficou, nem ele. E enquanto assistia ao Duque de Marwick – seu noivo proclamado tornado real – erguer a cabeça, um único pensamento se debatia dentro dela.

As asas do duque não estão queimadas.

O que significava que o Devil não tinha cumprido sua parte do acordo.

Capítulo Treze

Devil estava irritado, na noite seguinte, quando passou pela porta bem-guardada do armazém dos Bastardos – tanto que o som da fechadura da grande porta de aço sendo destrancada não o consolou como deveria.

Ele tinha passado boa parte do dia tentando se concentrar nos seus registros contábeis, dizendo a si mesmo que aquilo era mais importante do que todo o resto, que ele tinha tempo de sobra para ir atrás de Felicity Faircloth e descobrir exatamente o que tinha se passado entre ela e Ewan.

Na verdade, ele sabia o que tinha acontecido. Seu vigia a viu voltar para casa apenas duas horas após Devil a ter deixado – acompanhada pela mãe, levada pelo irmão. Depois disso, ninguém saiu da Casa dos Bumble, nem pelos acessos do térreo nem pela treliça que levava ao quarto de Felicity. As mulheres passaram esta manhã no Parque Hyde com os cachorros da marquesa e voltaram para almoçar, tomar chá e escrever cartas ou fazer o que as ladies faziam nas suas tardes.

Absolutamente nada de extraordinário tinha se passado.

Exceto que Felicity tinha conhecido Ewan. Devil tinha assistido ao encontro dos dois, escondido nas sombras, resistindo ao instinto de ir até ela e interromper a conversa. E então Ewan a beijou – na mão enluvada, mas ainda assim foi um beijo –, e Devil ficou paralisado como pedra e conseguiu, de algum modo, dar as costas àquela cena em vez de ceder ao seu instinto mais animal, que era destruir o duque, carregar Felicity para Covent Garden, deitá-la e terminar o beijo que tinham começado quando ela esteve lá.

Mas ela não era para ele. Ainda não.

Não até chegar a hora de ele a roubar do irmão, lembrando-o da facilidade com que poderia ser derrubado, eficaz e rapidamente, garantindo que Ewan nunca mais pensasse em voar alto demais, ou longe demais.

Era por isso que Devil tinha sido tão gentil com ela. Tão elogioso. Porque Felicity Faircloth era um meio para um fim muito específico. Não porque ele de fato a achasse linda. Não porque ele se importasse se ela estava usando roupas de baixo rosa. Não porque ele quisesse que Felicity acreditasse em seu próprio valor.

Ele não se importava. *Não podia se importar.*

E assim, ele disse a si mesmo que não tinha sido nada além de curiosidade que o enviou ao armazém, onde encontrou Whit vestindo uma camiseta, com um gancho na mão, supervisionando a movimentação da carga que estava paralisada no depósito de gelo há mais de uma semana, esperando ser distribuída.

Curiosidade em relação aos negócios, e não à lembrança dos lábios de Ewan tocando as juntas dos dedos de Felicity. Nem de longe.

Afinal, Devil disse para si mesmo, um império de contrabando não opera sem supervisão, e havia trabalhadores a serem pagos, negócios a serem fechados e um novo carregamento programado para chegar na semana seguinte, repleto de bebidas e outros produtos, que não teria lugar para ser armazenado se não se livrassem do que estava ali.

Curiosidade apenas, e não a necessidade aguda de resistir ao impulso de ir à Casa dos Bumble nesta tarde, escalar a maldita treliça e falar com a garota.

Ele era um homem de negócios. O importante era o trabalho.

Dentro do armazém, duas dúzias de homens fortes moviam-se em sincronia, os músculos retesados sob o peso das caixas que eram passadas pela fila, vindas do buraco nas tábuas do piso, para uma das cinco carroças prontas para transportar os produtos: uma para vários locais em Londres; uma para o oeste, até Bristol; uma para o norte, até York; e a última até a fronteira escocesa, onde seria redistribuída para entrega em Edimburgo e nas Terras Altas.

Havia vários momentos na vida de um contrabandista em que ele estaria sujeito ao perigo e à incerteza, mas os seguintes seriam os piores, pois, assim que os produtos saíssem do armazém, a carga correria mais perigo do que nunca. Ninguém podia provar que os Bastardos Impiedosos contrabandeavam mercadorias dentro dos navios de gelo que importavam; não era possível verificar o conteúdo dessas embarcações quando entravam no porto, quase afundando em razão do gelo que se derretia nos porões.

Agora, contudo, com produtos não declarados e não taxados nas mãos de seus homens leais, ninguém conseguiria negar a atividade criminosa.

Nas noites em que moviam os produtos, toda pessoa saudável na organização ajudava a fazer o serviço o mais rapidamente possível. Quanto mais a noite se estendesse no cortiço, mais seguro estaria o produto e o futuro de todos.

Devil foi até Whit e Nik, tirou o casaco e o colete, e trocou a bengala por um grande gancho curvo. Ele se aproximou do buraco e pôs-se ao lado de Whit, pegando caixas e entregando-as para um homem, que as passava para outro, este para outro, e assim por diante. Dessa forma, uma segunda fila de homens se formou a partir de Devil, dobrando o ritmo do trabalho.

Nik estava dentro do buraco, marcando caixas e barris com giz branco conforme saíam, informando seu destino e anotando-as na pequena caderneta que nunca saía de seu bolso.

– São Tiago. Rua Fleet. Edimburgo. York. Bristol.

A notícia escandalosa não era o contrabando em si; caixas de produtos não declarados eram desinteressantes até serem abertas. Mas e quanto aos compradores dessas caixas? Os homens mais poderosos no governo, na igreja e na imprensa. Bastava dizer que o mundo adoraria dar uma espiadela na lista de clientes dos Bastardos Impiedosos.

Devil enganchou um tonel de *bourbon* destinado à Catedral de York e o içou com um grunhido alto.

– Jesus, como essas coisas são pesadas.

Whit não hesitou ao levantar uma caixa, sua respiração forçada como único indício de que a tarefa exaustiva era difícil.

– Fracote – ele disse.

Nik soltou uma risadinha, mas não tirou os olhos da lista. Devil se abaixou para pegar a próxima caixa, ignorando o modo como os músculos de seus ombros doeram quando a levantou e passou para o homem às suas costas. Ele voltou sua atenção para Nik.

– Fique sabendo que eu sou o irmão inteligente.

Ela olhou para ele, os olhos cintilando.

– É mesmo? – Ela marcou uma caixa. – Banco de Londres.

Whit grunhiu e espiou dentro do buraco.

– E os livros que ele insistia em ler quando éramos crianças continuam a mantê-lo aquecido à noite.

– Ei! – Devil exclamou, enganchando outro tonel. – Sem aqueles livros, eu nunca teria aprendido sobre o Cavalo de Troia, e onde estaríamos agora?

Whit não hesitou.

– Acho que nós mesmos teríamos de ter pensado em como contrabandear uma coisa dentro da outra. Mas será que a gente teria conseguido? – ele perguntou com um grunhido suave enquanto erguia um barril de conhaque. – Muito obrigado por seu conhecimento primitivo dos gregos.

Devil aproveitou o gancho vazio para fazer um gesto grosseiro para o irmão, que se virou para os homens presentes com um grande sorriso.

– Vocês viram? Prova de que eu tenho razão. – Whit se voltou para Devil antes de continuar. – Mas alguém pode dizer que isso não é sinal de inteligência.

– O que aconteceu com você ser o irmão que não fala?

– Eu estou meio esquisito hoje. – Whit levantou uma caixa pesada.

– O que traz você aqui, irmão?

– Pensei em ver como estava o carregamento.

– E eu pensei que você tinha outras coisas para conferir esta noite.

Devil rilhou os dentes e pegou uma caixa de baralhos.

– O que isso quer dizer?

Whit não respondeu.

– Então? – Devil se endireitou.

Whit levantou um ombro debaixo da camisa empapada de suor.

– Só que você precisa acompanhar seu plano diabólico, não?

– Que plano diabólico? – perguntou a sempre curiosa Nik lá de baixo.

– Se vocês estão planejando algo sem mim...

– *Nós* não estamos planejando nada. – Whit se aproximou do buraco. – É só o Dev.

O profundo olhar azul de Nik moveu-se de um irmão para o outro.

– É um plano bom?

– Na real, é um plano de merda – disse Whit.

Um desconforto agitou Devil, e sua resposta ficou presa na garganta. Era um bom plano. Era um plano que puniria Ewan.

E Felicity.

Só havia uma resposta possível. Outro gesto grosseiro.

Whit e Nik riram, depois a norueguesa gritou lá de baixo.

– Bem, por mais que eu odeie interromper essa conversa fascinante, aqui acabou.

Devil virou-se para observar os homens da fila acomodarem os últimos produtos nas grandes carroças de aço.

– Tudo bem, então. – Whit disse. – Diga aos rapazes para subirem o gelo.

Entregando seu gancho para Nik, Devil recebeu outro, gelado como o produto que sustentava – um bloco de quarenta quilos de gelo. Virando-se, ele passou o gancho com o peso para o próximo homem da fila, que lhe entregou um gancho vazio, o qual Devil passou para o porão, onde iria capturar sua próxima presa congelada. O segundo bloco foi içado, e Devil passou outro gancho vazio para baixo, e assim continuou, num trabalho ritmado e árduo, até as carroças de aço estarem cheias até o teto de blocos de gelo.

Havia uma gratificação no trabalho árduo, na fila de homens trabalhando em sincronia, por um objetivo mútuo e possível. A maioria dos objetivos não era alcançada com tanta facilidade, e, com frequência, aqueles que os buscavam se viam decepcionados quando os atingiam. Isto não. Não havia nada tão satisfatório quanto se virar e ver o trabalho bem-feito, com tempo para uma cerveja.

Mas nenhuma satisfação podia ser tirada daquele dia.

Devil estava colocando a mão no buraco quando John gritou, chamando-o; ao se virar, ele viu o homenzarrão entrando pela porta dos fundos do armazém com um garoto logo atrás. Devil apertou os olhos ao reconhecê-lo. Brixton era um dos vigias de Felicity. Ele deixou cair o gancho no chão poeirento, incapaz de não ir na direção deles.

– O que aconteceu com ela?

O garoto levantou o queixo, altivo.

– Nada!

– Como assim "nada"?

– Nada, Devil – Brixton respondeu. – A moça anda na linha como um trem.

– Então por que abandonou seu posto?

– Eu não abandonei, foi esse miserável aqui que me tirou.

John olhou feio para o garoto, um alerta diante do insulto. Devil virou-se para o chefe da segurança do armazém.

– O que você estava fazendo em Mayfair?

John sacudiu a cabeça.

– Eu não estava em Mayfair. Eu estava de guarda lá fora. – Como eles estavam transportando um carregamento nessa noite, as ruas que saíam do cortiço eram monitoradas por uma equipe de homens a serviço dos irmãos. Ninguém entrava ou saía sem a aprovação dos Bastardos.

Devil meneou a cabeça. Ele não podia estar entendendo bem. Não era possível. Ele encarou o menino.

– Onde ela está?

– Na porta!

O coração dele acelerou.

– Na porta de quem?

– Na sua – John disse, finalmente abrindo o sorriso que vinha ameaçando aparecer. – Sua dona está tentando arrombar a fechadura.

Devil fez uma careta de escárnio.

– Ela não é minha "dona". E, com toda certeza, não deveria estar em Covent Garden.

– Mesmo assim, a gente está aqui – Whit disse, aparecendo atrás de Devil. – Você vai pegar a garota, Dev? Ou vai deixar ela lá fora, como uma ovelha no matadouro?

Maldição.

Devil já estava a caminho da porta dos fundos. Uma gargalhada baixa ecoou atrás dele, mas não podia ser seu irmão, pois Whit não podia estar querendo morrer.

Ele a encontrou agachada junto à porta do armazém, uma nuvem de saias claras ondulando à sua volta, e o alívio que Devil sentiu ao encontrá-la incólume logo se dissolveu em irritação e interesse inoportuno. Ele parou junto à quina do edifício, sem querer alertá-la de sua presença.

Lentamente, ele se aproximou de Felicity por trás. A cabeça dela estava baixa, junto à fechadura, mas não para ver o que estava fazendo – era noite, e, mesmo que o céu não estivesse nublado, o luar seria insuficiente para ela enxergar qualquer coisa.

Lady Felicity estava falando sozinha outra vez.

Ou melhor, ela estava falando com a fechadura, provavelmente sem saber que era impossível arrombá-la – projetada não só para proteger, mas também para punir quem se achava superior à fechadura.

– Aí está você, querida – ela sussurrou baixo, e Devil parou de repente. – Não vou ser bruta com você. Sou uma brisa de verão. Sou asas de borboletas.

Que grande mentira. Ela era capaz de botar fogo em todas as borboletas da Grã-Bretanha.

– Boa garota – Felicity sussurrou. – Já se foram três e... – Ela mexeu nos grampos. – Hum. – Mais agitação nos grampos. – Quantas você tem? – Ela tentou de novo. – E, o mais importante, o que há de tão importante dentro deste prédio que uma coisinha linda como você está protegendo? E o dono daqui também?

Um repique de empolgação agitou Devil ao ouvir aquelas palavras. Ali, no escuro, ela falou dele, e, embora ele nunca fosse admitir isso para os outros, ou talvez para si mesmo, Devil gostou muito do que ouviu.

Embora ela não devesse estar ali, a elegância na sujeira.

Ainda assim, lá estava ela, com seus sussurros suaves no escuro, como se pudesse convencer a fechadura a se abrir, e Devil quase acreditou que conseguiria.

– Mais uma vez, querida – ela sussurrou. – Por favor, de novo.

Ele fechou os olhos por um momento, imaginando esse sussurro em seu próprio ouvido, os dois envoltos numa escuridão diferente, na cama dele. *Por favor.* Ele imaginou o que ela imploraria. *De novo.* Ele ficou duro com as possibilidades. E então...

– Ah! Isso! – Outra coisa que ele gostaria de ouvi-la exclamar em circunstâncias diferentes. Seus dedos doíam com a vontade de pegá-la. Os músculos de seu braço já não estavam fatigados do trabalho no armazém; agora estavam mais do que dispostos a tentar levantá-la, junto ao seu corpo, e deitá-la em algum lugar macio, quente e privado.

– Ah, porcaria!

Com certeza ele não queria ouvir nada parecido com aquela exclamação de decepção. As palavras frustradas tiraram Devil dos seus sonhos e fizeram com que arqueasse as sobrancelhas.

– Como é que... – Felicity sacudiu a fechadura. – O que...

Era a deixa dele.

– Receio, Felicity Faircloth, que essa fechadura seja imune aos seus encantos.

Ele estaria mentindo se dissesse que não adorou o modo como ela endireitou os ombros e alongou o pescoço. Contudo, ela não se levantou nem largou os grampos na fechadura.

– Embora eu precise confessar que eram lindos sussurros – ele acrescentou.

– Imagino que isto esteja parecendo bem condenatório – ela disse, quase sem virar a cabeça.

Ele se sentiu grato pela escuridão, pois esta escondeu o sorriso em seus lábios.

– Depende. Parece que você está tentando arrombar e entrar.

– Eu não diria isso – ela disse, absolutamente calma. Felicity Faircloth, sempre disposta a ser atrevida.

– Não?

– Não. Bem, quero dizer, com certeza estou tentando entrar. Mas nunca pretendi arrombar.

– Você deveria parar de entrar nos meus prédios sem ser convidada.

Ela se distraiu com a fechadura de novo.

– Eu pensei que fosse uma brincadeira nossa. – Ela remexeu nos grampos. – Parece que eu danifiquei, sem querer, esta fechadura.

– Não danificou.

Ela olhou para ele.

– Eu garanto que sou muito boa com fechaduras e fiz algo com esta. Travou.

– É porque ela é assim, minha pequena criminosa.

Ela entendeu, então.

– É uma Chubb.

Devil sentiu algo parecido com orgulho ao ouvi-la, acompanhado de uma espécie de prazer pelo modo respeitoso como ela falou. Ele não gostava de nenhuma dessas emoções em relação a Felicity Faircloth. Ele redobrou seus esforços para parecer distante.

– É isso mesmo. Por que você nunca está acompanhada de alguém responsável?

– Ninguém na minha família espera que eu faça algo parecido com isto – ela disse, vagamente, e voltou a atenção para a fechadura, instalada com perfeição na pesada porta de aço. – Eu nunca tinha visto uma Chubb.

– Fico feliz em lhe conceder a oportunidade. Sua família devia conhecê-la melhor. Que diabo deu em você para entrar num cortiço de Londres à noite? Eu devia chamar as autoridades.

Ela arqueou as sobrancelhas.

– As *autoridades*?

Ele inclinou a cabeça para o lado.

– Roubo é um crime grave.

Ela deu uma risadinha.

– Não tão sério quanto o que vocês devem estar fazendo aí dentro, *Devil*.

Esperta demais para o seu próprio bem.

– Nós importamos gelo, Lady Felicity. É tudo muito legítimo.

– Ah, claro – ela debochou. – *Legítimo* é um dos três primeiros adjetivos que eu usaria para descrever você. Logo depois de *lícito* e *legal*.

Ele deu um sorriso torto.

– Essas três palavras querem dizer a mesma coisa.

Ela soltou uma risada ofegante, e a noite de junho ficou mais quente do que deveria.

– Você tem a chave para destravar a fechadura?

As fechaduras Chubb eram conhecidas pela segurança perfeita. Elas eram impossíveis de serem arrombadas porque, ao primeiro sinal (ou, no caso de Felicity, no milésimo sinal) de arrombamento, elas travavam, e só podiam ser destravadas com uma chave especial.

— Na verdade, eu tenho.

Ele tirou a chave do bolso da calça e ela levantou, estendendo a mão para a garota.

— Posso?

Ele a tirou do alcance dela.

— Para você saber meus segredos? Por que eu permitiria isso?

Ela deu de ombros.

— Eu vou aprender sobre eles de qualquer modo. Não vejo razão para você não me poupar algum tempo.

Jesus, ele gostava dessa mulher.

Não. Não gostava. Não podia gostar. Se gostasse dela, ele não conseguiria usá-la do modo de que precisava.

Ele estendeu a chave na direção dela, esperando que Felicity tentasse pegá-la. Quando ela tentou, ele a puxou de volta.

— Como você encontrou o armazém?

Ela o encarou.

— Eu segui você.

O que...

— Como? — Era impossível. Ele teria notado se alguém o seguisse.

— Acho que do jeito normal que se segue alguém. Por trás.

Se seus pensamentos não estivessem tão absorvidos pelo baile da noite anterior, ele a teria notado. *Cristo. O que ela tinha feito com ele?*

— Ninguém impediu você.

Ela meneou alegremente a cabeça.

Ele pagava muito dinheiro a seus homens para garantir que não fosse assassinado nas ruas de Covent Garden. Era de se pensar que pelo menos um deles pensaria em alertá-lo sobre a mulher que o seguia pelo cortiço.

— Você podia ter sido morta. — Ou pior.

Felicity inclinou a cabeça para o lado.

— Acho que não. Acredito que você deixou bem claro que eu era intocável. Pouco antes de me dar passe livre no seu território.

— Eu nunca lhe dei passe livre no meu território.

— Como foi que você disse? — Colocando as mãos nos quadris, ela falou grosso, produzindo um som que, ele deduziu, devia ser parecido com sua voz. — *Ninguém mexe com ela. Ela me pertence.* — Felicity relaxou os braços e sorriu. — Aquilo foi bastante primitivo, embora, eu deva admitir, também foi empoderador.

Maldição.

— Por que você está aqui?

— Eu conto se você me der a chave Chubb.

Ele riu da tentativa de negociação.

— Não, não, gatinha. Você não tem poder aqui.

— Tem certeza? — Ela inclinou a cabeça de novo.

Ele não tinha, para ser sincero. Mas guardou a chave no bolso assim mesmo.

— Ninguém além de mim tem poder aqui.

O olhar dela permaneceu no lugar em que ele pôs a chave, e, por um momento longo e assustador, ele pensou que ela fosse tentar pegá-la. Assustador porque, nesse instante, ele quis que ela tentasse.

Mas a mulher lhe deu as costas e se agachou de novo em frente à fechadura. Levando a mão ao cabelo, ela extraiu outro grampo.

— Tudo bem. Eu mesma faço isso.

Que garota teimosa. Ele a observou endireitar o grampo e dobrá-lo na ponta.

— É impossível forçar uma Chubb, querida.

— Até agora é, sim.

— Você pretende arrombá-la na calada da noite?

— Na verdade, pretendo — ela disse. — O que eu sei é que a sua chave funciona ao contrário das chaves normais, certo? Ela recompõe as tranquetas. Nesse caso, se eu conseguir abrir o mecanismo, posso aprender como a fechadura funciona.

Ele a observou inserir o novo grampo na fechadura junto com uma segunda ferramenta, e apoiou as costas na porta, cruzando os pés e os braços para vê-la trabalhando.

— Por que você me seguiu?

Ela arranhou a fechadura por dentro.

— Porque você estava de saída quando eu cheguei.

— E por que você veio até aqui, afinal?

De novo, um esforço inútil.

— Porque você não foi me procurar.

Ele congelou ao ouvir isso, da implicação que Felicity queria que ele fosse vê-la.

— Nós tínhamos um compromisso?

— Não — ela disse, calma, como se estivessem no Parque Hyde no meio do dia, e não em uma das vizinhanças mais perigosas de Londres no meio da noite. — Mas eu pensei que você iria querer me ver.

Ele estava de olho nela. Tinha colocado vigias observando-a todos os minutos do dia.

— Para quê?

— Para ver se sua promessa tinha sido cumprida.

— Minha promessa?

— De o Duque de Marwick ficar louco por mim.

Ele rilhou os dentes ao se lembrar dos lábios de Ewan nas juntas dos dedos cobertos por seda. Ela não usava luvas agora, e Devil quis extinguir sua lembrança do beijo de Marwick com seus próprios lábios. Na pele nua de Felicity.

— E deu certo?

Ela não respondeu. Estava distraída com os grampos na fechadura.

— Felicity Faircloth – ele insistiu.

— Hum? – Ela fez uma pausa. Então: – Ah, entendo. – Outra pausa. – Perdão, o que foi?

— Minha promessa. Ela foi cumprida? Você conheceu o duque?

— Ah – ela fez de novo. – Sim. Nós nos conhecemos. Ele estava muito bonito. E é possível que... bem... o que dizem a respeito dele talvez seja verdade.

— O que dizem dele?

— Que é louco.

Ewan não era louco. Ele estava obcecado.

— Ele é um sonho dançando.

Devil não devia ficar irritado com aquele comentário. Não era isso que ele queria? Ewan achando que tinha conquistado Felicity? Para que doesse mais quando Devil a roubasse?

Ele quis esmurrar a parede ao pensar nos dois dançando, e não conseguiu evitar de debochar.

— Um sonho?

— Hum – ela fez, distraída. – A postura dele é encantadora. Faz a gente se sentir como se estivesse nas nuvens.

— Nas nuvens – Devil repetiu, fazendo força para não rilhar os dentes.

— Hum-hum – ela fez de novo.

Ele ficou tão irritado imaginando uma dança nas nuvens que estrilou:

— Você não pode simplesmente aparecer para me ver, Felicity.

— Por que não? Eu queria conversar uma coisa com você.

— Não importa. Quando tivermos algo para discutir, eu procuro você. Não dá para você aparecer assim no meio do cortiço.

— Isto é um cortiço? Nunca estive em um.

Ele teria rido se tudo não fosse tão ridículo. Cortiços londrinos eram cheios de mau cheiro, sujeira, morte e destruição. Eles continham o que havia de pior no mundo, e, com frequência, pessoas que mereciam o melhor. Mas era óbvio que Lady Felicity Faircloth nunca tinha estado em um cortiço. Era mais provável que já tivesse ido à Lua.

– É bastante silencioso. Eu pensava que fosse mais barulhento.

– É silencioso porque estamos no centro da parte mais protegida. Mas você poderia ter se perdido com muita facilidade.

– Bobagem. Eu segui você. – Ela se inclinou para a porta e sussurrou. – É isso, querida.

Devil ficou duro como uma pedra. Ele se endireitou, desencostando da porta e enfiando as mãos nos bolsos, para evitar que ela notasse sua ereção inoportuna. Ele pigarreou antes de falar.

– Dar meu endereço a você foi um erro grave, já que você parece incapaz de enviar uma mensagem escrita para o meu escritório como qualquer outra mulher normal. – Ele fez uma pausa. – Será possível que você não saiba escrever? A pobreza do seu irmão limitou a quantidade de tinta na sua casa? Ou de papel?

– Papel não é exatamente um produto barato – ela ponderou.

Clique.

A boca de Devil escancarou-se. *Impossível.*

– Boa garota. Muito bem! – exclamou Felicity Faircloth antes de levantar e erguer os braços, devolvendo com habilidade os grampos aos seus devidos lugares. – Vamos ver o quão *legítimo* você é, então?

Capítulo Catorze

Ela tinha conseguido chocá-lo.

O impassível Devil, todo poderoso e controlador, impenetrável e imperioso, tinha sido surpreendido. Ela sabia que tinha, pois ele arregalou os olhos, e sua boca se abriu, e, por um instante, Felicity pensou que talvez ele tivesse engolido algo grande demais. Devil olhou para ela, depois para a fechadura e voltou-se para Felicity de novo.

— Você conseguiu.

— Eu consegui! — ela exclamou, toda feliz.

Ele meneou a cabeça.

— Mas como?

Ela não conseguiu controlar o sorriso de orgulho.

— Cuidado, Devil. Vou começar a imaginar que você me julgava uma inútil.

— Você deveria ser uma inútil!

— Perdão — ela disse. — Ladies não *devem* ser inúteis. Nós devemos falar vários idiomas, tocar piano e bordar com maestria, além de organizar um animado jogo de cabra-cega em festas.

Ele desviou o olhar e inspirou fundo, fazendo-a pensar que estava tentando se acalmar.

— Tudo tão útil — ele disse, afinal. — Você faz tudo isso?

— Eu falo inglês e um pouco de francês.

— E o resto?

Ela hesitou.

— Sou muito boa em bordado. — Ele olhou torto para ela, que acrescentou: — Eu detesto, mas até que sou boa.

– E o piano?
Ela olhou para baixo.
– Nem tanto.
– Cabra-cega?
Ela deu de ombros.
– Não me lembro da última vez que brinquei.
– Então só nos resta arrombar fechaduras.
Ela abriu um sorrisão.
– Sou muito boa nisso.
– E é útil?
Sem saber de onde tirou tanta coragem, Felicity pôs a mão na maçaneta da grande porta de aço que tinha acabado de arrombar.
– Vamos ver? – Ela não esperou, ansiosa demais para espiar o que havia no armazém e receosa que ele a detivesse. Ela empurrou a porta, usando todo seu peso para abrir um centímetro, mas ele fez exatamente o que Felicity temia, fechando a porta com violência e aproximando uma das enormes mãos espalmadas da cabeça dela.
– Você não deveria ter vindo – ele disse, inclinando-se para perto de seu ouvido.
Ela engoliu em seco, recusando-se a deixá-lo ganhar.
– Por que não?
– Porque é perigoso – ele disse em voz baixa, provocando um arrepio nela. – Porque cortiços não são lugares para garotas bonitas que buscam aventuras de tirar o fôlego.
– Eu não sou assim – ela disse, negando com a cabeça.
– Não?
– Não.
Ele esperou um longo momento antes de falar.
– Eu acho que isso é exatamente o que você é, Felicity Faircloth, com seu vestido bonito, seu cabelo bonito penteado para cima de sua cabeça bonita, no seu mundo bonito onde nada dá errado.
As palavras feriram.
– Não é nada disso. As coisas dão errado pra mim.
Ele bufou.
– Ah, claro. Eu tinha esquecido. Seu irmão fez um mau investimento. Seu pai também. Sua família está tão pobre que teme o exílio social. Mas o problema, Felicity Faircloth, é que sua família nunca vai ser pobre o bastante para ter medo da pobreza. Nunca vai precisar se perguntar de onde virá a próxima refeição. Nunca vai ter medo de perder o teto que a protege.

Ela se virou para ele, quase o encarando, ouvindo a verdade nas palavras dele: Devil sabia o que era pobreza. Ele continuou antes que ela pudesse falar.

– E você... – A voz dele ficou mais alta. Mais sombria. Com um sotaque carregado. – ...novinha boba... brota no Covent Garden se achando, pensa que pode *dá* uns rolês com a gente e *ficá* de boa.

Felicity olhou para Devil, então, maldizendo a sombra nos olhos dele, que o tornava um homem diferente. Mais amedrontador. Mas ela não estava com medo. Para ser sincera, a voz baixa e a gíria local a deixaram bem diferente de amedrontada. Ela endireitou os ombros antes de responder.

– Eu estou em segurança.

– Você não está nem um pouco segura.

Talvez ela não conhecesse o lugar – e nunca tivesse a experiência de vida das pessoas que moravam ali –, mas ela sabia como era querer algo que não podia ter. E ela soube que, nesse momento, estava ao seu alcance – mesmo que só por uma noite. A impetuosidade cresceu dentro dela, e Felicity levantou o queixo.

– Então é melhor nós entrarmos, não acha?

Por um momento ela pensou que ele fosse mandá-la embora, colocando-a numa carruagem de aluguel e enviando-a para casa, do mesmo modo que tinha feito antes. Mas, depois de um longo minuto em silêncio, ele alcançou a enorme porta atrás dela e a abriu, aparentemente sem esforço. A outra mão pousou na cintura dela, para conduzi-la ao salão cavernoso. Foi bom que ele manteve a mão ali, pois ela parou de repente na entrada, os olhos arregalados e descrentes.

Ela nunca tinha visto nada igual.

O que do lado de fora parecia um grande edifício, por dentro parecia ser do tamanho do Parque St. James. Nos cantos do imenso ambiente, havia prateleiras de caixas e barricas, formando pilhas de seis ou sete. À volta do teto, perto das prateleiras, havia longas vigas de aço, de onde pendiam enormes ganchos. Era magnífico. Ela olhou para Devil, que a observava com mais atenção do que ela gostaria.

– Isto é seu?

Os olhos dele brilharam de orgulho, e algo apertou o peito dela.

– Sim – ele respondeu.

– É magnífico.

– É mesmo.

– Quanto tempo demorou para construir isto?

E assim, o orgulho desapareceu, extinguiu-se, substituído por algo mais sombrio.
— Vinte anos.
Ela meneou a cabeça. Vinte anos atrás ele era uma criança. Não era possível. Mas... ela tinha sentido a verdade nas palavras.
— Como? — ela quis saber.
Ele balançou a cabeça. Isso era tudo que ela saberia de Devil a respeito disso. Ela mudou a abordagem, procurando algo mais tranquilo.
— Para que servem os ganchos?
— Mover mercadorias — ele disse, apenas, acompanhando o olhar dela.
Enquanto Felicity observava, um homem se aproximou de um dos ganchos e passou uma corda nele, puxando-o para baixo. Outros dois prenderam uma caixa envolta em cordas nesse gancho. Depois de presa, eles a movimentaram pelo depósito, aparentemente sem nenhum esforço. Na outra extremidade do salão, a caixa foi tirada do gancho e depositada dentro de uma das cinco carroças, a que estava mais perto de Felicity. Cada um dos veículos estava preso a seis cavalos robustos e rodeado de vários homens. Alguns carregavam fardos de feno até a abertura das carroças, outros verificavam os arreios, e muitos corriam, para frente e para trás, vindos do fundo do armazém — que estava muito escuro para Felicity ver alguma coisa — com grandes ganchos de metal carregando imensos blocos de...
— É gelo — ela disse.
— Foi o que eu disse — Devil o retrucou.
— Para quê? Sorvete de limão? Framboesa?
Ele deu um sorriso torto.
— Você gosta de doces, Felicity Faircloth?
Ela ficou corada com a pergunta, embora não soubesse dizer o porquê.
— Alguém não gosta?
— Hum.
O murmúrio baixo ecoou dentro de Felicity, que pigarreou.
— É só gelo?
— Parece haver algo além de gelo nessas carroças?
Ela meneou a cabeça.
— Aparência não é realidade.
— Deus sabe que isso é verdade, Felicity Faircloth, solteirona arrombadora de fechaduras, invisível, desinteressante, modesta e comum. — Ele fez uma pausa. — O que seus amigos terríveis e infelizes pensam do seu passatempo?
Ela corou de novo.
— Eles não sabem o que eu faço.

– E sua família?

Ela desviou o olhar, calor e frustração crescendo.

– Minha família... – Ela fez uma pausa, pensando duas vezes antes de responder. – Não gosta.

Ele sacudiu a cabeça.

– Não era isso que você ia dizer. Conte-me o que pensou primeiro. A verdade.

Ela o encarou, fazendo uma careta de escárnio.

– Eles têm vergonha.

– Não deveriam ter – ele disse com sinceridade. – Deveriam ter orgulho.

Ela arqueou as sobrancelhas.

– Orgulho das minhas tendências criminosas?

– Bem, você não vai ser criticada por tendências criminosas aqui, querida. Mas não. Eles deveriam ter orgulho disso porque você tem o futuro em suas mãos toda vez que empunha um grampo.

Ela prendeu a respiração ao ouvir isso, seu coração disparando diante da avaliação ponderada de sua habilidade maluca, imoral. Ele era a primeira pessoa a compreendê-la. Sem saber como responder, ela mudou de assunto.

– O que mais tem nas carroças?

– Feno – ele disse. – Isola o gelo nos fundos, perto da abertura da porta.

– Ei! Dev!

Devil voltou a atenção para o grunhido vindo da escuridão.

– O que foi?

– Desgruda da garota e dá uma olhada nessas cargas que já vão sair.

Ele pigarreou diante da impertinência e se voltou para Felicity.

– Você. Fique aqui. Não vá embora. Nem cometa nenhum crime.

Ela arqueou uma sobrancelha.

– Vou deixar todo o cometimento de crimes para você e sua turma.

Ele apertou os lábios e entrou na escuridão, deixando Felicity sozinha. Sozinha para investigar.

Normalmente, se ali fosse, digamos, um salão de baile ou o Parque Hyde, Felicity teria receio de se aproximar de um local tão cheio de homens. Além de ser uma questão de puro bom senso – homens em geral são mais perigosos do que inofensivos –, era raro que as interações de Felicity com o sexo oposto resultassem em qualquer coisa que não fosse um insulto. Ou eles repeliam sua presença, ou sentiam ter direito sobre ela, e nada disso fazia uma mulher ter interesse em passar algum tempo com um homem.

Mas ali, de algum modo, ela se sentia segura. E não era apenas porque Devil a tinha envolvido com o manto de sua proteção; era também porque os homens reunidos no armazém pareciam não reparar nela. Ou, se reparavam, pareciam não se importar com o fato de ser uma mulher. Suas saias não eram interessantes. Eles não julgavam a condição do seu cabelo ou a limpeza das luvas que ela não estava usando.

Eles estavam trabalhando, e ela estava ali, e uma coisa não influenciava a outra, o que era inesperado e maravilhoso. E oferecia muitas oportunidades.

Ela se dirigiu às carroças, maiores que a maioria, feitas não de madeira e lona, como era comum encontrar nas ruas de Londres, mas de metal – grandes chapas do que parecia ser aço plano. Ela se aproximou do veículo mais próximo e estendeu a mão para tocá-lo, dando umas batidas para ouvir o som da estrutura repleta de carga.

– Curiosa?

Felicity virou-se e encontrou um homem alto atrás dela. Não, não um homem. Uma mulher incrivelmente alta – talvez mais alta que Devil – e muito magra, magra o bastante para ser confundida com um homem em razão do modo como estava vestida, com calça e camisa masculinas, e compridas botas pretas que a faziam parecer ainda mais alta, tanto que, se ela estendesse os braços acima da cabeça, parecia possível que alcançasse as nuvens. Mas mesmo sem a altura, Felicity teria ficado fascinada por aquela mulher, pela postura tranquila e à vontade. Pelo modo como se movia no armazém pouco iluminado, como se aquele lugar fosse seu. Ela não precisava arrombar a fechadura para conseguir acesso... ela possuía a chave.

– Você pode olhar, se quiser – a mulher disse, apontando com a mão para a traseira da carroça, a voz carregando um sotaque estranho, suave, que Felicity não conseguiu identificar.

– Se Devil a trouxe aqui, é porque confia em você.

Felicity ponderou as palavras, a certeza de que Devil não faria nada para prejudicar esse lugar ou as pessoas que trabalhavam nele fez algo surgir dentro dela – algo assustadoramente parecido com culpa.

– Eu não acho que ele confia em mim – Felicity respondeu, sem conseguir evitar de olhar para onde a mulher apontava, não querendo nada além de seguir a direção indicada e espiar dentro da grande carroça de aço.

– Eu vim até aqui sozinha.

Um sorriso brincou nos lábios da outra mulher.

– Eu lhe garanto que, se Devil não a quisesse aqui, você não teria entrado.

Felicity acreditou no que a garota dissera e foi até a traseira aberta da carroça, deslizando os dedos pelo aço, que ficava mais frio conforme ela chegava à parte posterior do veículo. A mulher se voltou para um homem próximo.

— Samir, esta aqui está pronta para você. Pegue a estrada do norte e não pare até amanhecer. Faça apenas as paradas planejadas e em seis noites chegará à fronteira. Lá, outros três homens encontrarão você. — Ela entregou um punhado de papéis a ele. — Estes são os registros e os endereços das outras entregas, ok?

Samir, que, Felicity imaginava, iria conduzir a carroça, tocou o chapéu com a ponta do indicador.

— Sim, senhora.

A mulher deu um tapa no ombro dele.

— Grande homem. Boa viagem. — Ela se virou para Felicity. — Devil logo vai voltar. Ele só está inspecionando as cargas.

Felicity anuiu e deu a volta na carroça, descobrindo uma parede de feno até o teto do veículo. Ela olhou para a mulher.

— Não existe uma maneira melhor de levar gelo para a Escócia do que através de Londres?

A mulher fez uma pausa antes de responder.

— Não que nós conheçamos.

Felicity voltou-se para o vagão e tocou o feno que escondia o que havia lá dentro.

— Estranho ninguém perceber que Inverness, na Escócia, fica de frente para a Noruega, atravessando o Mar do Norte. — Uma pausa. — É de onde vem o gelo, não?

— Ela está incomodando você, Nik? — Felicity puxou a mão de volta e girou na direção da pergunta, feita próxima demais de sua orelha. Devil tinha voltado para inspecionar a carroça aberta. E Felicity, pelo jeito.

— Não — respondeu a mulher chamada Nik, e Felicity pensou ter ouvido riso na voz dela. — Mas estou achando que ela vai incomodar você bastante.

Devil grunhiu e olhou para Felicity.

— Não incomode Nik. Ela tem muito trabalho a fazer.

— Sim, eu ouvi — Felicity retrucou. — Ela precisa garantir que o gelo seja despachado através de centenas de quilômetros, de volta para sua origem. — Ele olhou por sobre o ombro para ela, e Felicity acompanhou o olhar dele até Nik, que fazia uma careta para ele. Veio uma onda de empolgação. — Porque não é gelo, é?

— Veja você mesma. — Ele estendeu a mão além dela e puxou um fardo de feno da carroça, revelando um bloco de gelo. Ele franziu o cenho. Felicity arqueou as sobrancelhas.

— Está surpreso?

Ignorando-a, ele puxou outro fardo, depois outro, revelando uma parede de gelo da extensão do vagão e chegando quase ao teto. Ele olhou para Nik, a cicatriz em seu rosto ficando branca na luz fraca.

— É assim que derretemos.

A mulher suspirou e se virou para escuridão.

— Precisamos de outra fileira aqui – ela disse em voz alta.

— Certo – veio um coro de vozes masculinas da escuridão.

Eles apareceram quase no mesmo instante, carregando grandes tenazes de metal, cada um trazendo um bloco de gelo. Um a um, eles passaram os blocos para Devil, que tinha subido na carroça e estava ajeitando o gelo com cuidado no vazio deixado no alto da carga, garantindo que sobrasse o mínimo espaço possível.

Felicity teria ficado fascinada com o processo se não estivesse fascinada com ele, pendurado na borda da carroça, içando grandes blocos de gelo quase acima da cabeça, como se fosse um super-homem. Como se fosse o próprio Atlas, firme e segurando o peso. Ele não vestia casaco nem colete, e o tecido de sua camisa branca estava esticado e contraído, acompanhando o movimento de seus músculos e fazendo Felicity pensar se o tecido poderia rasgar sob toda aquela força.

Todo mundo estava sempre falando dos decotes das mulheres e como os espartilhos ficavam mais escandalosos a cada minuto, e como as saias ficavam muito apertadas nas pernas delas, mas será que alguma dessas pessoas tinha visto um homem sem paletó? Bom Deus.

Ela engoliu em seco quando ele pôs o último bloco de gelo no lugar e desceu da carroça com um pulo, levantando uma estranha aba de metal da base do veículo – com cerca de trinta centímetros de altura e tão apertado nas laterais do veículo que o rangido que emitiu ecoou por todo o armazém.

— Para que serve isso? – ela perguntou.

— Evita que o gelo deslize quando começar a derreter – ele disse sem olhar para ela.

Felicity anuiu.

— Bem, qualquer um que olhasse para dentro desta carroça pensaria que você é um entregador de gelo muito habilidoso, com certeza.

Ele a encarou.

— Eu sou um entregador de gelo muito habilidoso.

— Eu acreditaria se fosse gelo – ela disse.

— Seus olhos estão confundindo você? – ele perguntou.

– Estão, na verdade. Mas meu tato, não.

– O que isso quer dizer? – Ele franziu a testa.

– Só que, se a carroça inteira estivesse cheia de gelo, toda a lateral estaria tão fria quanto o último meio metro.

Nik tossiu.

Devil ignorou a observação e fechou a grande porta traseira da carroça, travando-a em três lugares distintos. Felicity observou atentamente enquanto ele fechava os cadeados e entregava as chaves para Nik.

– Diga aos homens que está pronto.

– Sim, senhor. – Nik se voltou para os homens reunidos. – Tudo certo, cavalheiros. Boa viagem.

Ao ouvirem isso, os homens começaram a se mexer, com os condutores subindo nas boleias, seguidos pelos ajudantes. Felicity viu o rapaz que estava mais perto dela enfiar uma pistola num coldre preso à perna. Outros dois homens subiram no degrau traseiro da carroça, passando tiras largas de couro em volta das nádegas. Felicity virou-se para Devil.

– Eu nunca tinha visto isso. Assentos para os vigias? Para que eles não precisem ficar de pé a viagem toda?

Ele observou um dos homens se prender à carroça com a tira de couro.

– Em parte é pelo conforto – ele respondeu, virando-se para aceitar algo do homem à sua esquerda. – Em parte porque eles podem precisar usar as mãos para outra coisa que não seja se segurar. – Adiantando-se, ele entregou um rifle para cada vigia.

– Ah, sim. Agora vejo que é só gelo – ela disse, irônica. – Por que mais você precisaria de homens armados?

Ele a ignorou.

– Caprichem na mira, rapazes.

– Sim, senhor. – A resposta veio em uníssono.

– Protejam-se antes de qualquer coisa – Devil disse, e o olhar dela saltou para o rosto dele, registrando a seriedade das palavras e algo mais. Algo parecido com preocupação. Não com a carga, mas com os homens. Felicity sentiu o peito apertar.

– Sim, senhor. – Eles anuíram e penduraram as armas junto ao peito, depois verificaram a tira de couro onde estavam sentados e bateram na lateral da carroça.

Em toda a fila de veículos, outros homens preparavam-se de forma semelhante, prendendo-se às carroças e pendurando rifles junto ao peito. Batidas metálicas ecoaram pelo grande armazém, até todos os vagões estarem prontos para partir. Um ruído de metal raspando ecoou quando vários homens abriram uma porta enorme de aço, deixando um vão grande o bastante para passar uma carroça.

— Fronteira — Nik disse, e a carroça mais perto de Felicity entrou em movimento, passando pela porta aberta para entrar na noite. Ela recuou, trombando em Devil, que passou o braço pela cintura dela para mantê-la firme. — York — Nik disse. Outra carroça começou a se mexer, e Felicity pensou que deveria se afastar do toque dele. Aquela outra mulher certamente faria isso. Só que... ela não queria.

Perto dele, com os cavalos batendo as patas e os homens gritando ordens, ela sentiu como se fosse a lady de um castelo medieval, as saias ondulando no vento escocês enquanto ela se mantinha ao lado de seu lorde observando o clã se preparar para a guerra.

— Londres um! — Nik gritou acima da algazarra das rodas das carroças.

Parecia um pouco com a guerra. Como se aqueles homens tivessem treinado juntos, tornando-se irmãos de armas. E agora eles viajavam juntos a serviço de um objetivo maior.

Para Devil.

Devil, cujo braço a mantinha mais próxima do que deveria. Mais forte do que deveria. Exatamente como ela descobriu que desejava. Como se ela fosse companheira dele, e ele, dela.

— Bristol! — Nik gritou, colocando outra carroça em movimento. — Londres dois.

Antes mesmo que o último dos veículos tivesse deixado o armazém, o portão começou a ser fechado, e vários homens se adiantaram para colocar uma grande viga de madeira escorando-o, para impedir que fosse aberto por fora. Com o ribombar da pesada trava, Devil a soltou, afastando-se, como se o abraço não tivesse sido nada além de uma fantasia.

— E assim, seu gelo está fora de seu controle. — Ela tentou parecer tranquila.

— Meu gelo está sob *meu* controle até chegar ao destino — Devil disse, observando outro homem se aproximar, este de cabelo escuro com a pele negra. — Preciso lembrá-la, milady, que sou capaz de exercer considerável poder com ou sem presença física.

As palavras, um ruído grave, arrepiaram-na toda — lembrando-a do modo como ele parecia transpirar poder desde o momento em que o conheceu. De algum modo ele tinha conseguido evitar que o duque negasse a afirmação dela sobre o noivado dos dois. Ele tinha descoberto os segredos da sua família sem muito esforço. Ele a tinha colocado em segurança, em Covent Garden, mesmo quando não estava presente. Talvez ele fosse mesmo o diabo, todo poderoso e onisciente, manipulando o mundo sem dificuldade, cobrando dívidas em seu trajeto.

Mas ele ainda não tinha cobrado a dívida dela.

Talvez o duque lhe pedisse em casamento, mas uma união de conveniência não era o plano dela. E lá estava ela, nesse lugar magnífico, diferente de tudo que já tinha visto, pronta para encarar Devil mais uma vez. E lembrá-lo de que ele não tinha cumprido essa parte do acordo.

– Não poder suficiente – ela retrucou.

Ele olhou de repente para ela, estreitando o olhar e fazendo o coração dela disparar.

– O que foi que você disse?

Antes que ela pudesse responder, o outro homem se juntou a eles, também com as mangas da camisa arregaçadas, revelando uma tatuagem em tinta preta que teria deixado Felicity mais cautelosa se ele não tivesse entrado num facho de luz que revelou seu rosto – lindo além de qualquer medida. O tipo de rosto que pintores faziam em anjos.

Ela não conseguiu segurar uma exclamação.

Os dois homens olharam para ela.

– Algum problema?

– Não. – Ela meneou a cabeça. É só que ele... ele é muito... – Ela olhou para o homem, dando-se conta de que era grosseria falar dele como se não estivesse parado ali diante dela. – Quero dizer, meu senhor, que você é *muito*... – Ela parou. Seria correto dizer para um homem que ele era lindo? Sua mãe, sem dúvida, teria um surto histérico se soubesse que a filha estava em qualquer lugar próximo a Covent Garden, ainda mais no centro do cortiço. Então, ela estava muito além de qualquer preocupação com o que era decoroso.

– Felicity?

– Sim? – ela respondeu sem olhar para Devil.

– Você pretende terminar essa frase?

Ela permaneceu hipnotizada pelo recém-chegado.

– Ah, sim. Sinto muito, não. – Ela pigarreou. – Não. – Sacudiu a cabeça. – Com certeza, não.

O outro homem arqueou uma sobrancelha, intrigado e estudando-a.

Ele lhe pareceu muito familiar.

– Irmãos! – ela disparou, olhando de Devil para ele e vice-versa. Então, deu um passo na direção dele, fazendo-o recuar e olhar para Devil, dando a Felicity a oportunidade de observar seus olhos, da mesma cor misteriosa que os de Devil, ao mesmo tempo dourados e castanhos, com um círculo mais escuro ao redor, e absolutamente desconcertantes. – Irmãos – ela repetiu. – Vocês são irmãos.

O homem lindo inclinou a cabeça.

– Este é o Beast – Devil disse.

Ela deu uma risadinha ao ouvir o nome bobo.

– Imagino que seja uma ironia?

– Por quê?

Ela olhou por cima do ombro para Devil.

– Ele é a pessoa mais linda que eu já vi.

Devil apertou os lábios com isso, e ela pensou ter ouvido um grunhido de divertimento do homem chamado Beast, mas, quando se voltou, ele continuava impassível.

– Os olhos de vocês dois são idênticos – ela insistiu. – As maçãs do rosto, o maxilar. A curva dos lábios.

Dessa vez, o grunhido pareceu vir de Devil.

– Agradeço se você parar de pensar no formato dos lábios dele.

Felicity sentiu o rosto esquentar.

– Desculpe. – Ela olhou para Beast. – Foi muita grosseria da minha parte. Eu não deveria ter notado.

Nenhum dos dois irmãos pareceu ligar para o pedido de desculpa. Devil já estava se afastando, sem dúvida esperando que ela o seguisse. Felicity imaginou que ninguém fosse muito cerimonioso num armazém em Covent Garden a ponto de fazer as apresentações, então decidiu ela mesma cuidar disso e sorriu para o irmão de Devil.

– Meu nome é Felicity.

A sobrancelha subiu de novo, e ele fitou a mão estendida, mas não a pegou.

Sério? Aqueles irmãos tinham sido criados por uma loba?

– Esta é a parte em que você me diz seu nome verdadeiro; eu sei que não é Beast.

– Não fale com ele – Devil disse, suas pernas longas cruzando rapidamente o armazém.

– Mas você acredita que o nome dele é Devil? – A pergunta saiu baixa e rouca, como se Beast estivesse sem prática de usar a voz.

– Ah. – Ela meneou a cabeça. – Não. Não acredito nisso. Mas você parece mais razoável.

– Não sou – ele retrucou.

Felicity provavelmente deveria ter ficado intimidada com a resposta, mas ela descobriu que gostava bastante deste irmão mais quieto.

– Eu não estava reparando nos seus lábios, sabe – ela começou. – É só que eu notei que os seus e os dele são iguais... – Ela parou de falar quando ele levantou as sobrancelhas. Felicity imaginou que não devia ter admitido isso.

Ele grunhiu, e Felicity imaginou que o grunhido era para deixá-la à vontade.

O estranho é que funcionou. Juntos, eles seguiram Devil, que já tinha desaparecido nas sombras do armazém – com sorte, estava longe o bastante para não a ter ouvido. Enquanto andava, ela procurava um assunto que pudesse tornar aquele homem antissocial um pouco mais disposto a conversar.

– Então, faz tempo que você transporta gelo?

Ele não respondeu.

– De onde o gelo vem?

Silêncio.

Ela tentou outra coisa.

– Vocês mesmos que projetaram as carroças de carga? São impressionantes.

De novo, silêncio.

– Eu preciso dizer, Beast, que você sabe como fazer uma mulher se sentir à vontade.

Se não estivesse prestando tanta atenção nele, talvez ela não ouvisse o ruído gutural que ele emitiu. Um tipo de risada. Mas ela ouviu, e isso fez com que se sentisse triunfante.

– Arrá! Você é capaz de reagir!

Ele não disse nada, mas a essa altura os dois já tinham alcançado Devil.

– Eu disse para você não falar com ele.

– Mas você me deixou com ele!

– Isso não significa que você deva conversar com ele.

Ela olhou de um irmão para outro e suspirou, então apontou para os homens dispersos pelo armazém enorme.

– Todos eles são seus empregados?

Devil assentiu.

Beast grunhiu.

Felicity ouviu o grunhido e se voltou para Beast.

– Isso. O que isso quer dizer?

– Não fale com ele – Devil repetiu.

Ela nem se virou para ele.

– Acho que vou falar, sim, muito obrigada. O que esse ruído significa?

– Eles são empregados dele. – Beast desviou o olhar do dela.

Felicity meneou a cabeça.

– Mas não foi só isso que quis dizer, foi?

Beast a encarou, e ela soube que o que ele estava prestes a dizer era importante. E verdadeiro.

– O tipo de empregado que andaria através do fogo por ele – Beast concluiu.

As palavras caíram no escuro, preenchendo o armazém, alcançando os cantos e aquecendo-os. Aquecendo-a. Ela se voltou para Devil, que estava a vários passos de distância, as mãos enfiadas nos bolsos da calça, um olhar de irritação no rosto. Mas ele não olhava para ela. Não conseguia.

Ele estava constrangido.

Ela aquiesceu.

– Eu acredito nisso – Felicity disse, a voz suave.

E ela acreditava mesmo. Felicity tinha convicção de que Devil era o tipo de homem que conseguia motivar uma lealdade profunda e duradoura naqueles ao seu redor. Felicity acreditava que ele era um sujeito com quem não se brincava, e também um homem de palavra. E, acima de tudo, acreditava que aquele era o tipo de homem que cumpria sua parte de um acordo.

– Eu acredito nisso – Felicity repetiu, querendo que ele olhasse para ela. Quando olhou, ela percebeu que seus olhos não eram iguais aos do irmão. O olhar de Beast não fazia seu coração bater mais rápido. Ela engoliu em seco. – Então eles ajudam vocês a contrabandear produtos?

Devil franziu a testa.

– Eles nos ajudam a distribuir gelo.

Ela meneou a cabeça. Nem por um segundo Felicity acreditava que aqueles dois homens, do modo como transpiravam perigo, eram meros negociantes de gelo.

– E onde vocês guardam esse suposto gelo?

Ele endireitou os braços e fechou os punhos dentro dos bolsos, inclinando-se para trás e olhando para o teto. Quando ele respondeu, suas palavras vieram carregadas de frustração.

– Nós temos um depósito lá embaixo, Felicity.

– Lá embaixo. – Ela arregalou os olhos.

– No subsolo. – A palavra soou proibida no ambiente mal iluminado, falada como se fosse um pecado, como se ele fosse o diabo convidando-a não só para ir ao subsolo, mas para um lugar tão profundo do qual ela talvez nunca voltasse.

Isso a fez querer experimentar tudo que a palavra prometia. Fez com que ela quisesse pedir para ter essa experiência, sem hesitação.

– Mostre para mim.

Por um momento, ninguém se moveu, e Felicity pensou que tinha pedido muito. Forçado demais. Afinal, ela não tinha sido convidada; Felicity tinha arrombado a fechadura para entrar.

Mas ela tinha sido bem recebida. Ele a deixou arrombar a fechadura. Deu-lhe liberdade em seu armazém, deixou-a entre seus homens para observar a operação e, por um momento, fez com que ela se sentisse não estar sozinha. Ele tinha lhe dado acesso ao seu mundo de uma maneira que nenhum outro homem tinha feito. E agora, inebriada com o poder que veio com esse acesso, ela queria tudo. Cada centímetro.

Mais.

– Por favor? – ela acrescentou no silêncio que se seguiu ao seu pedido, como se a súplica fosse influenciar a resposta dele.

E influenciou, porque Devil olhou para o irmão, que passou um grande chaveiro de latão para Devil. Com as chaves na mão, ele se virou, indo até uma grande placa de aço instalada no chão, abaixando-se e levantando-a, revelando um grande buraco escuro no solo. Felicity se aproximou enquanto ele pegava um casaco num gancho próximo.

– Você vai precisar disto – ele disse, estendendo-lhe o agasalho. – Vai estar frio.

Ela arregalou os olhos ao estender a mão para pegá-lo. Estava acontecendo. Ele iria lhe mostrar. Ela colocou o casaco grande e pesado ao redor dos ombros, sendo envolta pelo aroma de flor de tabaco e zimbro, e resistiu ao impulso de afundar o nariz na lapela. O casaco era dele. Felicity olhou para Devil.

– Você não vai ficar com frio?

– Não – ele disse, pegando uma lanterna pendurada ao lado e descendo no buraco.

Ela se aproximou da borda e olhou para ele, o rosto ensombrecido pela luz oscilante.

– Outra coisa que você controla? O frio não o incomoda?

Ele arqueou uma sobrancelha.

– Meus poderes são muitos.

Ela se virou e desceu por uma escada incrustada na pedra abaixo do alçapão, tentando permanecer calma e não notar que seu mundo estava mudando a cada degrau que descia. Que a antiga Felicity, sem graça e invisível, estava ficando para trás, e em seu lugar surgia uma mulher nova e estranha, que fazia coisas como arrombar fechaduras que deveriam ser impossíveis de abrir, visitar esconderijos de contrabandistas e vestir casacos que cheiravam a um homem belo e parcialmente desfigurado que se autodenominava o diabo.

Era impossível não notar uma verdade como essa.

Havia vantagens em fazer negócios com Devil.

– Bom, não tenho tanta certeza de que você possui o poder que imagina – disse Felicity, virada para os degraus da escada, quando chegou ao solo.

– E por que diz isso? – ele perguntou, sua voz baixa no escuro.

Felicity se voltou para ele.

– Você me fez uma promessa e ainda não a cumpriu.

– Como assim? – Ele tinha se aproximado? Ou era a escuridão criando ilusões? – Pelo que você me contou, parece que o duque está conquistado. Como foi que você disse? *Ele é um sonho dançando*. O que mais você quer?

– Você não me prometeu apenas um duque – ela insistiu.

– Foi exatamente isso que eu prometi a você – ele disse enquanto subia vários degraus da escada para fechar o alçapão acima deles, mergulhando-os na escuridão.

– É necessário nos trancar aqui? – ela perguntou, forçando a vista.

– A porta fica fechada o tempo todo. Evita que o gelo derreta, e também a curiosidade de qualquer um que esteja interessado no que fazemos dentro do armazém.

– Não, você me prometeu uma mariposa – ela disse, sem saber de onde estava vindo sua coragem. Sem se importar com isso. – Você me prometeu asas queimadas e paixão.

Os olhos dele cintilaram de atenção.

– E?

– O duque não corre nenhum risco de arder em chamas, entende? – ela retrucou. – E eu pensei que seria correto informá-lo que, se não tomar cuidado, *você* corre o risco de ficar em dívida *comigo*.

– Hum – ele fez, como se ela tivesse dito algo de fato importante. – E como você sugere que eu mude isso?

– É muito simples – ela sussurrou. Ele *estava* mais perto. Ou talvez fosse ela que o quisesse mais próximo. – Você tem que me ensinar a atraí-lo.

– Atraí-lo.

Ela inspirou fundo, sentindo o calor dele ao seu redor; flor de tabaco e zimbro inebriando-a com poder. Com desejo.

– Isso mesmo. Eu gostaria que você me ensinasse a fazer com que ele me deseje. Loucamente.

Capítulo Quinze

A ideia de que algum homem pudesse não desejar Felicity Faircloth loucamente era incompreensível. Não que Devil pretendesse contar isso para ela.

Era importante notar, contudo, que, quando essa ideia o envolveu, no depósito escuro abaixo do armazém dos Bastardos Impiedosos, em Covent Garden, Devil não se incluiu nesse grupo de homens.

Pois era óbvio que *ele* não tinha nada de louco no que se tratava de Felicity Faircloth. *Ele* não estava nem perto de enlouquecer. Nem mesmo com ela a poucos centímetros dele, vestindo seu casaco e falando de incendiar homens.

Ele era imune aos encantos dessa mulher.

Lembre-se do plano. As palavras ecoaram dentro dele quando suas mãos coçaram de vontade de pegá-la, quando seus dedos abriram e fecharam, querendo nada além de segurar as lapelas de seu casaco e puxá-la para si, perto o bastante para tocá-la até que Felicity não conseguisse lembrar o nome do Duque de Marwick e, muito menos, o modo como ele dançava.

Um sonho dançando o cacete.

Esse pensamento o fez pigarrear.

— Você quer um casamento por amor. Com Marwick. — Devil escarneceu. — Você é muito velha e muito sábia para bancar a bobona, Felicity Faircloth.

Ela meneou a cabeça.

— Eu não disse nada sobre um casamento por amor. Eu quero que ele me deseje. Eu quero paixão.

Deveria ser ilegal que uma mulher como Felicity Faircloth dissesse a palavra *paixão*. Isso evocava imagens de grandes extensões de pele e lindas madeixas de mogno espalhadas sobre lençóis brancos. Aquela simples palavra fazia um homem imaginar como essa mulher arquearia as costas sob o toque dele, o que ela pediria. Como ela faria para orientá-lo. Qual a sensação da mão dela sobre a dele, levando seus dedos ao local preciso em que ela os queria. Qual a sensação das mãos dela na cabeça dele enquanto ela o conduzia onde queria sentir a boca dele.

Ainda bem que eles estavam a cinco metros de um depósito cheio de gelo. Na verdade...

— Por aqui. — Ele levantou a lanterna e seguiu pelo corredor comprido e escuro até o repositório, esquecendo-se, pela primeira vez em sua vida, de que não gostava do escuro. Grato pela distração, ele falou enquanto andava. — Você quer paixão.

Lembre-se do plano.

— Sim.

— Com Marwick.

— Ele é meu futuro esposo, não é?

— É só uma questão de tempo — ele disse, sabendo que deveria estar mais comprometido com o plano, levando-se em conta que Ewan e Felicity precisavam estar noivos antes que Devil a roubasse do futuro marido. O noivado era parte do plano. Uma parte da lição que Ewan teria. Claro que Devil queria que acontecesse.

— Ele me pediu, noite passada.

Devil só não queria que acontecesse tão depressa, pelo que parecia. Ele se virou para ela.

— O que ele pediu para você fazer?

O cabelo dela brilhou como cobre à luz da vela, quando Felicity sorriu para ele.

— Ele me pediu em casamento. Foi bem simples, na verdade. Ele se apresentou e disse que ficaria feliz se casando comigo. Que estava procurando uma esposa e que eu tinha... Como foi que ele disse mesmo? Ah, foi romântico demais. — Devil rilhou os dentes enquanto ela tentava se lembrar. E então ela disse, seca como areia: — Ah, sim. Eu *apareci* na hora certa.

Bom Deus. Ewan nunca foi genial com as palavras, mas dessa vez ele tinha exagerado. E isso provava que o duque, também, tinha um plano. O que significava que o pedido de Felicity Faircloth não era uma ideia tão terrível, afinal.

– Romântico demais, é verdade – ele concordou.

Ela deu de ombros.

– Mas, pelo menos, ele é muito lindo, além de ser um sonho dançando – ela observou.

Não parecia possível que ela o estivesse provocando. Como ela poderia saber que essas palavras o incomodariam?

– E isso é algo que todas as mulheres procuram num marido.

– Como você sabe? – Ela sorriu.

Ela o estava provocando. Ela o estava provocando, e ele estava gostando. Mas não deveria.

– Você quer que o homem fique louco por você.

– Bem, ainda não me convenci de que ele não é louco no geral, mas sim – ela disse. – Toda esposa não quer isso do marido?

– Não na minha experiência.

– Você tem alguma experiência com casamento?

Ele ignorou a pergunta.

– Você não sabe o que está pedindo – ele disse, voltando a seguir pelo corredor.

– O que isso quer dizer? – ela perguntou, indo atrás dele.

– Só que paixão não é algo com que se deva brincar. Depois que as asas forem queimadas, a mariposa é sua e você tem que cuidar dela.

– Como a mariposa vai ser meu marido, imagino que eu terei que cuidar dele de qualquer forma.

Mas ele não vai ser seu marido. Devil resistiu ao impulso de dizer isso. Resistiu, também, à emoção que o consumia ao pensar no plano. A culpa.

– Você me prometeu, Devil – ela disse com suavidade. – Nós fizemos um acordo. Você disse que me transformaria em chama.

Ele não precisava fazer nada para transformá-la em chama. Ela já brilhava demais.

Eles chegaram à porta externa do depósito, e Devil se agachou, colocando a lanterna no chão enquanto pegava o molho de chaves. Ela parou ao lado dele, estendendo a mão para a série de cadeados, como se pudesse arrombá-los só de tocá-los. E pelo modo como ela tinha lidado com a Chubb mais cedo, Devil quase acreditou que conseguiria.

Frio emanava pela porta de aço, e ele encolheu os ombros, inserindo a chave no primeiro cadeado.

– Por que você arromba fechaduras?

– Isso é relevante? – ela respondeu.

Ele lhe deu um olhar enviesado.

– Acredito que você possa entender por que isso me interessa.

Ela o observou abrir o segundo cadeado.

– O mundo é cheio de portas. – Deus sabia que isso era verdade. – Eu gosto de ser capaz de abrir algumas.

– E o que você entende de portas trancadas, Felicity Faircloth?

– Eu gostaria que você parasse com isso – ela disse. – De me tratar como se eu nunca tivesse necessitado de nada na vida. Como se eu tivesse tudo o que quisesse.

– E não foi assim?

– Não com as coisas importantes. Não com amor. Não com... amizades. Apenas com a minha família, e olhe lá.

– Você está melhor sem aqueles amigos.

– Está se oferecendo para ser meu novo amigo?

Estou.

– Não.

Ela soltou uma risadinha e estendeu a mão para tirar um dos cadeados da porta enquanto ele continuava a abrir os demais. Com o canto do olho, ele pôde vê-la virando a trava em sua mão.

– Eu arrombo fechaduras porque posso. Porque existem poucas coisas no mundo que eu controlo, e sou boa com fechaduras. São barreiras que eu consigo eliminar. E são segredos que eu sei. E, no fim, elas se curvam à minha vontade... – Ela deu de ombros. – Eu gosto disso.

Ele podia se imaginar cedendo à vontade dela. Ele não devia imaginar isso, mas podia. Ele abriu a primeira porta pesada. O ar gelado os envolveu quando a segunda porta apareceu. Devil começou a abrir o próximo conjunto de cadeados.

– Não é o tipo de habilidade que se espera de uma mulher.

– Pois é exatamente o tipo de habilidade que *deveríamos* ter. Todo nosso mundo é construído pelos homens. Para eles. E estamos aqui só como decoração, lembradas apenas no fim de tudo que é importante. Bem, eu fiquei cansada de fins. Fechaduras são começos.

Ele se virou para observá-la, consumido por um desejo de lhe dar infinitos começos. Ela continuou falando, hipnotizada pelas chaves enquanto ele as utilizava.

– A questão é: eu entendo o que é querer estar do outro lado da porta. Eu entendo o que é saber que determinado lugar não é meu. Tantas portas estão fechadas para todos, a não ser para uma minoria ínfima. – Ele abriu o último cadeado, e ela concluiu, suavemente: – Por que são os outros que decidem quais portas eu posso abrir?

A pergunta, tão honesta, tão franca, fez com que Devil quisesse pôr abaixo toda porta que ela encontrasse, daquele momento até o fim dos tempos.

Devil se conformou com a porta que estava diante deles, abrindo-a para revelar o depósito de gelo. Uma parede de frio os recebeu, e, além dela, a escuridão. Um desconforto o agitou, uma resistência ao escuro, um impulso muito familiar de fugir.

Felicity Faircloth não teve o mesmo ímpeto. Ela entrou no amplo espaço, envolvendo-se com os braços.

– Então é gelo mesmo.

Ele a acompanhou, segurando a lanterna no alto, embora o espaço cavernoso engolisse a luz.

– Você ainda não tinha acreditado em mim?

– Não totalmente.

– E o que você pensava que eu iria mostrar para você aqui embaixo?

– Seu misterioso covil subterrâneo?

– Covis subterrâneos são superestimados.

– São mesmo?

– Não têm janelas e acabam com as botas.

A risadinha dela foi uma luz na escuridão.

– Acredito que terei de dar alguma explicação amanhã, quando minha criada vir a barra da minha saia.

– O que você vai dizer? – ele perguntou.

– Ah, não sei. – Ela suspirou. – Fui fazer jardinagem à noite? Não importa. Ninguém espera que eu faça algo parecido com exploração de cavernas subterrâneas em Covent Garden.

– Por que não?

Ela fez uma pausa, e ele teria dado qualquer coisa para ver o rosto dela, mas Felicity estava ocupada demais espiando a escuridão.

– Porque sou sem graça – ela disse apenas, distraída. – Tremendamente.

– Felicity Faircloth – ele começou –, eu a conheço há poucos dias. Nesse período, aprendi uma verdade inegável: você não tem nada de sem graça.

Ela se virou para ele ao ouvi-lo, de modo rápido e inesperado, e, à luz da lanterna, ele descobriu que as bochechas dela estavam rosadas devido ao frio, o que a tornava um tanto... adorável.

Whit acabaria com ele se soubesse que Devil tinha *pensado* na palavra *adorável*. Era um termo tão ridículo. O tipo de palavra usado por janotas e almofadinhas. Não por bastardos que portavam bengala com espada.

E ela não era adorável. Era um meio para um fim. Um meio do tipo solteirona invisível, que girava à sua órbita com um único objetivo – o fim do Duque de Marwick.

E mesmo que não fosse nada disso, ela não era para o bico dele. Felicity Faircloth era filha de um marquês, irmão de um conde, e tão acima da classe dele que vivia num clima diferente. Sua pele de porcelana era perfeita demais, suas mãos, limpas demais, e seu mundo, grandioso demais. O encanto exagerado que ela demonstrou por seu armazém em Covent Garden, seu orgulho sorridente por arrombar a fechadura da vida criminosa dele só demonstravam isso. Lady Felicity nunca saberia como era ser um plebeu.

Apenas isso deveria ser suficiente.

Só que ela sorriu antes que Devil pudesse interromper aquela brincadeira maluca. E a luz da vela fez uma mágica, porque ela passou de adorável a maravilhosamente linda. E isso antes de ela dizer, com o fôlego preso:

– Não tenho nada de sem graça... Acho que essa foi a coisa mais gentil que alguém já me disse.

Bom Deus. Ele precisava tirá-la dali.

– Bem, agora você já viu o depósito.

– Não vi, não.

– Não tem mais nada para ver.

– Está escuro – ela retrucou, estendendo a mão para a lanterna. – Posso?

Ele a entregou com relutância, uma sensação de desconforto agitando-o com a ideia de que não estava mais no controle da luz. Ele inspirou fundo quando Felicity se afastou dele e penetrou mais no depósito para ver as pilhas de gelo.

A carga tinha sido removida com cuidado, através de um caminho comprido e reto, feito com a remoção de blocos de gelo, revelando o centro do depósito, que poucas horas antes estava cheio de barricas, caixas, tonéis e engradados que agora seguiam para múltiplos destinos em toda a Grã-Bretanha.

Felicity Faircloth foi direto por aquele caminho, como se estivesse numa festa ao ar livre no centro de um labirinto.

– O que será que eu vou encontrar *dentro* do gelo – ela falou por sobre o ombro.

Ele a seguiu.

Não. Ele seguiu *a luz*. Não a garota.

Ele não se importava com a garota. Que ela explorasse o depósito o quanto quisesse. Ou que arrumasse uma queimadura de frio, se insistia em ficar ali dentro.

– Mais gelo – ela disse ao encontrar o centro do espaço, bem como o chão gelado e enlameado. – Não tenho certeza. – A luz desapareceu quando ela virou num canto e sumiu de vista, a escuridão se aproximando dele por trás. Devil inspirou fundo, mantendo o olhar na sombra nebulosa da cabeça e dos ombros dela acima do gelo... até que isso também desapareceu, sumindo de vista. Sem dúvida ela tinha escorregado na lama do depósito, um perigo de se trabalhar com gelo.

– Tenha cuidado! – ele a alertou, apressando-se, virando na coluna de gelo para chegar ao centro do salão, onde a encontrou agachada, segurando a lanterna à sua frente com a habilidade de um escavador do Tâmisa à procura de tesouros.

– Não tem nada aqui. – Ela levantou os olhos para ele.

– Não. – Ele suspirou.

– Nada além dos rastros do que havia antes – ela disse com um sorriso irônico. E apontou: – Uma caixa pesada ali. – Mudou de direção. – E ali, algum tipo de tonel.

Ele arqueou as sobrancelhas.

– O magistrado da Rua Bow deve estar sentindo falta do seu instinto investigativo.

O sorriso ficou maior.

– Talvez eu passe por lá quando voltar para casa. O que era?

– Gelo.

– Hum – ela fez. – Estou achando que era algo alcoólico. E vou lhe dizer mais uma coisa...

– Diga, por favor – ele disse com ironia, cruzando os braços à frente do peio.

Triunfante, ela apontou o dedo para ele.

– Aposto que foi algo que entrou no país sem pagar imposto. – Ela estava tão orgulhosa de si mesma que Devil quase lhe contou que era *bourbon* americano. Ele quase fez um monte de coisas.

Ele quase a tomou nos braços e a fez parar de bancar a detetive com um beijo.

Quase.

Em vez disso, ele esfregou as mãos e soprou nelas.

– Excelente dedução, milady. Mas está congelando aqui, então podemos voltar ao armazém para você fazer uma detenção em razão dessas acusações, para as quais você não tem uma mísera evidência?

– Você deveria ter vestido um casaco. – Ela fez um gesto de pouco caso e voltou para a parede de blocos de gelo. – O que você vai fazer com o gelo agora?

– Nós o distribuímos por toda Londres. Casas, açougues, confeitarias e restaurantes. E você está usando o meu casaco.

– Foi muita gentileza da sua parte – ela respondeu. – Você não estava usando colete?

– Nós temos lucro com o gelo, do contrário não trabalharíamos com isso – ele disse. – Eu não costumo me arrumar bem quando vou fazer trabalho braçal.

– Eu notei – ela sussurrou, e Devil se ateve às duas palavras.

– Você notou.

– Está quase indecente – ela disse, a voz mais alta, defensiva. – Não sei como ainda não tinha reparado.

Ele se aproximou dela, incapaz de se segurar, e Felicity recuou, afastando-se dele, até encostar no gelo. Ela pôs a mão para trás, encontrando a parede gelada, encolhendo-se ao sentir o frio.

– Cuidado – ele disse.

– Está com medo de que eu congele?

– Estou com medo de que você o derreta – ele disse a verdade.

Ela arqueou uma sobrancelha para ele.

– Você se esquece de que ainda não aprendi a ser chama.

Por sua própria vida, ele nunca entenderia por que não parou ali. Por que ele não tomou a lanterna dela e a tirou do depósito.

– Você e seu desejo de incinerar todos nós, Felicity Faircloth. Você é terrivelmente perigosa.

– Não para você – ela disse com suavidade quando ele se aproximou, a voz baixa, como um canto de sereia. – Você nunca vai chegar perto o bastante para se queimar.

Ele já estava perto demais.

– É melhor você escolher outro então – ele disse.

Não. Me escolha.

Podemos queimar juntos.

Ele estava perto o bastante para tocá-la.

– Então você vai me ensinar? – ela perguntou.

Qualquer coisa. Qualquer coisa que ela pedisse.

– Você vai me mostrar como fazer os homens me adorarem?

Deus, era tentador. Ela era tentadora.

Se Ewan a adorar, vai doer quando você a tirar dele. Se estiver apaixonado, você irá puni-lo ainda mais.

Mas isso não era tudo. Havia Felicity. Se ela se permitisse apaixonar-se por Ewan, não ficaria apenas arruinada com a dissolução do noivado; ficaria devastada.

Ela seria uma vítima dessa guerra, travada há décadas. Um conflito com o qual ela não tinha nenhuma relação. Ela seria uma vítima colateral; esse nunca foi o plano.

Mentira. Esse sempre foi o plano.

A ideia era mostrar para Ewan que Devil sempre daria as cartas. Que o duque só estava vivo em razão da benevolência dos irmãos bastardos e nada mais. Que eles poderiam terminar qualquer casamento que ele quisesse tentar. Que eles poderiam acabar com *ele*.

Ensinar paixão a Felicity Faircloth seria o modo mais fácil de Devil colocar seu plano em ação. Ele poderia seduzir a garota enquanto ela seduzia o duque, para então, quando estivessem prestes a se casar, dar o bote final, mandando uma mensagem clara para o irmão: *nada de herdeiros. Nada de casamento. Nada de livre-arbítrio. Não para você.*

Esse era o acordo que tinham feito, não era? A promessa jurada pelos irmãos no escuro da noite enquanto o monstruoso pai deles os manipulava e punia, nunca pensando nos filhos como algo mais do que candidatos ao próximo duque na longa linhagem de Marwick.

Os três garotos juraram nunca dar ao pai o que ele queria.

Mas Ewan ganhou a competição. E, depois que ele assumiu o título, a casa, a fortuna, o mundo que o pai lhes oferecia... ele rompeu com os irmãos e quis ainda mais. Um herdeiro para o ducado que nunca deveria ter sido dele.

Um filho ilegítimo, que já tinha estado disposto a matar pela legitimidade, agora tentava outro caminho. Um que jurou nunca percorrer.

E Devil iria lhe ensinar uma lição.

O que significava que Felicity também teria que sofrer com isso.

Ele tirou a lanterna das mãos dela e a colocou sobre um bloco ao lado, a luz tremeluzindo sobre o gelo nebuloso, conferindo-lhe um brilho estranho, cinza-esverdeado. Ele podia ver o pulso acelerado no pescoço dela, de tão perto que estava.

Ou talvez não pudesse. Talvez ele apenas quisesse que o pulso dela acelerasse.

Talvez ele estivesse sentindo a própria pulsação.

Seus olhos encontraram os dela, ávidos e lindos, e ele se inclinou para frente.

– Tem certeza de que deseja abrir essa porta, Lady Gazua? – ele perguntou, odiando-se pelas palavras. Sabendo que, se ela concordasse, seria arruinada. Ele não teria escolha, senão arruiná-la.

Porém, ela não sabia disso. Ou, se sabia, não se importava. Os olhos dela brilharam, a luz da vela tremeluzindo em suas profundezas castanhas.

– Certeza absoluta.

Nenhum homem do mundo conseguira resistir a ela.

Então, ele nem tentou.

Devil estendeu a mão para ela, alcançando sua face, os dedos roçando a pele impossivelmente macia do maxilar, deslizando pela maçã do rosto até o cabelo, entrando nele e pegando as espessas madeixas de mogno, aprisionadas pelos grampos, os quais eram frequentemente transformados em gazuas. Os lábios dela se abriram com o toque, um inspirar suave, admirado, revelando sua empolgação. Seu desejo.

Revelando o dele.

Com a mão livre, ele tocou o outro lado do rosto dela, explorando-o. Deleitando-se com a pele sedosa e o modo como as maçãs do rosto dela se elevavam e afundavam, no pequeno vinco no canto da boca, onde uma covinha aparecia quando ela o provocava. Ele se inclinou na direção dela, pretendendo absoluta e loucamente colar seus lábios naquele vinco. Saboreá-lo.

– Cabra-cega – ela sussurrou. – Suas mãos... são como o jogo.

Um jogo de crianças. Uma brincadeira de casa de campo. Um jogador vendado, tentando identificar o outro pelo toque. Como se Devil já não conhecesse Felicity Faircloth apenas pelo toque.

– Feche os olhos – ele disse.

Ela sacudiu a cabeça.

– Não é assim que se brinca.

– Eu não estou brincando.

– Não está? – O olhar dela encontrou o dele.

Não naquele momento.

– Feche os olhos – ele repetiu.

Ela obedeceu, e ele se aproximou mais, inclinando-se e pondo os lábios na orelha dela.

– Diga-me o que sentir.

Ele percebeu a forma como a abalou – a respiração presa no peito, estremecendo ao passar pelo pescoço comprido enquanto ela exalava, um sopro débil, como se fosse difícil para ela fazer o ar passar.

Devil compreendeu o sentimento, ainda mais quando uma das mãos dela subiu e pairou sobre seu ombro – provocando-o sem tocá-lo. Ele falou de novo, deixando seu hálito soprar o alto da maçã do rosto dela, onde ele queria beijá-la.

— Felicity, a mais bela de todas... – ele sussurrou. – O que você está sentindo?

— Eu... – ela começou, e então: – Eu não sinto frio.

Não, ele não imaginou que ela sentisse.

— O que você está sentindo? – ele perguntou de novo.

— Eu sinto... – A mão dela roçou o ombro dele, ardendo como fogo. Ele conteve um grunhido. Homens adultos não grunhiam ao roçar de uma mão em seu ombro.

Nem mesmo se fosse uma chama, quente e irresistível, naquele ambiente gelado.

— O que você sente?

— Acho que deve ser...

Diga, ele desejou, a palavra como uma prece a um Deus que tinha se esquecido dele décadas atrás, se é que algum dia pensou nele. *Diga, para que eu possa lhe dar tudo.*

É possível que ele tenha dito as palavras em voz alta, porque ela lhe respondeu, seus lindos olhos castanhos, pretos na escuridão, encontrando os dele, os dedos dela apertando o ombro de Devil; a mão livre indo descansar no alto do peito dele enquanto ela sussurrava, surpreendente e de algum modo insegura.

— Desejo.

— Sim – ele disse, aproximando-se, aumentando a força na mão e puxando-a para si, esforçando-se para manter seus lábios longe dela. – Eu também sinto.

Os olhos dela se fecharam, os cílios longos e escuros, uma mancha na pele dela, luminosa sob a luz etérea e gélida, por meio minuto antes de se abrirem de novo, encontrando os dele.

— Me destranque – ela sussurrou.

As palavras eram estranhas, perfeitas e irresistíveis, e Devil fez o que ela pediu, os dedos entrando no cabelo dela, seu polegar acariciando a face de Felicity, seus lábios tocando os dela uma, duas vezes, delicadamente, saboreando-a – impossível de tão doce e suave.

Ele levantou a cabeça, deixando um espaço minúsculo entre eles, o suficiente para ela abrir os olhos. Os dedos dela se curvaram no tecido da camisa dele, puxando-o, tentando trazê-lo de volta.

— Devil?

Ele meneou a cabeça, incapaz de se conter.

— Quando eu era garoto – ele sussurrou, inclinando-se para mais um pequeno toque –, dei um jeito de entrar na Feira de Maio no Parque

Hyde. – Outro beijo, este mais demorado, terminou com um suspiro dela, doce como o pecado. Ele deu um beijo no rosto dela, outro no canto da boca, onde jazia aquela covinha, deixando a língua se demorar ali até ela se virar para ele. Ele recuou, de repente querendo que Felicity ouvisse sua história. – Havia uma barraca cheia de palitos com algodão-doce, branco e fofo como as nuvens; eu nunca tinha visto nada como aquilo.

Ela o estava observando, e Devil se inclinou para beijá-la com delicadeza, sem conseguir deixar de se demorar no carnudo lábio inferior, adorando como este cedeu ao seu toque, o modo como ela se abriu para ele.

– As crianças imploravam por aqueles doces – ele sussurrou –, e os pais, imersos nas festividades, estavam sendo mais generosos do que o normal.

Ela sorriu.

– E alguém comprou um para você?

– Ninguém nunca comprou nada para mim.

O sorriso dela desapareceu.

– Eu fiquei vendo dezenas de crianças receberem seus doces, e odiei todas elas por saberem qual era o gosto daquelas nuvens brancas. – Ele fez uma pausa. – Eu quase roubei uma.

– Quase?

Ele tinha sido retirado da feira por guardas antes que conseguisse.

– Durante anos, eu disse para mim mesmo que a ideia daquele doce era muito melhor do que o sabor que ele poderia ter.

– Conte para mim qual era a ideia que você tinha do doce – ela pediu.

– O gosto não podia nem ser parecido com o que eu estava imaginando, sabe. Não podia ser tão doce, nem tão arrebatador ou delicioso. – Ele a puxou para mais perto, suas palavras um sopro nos lábios dela. – Mas você... – Ele deixou seus lábios deslizarem sobre os dela, um toque sedoso. – Você, Felicity Faircloth, talvez seja todas essas coisas. – Outro toque, e o pequeno gemido que escapou dela fez com que ele quisesse fazer coisas imorais e maravilhosas. – Talvez seja mais.

Os dedos dela o apertaram mais, ameaçando rasgar o tecido da camisa dele.

– Devil.

– Em vez de algodão-doce, vou roubar você – ele disse, então, sabendo que ela ouviria suas palavras como parte da história, e não como deveria, como a verdade. – Eu vou roubar você – ele confessou mais uma vez. – Vou roubar você e torná-la minha.

– Não é roubo se eu deixar – ela sussurrou.

Garota ingênua; claro que era roubo. Mas isso não o deteria.

Capítulo Dezesseis

Ela era tão doce, inebriante, voluptuosa e macia quanto o algodão-doce de anos atrás. Ela era pecado e sexo e liberdade e prazer e algo melhor e algo pior, e ele estava perdido na sensação dos beijos e no gosto dela quando Felicity se abriu para ele como se o estivesse esperando a vida toda.

Felicity Faircloth era perfeição – e essa era a primeira vez que Devil provava algo tão perfeito.

Ela tinha sabor de promessa.

Ela suspirou e ele grunhiu, apertando-a mais, emaranhando os dedos no cabelo dela, enquanto Felicity passava os dedos no rosto áspero dele, suas unhas roçando a barba por fazer até ela conseguir pegar a cabeça dele e puxá-la para si, como se estivesse esperando por esse beijo a vida toda e quisesse fazer com que valesse a pena.

Maldição, ele queria fazer valer a pena.

Devil passou um braço ao redor dela, apertando-a contra si com tanta rapidez e tanta intensidade, que ela soltou uma exclamação. Ele largou os lábios dela para falar.

– Eu queria ter segurado você assim antes, quando estávamos vendo as carroças partirem – ele disse.

Cristo, por que estava contando isso para ela?

Ela subiu na ponta dos pés e encostou a testa na dele.

– Eu também queria que você tivesse me segurado assim – ela sussurrou.

Como ele podia resistir a isso?

Devil voltou aos lábios dela, brincando delicada e suavemente, provocando-a com a língua até ela suspirar, abrindo-os para deixá-lo entrar no doce calor sedoso, com uma promessa deliciosa. E então, Felicity Faircloth, comum, solteira e invisível, retribuiu o beijo, encontrando sua língua com a dele, de igual para igual, como um anjo caído.

Como uma deusa sensual.

E ele se deleitou com o prazer de Felicity, com os seus suspiros e gemidos, e com o tremor que a agitou quando ele abriu o casaco dela – não, o casaco *dele* – e colocou suas mãos nela. Ela interrompeu o beijo, arfando.

– Devil.

– Você está com frio? – Droga, é claro que ela estava com frio. Eles estavam rodeados por gelo.

– Não – ela respondeu ofegante, suas mãos agarrando a camisa dele e puxando-o para mais perto. – Não, eu estou ardendo.

A pegada dela quase o destruiu – ela estava magnífica, uma rainha da escuridão. Ele afastou as lapelas do casaco para os lados, resistindo ao puxão dela para ver suas mãos no corpo de Felicity, naquele belo vestido branco e rosa que de modo algum se encaixava naquele lugar escuro demais, sujo demais e perverso demais para ela. Felicity não se encaixava ali, mas isso não o impediu de tocá-la.

– Você está ardendo – ele disse, seu olhar acompanhando o movimento das próprias mãos, que subiram pela lateral do corpete até o decote, onde a seda dava lugar a uma pele incrivelmente macia. Ele a tocou ali, e a respiração dela ficou rápida e entrecortada, revelando seu prazer.

– Você não precisa de lições sobre chamas. Você é o próprio inferno.

Ela aquiesceu.

– Estou sentindo.

– Ótimo – ele quase sorriu.

– Você pode... – Ela parou, depois continuou. – Você pode me beijar de novo?

Sim. Cristo. Claro.

– Onde?

– Onde? – ela repetiu, arregalando os olhos.

– Posso lhe mostrar onde acho que você vai gostar?

Os lábios dela se curvaram num sorriso sedutor.

– Sim, por favor.

Longe de ele recusar o pedido de uma lady. Voltando as mãos à cintura dela, ele a puxou para mais perto, encostando os lábios no maxilar dela, deixando sua língua deslizar por seu contorno.

– Aqui, talvez?

– Ah, sim. – Ela suspirou. – Aí é bom.

– Hum – ele fez. – Acho que posso fazer melhor do que "bom". – Ele passou os lábios pelo longo pescoço de Felicity. – E aqui? – Os dedos dela subiram pelo cabelo curto de Devil, suas unhas arranhando-o, provocando-lhe arrepios de prazer enquanto ele chupava o lugar em que o pescoço encontra o ombro, sabendo que precisava ter cuidado. Sabendo que não podia deixar marcas nela. Querendo desesperadamente marcá-la. Ela ganiu, e ele levantou a cabeça. – O que isso quer dizer?

Ela arrastou o olhar até o dele, e a expressão nos olhos dela quase o deixou de joelhos, ali mesmo no depósito.

– Isso é *muito* bom.

A mulher o estava provocando. E isso era uma delícia. Devil estava duro como pedra, e se afastou um pouco, pegando-a pela cintura e sentando-a na pilha de gelo logo atrás. Ela deu um gritinho de surpresa e ele se colocou entre suas pernas, as saias pesadas impossibilitando que ele se aproximasse demais, e era provável que assim fosse melhor.

Com certeza assim era melhor.

E também terrivelmente pior.

– Isto não é... – Ofegante, ela interrompeu suas próprias palavras.

– Não é o tipo de coisa que ladies fazem – Devil completou, estendendo as mãos para ela.

Felicity meneou a cabeça, mordeu o lábio inferior.

– Não, mas eu descobri que não ligo.

Ele riu então, uma risada curta e inesperada.

– Isso é delicioso. Me mostre outro lugar – ela pediu, e a risada dele se dissolveu num grunhido.

Ele a puxou para mais perto com uma mão, colocando a outra no calcanhar macio e nu debaixo das saias.

– Você não está usando meias – ele sussurrou junto à orelha dela.

– É junho – ela disse.

– E em junho as ladies estão dispensadas de usar meias?

Ela baixou a cabeça, e ele adorou seu constrangimento.

– Eu não esperava que alguém fosse ver.

– Eu não estou vendo – ele sussurrou, deixando sua frustração evidente na voz, adorando a risada que suas palavras provocaram.

– E com certeza eu não esperava que alguém fosse me tocar.

– Hum – ele fez, deixando sua mão subir mais. – Esse é o problema de ser uma chama, Felicity... As mariposas querem encostar.

– Mostre para mim – ela sussurrou.

Que Deus o ajudasse, mas ele mostrou, tomando os lábios dela e subindo mais com a mão, empurrando as saias dela acima do joelho, revelando uma perna comprida e macia. Devil pôs a mão na coxa dela, levantando-a, aproximando-se mais, e ela foi até a borda do gelo para encontrá-lo. Ele deu uma série de beijos no ombro dela, descendo por um seio até o decote do vestido.

– Aqui? – ele murmurou, brincando no lugar em que o seio saía de baixo do tecido branco rendado. Ele puxou o corpete, revelando mais pele, o bastante para mostrar a borda de cima da aréola. – Aqui.

Ele lambeu a pele delicada, adorando o modo como ela se contraiu sob sua língua. Ela sibilou com a sensação, e ele se afastou.

– Está com frio?

Felicity negou com a cabeça.

– Não. Não. Não. Não. – Ela apertou os dedos na cabeça dele, erguendo-se na direção dele, diminuindo a distância entre os dois. – De novo, por favor.

Qualquer coisa que ela quiser. Tudo.

Ele grunhiu e puxou o decote do vestido mais para baixo, revelando o mamilo para seus lábios e sua língua, arranhando-o com os dentes enquanto pressionava sua ereção contra ela, sentindo as calças, de repente, apertadas demais. Ela gemeu quando ele chupou, primeiro de leve, depois com força.

– Devil – ela sussurrou o nome dele para a escuridão.

Devon, a consciência dele corrigiu, mas ele afastou o pensamento, recusando-se a permitir que ganhasse força. Ninguém o chamava pelo nome de batismo. Com certeza, nenhuma mulher. E ele não iria deixar que Felicity Faircloth fosse a primeira.

Mas ele a deixaria fazer outras coisas. Ele deixaria que ela o tocasse, que lhe dissesse onde colocar a boca nela, que se apertasse mais contra seu membro latejante, mesmo que ela não soubesse o que estava fazendo. Ou o que estava pedindo.

– Eu quero...

– Eu sei – Devil respondeu, balançando o corpo ao encontro dela, deixando que sentisse o prazer que ele poderia lhe proporcionar. Rapidamente, ela pegou o jeito, e Devil deixou que ela o usasse. Ele grunhiu e chupou mais, adorando o gritinho que ela soltou enquanto ele a chupava e lambia. Enquanto Felicity se movimentava ao encontro dele. Ela era chama.

E ele estava incendiado.

Tudo que ele queria era deitá-la de costas naquele pedaço de gelo e adorá-la com suas mãos, sua boca e seu pau, até ela aprender as milhares de maneiras com que ele poderia lhe dar prazer. Ela deixaria. Felicity estava entregue ao prazer, esfregando-se nele, implorando.

– Por favor – ela suplicou.

Esta noite não.

Ele congelou com o pensamento, levantando os lábios do seio, parando o movimento da mão na coxa dela, onde brincava no limite da roupa de baixo.

Ainda não. Os proclamas ainda não foram publicados.

O sussurro veio de dentro, do lugar em que ele planejava a vingança contra o duque. Do lugar em que ele odiava seu irmão há vinte anos. Do lugar em que ele odiava seu pai há ainda mais tempo.

Ódio não tinha lugar com Felicity Faircloth.

Mas teria. Haveria um momento em que ela iria odiá-lo.

Batidas fortes na porta de aço do depósito pontuaram o pensamento, e os dois se viraram para o som. A porta não estava trancada, mas Whit e Nik sabiam que não deviam entrar sem permissão. Eles também sabiam que não deviam incomodar a menos que algo de errado tivesse acontecido.

Ele se afastou abruptamente, e os dedos dela soltaram seus cabelos enquanto ele abaixava as saias dela, cobrindo-lhe as pernas e afastando-se, colocando espaço entre eles, cuja respiração ofegante ecoava no espaço cavernoso.

Ela estendeu a mão para ele, uma deusa.

Ele meneou a cabeça, de algum modo encontrando forças para rejeitá-la.

– Não – ele sussurrou. – Esta noite chega, Lady Chama.

– Mas... – Ele ouviu a frustração na palavra; a mesma frustração que o dominava. Ela o queria. Ela queria tudo. Mas Felicity Faircloth não sabia como pedir, graças a Deus, e se contentou com: – Por favor.

Cristo, como ele queria lhe dar o que ela pedia.

Esta noite não. É cedo demais.

Ele nunca deveria lhe dar.

Mais batidas. Urgentes e não dispostas a serem ignoradas.

Devil ajeitou o vestido e puxou o casaco ao redor dela quando Felicity estremeceu, o frio, enfim, encontrando-a.

– Venha – ele disse, e ela atendeu, seguindo-o pelo gelo de volta à saída do depósito.

Atrás da porta estava Nik.

– É a Londres Dois. De novo.

Devil soltou um palavrão.

– Faz o quê, uma hora?

– Foi só sair do cortiço – ela disse. – Estavam esperando por nós. O transporte foi abordado antes de cruzar a Long Acre, a caminho de Mayfair.

Eles passaram pela porta de aço, fechando-a com estrépito, deixada sem trancar, enquanto caminhavam pelo corredor longo e escuro até o alçapão por onde subiram para o armazém.

– O que aconteceu? – Felicity perguntou ao lado dele. – Foi a Coroa?

Devil olhou para ela, em parte grato, em parte irritado por ela saber a verdade.

– O que a Coroa iria querer com gelo? – Então, sem hesitar, ele se voltou para Nik. – E os rapazes?

– Dinuka voltou. – Era um dos vigias. – Ele atirou neles. Acha que acertou um. Niall e Hamish foram atingidos.

– Maldição, nós mudamos a rota. – Era o terceiro ataque da mesma entrega em dois meses.

A exclamação de espanto de Felicity abafou a imprecação dele diante da notícia.

– Quem atirou neles?

Nik olhou para ela.

– Não sabemos.

Se soubessem, Devil já teria acabado com eles. Ele praguejou de novo quando Nik chegou à escada e começou a subir. Niall era um dos melhores condutores dos bastardos; o escocês estava com eles desde garoto. Hamish era irmão dele, um rapazote ainda, nem tinha barba.

– Estão vivos? – ele gritou para Nik ao se virar para ajudar Felicity a sair do depósito subterrâneo.

– Não sabemos – a norueguesa respondeu, olhando para ele.

Outra imprecação quando ele passou a lanterna para Felicity, que se abaixou para pegá-la como se já tivesse feito aquilo centenas de vezes, como se não fosse a primeira vez.

– Devil – ela disse, a voz baixa, e ele detestou a pena na voz dela, como se Felicity compreendesse as emoções que se debatiam dentro dele. Aqueles eram seus rapazes. Cada um deles, e era seu dever mantê-los em segurança.

E, esta noite, três deles foram colocados em perigo.

Ele desviou do olhar dela, voltando-se para o depósito de gelo.

Um erro.

A escuridão dominou tudo depois que ele entregou a lanterna, e sua proximidade, o modo como se infiltrava na consciência dele, era demais.

Ele subiu a escada às pressas, desesperado para fugir da escuridão. Só que ele nunca conseguiria escapar. Ele vivia nas sombras.

Mas na superfície estava Felicity; luz e esperança, tudo que ele nunca teria. Tudo que um dia lhe prometeram. Tudo que um dia ele imaginou que seria seu, o pacote completo, brilhante e lindo.

A preocupação no olhar dela quase o destruiu.

Ele gritou uma ordem para Nik fechar o alçapão do depósito de gelo.

O que ele estava pensando?

O que ele tinha *feito*?

Ela não se encaixava ali – nem nesse lugar nem na vida dele. Devil meneou a cabeça e começou a atravessar o armazém em direção à porta pela qual Felicity Faircloth nunca deveria ter entrado, onde Whit montava guarda, os olhos escuros vendo tudo, detendo-se num lugar perto da coxa de Devil. Este apertou a mão sob o escrutínio do irmão e percebeu que a mão de Felicity estava na sua.

Ele nem tinha percebido.

Devil soltou a mão dela e pegou a bengala-espada que Whit jogou antes mesmo que ele passasse pela porta. Ele chamou John, que desceu num pulo do telhado com um rifle na mão.

– Leve-a para casa – ordenou Devil, apontando para Felicity, sem parar.

Inspirando profundamente, Felicity produziu um ruído alto como um tiro no armazém.

– Não!

Devil não olhou para ela.

– Sim, senhor. – John anuiu.

– Espere! – Ela correu atrás de Devil. – O que aconteceu? Aonde você vai? Me deixe ir junto. Eu posso ajudar.

Ela tinha que ir embora. Ela corria perigo, e era um perigo ainda maior para ele a cada minuto a mais que permanecia. E se ela não estivesse ali na hora em que as carroças saíram? Talvez Devil tivesse decidido conduzir alguma delas. E Niall não estaria, agora, com uma bala alojada no corpo.

O olhar calmo, controlado e isento de crítica de Whit encontrou o de Devil, mas este sentiu a desaprovação assim mesmo.

Que diabo ele estava fazendo, brincando de paixão no depósito de gelo enquanto homens com famílias e futuros eram abatidos em seu nome? Caramba. Ele nunca deveria tê-la deixado entrar. Whit não tinha avisado? Devil já não sabia?

Que confusão do cacete.

Ele repetiu sua ordem para John.

— Leve-a para casa. Atire em qualquer um que se meter no seu caminho.

— Sim, senhor — John respondeu de novo, pegando o braço dela. — Milady.

Ela se soltou.

— Não. — A palavra saiu firme, e John hesitou. — Devil, eu posso ajudar. Se foi a Coroa... ninguém vai machucar a filha de um marquês.

Devil parou então e virou-se para ela, sem conseguir conter a irritação crescente.

— Você pensa, por um instante, que, se alguém apontar um rifle para você, vai se importar que é filha de um marquês? Ou que você é uma lady que borda e fala duas línguas, e sabe onde colocar a porcaria da colher da sopa, e está noiva de uma merda de duque?

Ela arregalou os olhos, e ele deveria ter parado, mas não o fez. Devil estava furioso. Não só consigo mesmo, mas também com ela, por seu rosto inocente e sua certeza de que o mundo não era um lugar amargo e cruel.

— Pois ninguém vai se importar. Nem por um segundo. Na verdade, vão mirar em você, parecendo um raio de sol e cheirando a jasmim, porque sabem que homens criados no escuro fazem qualquer coisa por um pouco de luz. — Ela ficou boquiaberta, mas ele a cortou antes que pudesse falar. — Você acha que pode nos ajudar? — Ele deu uma risada irônica. — O que você vai fazer? Arrombar a fechadura deles?

As costas dela ficaram absolutamente eretas, e ele detestou a pontada de culpa que sentiu ao ver a mágoa nos olhos de Felicity.

— Você não pode ajudar em nada. Você acha que isto é um jogo, que a escuridão é um brinquedo novo. Bem, aqui vai sua lição mais importante: a escuridão não é para princesas. Está na hora de você voltar para sua torre de contos de fadas. E não volte.

Ele deu as costas para a garota, deixando-a em silêncio, e pegou o cavalo no meio do pátio, selado e à sua espera.

Felicity Faircloth não estava pronta para o silêncio.

— Então você renega nosso acordo? — Ela gritou atrás dele, a voz forte e firme, um canto de sereia. Ele deu meia-volta com a montaria, para que pudesse vê-la em meio às sombras que as lanternas projetavam no pátio, o vento farfalhando as saias e várias mechas de cabelo dela, que Devil tinha soltando quando a beijou.

Ele sentiu o peito apertar diante dessa imagem — os ombros retos, o queixo altivo projetado.

– Você conseguiu seu duque, não? – ele perguntou.

– Não do modo que você prometeu.

Droga de paixão; ele nunca tinha experimentado algo parecido. Ele nunca deveria ter tentado satisfazer aquele pedido, porque, neste momento, Devil estava disposto a fazer qualquer coisa para não deixar que ela respirasse o mesmo ar que o duque – que se entregasse a ele.

– Você devia saber que não dava para acreditar nas promessas de um homem como eu. O acordo já era. Vá para casa, Felicity. Você não é bem-vinda aqui.

Por um longo momento ela o observou, e cada centímetro dele soube que deveria se virar antes que ela falasse de novo. Mas ele não conseguiu. E então ela proferiu, as palavras provocadoras ardendo como um chicote.

– Diga-me, Devil, o que você vai fazer para me manter longe? Trancar as portas?

O que... Ela o estava *provocando*? Ela fazia alguma ideia de que tipo de homem ele era? De com quem ela estava falando? Ele quase apeou para se aproximar dela e...

Cristo. Ele queria beijá-la até Felicity perder a razão.

Que diabo ele tinha feito?

– Devil – Whit disse do alto de sua montaria, detendo o movimento do irmão.

Havia coisas mais importantes do que dar uma lição em Felicity Faircloth. Ele a encarou em cima de seu grande cavalo preto, dando-lhe seu olhar gelado que já tinha aterrorizado homens maiores e mais fortes.

Mais fortes, não.

– Leve-a para casa – ele ordenou sem olhar para John.

Ela não tirou os olhos dele enquanto o homem que havia recebido suas ordens se aproximava. Na verdade, ela arqueou uma sobrancelha, numa linda postura desafiadora.

Devil virou o cavalo para ficar de frente para Whit, que o observava, o rosto pétreo.

– O quê? – Devil rosnou.

– Cheirando a jasmim? – Whit disse, seco como areia.

O palavrão de Devil se perdeu no vento quando os bastardos esporearam os cavalos, colocando-os em movimento a caminho da Rua Fleet para resgatar seus homens feridos.

Capítulo Dezessete

Ele pode estar morto.

Felicity enfiou a agulha no seu bordado, duas manhãs depois, com uma violência que combinava com esse pensamento. Por pouco ela não arrancou seu próprio sangue – não que o quase acidente servisse para moderar seu próximo ponto. Ou o seguinte.

– Não me importo se ele estiver morto – ela acrescentou, falando para a sala de estar da Casa Bumble, apesar de não haver uma criatura viva sequer ali. – Ele era grosseiro e não teria importância alguma se estivesse morto.

Só que, antes de Devil ter sido grosseiro, ele tinha sido o oposto disso.

Ele a tinha tocado, beijado e feito com que suspirasse de maneiras que Felicity não sabia que uma mulher podia suspirar. Ele a tinha feito sentir coisas que antes nunca imaginou sentir.

– Não que isso realmente importe, pois, no fim, ele se tornou muito grosseiro e é provável que esteja morto – ela repetiu, enfiando outra vez, com violência desmedida, a agulha no bordado.

Ele não estava morto.

As palavras passaram por sua cabeça enquanto ela continuava seu recamo, resistindo ao impulso de procurar um pedaço de papel para enviar uma mensagem para ele, contando-lhe detalhadamente o que ele podia fazer consigo mesmo caso estivesse morto. Resistindo ao impulso ainda mais forte de jogar o bordado com bastidor e tudo no fogo e voltar a Covent Garden em plena luz do dia para ver, com seus próprios olhos, o cadáver dele.

Ocorreu a Felicity que uma mulher deveria ser capaz de sentir a morte de um homem caso ele quase a tivesse arruinado, poucas horas antes, no depósito de gelo no subsolo de um armazém. Mas ela não sentia nada disso. O universo era de fato frustrante.

Ela colocou o bastidor no colo e deu um suspiro sentido.

– É melhor que ele não esteja morto.

– Por Deus, Felicity, é claro que ele não está morto! – a mãe exclamou da porta, os três dachshunds latindo, agitados, para pontuar a declaração, assustando Felicity e tirando-a de seu devaneio loquaz.

– Perdão? – Felicity se voltou para a mãe.

A marquesa agitou a mão no ar e riu daquele modo que as mães riem quando não querem que as filhas as constranjam.

– Com certeza ele não está morto. É evidente que ele precisou tratar de seus negócios desde a última vez que você o viu.

Felicity piscou várias vezes.

– Desculpe, mamãe. Quem é que não está morto?

– O duque, é claro! – a mãe disse, e um dos dachshunds latiu, para em seguida derrubar a cesta de bordado de Felicity e começar a roer a alça, fazendo a marquesa acrescentar, com a voz doce: – Não, não, Rosie, isso não é bom para você.

A cachorra rosnou e continuou a roer.

– Eu não estava dizendo que o duque está morto – Felicity disse –, mas devo dizer, mamãe, que isso não é impossível. Afinal, faz dias que não o vemos, então nós não *sabemos* se ele está vivo.

– Sabemos se acreditarmos que ele não faleceu no escritório do seu pai nos últimos cinco minutos – respondeu a marquesa antes de se abaixar para tirar o cachorro da cesta, o que não funcionou como era esperado, pois Rosie apertou os dentes e trouxe a coisa toda consigo para os braços de sua dona.

– Papai está aqui? – Felicity arqueou as sobrancelhas. Se o Marquês de Bumble estava em casa, algo sério estava de fato acontecendo.

– É claro que sim – disse a mãe. – Onde mais ele estaria com o seu casamento em jogo? – Ela puxou a cesta, e o animal rosnou. – Rosencrantz! Largue isto, querido.

Felicity revirou os olhos e levantou, com a agulha ainda na mão.

– É disso que estão falando? Do meu casamento?

A mãe sorriu.

– Seu duque chegou para nos salvar de uma vida de pobreza.

Felicity congelou ao ouvir as palavras, honestas e, de certo modo, irreverentes. Um eco do que Devil havia lhe dito, duas noites atrás. *Sua família nunca vai ser pobre o bastante para ter medo da pobreza.*

Ela tinha ficado na defensiva quando ele falou isso, pois parecia que não a estava levando a sério.

Mas então as palavras ecoaram sob o teto de sua família, onde elas usavam vestidos elegantes, rodeadas pelos cachorros da mãe, que viviam melhor do que as crianças do cortiço onde Devil tinha construído seu império, e estavam em maior segurança do que os rapazes que trabalhavam para ele. E então Felicity compreendeu como tinha sido a vida dele.

Ela podia ter sido manipulada recentemente – sendo pressionada a se casar sem que lhe dissessem o porquê, sentindo-se uma decepção sem motivo –, mas ela nunca tinha duvidado do amor de sua família. Ela nunca temeu por sua segurança, nem por sua vida.

Mas Devil sofreu tudo isso – ela sabia disso tão bem quanto sabia como era o beijo dele. Como era o toque dele. E esse pensamento a consumiu.

Quem tinha salvado Devil do seu passado?

Ou ele tinha sido obrigado a se salvar sozinho?

A mãe interrompeu os pensamentos de Felicity.

– Muito bem, filha. Conquistar o duque eremita foi um ótimo trabalho. Eu sabia que você conseguiria.

A atenção de Felicity voltou-se para a marquesa.

– Bem, quando se joga um bom número de duques em uma mulher, ela acaba pegando um deles, imagino eu.

A mãe arqueou as sobrancelhas.

– Com certeza você não está infeliz com o casamento. Este duque é infinitamente melhor que o anterior.

– Não sei, não – Felicity retrucou.

– Não seja tonta – a marquesa bufou. – O anterior já era *casado*.

– O anterior pelo menos demonstrava alguma emoção.

– Ele pediu você em casamento, Felicity. – A mãe estava ficando cada vez mais ríspida. – Isso já é emoção suficiente.

– Na verdade, ele não me pediu – ela respondeu. – Ele disse apenas que eu era conveniente. Que eu facilitei sua busca por uma esposa.

– Bem, não vejo nenhuma mentira nisso. Na verdade, esta talvez seja a única vez em que você está facilitando alguma coisa – a marquesa retrucou. – E não vamos esquecer que você não é qualquer mulher. Filha de um marquês e irmã de um conde!

– E eu tenho dentes excelentes – ela disse, com ironia.

– Exatamente! – a marquesa exclamou.

Mas ela era mais do que isso. Será que a mãe não via? Ela não era apenas um adorno em um baile, desesperada para fazer o que fosse necessário para arrumar um marido e salvar as finanças da família. *Ela parecia um raio de sol e cheirava a jasmim.*

A lembrança fez uma onda de calor envolvê-la. Quando ele disse isso, duas noites atrás, ela precisou se esforçar para não obrigá-lo a se explicar. A frase não soou como um elogio, embora tenha lhe parecido o elogio mais lindo que ela já ouviu.

Homens criados no escuro fazem qualquer coisa por um pouco de luz.

Ela se perguntou se ele percebia o quanto ela queria explorar a escuridão.

Só que não podia. Os desejos dela vinham depois das necessidades da família. Ela era a única esperança deles, e não importava que ela nunca se veria livre do jugo que queriam impor a ela. Não importava que tivesse visto uma nesga do escuro e estivesse perdendo o gosto pela luz.

Não importava que ela não tivesse interesse algum em atrair o duque para sua chama. Que ela quisesse outra mariposa. Um par diferente de asas para chamuscar.

Uma mariposa que parecia não ter interesse em voar perto dela.

E então ela ficava assim: nada de chama. Apenas Felicity.

A última esperança de sua família.

Ela olhou para a mãe.

— O duque está aqui por minha causa?

— Bem, ele está aqui para falar com seu pai e seu irmão. Para pôr os pingos nos is do casamento.

— Ele está aqui para encher nossos cofres de novo.

A mãe inclinou a cabeça em concordância tácita.

— Pelo que eu soube, ele é rico como o diabo.

Felicity conteve-se para não contar à mãe que ela conhecia o diabo, e ele era mais rico do que qualquer pessoa que ela conhecesse. Não importava, claro, porque o dinheiro de Devil nunca seria a salvação do Marquesado de Bumble. Nunca salvaria seu irmão da falência.

E quanto a ela? Poderia ele salvá-la?

Não. O dinheiro de Devil não era para salvar Felicity. E ele também não estava interessado em salvá-la.

Não volte.

As palavras ecoaram dentro dela, frias e claras.

Então ela foi deixada ali, com o duque. O duque que Devil tinha lhe prometido. O duque que, de algum modo, ele conseguiu para Felicity. De algum modo... sem lhe contar como. Sem lhe contar *por quê*. Devia haver uma razão, certo? Mas não era importante que ela soubesse, assim como não tinha sido importante para sua família lhe contar seus planos e medos. Para lhe contar como Felicity deveria salvar todos.

Assim como não era importante para o Duque de Marwick lhe contar por que estava tão disposto a se casar com ela.

Outra porta trancada.

Desta vez, ela iria destrancá-la.

Felicity suspirou de novo.

— Acho que eu devo ir cumprimentar o duque. — Ela saiu da sala de estar, a mãe tagarelando atrás dela, e, momentos depois, parou diante da porta fechada do escritório do pai.

Ela bateu com firmeza, virando a maçaneta enquanto seu pai gritava.

— Entre!

Seu irmão levantou-se quando ela entrou. Seu pai continuou atrás da escrivaninha, mas Felicity precisou de um instante para encontrar o Duque de Marwick, parado junto à porta dupla na outra extremidade do cômodo.

— Felicity... — Arthur começou.

— Não! Não! Foi um acidente! — a mãe entoou no corredor, um trio de dachshunds pulando atrás dela. — Acidente!! — ela exclamou enquanto irrompia no escritório agitando a mão. — Felicity não sabia que os homens estavam conversando, Vossa Graça.

O duque se virou ao ouvir isso, encontrando os olhos de Felicity.

— O que você pensou que estava acontecendo?

Aquele homem não era comum. Ele não era perigoso... mas bastante... incomum.

— Eu pensei que vocês estavam aqui discutindo sobre o nosso casamento e a relação dele com a situação financeira do meu pai e do meu irmão.

Ele aquiesceu.

— É isso mesmo que estamos discutindo.

Ele a estava convidando? Isso importava?

— Então estou certa de que você não irá se importar se eu participar.

A mãe quase teve uma apoplexia.

— Você não pode fazer isso. Esta conversa não é para mulheres!

— Garota! — o pai a advertiu de trás da mesa.

— Eu acho que é, sim, para mulheres — Felicity disse, sem tirar os olhos do duque —, já que o objetivo é colocar o preço em uma, não é mesmo?

— Cuidado, Felicity — o pai a advertiu de novo, e ocorreu a ela que, no passado, poderia ter obedecido aquela advertência fria, impassível.

Pelo bem do decoro. Para conservar a fachada de filha boa e dócil de um homem que nunca lhe deu muita atenção. Nem mesmo agora, que ela era sua única esperança de redenção.

Mas ela percebeu que, nesse momento, não estava muito preocupada com discrição.

E também não estava interessada em deixar que os homens da família continuassem tomando decisões sobre seu futuro. Não quando ela era a única moeda de troca que eles possuíam.

Ela foi salva de precisar dizer tudo isso, contudo, pelo duque.

– É claro que você deve ficar. – E, com isso, a decisão foi tomada. Ele se voltou para a janela, e Felicity notou que o cabelo dele brilhou dourado, como se ele andasse com sua própria fonte de luz.

Ela imaginou que outra mulher pudesse considerá-lo incrivelmente lindo. Ela mesma tinha pensado isso no passado, não? Não houve uma vez em que ela o chamou de "homem mais lindo que já tinha visto"? Foi uma mentira, claro. Dita para outro homem, este sim o mais lindo de todos.

Um homem que não deveria ser tão belo, mas que era, de fato, tão encantador que a fazia querer gritar o quão irritante ele era.

– Onde vocês pararam?

– Nós estávamos discutindo os termos do nosso casamento.

Ela anuiu.

– Sem mim.

– Felicity... – a mãe disse antes de se virar para o duque. – Vossa Graça, perdoe-a. Nós a criamos para que se envolvesse menos.

– Isso é porque vocês preferiram não me contar nada sobre seus planos para o meu futuro – Felicity disse.

– Nós não queríamos preocupá-la – Arthur respondeu.

Ela olhou para o irmão.

– Posso lhe dizer o que me preocupa? – ele não respondeu, mas ela viu a expressão de culpa no rosto dele. Ótimo. – O fato de que, mesmo depois de tudo que aconteceu, você ainda não consegue enxergar além dos seus próprios problemas.

– Mas que droga, garota! É assim que as coisas funcionam! – o pai exclamou de súbito. – As mulheres gostam de pensar que casamento se trata de amor. Mas não. É um negócio. Nós estamos falando de negócios.

Ela olhou para o pai, depois para Arthur.

– Então vocês devem compreender que me preocupa o fato de vocês pensarem que sou um produto sendo negociado sem meu consentimento.

— Era de se pensar que você consentiu quando contou para toda Londres que nós íamos nos casar — observou o duque, não sem razão.

Ela começou a cruzar o escritório na direção dele.

— Mesmo assim, Vossa Graça deve compreender que tenho grande interesse nos termos que vocês acordarem.

Seu noivo estava mais calmo do que nunca, a atenção fixa numa sebe à distância.

— É claro que compreendo, pois são os termos que *você* acordou.

Felicity hesitou. Seria possível que aquele homem fosse um aliado? Era difícil imaginar o que ele seria, de tão impenetrável que era.

— Claro. Eu esqueci que meu pai e meu irmão falam por mim.

— Felicity... — Arthur começou, mas o duque o interrompeu.

— Não tenho certeza de que ninguém no mundo possa falar por você.

— Isso é um insulto? — ela perguntou.

— Na verdade, não.

Ele era mesmo um homem estranho.

— Então? Com o que eu concordei?

— Os proclamas serão publicados imediatamente, e nós nos casaremos em três semanas. Depois disso, você concordou em morar aqui em Londres, na casa que escolher.

— Você tem mais de uma casa em Londres?

— Não, mas sou muito rico, e você pode ficar à vontade para comprar outra casa, se encontrar uma que prefira.

Ela anuiu.

— E você não está interessado no lugar onde vamos morar?

— Já que *nós* não vamos morar lá, não estou.

As palavras a surpreenderam. Ela olhou para o pai, que rilhava os dentes de irritação, depois para a mãe, que estava boquiaberta, e então para Arthur, que parecia hipnotizado pelo tapete. Ela voltou a atenção para o duque.

— Então quer dizer que *você* não vai morar na mesma casa que eu.

Ele anuiu com a cabeça e voltou a observar o jardim além da janela.

— Você não está interessado em se casar comigo — ela disse após observá-lo por um instante.

— Não muito — ele respondeu, distraído.

E lá se iam as chamas e as mariposas.

— Mas vai se casar mesmo assim.

Ele ficou em silêncio.

– E depois o quê? – Ela apertou os olhos para ele.

Um dos cantos da boca dele se levantou, num sorrisinho irônico.

– Você vai ser muito rica, Lady Felicity. Estou certo de que encontrará algo para fazer.

Ela abriu a boca. A mãe arfou. O pai tossiu. Arthur continuou em silêncio.

As palavras não foram cruéis. O duque não estava bravo nem amargurado, e tampouco queria puni-la. Ele foi apenas franco. E havia algo naquela verdade que fez Felicity pensar... o bastante para ela imaginar o que, exatamente, ele estava planejando.

– Isso não está saindo como eu imaginava.

– E como você imaginava que seria?

– Eu pensei que você ia querer... – Ela parou.

– Você achou que nós iríamos nos amar?

Não. Amor nunca foi parte disso. Pelo menos, não com ele. Com outro homem, talvez, quando ela era mais nova. Outro marido sem rosto. Alto e sombrio, com olhos dourados e lábios forjados no pecado. Ela afastou o pensamento.

– Não.

Ele anuiu.

– Eu achei que não. – O duque baixou o olhar para o bastidor com o bordado, que ela continuava segurando. Ele inclinou a cabeça. – Isso é uma raposa?

Ela levantou o trabalho ao mesmo tempo em que olhava para baixo, surpresa. Ela tinha esquecido o que estava fazendo antes de entrar no escritório e tudo ir por água abaixo.

– É.

– Com uma galinha?

Era isso mesmo. O animal laranja e branco segurava na boca uma galinha marrom.

– Sim.

– Bom Deus.

Ela olhou para ele.

– Sou muito boa em bordado.

– Estou vendo. – Ele deu um passo adiante, sem levantar os olhos. – O sangue é muito...

– Tétrico? – ela sugeriu, depois de estudar o bordado.

– Tétrico – ele concordou.

– Eu estava brava quando comecei a bordar.

Devil tinha expulsado Felicity de seu mundo e saído a cavalo, armado, Deus sabe para onde. Ele poderia estar morto agora.

Ele não estava morto.

Isso importava? Ele a tinha mandado para casa e dito para nunca mais voltar. Tanto fazia se estava morto, pois ele quis se livrar dela. Felicity não gostou do modo como seu peito ficou apertado com o pensamento. Ela não estava pronta para se livrar dele. Ou do mundo em que ele vivia, ou da mágica que ele tinha lhe mostrado.

Mas ele parecia pronto para se desvincular dela, e lá estava Felicity, negociando os termos de um casamento sem amor com aquele duque estranho que não lhe oferecia nada de mágico.

Lá estava ela, sozinha mais uma vez.

– É assim que você demonstra suas emoções? – Marwick perguntou, curioso. – Bordando?

– Eu também falo sozinha.

– Meu deus, garota... Ele vai pensar que você é louca.

Ela não olhou para o pai.

– Tudo bem, eu também acho ele meio maluco.

– Felicity! – A mãe iria desmaiar, sem dúvida. Um dos cachorros latiu e atacou o pé em forma de garra da escrivaninha do pai.

– Que droga, Catherine! – o marquês gritou com a mãe.

– Gilly! Pare! Sem morder! Guildenstern! Chega!

O cachorro continuou.

Arthur olhou para o teto e suspirou.

O duque não pareceu se incomodar com o caos. Os olhos dele se voltaram para a janela.

– Então estamos acertados? – ele perguntou.

Ela imaginou que deviam estar. Ela fitou o irmão, encontrado olhos tão familiares quantos os dela própria. Viu a súplica neles. A esperança. E não conseguiu evitar a irritação que isso tudo provocou nela.

– Então estamos acertados. Eu me caso, e você vive feliz para sempre – ela disse para o irmão, que teve a graça de fazer cara de culpado. – Você merece – ela continuou, incapaz de evitar a tristeza em sua voz. Em sua alma. – Você, Pru e as crianças merecem tudo que sempre desejaram. Merecem felicidade. E eu vou ficar contente de lhe proporcionar um recomeço. Mas não sei se vou conseguir deixar de sentir rancor por isso.

– Eu sei – Arthur aquiesceu.

Ela se virou e encontrou o duque observando-a pela primeira vez, com algo mais do que tédio no rosto. Algo como desejo. O que era impossível, claro.

Aquele duque louco não parecia ser do tipo que *desejava*. E, com certeza, não *a* desejava.

– Você gostaria de ver o jardim? – ela perguntou ao duque, e nunca conseguiria entender por que fez aquilo.

– Não! – o pai exclamou, sua frustração evidente. – Nós não terminamos.

– Eu gostaria, na verdade – o duque disse, antes de se virar para o marquês. – Quando eu voltar, nós podemos discutir a corda que vou jogar para vocês, para evitar que se afoguem.

Com isso, ele pôs a mão na maçaneta da porta que dava para o terraço e a abriu, afastando-se para dar passagem a Felicity, seguindo atrás dela e fechando a porta com firmeza atrás de si.

Felicity não tinha dado nem três passos quando ele falou:

– Eu não gosto da sua família.

– Nem eu, no momento – ela respondeu. Então, imaginando que devia tentar defendê-los, ela continuou. – Eles estão desesperados.

O duque passou por ela, encaminhando-se para os degraus de pedra que levavam ao jardim, evidentemente esperando que ela o seguisse.

– Eles não sabem o que é desespero.

As palavras soaram familiares – um eco da crítica de Devil no armazém –, mas vindas do rastro do homem que as disse primeiro, pareceram ridículas, e Felicity se viu irritada por elas.

– O que um duque rico como um rei sabe de desespero?

Então, ele se virou para ela, com algo tão perturbador nos olhos que a fez parar de repente.

– Eu sei que seu pai é um marquês e seu irmão, um conde, e, mesmo que nunca casassem você, não conseguiriam compreender o nível de privação pelo qual algumas pessoas podem passar. E sei que, se tiverem um mínimo de amor por você, irão se arrepender de sacrificá-la pela felicidade deles.

Felicity inspirou fortemente diante daquelas palavras, claras e honestas. Ela abriu a boca para falar, mas logo a fechou. Então tentou de novo.

– Eles são a minha família. Eu tenho que protegê-los.

– Eles é que deveriam protegê-la – ele retrucou.

– De você?

O duque pareceu hesitar antes de responder.

– Você não tem que temer nada de mim – ele disse, enfim.

Ela anuiu.

– Principalmente porque você não tem intenção de interagir comigo depois que nos casarmos. O que eu temeria?... Me perder em meio às suas pilhas de dinheiro?

Ele não sorriu.

– Você esperava interagir comigo?

A pergunta não deveria ter evocado uma imagem de duas noites atrás – da interação que Devil tinha lhe oferecido. Do beijo que arrebatou o fôlego e os pensamentos dela por mais tempo do que deveria. Se *essa* era uma interação comum entre marido e mulher, com certeza não era o que ela esperava. Levando as mãos às bochechas para esconder a cor que veio com a lembrança, ela respondeu:

– Não sei. Eu nunca esperei nada disso. – Ele não respondeu, e ela continuou. – Por que se casar comigo, Vossa Graça?

– Eu prefiro que você não me chame assim.

Ela inclinou a cabeça para o lado.

– Vossa Graça?

– Não gosto.

– Tudo bem – ela disse lentamente, menos surpresa com o pedido do que com o modo como ele o fez, como se fosse algo comum. – Por que se casar comigo?

O olhar dele não abandonou a cerca-viva na extremidade do jardim.

– Você já perguntou isso antes, e a resposta não mudou: você é conveniente.

– E eu quase desmaiei de emoção – ela disse, irônica.

Ele olhou torto para Felicity, que sorriu. Ele, não.

– Por que você vai se sacrificar pela família?

– Que escolha eu tenho?

– A escolha que termina com você tendo a vida que deseja.

Ela sorriu com ternura.

– Alguém tem mesmo essa vida?

– Alguns de nós têm essa chance – ele respondeu, distraído de novo.

– Mas você não.

– Não. – Ele negou com a cabeça.

Ela imaginou por que aquele duque – um príncipe entre os homens, lindo, rico e nobre – tinha tão pouca esperança no próprio futuro que escolhia um casamento sem amor em vez de buscar a vida que desejava.

– Você tem família?

– Não. – A resposta foi rápida e impassível.

Ela sabia que o pai dele tinha morrido anos atrás, mas...

– Sua mãe?

– Não.

– Irmãos?

– Morreram.

Que trágico. Não era de admirar que ele fosse tão estranho.

– Sinto muito – ela disse. – Eu posso estar irritada com Arthur agora, mas gosto dele.

– Por quê?

Ela refletiu por um momento.

– Bem, ele é um bom irmão, um bom marido e um bom pai.

– Eu não o vi atuar como marido ou pai, mas posso dizer a você que ele não me parece ser um bom irmão.

Ela apertou os lábios ao ouvir aquela avaliação.

O silêncio se impôs, até Felicity quase pensar que ele tinha se esquecido da presença dela. Ele observava uma sebe à distância, o olhar impenetrável.

– Deve ser bom – ele disse, após um longo momento. – Ter um parceiro sempre.

E era. Arthur a deixava maluca, e ela estava furiosa que ele tivesse escondido dela a situação financeira da família, ainda mais por ele ter tentado manipular seu futuro por conta disso. Mas ele era seu irmão e seu amigo, e Felicity tinha dificuldade em acreditar que Arthur não desejava o melhor para ela. Mesmo envolta em incertezas, ela sabia que sua família a queria bem – afinal, não foram eles que forçaram esse casamento; foi ela.

Ainda que, no momento, ela não o quisesse.

Ainda que, no momento, ela quisesse algo diferente.

Ainda que, no momento, ela quisesse um homem diferente. Um futuro diferente. Impossível. Mas não era impossível para ele, e Felicity sentiu que precisava dizer isso.

– Você entende que sem mim... ainda pode encontrar uma esposa no futuro?

Como se tivesse estado longe, o duque voltou para ela, que percebeu como ele estava perto e reconheceu o conflito nos olhos dele, de um lindo castanho-dourado – um eco estranho, perturbador, de outro par de olhos que ameaçava consumi-la.

Antes que ela pudesse deixar seus pensamentos vagarem para Devil, o duque falou.

– Não consigo encontrá-la.

– Eu não sou ela. – Felicity lhe deu um sorriso constrangido.

– E eu não sou ele.

Não. Você não é.

– E aí? – Ela inspirou fundo.

– E aí que os proclamas serão publicados, e também anunciarei o casamento segunda-feira no *News*. – Era simples assim. – E dentro de três semanas você poderá recomeçar, uma duquesa, com sua família recuperando dinheiro, poder e sucesso. Com uma condição – o duque disse, distraído, a atenção voltada para a sebe. – Um beijo.

Ela congelou.

– Perdão?

– Eu acho que fui claro – o duque disse. – Eu gostaria de um beijo.

– Agora?

– Exatamente – ele anuiu.

Ela juntou as sobrancelhas. Felicity sabia que não entendia muita coisa sobre os homens, mas não tinha dúvida de que aquele ali não queria beijá-la. Não de verdade.

– Por quê?

– Isso importa?

– Considerando que você deixou mais do que claro que não quer se envolver emocionalmente comigo, sim, francamente, importa.

Ele diminuiu a distância entre os dois.

– Justo. Meu motivo é que eu quero.

– Eu... – Ela parou. – Um beijo?

Ele baixou a cabeça na direção dela, bloqueando sua vista do jardim com os ombros largos e o belo rosto.

– Só um.

Por que não?, ela pensou. Por que não beijá-lo e ver se todos os beijos eram magníficos como os que Devil tinha lhe dado no depósito de gelo?

O duque estava perto.

– Não vou beijá-la se não permitir.

O olhar dela encontrou o dele. Talvez os beijos de Devil não tivessem sido especiais. Talvez tivessem sido beijos comuns.

– Por que todos os beijos não podem ser iguais? – ela sussurrou. Felicity não saberia a resposta a menos que beijasse outro homem, e, por acaso, ela tinha um disponível.

– Você está falando sozinha – ele disse, observando-a, os olhos âmbar enxergando mais do que Felicity gostaria. – Não vou ser seu primeiro beijo, vou?

– Não sei por que isso seria da sua conta – ela respondeu, impertinente. – Eu também não vou ser seu primeiro beijo.

Ele não respondeu, apenas colocou as mãos nos braços dela, virando-a de costas para a sebe que o tinha fascinado a tarde toda. Depois que a posicionou com cuidado – qualquer que fosse o motivo –, ele voltou a atenção para o assunto em questão, inclinou-se e encostou os lábios nos dela.

Foi... desinteressante. Os lábios dele eram firmes, quentes e absolutamente impassíveis. E não apenas no sentido de que o beijo não mexeu com ela. Ele também, literalmente, não se mexeu. O duque colocou os lábios nos dela como se fosse uma estátua. Uma linda estátua, ela reconhecia, mas ainda assim uma estátua.

Não era nada, nem de longe, parecido com o beijo que tinha recebido de Devil.

Ela ainda estava concluindo esse pensamento quando ele levantou a cabeça e a soltou, como se tivesse se queimado – e não como uma mariposa se chamuscando. Como alguém que fosse precisar de tratamento médico.

– O destino é uma coisa cruel, Lady Felicity – ele falou, olhando para ela. – Em outro momento, em outro lugar, você poderia ter encontrado um duque que a amaria loucamente.

Antes que ela pudesse responder, ele a colocou de lado e foi até a sebe, afastando os galhos e enfiando seu braço longo dentro dela.

Ele era louco.

Evidentemente.

Felicity deu um passo hesitante na direção dele.

– Hum... duque?

Ele grunhiu alguma resposta, metade do corpo dentro do arbusto.

– Com o risco de parecer impertinente, posso perguntar por que está tão interessado na sebe?

Ela não fazia ideia do que ele poderia responder, mas imaginou que talvez ele dissesse que a sebe o lembrava de alguém ou algo – o que quer que o tivesse transformado naquele homem estranho. Ela imaginou que ele pudesse lhe dizer que tinha afinidade com a natureza – afinal, era um notório recluso, pois tinha passado a vida toda no campo. Ela não teria ficado surpresa se ele lhe respondesse que gostava de uma espécie de passarinho à vista, ou de uma erva que brotava ali.

Mas de modo algum ela esperava que ele extraísse um garoto do arbusto.

Felicity ficou boquiaberta quando o Duque de Marwick saiu de dentro da cerca-viva arrastando um menino.

– Você conhece nosso espião?

A criança parecia não ter mais do que 10 ou 12 anos, comprido e magro como um caniço, o rosto sujo e um boné enfiado na cabeça.

Ela deu um passo adiante e levantou a aba para ver os olhos dele, azuis como o mar e igualmente desafiadores. Ela negou com a cabeça.

– Não.

– Você estava me vigiando? – O duque perguntou ao garoto.

Ele não respondeu.

– Não! – o duque exclamou. – Você não estaria no jardim se estivesse me vigiando. Estaria na frente da casa, esperando que eu saísse. Você estava vigiando Lady Felicity, não é mesmo?

– Num vô ti contá nada – o rapaz disse.

O coração de Felicity acelerou.

– Você é do cortiço – ela afirmou, e o duque arqueou as sobrancelhas, mas não disse nada.

O garoto também não, mas não precisava. Felicity não necessitava de confirmação. Algo parecido com pânico vibrava dentro dela. Pânico e desespero.

– Ele está vivo? – ela perguntou, vendo que o garoto ponderava se deveria responder. Ela se abaixou, encarando-o de frente. – Está?

Ele anuiu com um movimento curto de cabeça.

Uma onda de alívio.

– E os outros?

O menino levantou o queixo, altivo.

– Tão com uns furo, mas vivos.

Ela fechou os olhos por um momento, recompondo-se.

– Tenho uma mensagem para seu patrão – ela disse, olhando para o duque. – Pode dizer para ele que em breve vou me casar, e, portanto, não preciso mais da atenção dele. Nem da sua. Compreendeu?

O menino assentiu com a cabeça.

– Qual o seu nome? – ela perguntou com delicadeza.

– Brixton – ele respondeu. Ela franziu a testa ao ouvir o nome, e o garoto disse, na defensiva: – Foi lá que ele me achô.

Ela anuiu, detestando o modo como aquilo a fez sentir o peito apertar.

– É melhor você voltar, Brixton. – Ela olhou para o duque. – Deixe-o ir.

Marwick olhou para o garoto como se tivesse acabado de descobrir que estava segurando uma criança no ar.

– Lembre-se de contar a ele do beijo – o duque disse. Ele colocou Brixton no chão sem hesitar, e o garoto saiu correndo como um relâmpago, pulou a cerca-viva e desapareceu. Ela ficou olhando para o local onde ele sumiu por mais tempo do que deveria, querendo segui-lo mais do que deveria.

Querendo, ponto final.

Finalmente, ela se virou para o duque, que não parecia nem um pouco surpreso com o acontecimento. Na verdade, havia uma luz em seus olhos castanhos que não estava ali antes. Algo que parecia com satisfação, embora não fizesse sentido algum ele estar satisfeito. Ela inspirou fundo.

– Obrigada.

– Você gostaria de me contar sobre o empregador desse garoto?

– Não. – Ela sacudiu a cabeça.

Ele aquiesceu.

– Então me diga. Eu estava certo ou errado?

– Sobre o quê?

– Sobre o beijo ser uma informação valiosa para o nosso pequeno vigia.

Por um momento, Felicity se permitiu fantasiar com a ideia de que Devil pudesse se importar que o duque a tivesse beijado. Que ele pudesse ligar para a publicação dos proclamas. Que ele pudesse se importar que ela tivesse voltado para casa, depois que ele a enxotou, e decidido seguir em frente com outro homem. Que ele pudesse se arrepender de suas ações.

Mas era só isso – uma fantasia.

Ela encarou o noivo.

– Você estava errado.

Capítulo Dezoito

Ele veio para dizer a Felicity que ela não podia usar seus garotos como mensageiros.

Ele veio para dizer a ela que tinha coisas mais importantes para fazer na vida – responsabilidades que superavam de longe a importância de uma solteirona invisível que gostava de arrombar fechaduras por tédio, para quem ele tinha pouco tempo e ainda menos interesse.

Ele veio para dizer que não pertencia a ela, e que Felicity não deveria, nem por um momento, pensar isso.

Ele não veio porque Ewan a tinha beijado.

E, se ele tivesse vindo porque Ewan a tinha beijado, não seria por causa de Felicity. Seria porque ele conhecia o irmão bem o bastante para saber que Ewan estava tentando provar alguma coisa. Tentando mandar uma mensagem para Devil, dizendo que estava com o casamento e o herdeiro ao alcance.

De qualquer modo, ele não tinha vindo por Felicity.

Pelo menos foi isso que Devil disse para si mesmo enquanto atravessava o jardim dos fundos da Casa Bumble poucas horas depois que Brixton voltou ao cortiço com a notícia do beijo e a reprimenda enviada por Felicity Faircloth.

Devil prendeu a bengala debaixo do braço e começou a escalar a treliça da roseira debaixo da janela do quarto dela. Ele estava apenas alguns palmos acima da terra quando ela falou, de baixo.

– Pensei que você tinha morrido.

Ele congelou, agarrado à madeira e à planta por mais tempo do que gostaria de admitir, detestando o modo como a voz dela fez sua respiração ficar presa no peito e seu coração bater um pouco mais rápido do que deveria. Não foi por causa dela, ele disse a si mesmo. Foi porque ele continuava irritado desde a última vez que a viu. Porque a carroça dos Bastardos tinha sido roubada, e seus homens, feridos. Porque ele ficou com ela em vez de cuidar do seu pessoal.

Isso era tudo.

Ele olhou para baixo, para ela.

Um erro.

O sol estava se pondo sobre os telhados de Mayfair, enviando raios complexos de luz cobreada ao jardim, envolvendo o cabelo dela e incendiando-o, junto com a seda do vestido. Rosa de novo, agora da cor de um inferno graças a um truque da luz. Não que Devil devesse ter notado que era rosa. Não deveria. Ele também não deveria ter se perguntado se Felicity estava usando as roupas de baixo que ele tinha comprado para ela alguns dias atrás. Ele também não deveria ter imaginado se as roupas de baixo vinham com fitas de cetim rosa como ele tinha encomendado.

Encomendar essas peças foi outra coisa que ele não deveria ter feito.

Cristo. Ela estava magnífica.

Ele também não deveria ter notado isso, mas era impossível não notar, pois Felicity parecia ter sido forjada em fogo e sensualidade. Ela era linda e perigosa. Ela fazia um homem querer voar em sua direção. Não como uma mariposa. Como Ícaro.

A única coisa que ele deveria notar era que aquela mulher não era para ele.

— Não estou morto, como você pode ver.

— Não, você está bem firme.

— Não precisa ficar tão desapontada — ele retrucou, descendo um ou dois palmos antes de pular até o chão e pegar a bengala com a mão.

— Pensei que você tinha morrido — ela repetiu quando ele se voltou para olhá-la, seus olhos castanhos e aveludados eram uma tentação.

Ela estava perto demais, mas Devil estava encostado na treliça e não podia se afastar.

— E você ficou feliz com a ideia?

— Ah, sim, eu não conseguia me conter — ela disse, irritada. Então, depois de um momento: — Seu cabeça-oca atrofiada.

As sobrancelhas dele deram um pulo.

— Perdão?

— Você me mandou embora — ela respondeu, falando devagar, como se ele fosse uma criança que pudesse não se lembrar do acontecido há duas noites. — Você montou num cavalo com sua arma estúpida, que não oferece proteção alguma contra balas, devo acrescentar, e saiu cavalgando no escuro sem nem pensar em mim. Eu fiquei parada ali. No pátio do seu armazém. Certa de que você seria morto. – O rosto dela estava corado, as narinas dilatadas, a artéria no pescoço pulsando. Ela estava mais linda do que nunca. – E então seu capanga me enfiou numa carruagem e me trouxe para casa. Como se tudo estivesse bem.

– Mas tudo estava bem – Devil disse.

– É, mas eu não *sabia* disso! – ela exclamou, a voz alta e aflita. – Eu pensei que você tinha morrido!

Ele meneou a cabeça.

– Eu não morri.

– Não. Não morreu. Você é só um bastardo mesmo. – Com isso, ela deu meia-volta e o deixou, dando-lhe a opção de segui-la, como um cachorro sendo puxado por uma coleira.

Ele não gostou da metáfora, nem da sua pertinência, mas a seguiu mesmo assim.

– Cuidado, Felicity Faircloth, ou vou começar a pensar que está preocupada com o meu bem-estar.

– Não estou – ela disse sem olhar para trás.

A birra na voz dela fez com que ele quisesse sorrir, o que era estranho por si só.

– Felicity?

Ela acenou para trás e entrou no labirinto de arbustos nos fundos do jardim.

– Você não devia estar aqui – ela disse.

– Você me chamou – ele retorquiu.

Então, ela se virou para ele, sua frustração sendo substituída pela raiva.

– Eu não o chamei!

– Não? Você não mandou o garoto me buscar?

– Não! – ela insistiu. – Mandei Brixton embora porque seus *espiões* não são bem-vindos na minha propriedade.

– Você o mandou com uma mensagem clara para mim.

– Não foi nada clara se você pensa que mandei chamá-lo.

– Eu acho que você sempre quer me chamar.

– Eu... – ela começou, mas parou. – Isso é ridículo.

Ele não conseguiu evitar se aproximar dela, chegar perto o bastante.

– Eu acho que você lançou um desafio no pátio do meu armazém, parecendo uma rainha, e, quando eu não o aceitei, você quis me fazer vir até você. Imaginou que eu viria até aqui, desesperado por você.

— Eu nunca imaginei você desesperado por mim.

Ele se inclinou para ela.

— Então você não é tão criativa como eu pensava. Você não declarou, para todos os presentes, duas noites atrás, que não tinha acabado comigo?

— Na verdade, não. Eu declarei que não tinha acabado com Covent Garden. Existe uma grande diferença entre as duas coisas.

— Não quando Covent Garden me pertence.

Ela lhe deu as costas e continuou mais adiante no caminho em meio à sebe.

— Detesto desfazer sua ilusão quanto à sua importância, Devil, mas você não estava nos meus pensamentos, a não ser para fazê-lo saber que eu estava preparada para pagar minha dívida com você.

Ele se deteve, não gostando das palavras.

— Sua dívida.

— Isso mesmo — ela disparou por sobre o ombro. — Pensei que você gostaria de saber que suas aulas funcionaram.

De tudo que ela poderia ter dito, essas eram as palavras mais prováveis de enfurecer Devil.

— Que aulas?

— Suas aulas de paixão, é claro. O duque esteve aqui pela manhã para discutir os termos do nosso casamento, e eu cuidei da questão.

Ele apertou com força a cabeça de leão da bengala, o instinto fazendo com que ele quisesse desembainhá-la e colocá-la no pescoço do irmão bastardo.

— Que questão?

Ela se virou, mas continuou seguindo pelo jardim, abrindo as mãos enquanto falava voltada para trás, as faces coradas.

— A paixão, é claro. — E então, como se tivesse comentado do tempo, ela completou um círculo e continuou se afastando dele. — Brixton não relatou o beijo?

Devil bateu a bengala duas vezes na mão. Um fio de desconforto passou por ele. Brixton tinha relatado o beijo, claro. Mas, quando Devil pediu mais informações ao garoto, ele disse que o beijo tinha sido curto e superficial — o oposto do que tinha acontecido no depósito de gelo duas noites antes.

Não houve nada de superficial no modo como ele e Felicity se beijaram.

Então o que aconteceu depois que Ewan mandou o garoto embora? Ela não estava usando luvas. Eles se tocaram? Pele com pele? Ele a beijou com paixão?

Bom Deus. Será que *ela* o beijou?
Impossível. Ainda assim...
Eu cuidei da questão.
Devil a seguiu, virando uma esquina e vendo-a caminhar em direção a um enorme banco curvo de pedra, que devia ter seis metros de comprimento.

– Você o beijou.

– Não precisa falar como se estivesse chocado. Não foi esse o objetivo das suas aulas?

Não. Os beijos deles tinham começado como um tipo de treinamento, mas acabou em algo erótico – deleite puro, irrestrito. Um prazer que Devil duvidava que Felicity tivesse conseguido replicar com Ewan.

Um prazer que ele acreditava que nunca conseguiria replicar com ninguém.

Mas Devil não disse nada disso.

– E? – ele perguntou, apenas. – Ficou satisfeita com o resultado?

Ela se sentou ajeitando as saias com cuidado e pegando um bastidor de bordado no banco.

– Bastante.

O coração dele batia forte... alto o bastante para ele se perguntar se estava enlouquecendo.

– O que você fez?

Ela inclinou a cabeça para o lado.

– O que eu *fiz*?

– Como você o conquistou?

– O que está sugerindo? Que eu não devia chamuscar as asas dele, afinal? O que aconteceu com *Você não é um porco, Felicity Faircloth*? Com tal incentivo vindo de você, como eu poderia não conquistar o duque?

– Você não é um porco – ele repetiu, sentindo-se um cretino. Sentindo-se pego de surpresa. – Mas a questão não é essa. Você nunca vai conseguir paixão de Marwick.

– Talvez eu tenha conquistado o coração dele com meu beijo arrebatador. – Os lábios dela se curvaram num arco perfeito, fazendo com que ele desejasse não estarem conversando sobre beijos, mas beijando-se.

– Impossível. – Ela pareceu ficar triste, e ele se detestou por ter tirado o poder dela. Querendo, no mesmo instante, devolvê-lo, embora não devesse. Porque devolvê-lo só iria deixá-la mais perigosa.

– É mesmo? Você não me prometeu que ele se apaixonaria? Você não disse que eu o faria babar por mim? Que queimaria suas asas?

Devil bateu a bengala na bota.

– Eu menti.

– Por algum motivo, isso não me surpreende – ela escarneceu.

– Marwick é um homem incapaz de lhe dar paixão.

– Você não sabe disso.

– Na verdade, eu sei.

– Como?

Eu já o vi dar as costas à paixão sem pensar duas vezes.

Ela estreitou os olhos para ele.

– Ninguém em Londres o conhece. Mas você, sim, não é mesmo?

Ele hesitou.

– Conheço.

– Como?

– Isso não é importante.

Que mentira.

– Como ele será meu marido, isso me parece muito importante.

Ele não será seu marido. Devil não podia dizer isso a ela, então ficou quieto.

– Eu devia ter percebido desde o começo – ela disse. – Desde o momento em que você me prometeu o duque. Quem é ele para você? Quem é você para ele? Como tem tanto controle sobre ele?

– Ninguém controla o Duque de Marwick. – Isso era verdade. Isso ele podia contar a ela.

– A não ser você – ela disse. – Quem é ele? Rival nos negócios? – Ela franziu a testa. – Ele está por trás do ataque aos seus homens?

– Não. – Pelo menos Devil acreditava que não.

Ela anuiu, perdendo-se na lembrança da noite no cortiço. Preocupada, seu olhar encontrou o dele.

– Seus homens. Brixton disse que eles não...

Ele sentiu o peito apertar ao perceber que, mesmo liberando sua raiva nele, Felicity se preocupava com o bem-estar de seus ajudantes, garotos que ela nem conhecia.

– Perdemos a carga, mas eles estão vivos. – Os dois homens tiveram sorte, levando em conta tudo que aconteceu. Ele e Whit os encontraram inconscientes, não pela perda de sangue, mas por ferimentos na cabeça. Ele tinha ficado acordado por quase dois dias, ameaçando os médicos para garantir que eles vivessem. – Eles vão ficar bem.

Ela soltou um suspiro de alívio.

– Fico feliz por isso.

– Não tão feliz quanto eu.

Ela deu um sorriso irônico.

– Uma pena que todo seu gelo tenha sido roubado. É uma coisa estranha para um ladrão querer roubar.

Ele arqueou uma sobrancelha diante do comentário.

– As pessoas gostam de manter suas coisas frias.

– Mas é claro – ela disse. – E como é que iam fazer isso sem... como é que chamam vocês mesmo...? Os Bastardos Impiedosos?

Ele anuiu com a cabeça.

– E por que chamam vocês assim?

Uma lembrança emergiu – a primeira noite dele em Londres, após três dias e meio sem dormir. Ele, Whit e Grace amontoados num canto do cortiço, famintos e amedrontados, sem nada além de um ao outro e da lição que o pai deles havia lhes ensinado: lute o mais sujo que puder.

– Quando nós chegamos ao cortiço, éramos os melhores lutadores que as pessoas já tinham visto por lá.

– Quantos anos vocês tinham? – ela perguntou, observando-o do banco.

– 12.

Ela arregalou os olhos.

– Vocês eram crianças.

– Crianças podem aprender a lutar, Felicity.

Ela refletiu por um momento, e Devil imaginou que estava prestes a ouvir um discurso sobre direitos das crianças, sobre como deveria ter tido uma infância melhor. Como se já não soubesse disso tudo. Ele se endireitou, preparando-se, mas Felicity não fez um discurso.

– Mas vocês não deveriam ter que lutar – ela disse apenas.

Deus sabia que era verdade.

Ela levantou, então, e o olhar dele parou no bordado.

– Bom Deus. É uma raposa destroçando uma galinha?

Ela jogou o bordado no banco.

– Eu estava brava.

– Dá para ver.

Ela foi na direção dele.

– Então, você e o Beast eram crianças e aprenderam a lutar.

– Nós éramos crianças e *já* sabíamos lutar – ele a corrigiu. – Nós lutávamos por restos de comida nas ruas algumas semanas antes de sermos descobertos por um homem que tocava um ringue de lutas. – Ele fez uma pausa. – Nós três viramos donos do lugar. E depois viramos donos de Covent Garden.

– Vocês *três*?

– Beast, Dahlia e eu.

– Dahlia também lutava?

Devil deu um sorriso irônico ao se lembrar de Grace com seu vestido sujo, e depois com seu primeiro par de botas lindas e brilhantes – compradas com seus prêmios.

– Ela lutava mais firme que nós dois juntos. Ganhou prêmios suficientes para abrir seu próprio negócio muito antes de começarmos o nosso. Nós éramos os Bebês Bastardos se comparados a ela. Dahlia... ela foi a Bastarda Impiedosa original.

– Eu gosto dela. – Feliciy sorriu.

Ele anuiu com a cabeça.

– Você não é a única.

– Mas agora você não luta com os punhos – ela disse, baixando o olhar para a mão dele, que segurava a bengala. Felicity moveu a mão, e Devil se perguntou se ela iria tocá-lo. Ele se perguntou se permitiria.

Mas é claro que permitiria.

Ele bateu a bengala duas vezes no bico da bota.

– Não. Depois que se aprende a usar o aço, não se volta para a carne. – Você faz o que for necessário para se manter em segurança. Seu irmão e sua irmã. Seu pessoal. E uma lâmina era mais poderosa que um punho.

– Mas você ainda luta. – Felicity continuava observando os nós de seus dedos, e ele ficava cada vez mais incomodado.

Ele abriu e fechou os dedos. Pigarreou.

– Só quando eu preciso. É Beast que gosta do espetáculo.

Ela levantou os olhos para os dele.

– Você lutou naquela noite?

Ele sacudiu a cabeça.

– Quando chegamos lá, a mercadoria já tinha sumido.

– Mas teria lutado. – Ela estendeu a mão para ele, e os dois pareceram hipnotizados enquanto os dedos dela passavam pelos nós dos dedos dele, brancos em razão da força com que ele segurava a bengala, marcados por cicatrizes, medalhas que ele conquistou no cortiço. – Você teria se colocado em perigo.

O toque dela era um veneno doce, que fez com que ele quisesse dar a Felicity tudo que ela queria, tudo que ele possuía. Ele devia se mover.

– Eu teria feito o que fosse necessário para proteger o meu pessoal.

– Que nobre – ela sussurrou.

– Não, Felicity Faircloth – ele disse. – Não me pinte como um príncipe. Eu não tenho nada de nobre.

Os lindos olhos castanhos dela encontraram os de Devil.

– Eu acho que você está errado.

O polegar dela massageou os nós dos dedos dele, e ocorreu a Devil que ele nunca tinha se dado conta de como sua mão era sensível. Como podia ser poderoso um toque ali. Ele só tinha sentido dor nas mãos, e lá estava ela, arruinando-o com prazer, fazendo com que ele quisesse pegá-la nos braços e fazer o mesmo.

Só que ele não deveria querê-la.

Ele afastou a mão do toque dela.

– Eu vim para lhe dizer que você não pode mandar me chamar.

O complexo olhar castanho dela não vacilou.

– Eu não posso ir até você nem chamá-lo.

– Não – ele disse. – Não há necessidade de nada disso.

Ela meneou a cabeça e falou com suavidade, a voz baixa e provocante como uma promessa.

– Eu discordo.

– Você não pode discordar – ele disse, como se isso significasse algo.

E não significava. Na verdade, aquilo dizia tão pouco que ela mudou de assunto, seu olhar passeando pelo rosto dele como se estivesse tentando memorizar suas feições.

– Você sabe que eu nunca tinha visto você à luz do sol?

– O quê?

– Eu já vi você à luz de velas, sob o brilho fantasmagórico do seu depósito de gelo, na calada da noite, e à luz das estrelas no terraço de um baile. Mas nunca tinha o visto à luz do sol. Você é muito bonito.

Ela estava tão perto. Perto o bastante para ele ver os olhos dela se movendo enquanto vasculhavam seu rosto, assimilando todos os ângulos e defeitos. Perto o bastante para ele vasculhar o dela – uma perfeição se comparado ao ele. E, de algum modo, ele não conseguiu se segurar.

– É estranho – ele disse. – Todas essas vezes nos encontramos no escuro, mas eu só consegui ver você sob a luz do sol.

Ela ficou sem fôlego, e Devil precisou de toda sua energia para não tocá-la.

O que não fez diferença, pois ela estendeu a mão nesse momento e o tocou, seus dedos como fogo na pele dele, deslizando pela maçã do rosto até o maxilar, onde ela desenhou os ângulos fortes do rosto dele antes de chegar ao seu objetivo – a cicatriz. O tecido ali era estranho e sensível, os nervos incapazes de distinguir dor e prazer, e ela pareceu perceber isso, com seu toque espantosamente suave.

– Como você arrumou isto?

Ele não se moveu; Devil receava que, caso se mexesse, ela poderia parar de tocá-lo. Ele receava também que ela pudesse tocá-lo mais. Era uma agonia. Ele engoliu em seco.

– Meu irmão.

Ela franziu a testa e procurou o olhar dele.

– Beast?

Ele negou com a cabeça.

– Eu não sabia que você tinha outro irmão.

– São muitas coisas que você não sabe a meu respeito.

Ela anuiu.

– Isso é verdade – Felicity disse com suavidade. – É errado eu querer saber?

Cristo. Ela ia acabar matando-o. Devil recuou um passo, e a perda do toque quase teve esse efeito. Ele desviou o olhar, desesperado para dizer alguma coisa. Algo que não envolvesse beijá-la, até que nenhum dos dois se lembrasse de todas as razões pelas quais não podiam ficar juntos.

Razões estas que eram muitas.

Ele pigarreou, prestando atenção no estranho formato do banco atrás dela.

– Por que esse banco é curvo?

Por um longo momento, ela pareceu ocupada demais observando-o para responder, sua atenção fazendo com que ele maldissesse a luz do dia e desejasse haver sombras onde pudesse se esconder.

Ele devia ir embora.

Só que ela respondeu.

– É um banco do sussurro – ela explicou. – A acústica é projetada para que, se alguém sussurra algo numa ponta, a pessoa na outra ponta consegue ouvir. Dizem que foi presente de um jardineiro para uma das ladies da casa. Eles eram... – Ela corou, linda e honesta, então pigarreou. – Eram amantes.

Aquela cor quase o matou.

Ele observou o banco, então foi até uma das pontas, apoiou as costas, as pernas abertas, e passou um braço pelo encosto, tentando parecer à vontade.

– Então, se eu me sentar aqui...

Ela se moveu com a deixa, voltando ao seu lugar na outra ponta. Felicity baixou os olhos para o bordado. Então ela falou, as palavras chegando ao ouvido dele como se ela estivesse ao seu lado. Como se estivesse o tocando.

– Ninguém saberia o que somos um para o outro.

Era raro Devil ser surpreendido, mas o banco o surpreendeu. Ou, talvez, foram as palavras de Felicity que o surpreenderam. Talvez fosse a ideia de que essas palavras poderiam ser verdadeiras – que eles poderiam significar algo um para o outro. Ele olhou para ela no mesmo instante, mas ela continuava hipnotizada pelo bordado.

– Ninguém jamais saberia que estávamos conversando – ele disse.

Ela meneou a cabeça.

– O local perfeito para espiões se encontrarem.

Ele torceu os lábios ao ouvir isso.

– Você tem notado muitas visitas clandestinas no seu jardim?

Ela não hesitou para sorrir.

– Houve um aumento recente do uso da minha treliça. – Ela olhou para ele e sussurrou: – A gente precisa estar preparada para tudo.

Ele estava hipnotizado pelas formas dela – pela coluna ereta e pela curva dos seios, pela delicadeza do queixo e pela proporção do tronco. Ela era a Dalila, de Rubens, fazendo com que Devil quisesse ser Sansão, aos pés dela, debruçado sobre suas saias. Disposto a lhe dar qualquer coisa, até mesmo seu poder.

– Você conhece a história de Janus? – ele perguntou.

– O deus romano? – Ela inclinou a cabeça para o lado.

Ele se recostou, estendendo a pernas à sua frente.

– O deus das portas e fechaduras.

– Essas coisas têm um deus?

– E uma deusa, na verdade.

– Conte-me. – O sussurro saiu carregado de expectativa, e ele se virou para observá-la, percebendo, pelo caloroso olhar castanho dela, que estava fascinada.

Ele não pôde deixar de sorrir.

– Tantas vezes eu tentei provocar seu interesse, Felicity Faircloth, e tudo que eu precisava fazer era lhe contar sobre o deus das fechaduras.

– Você se saiu bem me provocando sem isso, mas gostaria de ouvir essa história mesmo assim.

Devil sentiu o coração acelerar diante da honestidade dela, e foi um exercício de autocontrole permanecer onde estava.

– Janus tinha dois rostos, um sempre olhando para o futuro, e o outro, para o passado. Não havia segredo no mundo que não soubesse, porque ele conhecia o lado de dentro e o de fora. O começo e o fim. Sua onisciência o tornava o mais poderoso dos deuses, rival do próprio Júpiter.

Ela se inclinou na direção dele, e o olhar de Devil estava fixo no lugar em que a pele dela, com sardas do sol, saía de baixo da seda do vestido. O corpete estava esticado em razão do ângulo do corpo, e Devil era só um homem, afinal; ele se demorou ali, vendo os seios dela querendo se libertar. Era uma visão linda, mas não tanto quanto a expressão nos olhos dela quando repetiu seu pedido.

— Conte-me.

As palavras fizeram com que Devil se sentisse um rei. Ele quis contar histórias para ela até o fim dos tempos, diverti-la, demorar-se em sua presença e descobrir quais dessas histórias a fascinavam... as que falavam ao âmago daquela mulher, sua linda arrombadora de fechaduras.

Sua não.

Ele pôs o pensamento de lado e continuou.

— Mas ver o futuro e o passado é tanto uma maldição quanto um dom, entende? Para cada lindo começo, ele também via um fim doloroso. E esse era o sofrimento de Janus, porque ele via a morte na vida, e a tragédia no amor.

— Que horror — Felicity sussurrou em sua orelha, sentada longe demais.

— Ele não dormia, não comia. Não encontrava prazer em nada nem ninguém enquanto passava seu tempo, uma eternidade, guardando o passado e se protegendo contra o futuro inevitável. Os outros deuses se enfrentavam para ter acesso ao poder uns dos outros, mas ninguém queria enfrentar Janus... pois viam a dor que ele sofria e procuravam se manter longe dela.

Ela se inclinou à frente, e o vestido se esticou ainda mais, tentando-o, como o futuro que podia ser visto, mas não evitado.

— Imagino que ele não devia ser uma divindade lá muito alegre.

Ele deu uma risadinha.

— Não era. — Devil respondeu, e ela arregalou os olhos, endireitando-se.

— O que foi?

— Nada — ela disse. — Só que você quase nunca ri. — Ela fez uma pausa. — Eu gosto.

Ele sentiu o rosto esquentar. Como se fosse uma porcaria de garotinho. Devil pigarreou.

— De qualquer modo, Janus podia ver o futuro e sabia que só trazia tragédia. Só que havia uma coisa que ele não podia ver. Que não conseguiu prever.

Os olhos castanhos dela cintilaram.

— Uma mulher — ela murmurou.

— O que a faz dizer isso?

Ela fez um gesto de pouco caso.

— É sempre uma mulher, quando imprevisível. Somos volúveis como o clima, você não sabia? Ao contrário dos homens que sempre agem com objetivos lógicos e bem-definidos. — Ela concluiu com uma bufada seca.

Ele inclinou a cabeça.

— Era uma mulher.

— Ah. Eu não disse?

— Você quer que eu conte a história ou não?

Ela se recostou no banco, apoiando o rosto na mão livre.

— Quero, por favor.

— O nome dela era Cardea. Janus não viu que ela estava chegando, mas, depois que chegou, ele a viu em cores vívidas, brilhantes. E a beleza dela era a maior que ele já tinha conhecido.

— Essas mulheres imprevisíveis não têm sempre a maior beleza?

— Você se acha tão esperta, Felicity Faircloth.

— Não sou? — Ela sorriu.

— Não neste caso, porque, entenda, ninguém mais conseguia enxergar a beleza dela. Ela era comum e desinteressante para o resto dos deuses. Ela foi feita assim antes do nascimento, uma punição à sua mãe, que tinha irritado Juno. E assim a filha foi punida com mediocridade.

— Bem, é claro que posso entender isso — ela disse em voz baixa, e Devil pensou que ela não queria que ele a ouvisse. E ele não teria ouvido, se não fosse pelo banco.

— Mas ela não era comum, tampouco desinteressante. Ela era linda além do normal, e Janus podia ver isso. Ele conseguia ver o começo e o fim dela. E nela, Janus via algo que nunca tinha se permitido ver.

Ela abriu os lábios carnudos numa exclamação contida. *Devil a tinha capturado*.

— O que ele viu?

— O presente. — Ele ficaria ali, para sempre, naquele banco, prisioneiro do arrebatamento dela. — Ele não ligava para isso antes. Não até Cardea chegar.

Não até ela mostrar para ele como podia ser.

— O que aconteceu?

— Eles se casaram, e, ao consumarem o casamento, Janus, o deus de duas faces, tornou-se o deus com três. Mas só Cardea via o terceiro rosto — era só para ela o rosto que sentia felicidade, alegria, bondade, amor e paz. O rosto que via o presente. Só Cardea recebeu o dom de ver o deus em sua forma plena, gloriosa. E só Janus recebeu o dom de ver sua deusa do mesmo modo.

— Ela o destrancou — Felicity sussurrou, e as palavras quase puseram Devil de joelho.

Ele anuiu.

— Ela era a chave dele. — As palavras saíram como rodas no cascalho.

— E como ela tinha dado esse presente para Janus, este lhe deu o que podia do passado e do futuro, dos começos e dos fins. Os romanos adoravam Janus no primeiro mês do ano, mas, por vontade dele, homenageavam Cardea no primeiro dia de cada mês; o fim do que tinha acontecido, o começo do que estava por vir.

– E aí? O que aconteceu com eles?

– Eles se deleitaram um com o outro – Devil respondeu. – Exultaram por finalmente terem encontrado o único ser no mundo que conseguia vê-los como de fato eram. Eles nunca se separaram; Janus, para sempre o deus das fechaduras, e Cardea, para sempre a deusa das chaves. E a Terra continua girando.

Ela deslizou um pouco na direção dele, só até perceber o que estava fazendo, que não devia estar se movendo. Não era correto. Não que alguma coisa entre eles tinha sido correta.

Ele a queria perto de si. Tocando-o. Esse banco era um instrumento de tortura.

– Você gostou do beijo?

Ele não deveria ter perguntado, mas ela respondeu mesmo assim.

– Qual beijo?

Ele arqueou uma sobrancelha.

– Eu sei que você gostou do *nosso* beijo.

– Quanta modéstia!

– Não estou sendo convencido. Você gostou. – Ele fez uma pausa. – E eu também. – Ela aspirou profundamente, e ele ouviu a inspiração além de ver. Viu o modo como ela se endireitou. Talvez fosse a facilidade de sussurrar, mas Devil não conseguiu evitar de acrescentar: – Alguém já lhe disse que seu rubor é lindo?

– Não – ela disse, e um vermelho se espalhou por suas bochechas.

– Pois é. E me faz pensar em framboesas e creme doce.

Ela baixou os olhos para as mãos.

– Você não devia...

– Isso me faz pensar no que eu não consigo ver que também ficou rosa. Me faz pensar se todo esse rosa é tão doce quanto parece.

– Você não devia...

– Eu sei que seus lábios são doces... seus mamilos também. Você sabia que são da mesma cor? Toda essa perfeição bela e rosa.

Ela sentia as faces em chamas.

– Pare – ela sussurrou, e ele podia jurar que ouviu o som da respiração dela vindo pelo caminho secreto de pedra.

Ele baixou a voz para um murmúrio.

– Você acha que nós estamos ofendendo o banco? – Ela soltou uma risada curta, e ele ficou duro com o som, tão próximo, com ela tão impossivelmente longe. – Porque eu imagino que, quando este banco foi dado para a lady desta casa, o amante dela se sentava na ponta e dizia coisas muito piores.

Felicity então olhou para ele, que viu o fogo em seu olhar. A curiosidade. Ela queria ouvir coisas piores.

Melhores.

– Posso lhe contar o que eu imagino que ele disse? – Devil perguntou.

Ela anuiu. Um movimento mínimo com a cabeça. Mas suficiente. E, como por um milagre, ela não desviou o olhar. Ela queria ouvir mais, e queria ouvir dele.

– Eu imagino que ele disse para ela que tinha construído este local dentro de um emaranhado de cercas-vivas para que ninguém pudesse vê-los. Porque, sabe, linda Felicity, não basta que nós possamos sussurrar e não sermos ouvidos pelos outros... porque você revela tudo que pensa e sente nesse seu rosto lindo e expressivo.

Ela levou uma mão à face, e Devil continuou com seu delicado panegírico.

– Eu imagino que o amante da lady adorava o modo como as emoções dela brincavam em seu rosto; o modo como seus lábios se abriam, a própria tentação. Imagino que ele se deleitava com o rosado dos lábios dela, maravilhando-se com o fato de serem da mesma cor dos bicos perfeitos dos seios redondos dela, e da perfeição igualmente rosa de outro lugar. – Ela ficou sem ar, e seus olhos procuraram os dele. Devil sorriu. – Vejo que você não é tão inocente quanto gostaria que os outros acreditassem, querida.

– Você devia parar.

– Provavelmente – ele respondeu. – Mas você gostaria que eu continuasse?

– Sim.

Cristo, aquela única palavra, tão gloriosa, ricocheteou dentro dele. Devil queria ouvi-la de novo e de novo enquanto falava e tocava e beijava. Ele a queria enquanto os dedos dela se emaranhavam no seu cabelo, agarravam seus ombros, enquanto colocava a boca dele onde ela queria.

Ele fez menção de se levantar para ir até ela e continuar com suas mãos e seus lábios, mas ela o deteve.

– Devil. – Ele encontrou o olhar dela. – Você mentiu para mim. Cem vezes. Mil.

– Sobre o quê? – ele perguntou.

– Marwick nunca teria suas asas chamuscadas.

– Não – ele admitiu. Devil não a deixaria chegar tão longe. Não agora que ele tinha entendido como ela era quente.

– Eu ainda quero as asas chamuscadas.

O sol estava se pondo, e a escuridão, chegando. Com ela, a capacidade de Devil resistir a Felicity. Ele meneou a cabeça.

– Não consigo fazer com que ele a deseje.

Não vou fazer isso.

Que grande confusão ele tinha criado. Devil tinha perdido o controle de tudo. Cedido seu poder a essa mulher, que não compreendia a extensão desse poder.

Ela meneou a cabeça.

– Eu não quero Marwick.

Ela estava a seis metros de distância, e as palavras sussurradas chegavam como disparos de arma de fogo nos ouvidos dele, mas, ainda assim, ele não acreditou que as tinha compreendido corretamente.

– Repita.

Felicity o observava de seu lugar, na ponta oposta do banco, os olhos de veludo castanho inabaláveis.

– Marwick não é minha mariposa.

– Quem é, então?

– Você – ela sussurrou.

Ele já estava indo na direção dela, já sendo consumido pelo fogo, sabendo que nunca sobreviveria.

Capítulo Dezenove

Ela o queria.
Não nesse momento, no banco do sussurro no jardim – embora ali também.

Ela o queria para sempre.

E não só porque ela não queria o duque estranho, que não parecia interessado no casamento e menos ainda nos seus detalhes. Não, ela o desejava porque queria um homem que a beijasse como se Felicity fosse tudo que *ele* queria da vida. Ela queria um homem que a provocasse e depois a encantasse com histórias antigas. Ela queria um homem que fizesse promessas que só ele podia cumprir.

Ela queria este homem. Devil.

Ela não sabia o nome dele nem sua história, mas conhecia seu olhar, seu toque e o modo como ele a via e escutava. E ela o queria. Como parceiro. Para o futuro.

Ali, no jardim da casa de sua família. Em Covent Garden. Na Patagônia. Onde ele quisesse.

E, quando ele se ajoelhou diante dela, como se já tivesse estado ali mil vezes, colocando uma mão no quadril e outra no pescoço dela, puxando-a para si e beijando-a, ela o quis ainda mais, e não só porque o beijo dele a fez querer viver ali, nesse banco, com as tentações dele sussurradas em seus ouvidos, os lábios dele em sua pele, pelo resto da vida.

– Felicity Faircloth, você vai me arruinar – ele sussurrou, tomando sua boca, roubando beijos entre as palavras. – Eu jurei que viria até aqui... para lhe dizer para me deixar em paz... para se esquecer de mim.

Ela pôs as mãos nos ombros dele, agarrando o tecido da camisa enquanto ele deslizava os lábios por seu rosto, tomando o lóbulo da sua orelha entre os dentes e mordiscando-o.

– Eu não quero deixar você em paz – ela sussurrou. – Eu não quero esquecer você.

Eu não quero me casar com outro homem.

Ele se afastou, colocando distância suficiente entre eles para investigar o rosto dela.

– Por quê?

Como ele podia perguntar isso para ela? Como ela podia encontrar uma resposta?

– Porque eu quero ver você por inteiro – Felicity respondeu, ecoando a história que ele tinha acabado de contar. – Quero ver seu passado e seu futuro.

Ele meneou a cabeça.

– Eu não sou um deus, Felicity Faircloth. Sou o oposto de um deus. E você é boa demais para o meu passado ou o meu futuro.

E o seu presente?, ela quis perguntar, desesperada. Em vez disso, ela o puxou para si e ele veio, beijando-a de novo, grunhindo baixo, no fundo da garganta, lambendo os lábios dela até Felicity abri-los para ele, que a provocou por dentro, tentando-a. Ela suspirou, e ele recompensou esse som aprofundando o beijo, uma mão soltando os grampos do cabelo e outra encontrando o tornozelo dela, macio e nu, debaixo das saias. Os dedos quentes dele, fortes e firmes, envolveram o tornozelo de Felicity, depois começaram a acariciar a parte de dentro da perna.

– De novo, sem meia – ele disse. – Minha solteirona indecorosa.

– Espere! – ela exclamou, e ele esperou, parando de tocá-la no mesmo instante que ela se afastou dele, querendo ver seus olhos – aqueles lindos olhos cor de âmbar. – Por que você mentiu para mim?

– Eu menti para você?

Ela estudou o rosto dele por um longo momento antes de falar.

– Eu acho que mentiu, sabe. Eu acho que você mente toda vez que olha para mim.

– Eu minto toda vez que olho para qualquer pessoa.

– Diga-me algo verdadeiro – ela disse.

– Eu quero você. – As palavras foram instantâneas, e Felicity viu a sinceridade nelas. Prazer borbulhou dentro dela.

Mas ainda não era o bastante.

– Mais alguma coisa.

Ele meneou a cabeça.

– Não há mais nada. Não agora.

– Outra mentira – ela sussurrou, mas aproximou-se e beijou-o mesmo assim, sentindo o desejo dele. Igualando-o com o seu. Quando o beijo terminou, os dois estavam ofegantes. Ele passou a mão grande e firme pela nuca de Felicity e encostou sua testa na dela. Devil fechou os olhos antes de falar com dolorosa suavidade: – É a única verdade. Eu quero você. Nunca, em toda minha vida, sonhei em querer algo como você. Algo imaculado e perfeito. – Ele abriu os olhos, encontrando os dela no mesmo instante. – É como querer o sol.

Aquele homem iria ser o fim dela. Ele iria arruiná-la para todos os outros.

– Mas não dá para segurar os raios do sol – ele sussurrou. – Não importa o quanto você queira tocá-los, eles sempre escorrem por entre seus dedos, afastados pela escuridão.

Ela sacudiu a cabeça.

– Você está errado. A luz do sol não é afastada pela escuridão. A luz a preenche. – E então ela o beijou de novo, e ele assumiu o controle, temperando a impetuosidade dela com sua habilidade superior, diminuindo o ritmo da carícia, aprofundando-a, enquanto seus dedos deslizavam pelo lado interno da perna dela.

Felicity deixou que ele a tocasse, que acariciasse seu joelho, abrindo espaço para o toque dele nessa parte de sua pele que nunca tinha sido tocada. Ela ficou sem ar quando ele subiu mais, o toque como um sussurro, quase imperceptível, mas consumindo-a mesmo assim. Ele interrompeu o beijo.

– Tão macia – Devil disse, dando beijos quentes no pescoço dela, fazendo Felicity arfar de prazer. – Como seda. – Ele subiu pela coxa dela, deixando um rastro de fogo até alcançar uma borda de cetim e renda. Ele mexeu na fita que encontrou ali, e ela desejou que a peça sumisse.

– Esta é...

Ela aquiesceu, sabendo que deveria ficar mais constrangida. Mas sem se importar.

– ...a que você me deu.

– Se eu fosse olhar... – Ele puxou o laço, soltando a perna da peça íntima, fazendo-a fechar os olhos com a sensação. – Ela seria rosa?

Felicity anuiu.

– Posso?

Os olhos dela se abriram num átimo.

– Pode o quê?

– Posso olhar?

Só se você prometer também tocar.

De algum modo, ela conseguiu não dizer isso. Mas consentiu com um movimento de cabeça, sabendo que não devia. Sabendo que queria tudo que ele prometia.

No momento em que ela anuiu, ele se moveu, recuando para levantar-lhe as saias e revelá-la. As bochechas dela arderam quando Devil estendeu a mão para os laços de seda rosa.

– Vou me lembrar destes belos laços rosa... – ele disse com suavidade, mais para si mesmo do que para ela, enquanto seus dedos quentes deslizavam por baixo da coxa dela, por baixo do tecido – ...pelo resto da minha vida.

Ela se recostou, facilitando-lhe o acesso.

– Eu vou me lembrar *disto*.

O olhar dele procurou o dela. Sua mão subiu até a cintura de Felicity, até outro laço rosa, um que ele não podia ver, mas que ainda assim soltou sem dificuldade.

– Isto?

– Sim! – ela exclamou.

Ele segurou na cintura da peça íntima.

– Será que eu devo lhe dar outras lembranças, querida?

– Sim – ela sussurrou, e ele puxou, removendo, com eficiência, a peça. – Por favor.

Jogando-a de lado, ele voltou as mãos para as pernas dela, agora completamente nuas, envoltas pela seda rosa do vestido.

– Tão mais bonitas sem os laços – ele sussurrou, beijando de leve o joelho, uma carícia que provocou ondas de calor nela. – Abra para mim, querida.

Talvez tenha sido a sensação daquela ordem contra a pele que ninguém nunca havia tocado.

Talvez tenha sido o som – o grunhido que fez o coração dela acelerar.

Mas, muito provavelmente, o que fez Felicity abrir as pernas para o ar, o sol e aquele homem magnífico... foi afeto. *Amor.*

Ele era de fato perigoso.

Porque, no momento em que Felicity fez o que ele pediu, as mãos fortes, quentes e calejadas dele desceram pelo lado de dentro de seus joelhos, mantendo-os afastados, e o olhar, travado no espaço sombrio entre as coxas dela. A garganta de Devil grunhia como se ele estivesse se segurando para...

Ela estendeu a mão para ele, seus dedos deslizando pela lateral do rosto de Devil, passeando por sua cicatriz branca, com o músculo latejando por baixo.

– Você parece como se estivesse... – Ele a encarou, e o que ela viu nos olhos dele lhe tirou o fôlego. – Você parece...

– Faminto – ele completou, então, movendo as mãos suavemente, deslizando-as pelas coxas dela, empurrando as saias o mais para o alto que podiam ir. – Estou faminto por você, Felicity Faircloth. Estou morrendo de fome. – Seus dedos alcançaram os pelos escuros que protegiam o sexo dela. – Eu quero que você me toque, querida. E quero mais. Quero saborear você.

As palavras poderiam tê-la chocado, mas ele as pontuou com toques delicados, com um deslizar lento enquanto a abria.

– Eu quero conhecer cada centímetro de você. Quero saber o que lhe dá prazer. – Um movimento. Um grunhido gutural, delicioso. – Você está tão molhada para mim.

Um rubor se espalhou pelas faces dela, e Devil meneou a cabeça, elevando-se sobre os joelhos para roubar um beijo.

– Não – ele sussurrou. – Nunca tenha vergonha disso. Você quer, não é? Meu toque?

Ela fechou os olhos.

– Sim. – *Mais do que qualquer coisa.*

– Você quer meu beijo.

Ela o puxou para si. Tomou-lhe os lábios.

– Sim.

– Garota gulosa. Meus beijos são seus sempre que você quiser.

As palavras a inundaram com fogo líquido.

– Eu quero agora.

Ele riu das palavras, baixo e rouco.

– E eu quero dar o que você quer. – Ele a acariciou, e ela arfou. – Você gosta disso? – Ela anuiu, levantando os quadris para o toque dele. – Aqui? – Um toque demorado. – Ou aqui? – Um círculo lento, firme e delicado. Ela ficou sem fôlego. – Ah... – ele disse. – Aqui, então.

Outro círculo, e a coluna dela ficou reta, seus olhos se fecharam, sua boca se abriu.

– Isso. Aí. Por favor.

– Hum. – Os toques circulares continuaram, preguiçosos e perfeitos, e os pensamentos se embaralharam. Ela desceu a mão pelos braços dele, seus dedos fechando-se sobre o pulso. – Você quer que eu pare?

– Não! – ela exclamou. – Sim. Eu não... – Ele parou, e ela o odiou um pouco por isso. Felicity abriu os olhos. – Não pare.

Ele se aproximou e a beijou de novo.

– Acho que vou lhe mostrar outra coisa.

— Mas eu estou gostando disso! — ela protestou.

— Você vai gostar mais disto aqui — ele prometeu.

Ela arqueou o corpo quando ele tirou os dedos.

— Devil, por favor.

— Devon.

Ela encontrou o olhar dele, claro, lindo e repleto de algo que não conseguiu identificar.

— O quê?

— Me chame de Devon.

O coração dela ameaçou sair do peito, e Felicity deslizou a mão pelo rosto dele.

— Devon.

Em resposta, ele baixou a cabeça até a coxa dela, como se em devoção. O que era loucura, claro. Era ele que merecia devoção. Ela acariciou seu cabelo, os dedos tremendo da necessidade que tinha dele. De seu beijo, sim. De seu toque, também. Mas *dele*.

— Devon — ela sussurrou outra vez.

O nome o destravou, e ele deu um beijo suave na coxa dela, e outro, mais outro, seguindo a pele macia até o sexo, enquanto Felicity acariciava o cabelo curto e macio dele. Ele a abriu, expondo-a ao seu olhar, e, por um momento, ela parou, constrangida pelas ações dele.

Até ele falar, a respiração quente e devastadora entre as pernas dela.

— Tão linda. — Ele deu um beijo logo acima do sexo dela, inspirando profundamente, como se reunindo forças. — Eu não deveria ter dito meu nome. Agora você me possui.

Se pelo menos fosse verdade. Ainda assim...

— Devon.

Então, ele olhou para ela, apenas os olhos à mostra.

— Mostre do que você gosta.

Ela sacudiu a cabeça.

— Eu não sei.

— Vai saber. — E então ele começou a beijá-la, e ela se perdeu, arfando de prazer enquanto ele pressionava a língua na sua maciez e fazia amor com ela, descrevendo círculos lentos e lânguidos, dos quais Felicity gostava muito, como descobriu. Ela se desfez, as mãos novamente sobre a cabeça dele, enquanto Devil passava a língua em seu sexo inchado e sensível, enviando onda após onda de prazer por todo corpo dela.

Ela apertou os dedos, segurando-o contra si. Ela se movia de encontro a ele, e Devil — Devon — grunhia, deixando-a usá-lo, saboreando-a impossivelmente, como se ela fosse tudo que ele sempre desejou. Com o som, Felicity soltou a cabeça dele, constrangida, e Devil olhou para cima no mesmo instante, interrompendo o prazer dela. *Não!* Ela sacudiu a cabeça, levantando as mãos.

— Desculpe... Eu não queria...

Ele pegou uma das mãos dela, dando um beijo no centro da palma, e depois a recolocou em sua cabeça.

— Nunca peça desculpa por tomar o que você quer, meu amor. Nem por me mostrar como lhe dar prazer.

Ela fechou os olhos, assustada, certa de que mulheres *não faziam* esse tipo de coisa.

Devil retomou sua tarefa, a língua roçando de leve o sexo dela. Leve demais. Quase não encostava. Ela abriu os olhos.

— Devon. — O nome saiu num lamento. Seus olhares se encontraram sobre o tronco dela, e Felicity viu a travessura neles. — Por favor — ela implorou. — Mais.

— Mostre para mim — ele pediu, continuando a provocá-la. Ela sabia o que queria dele. Conseguiria mostrar?

Ele recuou e soltou um sopro longo e lento sobre ela. Delicado. Gentil. Droga. Ela arqueou os quadris. Ele recompensou o movimento com uma breve chupada na carne sensível. Ela arfou.

E então, Devil voltou àquele toque quase ausente.

— Faça! — ela exigiu.

Ele levantou a cabeça e lhe deu um olhar de puro desafio.

— Faça você.

Que Deus a ajudasse, pois ela fez, trazendo-o até si, levantando os quadris, buscando seu prazer. Como resposta, ele passou os braços ao redor dos quadris dela, puxando-a para mais perto, segurando-a com firmeza, banqueteando-se nela enquanto Felicity suspirava seu nome uma vez após a outra, contorcendo-se contra ele. Ele usou uma mão para aumentar o prazer dela, deslizando dedos dentro dela, encontrando um lugar que a fez ver estrelas.

— Devon!

A resposta dele foi um grunhido, cuja vibração ampliou o imenso prazer que extraía dela, fazendo-a apertar a mão, levantar mais os quadris, chegando ao ápice. E Felicity se perdeu, incapaz de fazer qualquer coisa senão se entregar àquele homem magnífico e seu toque magistral, latejando contra ele, gritando seu nome enquanto o mundo girava e tudo que ela sabia mudava.

E, por algum motivo, enquanto se desfazia, ela começou a rir.

Era incontrolável – uma exclamação de euforia profunda, quase insuportável, pulando de dentro dela enquanto ele extraía todo o seu prazer, enquanto ela se movia de encontro a ele e se entregava. Ela riu e riu e se deleitou com aquele homem, seu beijo, seu toque, passando a mão no cabelo curto dele.

Logo a boca dele amoleceu, seus dedos parando com a quietude dela. Devil virou a cabeça, encostando os lábios com delicadeza, mais uma vez, na coxa dela. Felicity acariciou a cabeça e o rosto dele, a nuca e os lindos ombros largos, sem querer deixar que se afastasse.

– Isso foi... – ela começou.

Ele olhou para o rosto dela, e Felicity pôde ler o desejo, sensual e pecaminoso, nos olhos dele.

– Foi magnífico – ele completou.

Ela corou.

– Eu não esperava... Eu não queria rir.

– Eu sei.

Era normal rir? Ela não podia perguntar isso a ele.

– Eu nunca senti nada assim – ela disse apenas.

Algo passou pelo rosto dele, por um instante apenas, sumindo antes que ela pudesse compreender o que era, substituído por um sorriso maroto, que levantou um dos lados da linda boca dele.

– Eu sei, querida. Eu estava aqui. Eu senti você em mim. Apertada ao redor dos meus dedos. Pulsando na minha língua. E aquela risada... foi a coisa mais erótica que eu já ouvi. Pelo resto da minha vida, vou ouvir essa risada nos meus sonhos.

E então ele se levantou, passando a palma das mãos nas suas coxas, os últimos raios de sol tornando o céu vermelho-sangue atrás dele.

Ele se foi. Continuava lá, mas distante como se nunca tivesse estado ali. Ela se inclinou para frente no banco.

– Devon?

Ele meneou a cabeça, quase sem olhar para ela.

– Eu não devia ter lhe contado.

– Por que não?

– Porque não é para você.

As palavras doeram como um tapa. Ela ficou tensa.

Ele praguejou em voz baixa, passando as mãos pela cabeça de formato perfeito. Ela odiou ter notado essa perfeição. Odiou que notasse tudo a respeito dele – a linha escura das sobrancelhas, baixas sobre os olhos, o vinco entre elas. A linha reta do nariz e a depressão quase imperceptível na ponta.

A sombra da barba por fazer no rosto, como se ele não conseguisse se barbear o suficiente para manter a escuridão longe. E aquela cicatriz, assustadora e linda porque era dele.

Não é para você.

Nunca seria dela.

Ele era a fechadura que Felicity nunca conseguiria abrir.

Não importava que ele parecesse saber dezenas de modos de abri-la.

– Você me pediu para dizer uma verdade – ele disse, a voz áspera. – Antes.

Ela se levantou, querendo se livrar daquele banco que nunca mais seria dela, porque seria dele para sempre.

– Pedi. E você mentiu.

– Não menti – ele retrucou. – Eu lhe disse que queria você.

Por um momento, não para sempre. Ela não disse isso e teve orgulho de si mesma.

– E também não menti quando falei que meu nome não era para você.

Ele não precisava repetir aquilo. Não precisava doer duas vezes.

– Sim, *Devil*. Eu não sou estúpida. Eu entendo que o seu nome de batismo é precioso demais para você permitir que eu o pronuncie.

Ele desviou o olhar, xingando de novo.

– Pelo amor de Deus, Felicity! Quando eu digo que não é para você, não é porque ele é precioso. É porque o nome a suja quando você o fala.

Ela sacudiu a cabeça.

– Eu não...

– Não é meu nome de batismo; eu não tenho nome de batismo. Eu fui encontrado, dias após nascer, enrolado em trapos e chorando na margem do Rio Culm, com um bilhete pregado em mim, o qual dizia que eu devia ser entregue ao meu pai.

Bom Deus.

Ela sentiu o peito apertar ao ouvir aquilo. Ao imaginá-lo criança. Um bebê. Abandonado.

– Quem faria algo assim?

– Minha mãe – ele disse, sem emoção. – Antes de encher os bolsos de pedras e entrar na água, pensando que eu estaria melhor sem ela. – Felicity ficou nauseada. Pelo que a pobre mulher estava passando? Que receios ela tinha? Que sofrimento?

– Ela pensou que ele me aceitaria – acrescentou Devil.

Mas é claro que ela tinha pensado isso. Quem não o aceitaria, esse homem forte, altivo, inteligente e corajoso? Que pai podia não amar um filho desses?

Como qualquer pessoa podia não amar um homem desses?
Como qualquer pessoa podia abandoná-lo?

O pensamento agitou-a, inundando-a com um conhecimento. Ela o amava. De algum modo, ela tinha se apaixonado por ele. O que Felicity iria fazer?

Ela deu um passo na direção dele, estendendo a mão, querendo mostrar isso para ele. Querendo amá-lo.

– Devil.

Ele meneou a cabeça diante do nome sussurrado e recuou, recusando o toque dela.

– Ele não foi me buscar. – Como por milagre, as palavras saíram sem expressão. – E ninguém na cidade queria um bastardo abandonado. Então, me mandaram para um orfanato. Eu não tinha nome, então me chamaram de Devon Culm; porque fui deixado na terra por um anjo, minha mãe, que morreu no rio Culm.

Ela estendeu a mão para ele de novo, que, novamente, afastou-se.

– Seu pai... ele não deve ter recebido a notícia... a carta pode não ter chegado a ele... ele nunca o abandonaria.

– Você será uma ótima mãe algum dia – ele começou. – Eu já lhe disse isso antes, mas quero que saiba que estou falando sério. Vai chegar o dia em que você terá lindas filhas com cabelo cor de mogno, Felicity, e eu quero que se lembre de que será uma mãe admirável.

Os olhos dela arderam com as palavras – com a evocação das filhas que ela não queria ter se não fossem de um homem que amava. *Deste* homem que ela amava.

– Você queria a verdade, Felicity Faircloth, e aqui vai ela. Eu estou tão abaixo de você que a sujo só com os meus pensamentos.

Ela levantou o queixo.

– Isso não é verdade. – Ele não via que era magnífico? Não compreendia que valia por dez homens? Mais forte, mais sábio e mais inteligente do que qualquer um que ela conhecia?

Então, Devil estendeu a mão para ela, deslizando os dedos pelo rosto dela numa carícia que deixou uma sensação de despedida. Ela segurou a mão dele.

– Devil – ela repetiu. – Não é verdade.

– Eu cometi um erro – ele disse, a voz tão baixa que quase foi carregada pelo vento. As palavras provocaram uma tristeza que doeu em Felicity.

– Isto não é um erro – ela disse. – É a melhor coisa que me aconteceu.

Ele meneou a cabeça.

– Você nunca vai me perdoar – ele disse, olhando para ela. – Não se eu tirar de você a vida que merece. Não me procure de novo.

Ele baixou a mão e se virou. Ela o observou ir, desejando que se virasse. Dizendo para si mesma que, se ele se virasse, isso significaria algo. Se ele se virasse, ele gostava dela.

Mas isso não aconteceu.

E a frustração e a irritação dela borbulharam.

– Por quê? – ela gritou para as costas dele, ficando cada vez mais furiosa. Odiando o modo como ele tinha exposto as emoções dela, fazendo-a acreditar que era *importante*, para então deixá-la como se Felicity não fosse nada além de uma distração vespertina. Como se não fosse nada e ponto.

Ele parou, mas não olhou para ela.

Felicity não se moveu, recusando-se a ir atrás dele. Até uma solteirona invisível tinha seu orgulho. Mas ela deu voz à sua frustração.

– Por que eu? Por que me deixar conhecer isso? Você? Seu mundo? Por que me deixar ter para depois arrancar das minhas mãos?

Foi ficando mais difícil vê-lo no lusco-fusco, e ela se perguntou se ele responderia. Quando ele falou, foi em voz tão baixa que Felicity se perguntou se ele queria que ela ouvisse. Se ele percebeu que a brisa carregaria as palavras até ela, como o banco tinha feito antes.

– Porque você é importante demais.

E ele se foi, entrando na escuridão.

Capítulo Vinte

Felicity seguiu as instruções dele.
Ela não o procurou nem invadiu seu escritório ou seu armazém. Nenhum dos vigias dele a tinha visto em Covent Garden. Na verdade, Brixton, de volta a seu posto na Casa Bumble, não tinha relatado praticamente nenhuma atividade de Felicity desde que Devil a deixou no jardim de sua casa.

Ela nem mesmo tinha tentado lhe enviar um bilhete.

Fazia três dias, e Felicity o tinha deixado em paz. Devil descobriu que, a cada segundo que passava, sentia-se cada vez mais consumido por ela.

Talvez ele pudesse ter evitado isso se não tivesse atendido ao chamado que ela enviou por Brixton. Talvez ele pudesse ter conseguido ignorá-la se não a tivesse beijado no jardim. Se não se lembrasse do som da voz dela carregado por aquele banco do sussurro. Se ele não soubesse que ela ria ao gozar.

Ela riu quando gozou.

Devil nunca tinha conhecido uma mulher que se entregasse ao deleite sexual daquele modo. Tão por completo que o prazer jorrava dela como alegria pura, autêntica. Pelo resto de sua vida ele iria lembrar o som da risada dela no jardim, compartilhada por ele, pelo sol poente e pelas árvores – e por ninguém mais.

Pelo resto da sua vida, ele iria sonhar com o sabor do prazer dela e o seu som. Devil tinha sido arruinado por ela.

Ele passou três dias fingindo ignorar a lembrança do prazer dela, de sua risada reverberante, magnífica, e, finalmente, ao fracassar, saiu do escritório para ir receber o mais recente carregamento de gelo no Tâmisa. O sol mal tinha se posto, riscando o céu de Londres em dourado e roxo.

A maré estava alta. Devil passou pela Rua Fleet a caminho das docas, consultando o relógio enquanto caminhava – 21h10. Ele notou o silêncio das tabernas frequentadas pelos estivadores de Londres. A maioria deles devia ter encontrado trabalho naquela noite, cuidando das embarcações que entravam e saíam, enquanto a maré estava alta, e os barcos podiam ser controlados. Depois que a maré baixasse, seriam necessárias doze horas para que as embarcações pudessem ser movidas – e tempo era dinheiro no porto.

Chegando à margem do rio, com a bengala na mão, ele seguiu pelas docas por algumas centenas de metros até o grande atracadouro que os Bastardos alugavam nas noites em que recebiam carregamentos. Destacava-se contra o céu cinzento a silhueta escura de um imenso navio, recém-atracado, meio afundado na água alta por causa de sua carga – cento e cinquenta toneladas de gelo, boa parte derretida nos porões do navio.

Whit já estava lá, o chapéu preto enterrado na cabeça, o sobretudo cinza tremulando no vento, com Nik ao seu lado. A norueguesa folheava o conhecimento de embarque sob o olhar nervoso do capitão do navio.

– Está tudo aqui, de acordo com o conhecimento – ela disse. – Mas só vamos ter certeza depois que descarregarmos.

– Quanto tempo? – Whit perguntou, levantando o queixo ao notar a aproximação de Devil.

– Com sorte, até a noite de quarta. – Duas noites. – Se começarmos drenando a água derretida dos porões esta noite, assim que a maré começar a baixar, talvez dê para terminar antes.

– Duas noites e nada mais – Whit grunhiu. – Não podemos nos arriscar a deixar aqui sem guarda por mais tempo que isso. – Uma dúzia de homens seria empregada para proteger a carga enquanto a água era drenada dos porões do navio, porque não havia outra opção; era impossível acessar os compartimentos de carga enquanto estivessem cheios de água gelada. Mas as docas ficavam em terreno baixo, e, enquanto estivessem ali, os guardas não conseguiriam proteger nem a carga nem eles próprios tão bem quanto os bastardos gostariam.

– Duas noites, então. Vou falar para os rapazes se prepararem para molhar os pés. – Nik acenou para o capitão, liberando-o para retornar ao navio.

– Também vamos precisar de mais guardas durante o transporte para o armazém – Devil disse, batendo a bengala nas tábuas da doca. – Não quero perder outro carregamento.

– Pode deixar.

– Excelente trabalho, Nik.

A norueguesa inclinou a cabeça em um reconhecimento contido do elogio.

– Ainda mais porque Devil não teve nada a ver com este – Whit acrescentou.

Devil olhou para ele.

– O que você quer dizer com isso?

– Você passou duas semanas correndo atrás da garota.

– Por que diabos você está me seguindo?

Whit desviou o olhar para as docas.

– Enquanto ele estiver aqui, vou seguir todo mundo.

Ewan.

– Se ele quisesse alguma coisa conosco, já teria vindo.

– Ele quer Grace.

– Com o disfarce e os guardas, ela está bem protegida.

Whit grunhiu baixo e cheio de determinação.

– Estou surpreso por você saber que nós tínhamos um carregamento hoje, com todo o tempo que passa com a sua garota.

Que cretino de merda era o irmão dele.

– Eu precisava convencê-la a confiar em mim, para nós podermos usá-la para punir o Ewan.

– Esse ainda é o plano, né? – Whit grunhiu.

– Não – Devil respondeu de imediato, sabendo que estava pedindo confusão, mas agora ele rejeitava tanto a ideia de usar Felicity como um peão em seu jogo que não teve forças para fingir o contrário.

Cristo, ele tinha feito uma bagunça com aquilo.

– Plano ruim afinal, né? – Whit disse, e Devil resistiu ao impulso de enfiar a mão na cara do irmão.

– Chega.

Whit deu um olhar de lado para Nik, que falou o que os dois estavam pensando.

– Se esse não é o plano, o que você andou fazendo esse tempo todo?

– Preocupe-se como navio – Devil disse. – Isto não é da sua conta.

Ela deu de ombros e se virou para a embarcação.

– A pergunta dela é válida, mano.

Era mesmo. Mas isso não significava que Devil tinha que responder.

– Esta noite você resolveu encontrar sua língua?

– Alguém tem que ajudar você a pôr sua idiotice em ordem.

– Estou cuidando disso – Devil disse.

Ele estava.

Ele iria cuidar.
Tudo que ele precisava fazer era parar de pensar na droga da risada dela.
– Seus. Tontos. De. merda.
Devil se virou para as palavras.
– Excelente! – ele exclamou, e então olhou para Nik. – É melhor você ir embora enquanto pode.

A norueguesa seguiu pelo passadiço para começar a avaliar a carga quando Grace se aproximou – esguia, altiva e perfeita em seu casaco vermelho sob medida. Ela vinha flanqueada por duas guardas – mulheres com casacos pretos de corte semelhante ao dela. Tudo que se podia ver abaixo dos sobretudos do trio eram botas pretas, mas Devil sabia que todas usavam calças – que permitiam andar depressa e correr com rapidez ainda maior, caso precisassem se valer dessa habilidade. As guardas pararam a três metros deles, deixando que só Grace se aproximasse.

Whit arqueou as sobrancelhas ao olhar por cima do ombro, por um longo momento, em direção à irmã, antes de voltar sua atenção para o navio pesado na água.

– 'Noite, Dahlia.
Grace estreitou os olhos para Whit.
– Por que diabos você está tão tagarela? – Antes que ele pudesse responder, ela se voltou para Devil. – Vocês dois juntos têm o bom-senso de um porco-espinho retardado.
– Sempre me espanta que os melhores e mais inteligentes de Londres achem você encantadora – Devil disse.
– Você pensou que eu não ia descobrir? Pensou que podia acontecer sem que eu ficasse sabendo? É possível que vocês dois tenham levado uma pancada na cabeça ao mesmo tempo, que fez vocês esquecerem que sou mais inteligente que os dois juntos?
Whit olhou para Devil.
– Acho que ela tá brava.
– *Brava?* – Com a velocidade de um raio, Grace socou a orelha de Whit.
– Ei! – Whit cambaleou para trás, levando a mão à orelha dolorida. – Que porra é essa?
– Você não devia falar, já que anda tão sem prática, Beast. – Ela foi na direção dele, apontando o dedo para seu nariz. – *Você* devia ter me contado.
– Contado o quê? – Whit perguntou com um ganido magoado.
Contudo, ela já tinha lhe dado as costas, virando-se para Devil, que ergueu a bengala para não deixar que ela se aproximasse demais.

— E você... Eu devia ter jogado você no rio. Merece feder na água por dias. Você merece qualquer criatura perversa que saia do lodo para entrar em você.

Devil baixou a bengala, encolhendo-se diante daquelas palavras. Grace sempre foi a melhor deles em ameaças verbais. Devil era melhor em torná-las realidade.

— Bom Deus. Isso foi assustador.
— Você sabe que dia é hoje?
— O quê?
— Você sabe. Que dia. É hoje?
— Segunda-feira — Devil começou a ficar nervoso.
— Isso mesmo, segunda-feira. — Ela enfiou a mão dentro do casaco, de onde extraiu um jornal. — E vocês sabem o que vem no jornal de segunda-feira?
— Merda.

Whit soltou um assobio baixo.

— Ah. Então voltamos ao meu diagnóstico original.
— Porcos-espinhos retardados — Whit disse.

Grace deu meia-volta e apontou um dedo enluvado para ele.

— Porco-espinho. Singular. Um cérebro infinitesimal para vocês dois dividirem. — Ela se voltou para Devil.
— Eu não sei do que você está falando — ele disse, fazendo-se de desentendido.
— Nem tente negar. E não banque o tonto, embora seja um, é óbvio. — Ela fez uma pausa e inspirou fundo. Quando ela falou, as palavras foram mais suaves do que ele esperava. Carregadas de mais emoção do que *ela* esperava. — Os proclamas foram lidos ontem, na catedral de São Paulo. O anúncio do noivado do Duque de Marwick saiu na edição de hoje do *News*.

Devil estendeu a mão para o jornal.

— Dahlia...

Ela bateu na mão dele com o jornal enrolado, e Devil se encolheu.

— Quando você ia me contar?
— Nós não pensamos que você... — Ele olhou para Whit, que não ofereceu ajuda. Devil voltou sua atenção para Grace e praguejou.
— O que você achou que eu ia fazer? Me jogar da primeira ponte?

Devil desviou o olhar.

— Não. É claro que não.
— Rasgar minhas roupas?

Ele tentou um sorrisinho.

– Talvez.

Ela olhou feio para ele.

– Minhas roupas são caras demais para eu rasgar por causa disso.

Ele deu uma risadinha contida.

– É claro que são.

– Qual o motivo, então?

– Bem, assassinato não era de todo impossível – Devil respondeu. – E a última coisa de que precisamos agora é um duque morto.

– Não é como se a gente já não tivesse um desse antes – Whit grunhiu.

Grace ignorou ambos.

– Não estou aqui porque ele vai se casar. Estou aqui para que vocês me expliquem por que minhas garotas me disseram que a noiva dele está sob proteção dos Bastardos Impiedosos.

Ele congelou diante da pergunta.

Grace percebeu, como percebia tudo, e arqueou uma sobrancelha ruiva.

– Não acabei de dizer que a última coisa de que precisamos é um aristocrata morto? Eu tinha que proteger a garota. Ela gosta tanto de vir a Covent Garden quanto as pessoas daqui querem ir embora.

– O que a filha do Marquês de Bumble veio fazer em Covent Garden, Dev? – a irmã perguntou.

Whit piorou tudo.

– Devil gosta da garota.

Grace não tirou o olhar dele.

– Gosta mesmo?

Eu gosto dela demais.

– Essa é a garota sem graça que eu conheci no seu escritório, certo?

– Ela não é sem graça.

As palavras avivaram o interesse tanto de Whit, que grunhiu, quanto de Grace.

– Não... – ela disse após refletir. – Acho que não.

Devil se sentiu um idiota, mas não respondeu. Grace mudou a abordagem.

– Por que vocês não me contaram que estavam tentando manipular Ewan?

– Porque nós concordamos que vocês dois nunca mais iam se encontrar – Devil respondeu. – Porque nós concordamos que nada que diz respeito a ele é seguro para você. – Grace era valiosa demais. O duque nunca poderia saber onde ela estava. Grace era a prova de um passado que Ewan faria de tudo para esconder.

Se Grace fosse descoberta, Ewan seria enforcado.

Um longo silêncio acompanhou as palavras.

– Nós concordamos com isso décadas atrás – ela disse afinal.

– Não é menos verdade agora, e você sabe disso. Ewan voltou por você. Ele se lembra do acordo. Nada de herdeiros. E quer fazer uma troca.

A compreensão brilhou nos olhos azuis de Grace.

– Uma troca? Ou ele quer as duas coisas?

– Ele não vai ter nenhuma – Devil respondeu.

Ela olhou de um dos irmãos para outro.

– Nós não somos mais crianças. – Whit enfiou as mãos nos bolsos do sobretudo, e ela continuou. – Vocês não têm que me proteger mais. Eu posso encarar Ewan *tête-à-tête* o dia que eu quiser. Deixe ele me procurar que eu mostro a ponta afiada da minha lâmina.

Não era verdade. Ewan era o ponto fraco de Grace. Assim como ela era o dele.

E o destino era cruel demais para fazer de um a desgraça do outro.

– Grace... – Devil começou, a voz suave.

Ela o interrompeu com um gesto.

– E agora o quê? Que jogo você está tramando, Dev? Não está planejando deixar a garota se casar com ele, está?

– Não. – Cristo. Não.

– O quê, então? Vocês planejaram acabar com o noivado e mandar uma mensagem para ele? Nada de herdeiros? – Ela olhou para Whit, que abriu os braços.

– Eu queria dar uma surra nele e mandá-lo de volta para o interior.

Grace deu um sorriso de escárnio.

– Isso ainda é idiota, mas nem tanto. Cristo. Vocês dois... – Ela ficou séria. – Vocês deviam ter me envolvido no plano – ela disse em voz baixa. – Eu vou participar de agora em diante.

– Por quê?

– Porque ele não roubou meu futuro.

– Essa é uma grande mentira – Whit retrucou.

– Ele roubou seu futuro no momento em que nasceu. O seu mais que o nosso – Devil concordou. E também o passado dela. E o coração, mas eles nunca falavam disso. – Você é a legítima herdeira.

Grace ficou imóvel, retesando cada centímetro do corpo ao ouvir as palavras. Ela meneou a cabeça.

– Eu nunca fui a herdeira.

Ela era uma mulher. Não que isso importasse, pois o Duque, pai deles, já tinha colocado seu terrível plano em ação.

– Você é filha da duquesa e foi batizada como tal. E Ewan roubou seu futuro do mesmo modo que nosso pai.

Grace olhou para o lado, o vento do Tâmisa agitando o tecido do casaco vermelho contra suas pernas.

– O pai de vocês me odiou desde o começo – ela disse, alto o suficiente para ser ouvida acima do vento. – Eu esperava a traição *dele*; eu nunca esperei outra coisa. – Ela sacudiu a cabeça. – Mas Ewan...

Devil odiou a confusão na voz da irmã.

– Ele traiu todos nós. Roubou o nosso futuro. Mas você é a única de quem ele roubou o passado.

Grace o fitou, seu olhar fixo na cicatriz no rosto de Devil.

– Ele quase matou você.

– Ele quase matou todos nós – Devil respondeu, a marca repuxando sua pele.

– E pode ser que ainda mate – ela disse. – E esta é a outra razão pela qual eu deveria fazer parte desse plano: sou eu quem o conhece melhor. – Isso era verdade. – E Ewan não pode ser manipulado; *ele* é o manipulador.

– Não desta vez.

– Ele não é bobo. Ewan sabe que sou a guardiã de todos os segredos dele – ela disse. – Meu conhecimento... minha existência... colocam ele no patíbulo. Ele não vai descansar até me encontrar. Faz vinte anos que ele não descansa.

– Vamos dizer para ele que você morreu – Whit disse. – Esse sempre foi o plano se ele chegar perto demais de você.

Ela sacudiu a cabeça.

– Vocês não vão me enterrar até eu esfriar, rapazes. Ele está perto demais para não me encontrar.

– Nós nunca vamos entregar você.

– E quando eu ficar cansada de me esconder? – Whit grunhiu, e ela se virou para ele. – Pobre Beast. Sempre querendo esmurrar alguma coisa. – Ela olhou para Devil, deixando Covent Garden aparecer em sua voz. – Não precisa esquentar, manos. Ele num vai ser o primeiro duque que a gente vai enfrentar e vencer. – Ela fez uma pausa antes de continuar. – Parem de se preocupar comigo e se concentrem no acordo. Nada de herdeiros.

Whit grunhiu, e Grace se virou para ele.

– Que foi?

– Devil cagou na coisa toda.

Devil rilhou os dentes.

– Eu não caguei nada. Tenho um plano.

Grace olhou para ele.

– Que tipo de plano?

– É, mano. – Whit olhou para ele. – Que tipo de plano? A gente sabe que você não vai magoar a garota.

Ele devia acabar com esses dois.

– Eu vou tirar ela disso.

– Do casamento? – Grace respondeu. Como Devil não falou nada, ela acrescentou: – Como? Se ele a deixar, ela estará arruinada. Se ela o deixar, estará arruinada. Não existe um final em que a garota não seja destruída, e você sabia disso desde o começo.

– Ela já estava arruinada antes da gente chegar perto dela – Whit disse.

– Não estava, não – Devil contestou, virando-se para o irmão.

Uma pausa.

– Eu ouvi o mesmo – disse Grace. – Algo sobre ela ter sido encontrada num quarto que não era o dela?

– Como você sabe disso?

Grace levantou uma sobrancelha ruiva na direção dele.

– Preciso lembrá-lo de que sou eu quem tem a rede de bons espiões? Devo lhe dizer o que eu soube a respeito de você e Felicity Fenecida Faircloth?

Ele ignorou a provocação.

– A questão é que ela não está arruinada. Ela é...

Perfeita.

Bem. Ele não podia dizer isso.

– Oh, céus! – Grace exclamou.

Whit tirou o chapéu e passou a mão pela cabeça.

– Está vendo?

– Vendo o quê? – Devil perguntou.

– Você gosta da garota.

– Gosto nada.

– Então jogue-a aos lobos! – exclamou Grace. – Faça com que ela chegue às portas da igreja e a arruíne. Prove para Ewan que ele nunca vai se casar enquanto você viver. Ou, se casar, vai ser traído e não terá herdeiros, assim como o pai. Que você vai eliminar qualquer possibilidade de herdeiro que ele tiver. Cumpra sua promessa.

Ele desviou o olhar da irmã.

– Não posso.

— Por que não?

— Porque isso arruinará Felicity. Nas minhas mãos.

— Minhas garotas me contaram que ela já está arruinada, Devil. Metade de Covent Garden viu você beijando-a na noite em que você disse para o mundo que ela era sua protegida.

Ele nunca deveria ter tocado nela naquela noite. Nem em qualquer outra das noites. Mas não era desse tipo de ruína que ele estava falando. Não o tipo bobo que vinha com um beijo clandestino. Uma noite de prazer, momentos roubados que não significavam nada. Para o plano de Devil funcionar, ele teria que arruiná-la publicamente. Na frente de todo o mundo.

E Felicity seria banida por isso. Ela nunca mais seria uma joia da sociedade. Nunca voltaria ao lugar de honra. Nunca ficaria no centro do mundo que ela tanto almejava.

Grace sorriu de escárnio diante da falta de resposta.

— Diga mais uma vez que você não gosta da garota.

— Merda. — Claro que ele gostava. Era impossível não gostar dela. E ele tinha feito uma verdadeira bagunça desde o começo, desde o momento em que a viu no terraço. Desde o momento em que se desviou do plano de mandar o irmão embora, demorando-se com ela... fazendo promessas que não pretendia cumprir. Ele fez promessas que não podia cumprir nem se quisesse.

— Você já a jogou aos lobos, Dev — disse a irmã. — Só existe um jeito de salvar a garota.

Ele se virou para ela, incapaz de esconder a raiva gélida de sua voz.

— Ewan não vai ter herdeiros. E ele, de jeito nenhum, vai ter herdeiros com Felicity Faircloth.

Ela é minha.

Uma sobrancelha ruiva subiu.

— Não o Ewan.

Ele franziu o cenho.

— Quem, então? Quem nós conhecemos que é bom o bastante para ela?

Grace abriu um grande sorriso, franco e espontâneo. Ela olhou para Whit.

— Quem, não é mesmo?

— *Beast?* — Devil pensou que perderia a cabeça com a ideia de seu irmão tocando Felicity.

— Ah, pelo amor de Deus — Whit grunhiu. — Você tem mesmo a inteligência de um porco-espinho. Ela está falando de você, Dev. *Você* se casa com a garota.

Por um instante, emoções ferveram dentro dele, com uma força desconhecida. Empolgação, desejo e algo perigoso e impossivelmente parecido com esperança.

Impossivelmente parecido, e impossível.

Ele sufocou as emoções.

– Não.

– Por que não?

– Ela não me quer. – *Mentira.*

Marwick não é minha mariposa. Você é.

– Você a quer?

Quero. Claro. Ele não podia imaginar algum homem que não a quisesse. A mão dele apertou com mais força a cabeça de leão da bengala.

Grace ignorou a resposta.

– Você podia se casar com ela, salvando-a da ruína.

– Isso não seria salvá-la. Seria trocar uma ruína por outra. O que é mais ruinoso para uma lady bem-nascida do que virar uma Sra. no lodo de Covent Garden? Que tipo de vida ela teria aqui?

– Por favor – Grace debochou. – Você é rico como um rei, Devil. Você poderia comprar para ela o lado oeste da Praça Berkeley.

– Você poderia comprar pra ela *toda* a Praça Berkeley – acrescentou Whit.

Não seria suficiente. Ele podia comprar toda Mayfair para ela. Um camarote em cada teatro. Jantares com os homens mais poderosos de Londres. Audiências com o rei. Ele podia vesti-la com as roupas mais lindas que Madame Hebert podia fazer. Mas ela nunca seria aceita por eles. Nunca seria acolhida pela aristocracia. Porque teria se casado com um criminoso. Um criminoso com quem os nobres faziam negócios, mas um criminoso mesmo assim. Um bastardo, criado num orfanato e crescido no cortiço.

Se pelo menos tivesse sido ele a ganhar o ducado, poderia ser diferente. Ele sacudiu a cabeça, odiando esse pensamento – que ele não tinha há duas décadas, desde o tempo de garoto, quando sentia dor de fome e procurava, desesperado, um lugar para dormir que não fosse na rua.

Atrás deles, ouviu-se um tropel de passos, apressados e ansiosos. Uma garota, com não mais que 12 anos, loira e magra como um caniço, parou diante de uma das guardas de Grace.

– É uma das minhas – a irmã disse, levantando a voz e acenando para que a menina se aproximasse. – Deixem ela vir.

A garota se aproximou, com um pedaço de papel na mão, e fez uma mesura.

– Srta. Condry.

Grace estendeu a mão para pegar o bilhete e o abriu, sua atenção não mais em Devil.

Graças a Deus. Ele já tinha falado o bastante para parecer um tonto apaixonado.

Quem sabe a mensagem era importante o bastante para que ela parasse de lhe perguntar a respeito de Felicity.

Ela pegou uma moeda no bolso e a entregou para a mensageira, que já estava se virando para a escuridão.

— Pode ir. Cuidado. — Grace voltou sua atenção para Devil. — Acontece que a ruína da moça deveria ser uma decisão dela, você não acha? — Parecia que a mensagem não bastava, e que Grace ficaria falando de Felicity para sempre, como uma tortura. — Ela já tomou essa decisão. Ela mentiu sobre se casar com um duque para voltar à sociedade. Ela escolheu Marwick, um duque que nem conhecia.

Eu queria puni-los, ela tinha lhe dito. *E queria que me quisessem de volta.*

— Eu errei ao trazer Felicity Faircloth para esta guerra.

Whit grunhiu.

— Deus sabe que é verdade — Grace concordou.

— Eu vou tirar Felicity dessa confusão e ainda salvar o futuro dela.

Grace anuiu, baixando os olhos para o papel que tinha recebido.

— Não estou muito certa de que você ainda está no controle do futuro dela.

— E eu não tenho certeza de que algum dia ele esteve — Whit disse, abraçando-se para se proteger do vento.

Devil fez uma careta para eles.

— Vão para o inferno, vocês dois.

— Diga-me. — Grace começou, sem levantar os olhos. — Como parte desse acordo, a lady em questão pediu para aprender a arte da sedução?

Devil ficou imóvel. Como Grace podia saber disso?

— Ela pediu, sim.

A irmã então olhou para ele.

— E você não conseguiu lhe ensinar essa arte?

— Eu a instruí muito bem. — As sobrancelhas de Whit deram um pulo nesse momento, e Devil teve a nítida impressão que o trem estava descarrilhando. — Mas não era seduzir qualquer um. Era para seduzir o inseduzível. Tratava-se de atrair *Ewan*, pelo amor de Deus! Para retornar à sociedade. Chegar ao ápice. Ela quer recuperar sua reputação, e também a da família. Você não estava prestando atenção?

– A garota não parece nem um pouco preocupada com a reputação, Devil – Grace disse. – Eu diria até que ela não tem interesse algum no que a sociedade pensa dela.

– Como você pode saber isso? – ele estrilou. – Só a encontrou uma vez.

Ela brandiu o bilhete.

– Porque neste momento ela está no clube.

Ele congelou.

– Que clube?

Ela arqueou uma sobrancelha perfeitamente desenhada ao responder, toda calma.

– No meu clube.

Houve um instante de silêncio, seguido pela imprecação baixa de Whit.

– Cacete!

Ou talvez tenha sido Devil que a disse. Ele não tinha certeza, pois estava perturbado pela onda de fúria que o engolfou ao ouvir aquilo.

Ele se foi no mesmo instante, desaparecendo na escuridão sem se despedir, as pernas longas devorando o caminho até que a insatisfação com sua própria velocidade o fez começar a correr.

Grace e Whit ficaram parados nas docas, observando o irmão ser engolido pela escuridão antes de ela se voltar para ele.

– Bem – ela disse. – Isso tudo foi bem inesperado.

Whit anuiu.

– Você sabe que Ewan não vai gostar se Devil ganhar.

– Eu sei – ela afirmou.

Whit olhou para a irmã.

– Você vai ter que sumir por um tempo, Grace.

– Eu sei – ela anuiu.

Capítulo Vinte e Um

Felicity tinha certeza que o número 72 da Rua Shelton era um bordel. Quando ela bateu na porta, uma hora antes, um postigo foi aberto, revelando um par de lindos olhos com delineador. E, quando ela disse para aqueles olhos que Dahlia a tinha convidado, o postigo foi fechado, a porta, aberta e ela, convidada a entrar.

Uma linda mulher alta, de cabelo preto e usando um vestido safira, foi ao seu encontro na aconchegante recepção, e explicou que Dahlia não estava no momento, convidando-a a esperar. Como Felicity não conseguia conter sua curiosidade, claro que ela decidiu aguardar.

Nesse momento, entregaram-lhe uma máscara e a levaram até um salão maior, oval, coberto de seda e cetim, e provido de cerca de uma dúzia de sofás, poltronas e pufes. Ofereceram-lhe bebidas e petiscos.

E então, os homens entraram.

Ou melhor, começaram a entrar.

A sala tinha meia dúzia de portas, que ficavam fechadas, exceto para permitir a entrada daqueles que deviam ser alguns dos homens mais lindos da Grã-Bretanha. E eles continuavam entrando, atraentes e charmosos, oferecendo mais vinho, queijo, doces confeitados e ameixas. Eles sentavam-se perto de Felicity e a entretinham com histórias sobre sua força, contavam-lhe piadas encantadoras, divertidíssimas, e, de modo geral, faziam com que se sentisse como se fosse a única mulher no mundo.

Fazendo-a quase esquecer o motivo pelo qual tinha ido até lá.

O notável nisso era que todos aqueles homens encantadores faziam com que ela se sentisse o centro do mundo, apesar da presença de várias outras mulheres, todas usando máscaras, cujas idas e vindas pareciam ter o objetivo de encontrar um (e, em alguns casos, mais do que um) desses homens.

Sem dúvida para fazerem amor.

Ocorreu a Felicity que houve um tempo em que ela teria ficado constrangida com os eventos dentro daquele estabelecimento no número 72 da Rua Shelton, mas agora ela estava mais do que empolgada com sua decisão de aceitar o convite de Dahlia, porque, se alguém podia lhe ensinar o modo de conquistar um homem como Devil, seria um daqueles cavalheiros, que eram impressionantes de tão encantadores.

Um homem alto e atraente a entretinha; ele disse que seu nome era Nelson – *como o almirante, mas mais bonito* –, e exibia um sorriso em seus olhos gentis com lindas rugas nos cantos, o que o fazia parecer o tipo de homem com quem alguém poderia passar a vida, não só a noite.

Após cobri-la de elogios, Nelson começou a diverti-la com a história de uma gata que tinha conhecido. A felina costumava ir com regularidade à missa, mas não se limitava a estar presente.

– Ela gostava mesmo era de escalar o púlpito e se deitar sobre o Livro de Oração Comum. Não preciso dizer que o vigário não achava nenhuma graça nisso e, com frequência, precisava expulsar a gata para começar o sermão. – Felicity riu ao imaginar a cena, e Nelson acrescentou, seus olhos castanhos cintilando: – Eu sempre achei isso uma crueldade. A doce gatinha só queria um carinho.

O duplo sentido das palavras dele não passou despercebido por Felicity, que arregalou os olhos diante do flerte. Ainda era considerado um flerte se era tão descarado?

Antes que ela pudesse refletir sobre sua dúvida, duas batidas ecoaram, e ela sentiu a vibração nas tábuas do piso enquanto o olhar de Nelson buscou um ponto atrás dela, e o rapaz arregalou os olhos e levantou num pulo.

Felicity sabia, antes mesmo de se virar, o que encontraria ali.

Ou melhor, *quem* ela encontraria.

Seu coração começou a ribombar quando ela viu Devil, alto e sombrio, todo vestido de preto, com a bengala na mão e nuvens de tempestade nos olhos. A respiração dela ficou presa quando ele a encarou, o músculo do maxilar dele fibrilando loucamente, fazendo-a querer estender a mão e tocá-lo. Acalmá-lo.

Não. Ela não faria nada disso.

Felicity aprumou a coluna.

– O que você está fazendo aqui? – ela perguntou.

– Este lugar não serve para você.

Ela resistiu às palavras.

– Não imagino como você pode achar que está em condições de dizer o que serve ou não para mim.

Os ângulos do rosto dele pareceram ficar mais pronunciados, os olhos, mais escuros.

– Porque este lugar fica em Covent Garden, e eu sou o dono deste lugar, Felicity Faircloth.

– Ora. – Ela deu um sorriso irônico. – Então eu sugiro que pense com mais cuidado antes de conceder rédeas livres em sua propriedade a uma princesa de contos de fadas.

– Droga, Felicity – ele disse, a voz baixa o bastante para não atrair a atenção dos outros na sala. – Você não pode simplesmente fugir de Mayfair quando lhe der na telha.

– Mas parece que eu posso, não é mesmo? – Ainda bem que ela era uma solteirona; ninguém pensava em ver se ela continuava no quarto depois que se retirava para dormir. Isso dava muita satisfação a quem gostava de sair de casa.

Ainda mais quando essa pessoa conseguia causar uma descompostura num homem arrogante que a merecia. Sentindo bastante orgulho de si mesma, ela deu meia-volta e atravessou o salão, abrindo uma das lindas portas de mogno e passando por ela – como se tivesse alguma ideia de aonde estava indo.

Ela se preocuparia com isso depois que se livrasse dele.

Felicity fechou a porta atrás de si ao ouvir a imprecação que ele soltou. Por sorte, havia uma chave na fechadura, que ela girou e guardou no bolso. Ela olhou ao redor. Ela estava numa saleta mal iluminada com as paredes recobertas de tecidos dourados e vermelhos, de onde saíam escadas de madeira estreitas que levavam ao que quer que houvesse acima.

A maçaneta da porta foi virada.

– Abra a porta!

– Não – ela retrucou. – Acho que não vou abrir.

Uma pausa. Então...

– Felicity. Abra a porta.

Ela sentiu uma empolgação. Empolgação e uma sensação de liberdade que nunca experimentou antes.

– Eu imagino que agora você bem que gostaria de ter certo talento com fechaduras, não é mesmo?

– Eu não preciso de talento com fechaduras, querida.

Querida. O termo carinhoso preencheu o espaço pequeno e silencioso. Ela não devia deixar que a aquecesse, mas aqueceu. Ela não devia deixar que *ele* a aquecesse. Devil não a tinha magoado? Não a tinha mandado embora? Dito para não o procurar mais?

Ela deu uma bufada de frustração.

Ainda assim, ela queria o carinho.

Ainda assim, ela queria aquele homem.

Felicity se virou e começou a subir uma escada apressadamente, como se quisesse aumentar a distância entre eles antes que Devil conseguisse uma chave e fosse atrás dela. Ou, talvez, ela quisesse aumentar a distância entre ela própria e seus sentimentos por ele. Não importava mais. Ela imaginou ter um ou dois minutos antes que a linda mulher que a recebeu à porta arrumasse uma chave para ele.

Ela tinha subido três quartos da escada quando a porta foi arrombada, batendo na parede e voltando, quando foi pega pelo braço forte de Devil ao passar pelo vão. Ela ficou boquiaberta, congelada nos degraus.

– Está *louco*? Eu poderia estar parada ali!

– Você não estava – ele disse, aproximando-se dela.

Felicity subiu mais alguns degraus, o coração disparado.

– Você quebrou a porta da sua irmã.

– Minha irmã é muito rica. Ela pode consertar. – Ele foi se aproximando. – Não estou muito feliz com você neste momento, Felicity Faircloth.

Ela continuou subindo, uma mão levantando as saias para facilitar os movimentos.

– Estou vendo – ela disse –, pois você *acabou de destruir uma porta*.

– Eu não precisaria ter feito isso se você não tivesse aparecido em Covent Garden.

– Isto não tem nada a ver com você. – Ela recuou.

– Isto tem tudo a ver comigo. – Ele avançou.

– Você me disse para não o procurar mais. – Ele estava chegando perto dela. E ela percebeu que gostava do modo como seu pulso disparava a cada passo ritmado dele.

– E aí você vai para a porra de um bordel?

Ela fez uma pausa, apoiando uma mão na parede para se equilibrar.

– Eu estava desconfiando que era isso! – ela exclamou. E agora estava arrependida de não ter explorado mais o lugar.

– *Desconfiando*? – Devil olhou para o teto, como se pedindo paciência. – Que diabos isto podia ser? Um segundo White's club? Ambientado em Covent Garden?

Ela inclinou a cabeça para o lado.

– Eu tinha pensado que podia ser um... você sabe... mas não tinha me parecido tão... bordelesco. – Ele estava quase a alcançando. – Por que todas as mulheres estão mascaradas?

– Você cansou de fugir de mim?

Felicity franziu a testa.

– Por enquanto.

– Só porque despertei seu interesse e você quer respostas.

– Por que todas as mulheres estão mascaradas?

Ele parou um degrau abaixo dela, e a diferença de alturas fez com que ficassem olho no olho.

– Porque elas não querem ser reconhecidas.

– Não é esse o objetivo? Os clientes não querem ver o rosto das mulheres?

– Felicity... – Ele fez uma pausa, um quase sorriso nos lábios. – Querida, as mulheres *são* as clientes.

– Ah. – A boca de Felicity fez um círculo perfeito com a surpresa.

Era um bordel – *ao contrário*.

– Ah – ela repetiu. – Isso explica por que Nelson é tão encantador.

– Nelson é muito bom no trabalho dele.

– Posso imaginar – ela disse.

– Prefiro que não imagine. – Devil grunhiu baixo.

Ela arregalou os olhos. Seria possível que ele estivesse com... ciúme? Não. Isso era impossível. Homens como Devil não sentiam ciúme de mulheres como Felicity Faircloth.

– O que você está fazendo aqui? – Ele interrompeu os pensamentos dela.

Eu vim aprender como conquistar você.

– Eu fui convidada.

– Eu sei, e minha irmã tem sorte por eu ter desistido de jogá-la no Tâmisa por convidar você. – Ele estava tão perto, falando tão baixo no escuro. – Agora, vou perguntar mais uma vez, milady, e é melhor você me contar a verdade. O que está fazendo aqui?

Pela primeira vez em sua vida, ao ouvir a expressão *milady*, ela imaginou como seria, de verdade, sinceramente, ser a lady de alguém. Como seria ficar ao lado dele? Tocá-lo quando quisesse? Ser tocada por ele?

Ela quis isso.

Mas, em vez de colocar em palavras, ela apenas afirmou:

– Você me disse que eu não podia mais procurá-lo.

Ele fechou os olhos por mais tempo do que deveria.

– Isso mesmo.

A resposta doeu.

– Você não pode ter tudo, não vou permitir. Ou você lava as mãos e passa a me ignorar, ou tenta ser meu guardião, Devil, mas não pode fazer as duas coisas. E, de qualquer modo, não estou procurando um guardião.

– Como você está dentro de um bordel no meio de Covent Garden, acho que deveria procurar um.

– Estou dentro de um bordel no meio de Covent Garden porque cansei de guardiões, e existe um mundo inteiro de coisas que quero descobrir.

– Você deveria ir para casa.

– E o que vou aprender lá? A ser um cordeiro pronto para o sacrifício? A me casar com um homem que não amo? A salvar uma família da qual me ressinto mais do que deveria?

Outro grunhido baixo.

– E o que você acha que este lugar vai lhe ensinar? – ele perguntou.

Como conquistar você.

Ela engoliu em seco.

– Todas as coisas que você se recusa a me ensinar.

Ele olhou com firmeza para ela.

– Você se lembra do que eu lhe expliquei sobre paixão, Felicity? Eu lhe disse que não é como amor... não é paciente, nem gentil, nem qualquer coisa que as Escrituras gostam de nos dizer. Não é querer. É *precisar*.

Calor emanava dele em ondas, envolvendo-a com a promessa contida naquelas palavras. Como seria se ele precisasse dela? Seria tão inebriante como era precisar dele?

Porque ela começava a sentir que precisava dele.

Só podia ser por isso que tinha doído tanto quando ele a deixou.

Não porque ela o amava.

– A paixão vem muito mais com o pior dos pecados do que com a melhor das virtudes.

Ela percebeu a culpa que ele sentia e não conseguiu deixar de levantar a mão, de pôr seus dedos no rosto dele, de desejar que suas luvas sumissem. De desejar que pudesse senti-lo, pele na pele.

– Você entende de pecado, não, Devil?

Ele fechou os olhos, inclinando-se para a mão dela, o que provocou uma inundação de prazer em Felicity.

– Eu entendo mais de pecado do que você poderia imaginar.

– Uma vez você me disse que podia ver meu pecado – ela disse.

Ele abriu os lindos olhos, escuros e sábios.

– É a inveja. Você tem inveja do lugar que seus amigos ocupam. Da vida deles. De como são aceitos pela sociedade.

Talvez isso fosse verdade no passado. Talvez tenha existido um tempo em que ela faria qualquer coisa para ter a mesma vida que o resto dos seus antigos amigos. A felicidade. A aceitação. Não mais.

– Você está errado. Esse não é meu pecado.

Foi a vez de Devil levantar a mão. De tocá-la, colocando seus magníficos dedos quentes no rosto dela.

– Qual é, então?

– É querer – ela respondeu, as palavras quase inaudíveis.

Ele praguejou em voz baixa no escuro, tão perto. Tão impossível e lindamente perto.

Ela insistiu, sabendo que não deveria. Incapaz de parar.

– Eu quero *você*, Devil. Eu quero atrair *você*. Eu quero ser a *sua* chama. Mas receio... – Ela fez uma pausa, odiando o modo como ele a observava, como se visse cada palavra que ela dizia antes mesmo que Felicity a formulasse. E talvez visse mesmo. Não importava. – Mas receio que eu seja a sua mariposa.

Ele moveu os dedos, descendo até a nuca dela, entrando no cabelo, puxando-a para si e incendiando-a.

Não havia nada de hesitante no beijo – o que só aumentou a bruma inebriante que a envolveu. Num momento, Felicity tinha certeza de que ele queria se livrar dela, no outro, ele lhe tirava o fôlego, o raciocínio e a sanidade, com uma mão em seu rosto, o outro braço envolvendo suas costas para mantê-la firme e puxá-la para perto do calor dele. A boca de Devil brincava sobre a dela, sua língua quente e deliciosa enviando onda após onda de sensações, cruas e perfeitas, que ricocheteavam dentro dela.

Essa podia muito bem ser a última vez que ele a beijava, e ela estava sendo *magnífica*.

Ela poderia viver ali para sempre, feliz da vida, nos braços dele, naquela escada.

Só que um pigarro soou atrás dele, vindo do que parecia ser um quilômetro de distância, e ela sentiu pavor ao ser descoberta. Felicity empurrou os ombros dele, e Devil tirou seus lábios dos dela num processo lento, difícil, como se não tivesse motivo algum para soltá-la.

– Que foi? – ele perguntou sem tirar os olhos de Felicity.

– Você quebrou minha porta – Dahlia disse lá de baixo.

Ele resmungou ao reconhecer as palavras, ainda sem tirar seus olhos de Felicity, cujas faces queimavam. Ele deslizou a mão livre pelo braço dela, pegando sua mão.

– Nós temos quartos para coisas assim, sabe – Dahlia acrescentou.

Devil apertou os lábios, formando uma linha.

– Cai fora. – Ele se inclinou e beijou Felicity de novo, rápida e intensamente, deixando-a sem fôlego quando ele levantou a cabeça e disse – Venha comigo.

Como se ela pudesse fazer outra coisa que não isso.

Eles subiram a escada, um lance, depois outro. Ele não hesitou, não diminuiu o passo – nem mesmo quando Felicity tentou ver os lindos e misteriosos corredores que prometiam aventura e pecado. Ele apenas a levou cada vez mais alto, o coração de Felicity batendo forte, até ele parar num ambiente estreito, pouco iluminado, sem ter mais para onde ir.

Então, ele a soltou e levou as mãos ao teto, seus anéis brilhando poucos centímetros acima da cabeça, empurrando um alçapão, por onde se içou e saiu, deixando Felicity boquiaberta ao admirar o corpo dele, uma silhueta contra o céu estrelado.

Quando ele voltou e lhe ofereceu a mão, ela não hesitou, e ele a puxou para a noite, onde era rei.

Capítulo Vinte e Dois

Ele a levou ao telhado.

Devil sabia que não deveria. Ele sabia que tinha de colocá-la numa carruagem de aluguel e mandá-la de volta a Mayfair – intocada, para a casa que era de sua família há gerações. Ele sabia ser errado trazê-la para esse mundo que era todo dele e nada dela, que não faria nada além de sujá-la.

Mas, se o pecado de Felicity era querer, o mesmo era o de Devil. E, Cristo, como ele a queria.

Ele a queria mais do que jamais quis qualquer coisa, e Devil tinha passado boa parte de sua juventude pobre e revoltado, com fome e frio. Ele poderia ter resistido ao próprio desejo, mas, então, Felicity confessou o dela: *Eu quero você. Eu quero ser sua chama... mas receio que eu seja a sua mariposa.*

E tudo que Devil desejou foi levá-la a algum lugar onde os dois pudessem arder juntos.

Ele fechou o alçapão depois que a içou ao telhado do bordel de Grace – e, ao se levantar, descobriu-a admirando a noite; a cidade abaixo e as estrelas acima, tão claras quanto a visão que ele tinha do seu futuro.

Um futuro sem ela.

Mas, nessa noite, ele iria dividir seu mundo com ela, mesmo sabendo que se arrependeria para sempre. Como ele poderia resistir?

Ainda mais quando ela levou as mãos ao rosto e removeu a máscara que tinham lhe dado no clube, revelando-se para uma noite quente. Ela deu meia-volta lentamente, os olhos arregalados enquanto assimilava tudo. Então Felicity levantou os olhos para os dele, e o sorriso admirado no rosto dela ameaçou colocá-lo de joelhos.

– Isto é magnífico.

— É mesmo – ele disse, respirando com dificuldade.

— Eu nunca pensei em telhados. – Ela meneou a cabeça.

— São o melhor modo para se deslocar. – Ele pegou a mão dela, puxando-a para si antes de conduzi-la de um edifício para outro, ao longo de uma rua comprida e curva, sobre os telhados, de uma cumeeira a outra, desviando das chaminés e das telhas quebradas.

— Aonde nós vamos?

— Embora – ele disse.

Ela parou ao ouvi-lo, soltando sua mão. Quando Devil olhou para ela, Felicity estava virada para o outro lado, para a cidade. Ela abriu os braços e virou o rosto para o céu, inspirando a noite com um sorrisinho brincando em seus lábios.

Devil congelou, incapaz de desviar seus olhos dela, da alegria no olhar de Felicity, do rubor de empolgação em suas faces, da elevação dos seios e da curva dos quadris, do cabelo que brilhava prateado sob o luar. Por um instante, ela foi Cardea, invisível para todo o mundo exceto para ele – o começo e o fim, o passado e o futuro. O presente.

Linda como o céu noturno.

— Adoro isto – ela disse, as palavras fortes e carregadas de paixão. – Adoro esta liberdade. Adoro que ninguém saiba que estamos aqui, segredos na escuridão.

— Você gosta da escuridão – ele disse, as palavras saindo arrastadas, como rodas nos paralelepípedos.

— Gosto. – Ela olhou para ele, um brilho no olhar. – Eu gosto porque dá para se envolver com ela. Eu gosto da escuridão porque é evidente que você a adora também.

Ele apertou a mão no castão da bengala, batendo-a duas vezes na ponta da bota.

— Eu não amo a escuridão, na verdade.

Ela arqueou as sobrancelhas e baixou os braços.

— Acho difícil acreditar nisso, pois este é o seu reino.

Ele subiu na cumeeira do telhado, deixando claro que avaliava o salto para o próximo edifício. Assim, não teria que olhar para ela quando falasse a seguir.

— Quando eu era criança, tinha medo do escuro.

Um segundo, então as saias dela farfalharam sobre as telhas quando ela se aproximou. Sem se virar, ele soube que ela queria estender a mão. Tocá-lo. Devil achou que não conseguiria suportar a piedade dela e continuou em movimento, até o telhado abaixo, e subiu pelos degraus de ferro até o próximo. O tempo todo falando – mais do que já tinha dito para qualquer um antes –, pensando em não deixar que ela o tocasse. Em impedir que ela voltasse a querer tocá-lo. Nunca mais.

– Velas eram caras – ele continuou –, então não as acendiam no orfanato. – Ele parou no próximo telhado, o olhar fixo numa lanterna balançando lá embaixo, diante de uma taverna. – E, no cortiço, nós fazíamos tudo que podíamos para evitar os monstros que se escondiam no escuro.

Ainda assim, ela avançou, o nome dele uma prece em seus lábios.

Ele bateu a bengala nas telhas vermelhas, marcando o telhado debaixo de suas botas, querendo se virar para encará-la e dizer: *Não se aproxime. Não se importe comigo.*

– Era impossível mantê-los a salvo – ele disse para a cidade espraiada.

Ela parou.

– Seus irmãos têm sorte por terem você. Reparei no modo como eles olham para você; o que quer que tenha feito, você os manteve o mais seguros possível.

– Isso não é verdade – ele disse com aspereza.

– Você também era uma criança, Devon – ela disse às costas dele, as palavras tão delicadas que ele quase não ouviu seu nome. *Mentira.* Claro que ele tinha ouvido. Seu nome nos lábios dela era como uma salvação. Mas ele não merecia isso.

– Saber disso não ajuda no arrependimento.

Felicity estendeu a mão para ele, mas não o tocou, como por milagre. Então ela se sentou aos pés dele na cumeeira do telhado, e levantou os olhos para seu rosto.

– Não seja tão duro consigo mesmo. Você é quantos anos mais velho que eles?

Ele devia encerrar aquela conversa ali e levá-la para baixo, através do alçapão no telhado, para seus aposentos. Ele devia mandá-la para casa. Mas decidiu se sentar perto dela, virado para o lado oposto. Ela apoiou a mão enluvada na telha entre eles. Ele a pegou, puxando-a para seu peito, admirado com o modo como a lua transformava o cetim em prata.

Quando ela respondeu, foi para aquele tecido prateado, magicamente criado na escuridão que ele amava e odiava, ao mesmo tempo.

– Nós nascemos no mesmo dia.

Um instante.

– Como isso é...

Ele passou o dedo lentamente pela mão dela, sobre a luva. Para cima e para baixo, como uma prece.

— De mulheres diferentes.

Os dedos dela estremeceram debaixo de seu toque. Debaixo das palavras.

— Mas do mesmo homem.

— Grace não.

— Grace — ela disse, franzindo a testa. — Dahlia.

Ele anuiu.

— Ela tem um pai diferente. E talvez seja por isso que ela é melhor do que nós somados. — Os dedos dele encontraram os botões da luva e começaram a soltá-los.

Juntos, eles viram a pele no pulso dela ser revelada.

— Pensei que você tinha dito que não conhecia seu pai.

— Eu disse que meu pai não quis me assumir quando minha mãe morreu.

— E depois?

Ele assentiu, recusando-se a encará-la, preferindo retirar a luva de cetim num movimento lento e longo, que o deixou com água na boca.

— Mais tarde nós nos tornamos úteis. — Uma pausa. — Quando ele percebeu que Grace seria tudo que conseguiria.

Ela meneou a cabeça.

— Não entendo. Ela não era filha dele.

— Mas ele era casado com a mãe dela. E disposto a aceitar Grace como sua filha, de tão desesperado que estava por um herdeiro.

Um herdeiro significava que...

— Ele era nobre.

Devil anuiu.

Ela precisou de toda sua energia para não perguntar de que título estavam falando.

— Mas... ele tinha filhos. Por que não esperar? Por que não tentar outro? Um legítimo.

— Não era possível. Ele nunca mais teria outro.

— Por quê? — ela perguntou, confusa.

Felicity tinha a pele mais linda em que Devil já tinha colocado os olhos. Ele virou a palma dela para cima e traçou círculos nela com o dedo.

— Porque ele não podia mais ter filhos depois que a mãe de Grace atirou nele.

Ela arregalou os olhos.

— Atirou nele? Onde?

Ele a encarou, então.

— Num lugar que o impossibilitava de ter um sucessor.

Ela abriu a boca. Fechou-a.

— E então ele ficou com uma garota. Sem herdeiros.

— A maioria dos homens teria desistido – ele disse. – Deixaria a linhagem acabar. Passaria o título para algum primo distante. Mas meu pai era desesperado para deixar um legado.

A mão dela se fechou ao redor do dedo dele, capturando-o com seu calor, fazendo Devil desejar que ela ficasse com ele para sempre, mantendo o frio longe.

— Você e Beast.

— Whit – ele corrigiu.

Ela deu um sorrisinho ao ouvir o nome verdadeiro do irmão.

— Para ser sincera, eu prefiro assim. Devon e Whit – ela disse, soltando os dedos dele e tocando-o no rosto com a mão nua. Ele fechou os olhos, sabendo o que ela estava pensando antes mesmo de o tocar, deixando a ponta dos dedos delicados percorrerem a cicatriz branca em sua face. – E quem fez isto?

— Ewan. – Ele pegou a mão dela, deitando o rosto no carinho que ela fazia, enquanto contava sua história pela primeira vez na vida, ao mesmo tempo se odiando por ressuscitar o passado e sentindo espantoso prazer por, enfim, contar aquilo. – Eu pensei que estava salvo quando ele apareceu no orfanato. Meu pai. – Ela anuiu, e ele continuou. – Minha mãe tinha deixado algumas moedas, mas a família que me acolheu enquanto esperava notícias dele cobrou hospedagem e alimentação.

— De um bebê? – O choque dela foi palpável, e Devil pensou que certas coisas ele nunca contaria a Felicity, para protegê-la das maldades que existiam no mundo.

Ele enfiou a mão no bolso da calça e tirou um pedaço de tecido, puído e esfarrapado. Devil acariciou o bordado com o polegar, e ela baixou o olhar para a peça que tinha um botão de latão costurado. Felicity quis pegar aquilo, ele percebeu. Para investigar. Mas não o fez, e ele ficou dividido entre entregar para ela e esconder o tecido – ao mesmo tempo querendo compartilhá-lo e aterrorizado por ele, uma prova de que Devil nunca seria suficiente. Ele se contentou em mostrá-lo em sua mão aberta, revelando o M que um dia tinha sido vermelho e bem bordado, mas agora estava marrom e quase desfeito. Seu talismã.

Seu passado.

Devil queria que ela compreendesse.

— Eu tinha 10 anos quando ele veio... à noite, por ironia. Vieram me pegar no dormitório dos garotos, e ainda consigo ver a luz da vela do diretor. – Ele apertou a mão dela sem perceber. – Pensei que estava salvo. Meu pai me levou para o interior, para uma propriedade que superava qualquer coisa com que eu já tivesse sonhado. Ele me apresentou para os meus irmãos. – Uma pausa, e ele repetiu: – E eu pensei que estava salvo.

Felicity apertou a mão, seus dedos se entrelaçando nos deles, como se ela pudesse ver o passado.

– Mas não estava – ele disse. – Eu troquei um tipo de escuridão por outro.

Devil podia sentir a atenção plena de Felicity, intensa e constante. Ele não olhou para ela. Não conseguiu. Ele continuou falando para a mão dela, virando-a, passando o polegar pelas juntas dos dedos, deleitando-se com as elevações e as reentrâncias.

– O dia do nosso nascimento deveria ter sido um grande constrangimento para um pai. Quatro crianças. Três garotos e uma garota. – Ele meneou a cabeça. – Eu não deveria me alegrar com isso, sabendo como a história acaba, mas tenho orgulho de dizer que, tudo que meu pai queria naquele dia era um herdeiro, mas ele não conseguiu. O único que poderia ter se passado como herdeiro nasceu mulher. E os outros... – Ele olhou para o céu estrelado. – Nós éramos todos bastardos.

Ele tentou soltá-la, mas Felicity não deixou. Sua mão agarrou a dele com mais força, e Devil continuou.

– Mas meu pai era astuto. E, para ele, nome era mais importante que fortuna. Ou futuro. Ou verdade. E, assim, ele afirmou que seu herdeiro tinha nascido. Um filho.

Felicity arregalou os olhos.

– Isso é ilegal.

Não só ilegal. Punível com a morte quando o suposto herdeiro recebesse o ducado.

– Ninguém descobriu? Ninguém disse nada? – Era impossível acreditar, Devil sabia. Era frequente ele se debater com essa lembrança, tarde da noite, certo de que estava enganado. Quando isso aconteceu, a casa estava cheia de criados. Tanta gente deveria ter notado. Alguém poderia ter falado. Mas ele estava lá. E as lembranças não mentem.

Ele meneou a cabeça.

– Ninguém nunca pensou em investigar. Grace foi mantida no interior, sem nunca ser trazida para Londres, algo com que a mãe dela ficou mais do que contente em permitir, pois Grace também era bastarda. Um punhado de criados antigos e leais pôde ficar com elas. E meu pai tinha um plano. Afinal, ele possuía três filhos. Bastardos, claro, mas filhos mesmo assim.

Quando nós tínhamos 10 anos, ele foi nos buscar e nos levou para a casa de campo, onde nos contou seu plano.

– Um de nós seria o herdeiro dele. Rico além de qualquer medida. Educado nas melhores escolas. Nunca passaria qualquer necessidade. Comida, bebida, poder, mulheres... o que quisesse.

O aperto da mão dela ameaçava interromper a circulação de sangue nos dedos dele.

– Devil – ela sussurrou.

– Devon. – Ele olhou para ela, então.

Era importante que agora ela se lembrasse do nome que ele tinha herdado não de uma família, mas do nada. Importante, também, que ele se lembrasse disso, ali com ela – tentação pura –, querendo poder tomá-la para si. Ele não tinha ganhado a competição. Ele não era o duque. Ele ainda não era nada.

As memórias se atropelavam. Whit, magro como um caniço e pequeno, com dentes demais no rosto pequeno, um grande e iluminado sorriso travesso. Grace, alta e forte, com olhos tristes e profundos. E Ewan, com suas pernas compridas e ossos salientes como um potro. Com uma determinação monstruosa.

– Um de nós herdaria tudo. E os outros teriam um destino diferente. Inferior.

– Como? – ela sussurrou. – Como ele escolheu?

Devil meneou a cabeça.

– Ele diria que não escolheu, e sim que nós escolhemos.

– Como?

– Nós lutamos pelo direito.

Ela inspirou fundo com a revelação chocante.

– Lutaram como?

Ele a encarou, então, finalmente capaz de sustentar o olhar dela. Ansioso para ver o horror no rosto dela. Pronto para que ela compreendesse de onde ele tinha vindo. E como. Pronto para que ela visse o que ele sabia desde o início – que ele estava tão abaixo dela que seria melhor estar no inferno.

Quando ela saísse da sua vida, ele estaria no inferno.

– Nós lutamos do jeito que ele mandou.

Ela apertou a mão dele com mais força do que Devil imaginava que ela poderia ter.

– Não. Isso é loucura.

Ele anuiu.

– Os desafios físicos foram fáceis. Primeiro pedras e paus. Socos e fogo. Mas os desafios psicológicos... foram eles que nos destruíram. Ele nos trancava sozinhos no escuro. – Devil detestava contar isso para Felicity, mas, por algum motivo, não conseguia impedir as palavras de saírem. – Ele nos dizia que só iria nos soltar, para a luz, se escolhêssemos lutar de novo.

– Não. – Ela sacudiu a cabeça.

– Ele nos dava presentes, depois os tirava. Doces. Brinquedos... – Devil parou. Uma lembrança arranhava os cantos da sua memória. – Ele me deu um cachorro. Deixou que o animal me aquecesse no escuro durante dias. Até me dizer que eu poderia ficar com ele para sempre se o trocasse por um dos meus irmãos.

Ela se aproximou mais dele. Passou os braços ao seu redor, como se pudesse protegê-lo da lembrança.

– Não.

Ele meneou a cabeça e olhou para céu, inspirando fundo.

– Eu recusei. Whit era meu irmão. Grace, minha irmã. E Ewan... Ewan foi o único que teve permissão de ficar com seu cachorro.

O que Ewan tinha feito?

Felicity sacudiu a cabeça mais uma vez e encostou o rosto no braço dele.

– Não.

Ele passou o braço ao redor dela, acariciando seu cabelo, apertando-a contra si. *Ewan nunca terá Felicity.*

– Ele queria o mais forte de nós como herdeiro. O mais voraz. – Ele queria um filho que lhe desse um legado. – A certa altura, eu parei de competir. Eu só queria manter os outros em segurança.

– Vocês eram crianças – ela sussurrou, e Devil ouviu o horror na voz dela, como se Felicity nunca pudesse imaginar tortura semelhante. – Com certeza alguém tentou impedir esses crimes.

– Só seriam crimes se alguém descobrisse – ele disse em voz baixa. – Nós encontramos modos de permanecermos juntos. Modos de mantermos a sanidade. Nós três fizemos promessas, para nunca deixar que nosso pai ganhasse. Para nunca deixar que ele nos tirasse uns do outros.

Felicity olhava para baixo, então, e ele soube que era o fim. Que ela não voltaria a Covent Garden após essa história. Ela não voltaria para ele. Devil se obrigou a terminar.

– Mas, quando chegou a hora... nós não fomos fortes o bastante. – A cicatriz em sua face ardeu com a lembrança da lâmina de Ewan, afiada e dolorosa. Com a ordem que a causou. A voz do seu pai ecoando no escuro.

Se você quer isso, garoto, precisa tomar dos outros.

Ewan vindo na direção dele.

Ele exalou, afastando a lembrança.

— Nós não tivemos escolha senão fugir.

Ela não levantou o olhar.

— Para cá – ela disse, e ele anuiu.

— Quanto tempo vocês ficaram lá? – Felicity perguntou.

— Dois anos. Nós tínhamos 12 quando fugimos.

A respiração dela saiu com força.

— Dois anos.

Ele a puxou para perto e lhe deu um beijo na testa.

— Nós sobrevivemos.

Ela o observou por um instante, tempo suficiente para que o lindo olhar de Felicity fizesse o coração dele disparar.

— Eu queria poder lhe devolver esses anos – ela disse.

Ele sorriu e acariciou a bochecha dela com o polegar.

— Eu aceitaria. – Lágrimas afloraram nos lindos olhos dela. – Não, querida. – Ele sacudiu a cabeça. – Nada de lágrimas. Não por mim.

Ela enxugou uma com a mão.

— Não havia ninguém em quem você pudesse confiar?

— Nós confiávamos uns nos outros – ele disse. E era verdade. – Nós juramos que iríamos nos tornar fortes e poderosos, ricos como a realeza. E que teríamos uma única e eterna vingança: meu pai sempre quis herdeiros, e, enquanto estivéssemos vivos, ele não os teria.

Os olhos dela faiscaram sob as estrelas, sua boca apertada numa linha reta e firme.

— Eu quero que ele morra.

As sobrancelhas dele deram um salto.

— Eu sei que é errado. Sei que é pecado. Mas seu pai... Eu odeio até chamá-lo assim... Ele não merece nada além da morte.

Devil precisou de um momento para encontrar a resposta.

— Ele a recebeu.

Ela aquiesceu.

— Espero que tenha sido dolorosa.

Ele não conseguiu conter o sorriso. Sua magnífica arrombadora de fechaduras, conhecida em toda Londres como solteirona invisível, era uma leoa.

— Se ele não estivesse morto, bastaria que me pedisse para que eu o trouxesse como um troféu para você – Devil afirmou.

— Não é piada, Devon – ela disse, a voz tremendo de emoção. – Você não merecia isso. Nenhum de vocês merecia. É claro que você tem pavor do escuro. Foi tudo que você sempre teve.

Ele a puxou para si e sussurrou no cabelo dela.

— Acredite ou não, querida, agora é impossível lembrar o modo como a escuridão me apavorava. Assim como é impossível imaginar que algum dia eu possa pensar em escuridão sem pensar nesta noite. Sem pensar em você.

Felicity se virou para ele, sua mão pairando na cintura dele, puxando-o para si enquanto dobrava as pernas e se encaixava no lado dele. O movimento, espontâneo e sincero, consumiu-o, e ele não resistiu a imitar a contorção dela, dobrando-se em direção a ela, passando o braço ao seu redor, puxando-a para si, encostando o rosto no pescoço dela e inspirando seu perfume delicioso. Jasmim estava arruinado para ele. O aroma sempre estaria ligado àquela mulher magnífica, com sua pele macia e seu corpo exuberante – bastaria um toque da flor para encher sua boca de água.

Foi só então, enquanto se enrolavam um no outro, quando ele inspirou o cheiro dela, que Devil sentiu as lágrimas, a umidade no pescoço dela, a respiração difícil nos pulmões de Felicity. Ele a afastou e deu um beijo nas trilhas de umidade em seu rosto.

— Não, minha garota doce, não. Nada de lágrimas. Eu não as valho.

Felicity fechou o punho na borda do colete dele, puxando o tecido e Devil para mais perto.

— Pare de dizer isso – ela sussurrou. – Pare de tentar me convencer de que você não tem valor.

Ele levou a mão nua dela até seus lábios, beijando a palma.

— Mas eu não tenho mesmo.

— Não. Cale a boca.

Ele raspou os dentes na carne da base do polegar dela.

— Você é uma princesa comparada a mim. Uma rainha de contos de fadas. Não vê? – Ele lambeu a pele macia ali. – Meu passado não tem valor. Meu futuro, também não. Mas o seu... – A respiração dele estava quente na mão dela. – Como Janus, eu vejo seu futuro. E é glorioso.

Sem mim.

Ela ouviu as palavras que ele não disse.

— Você está errado. Seu passado faz parte de quem você se tornou, tem valor infinito. E meu futuro não é nada sem você. A única coisa gloriosa é nosso presente.

— Não, querida. Nosso presente... – Ele soltou uma risadinha irônica. – Nosso presente é tortura.

— Por quê?

Ele estendeu a mão para ela, passando os dedos ao redor do seu pescoço, puxando-a para perto. Mantendo-a imóvel para poder observar os olhos dela quando lhe dissesse a verdade.

– Porque meu presente é só você, Felicity Faircloth. E você não pode ser o meu futuro.

Ela fechou os olhos ao ouvir aquilo, ficando assim por um tempo impossivelmente longo enquanto seus lábios tremiam de frustração e emoção, sua garganta se movimentava e sua respiração vinha em arfadas difíceis, furiosas. Quando enfim abriu as pálpebras, havia lágrimas brilhando em suas lindas profundezas castanhas. Lágrimas, raiva e algo que ele reconheceu porque espelhava seu próprio sentimento.

Necessidade.

– Então vamos viver o presente – ela sussurrou.

E o beijou.

Capítulo Vinte e Três

Pelo resto de sua vida, Felicity iria se lembrar do calor dele. Do calor e do modo como ele deslizou a mão em seu cabelo quando ela o beijou. Do modo como ele espalhou seus grampos de cabelo pelo teto e a puxou para o colo, de forma que os dois tivessem melhor acesso um ao outro e à carícia.

Ela deslizou as mãos para dentro do casaco dele, adorando o ardor magnífico e sensual que encontrou ali, a largura do peito dele, as elevações e depressões dos músculos nos flancos e nas costas dele, o modo como ele permitia que Felicity o tocasse, um grunhido baixo de prazer emanando dele, vibrando nela quando Devil abriu os lábios deliciosos e os acomodou nos dela.

O beijo foi lento e profundo, como se tivessem todo o tempo do mundo para se conhecerem. E pareceu, naquela carícia demorada e inebriante, que tinham mesmo, como se o telhado em Covent Garden, sob a lua e as estrelas, fosse só deles, tão privado e perfeito quanto o próprio beijo. Quando ele soltou seus lábios, ela abriu os olhos e encontrou os dele, observando-a, vendo seu prazer, deleitando-se com ela.

– Você nunca precisou aprender a ser chama, Felicity – ele disse, então. E ela estendeu as mãos para puxá-lo para si outra vez. – Você sempre teve isso em si – ele sussurrou contra os lábios dela, e Felicity suspirou de prazer, deixando-o capturar o som por um longo momento antes que ele continuasse. – Você é a mulher mais admirável que eu já conheci, e, se eu tiver apenas este momento com você, este presente, então quero fazê-la arder até deixar as estrelas com inveja do seu calor.

As palavras a incendiaram no mesmo instante, deixando-a com a cabeça leve e a respiração rasa quando ele roçou os lábios em suas bochechas, indo até a orelha.

— Você pode fazer isso? Pode arder por mim? Esta noite?

— Sim — ela respondeu num arrepio de prazer que a fez tremer enquanto ele mordiscava o lóbulo de sua orelha. — Sim, por favor.

— Tão educada — ele disse em voz baixa e deliciosa. — Podemos entrar? Não tenho conseguido dormir na minha cama por me lembrar de você nela.

Ela se afastou e o encarou, sem conseguir disfarçar a surpresa e o deleite em sua voz.

— Sério?

— Sério. — Ele deu um sorrisinho. — Suas mãos nas cobertas, seus belos sapatinhos rosa pendurados em seus pés. Eu imagino...

— Conte para mim — ela pediu quando ele se interrompeu.

— Eu não devia.

— Por favor.

Ele se inclinou soltando um gemido, roubando um beijo. Uma passada de língua.

— Não posso negar nada a você.

— Você me nega coisas o tempo todo.

Ele sacudiu a cabeça.

— Não isto. Nunca isto, querida. — Ele a beijou de novo, lenta e perfeitamente, então encostou a testa na dela antes de continuar. — Eu me imagino de joelhos, aos seus pés, tirando seus sapatos e subindo por seu corpo. — A mão dele traçou uma linha pela perna dela sob as saias. — Eu estou cansado de imaginar o que há debaixo desses vestidos rosa, milady. E, quando eu deito na minha cama e tento dormir, me imagino tirando suas roupas e me deleitando em você, macia, cheia de curvas, sedosa e perfeita.

Ela exalou, o ar trêmulo.

— Eu quero isso.

— Eu vou lhe dar, minha chama perversa. Vou lhe dar tudo que você quiser.

Ele se levantou e estendeu a mão para ela, ajudando-a a se esguer, um pouco acima dele no telhado, apenas o bastante para que seus lábios ficassem na mesma altura. Ele a beijou de novo, e então sussurrou:

— Eu sempre vou lhe dar tudo que você desejar.

Era uma mentira, claro, e Felicity sabia.

Diga-me uma verdade.

Ele a pegou nos braços para lhe dar o que tinha prometido, mas Felicity colocou a mão em seu peito.

— Espere — ela disse.

Uma rajada de vento envolveu-os quando Devil parou, fazendo seu casaco tremular e envolvendo ambos com as saias dela. Ele ficou imóvel, segurando-a como se não pesasse nada, seus olhos nos dela esperando que ela continuasse.

– Qualquer coisa.

– Eu não quero entrar.

Ele fechou os olhos, apertando os braços ao redor dela por um instante antes de aquiescer.

– Eu entendo – Devil disse com suavidade. – Vamos levar você para casa, milady.

O coração de Felicity falhou uma batida quando ele fez menção de colocá-la no telhado.

– Não – ela sussurrou. – Você não entendeu. Eu não quero entrar... – Ela passou os dedos pelo cabelo curto dele, adorando a sensação de plumas em sua pele. – ...porque eu quero continuar aqui. – Seus dedos brincaram na orelha dele, e Felicity adorou a forma como ele inclinou a cabeça para o toque, como se não pudesse resistir a ela. Deus sabia que ela não conseguia resistir a ele. – No seu mundo – ela sussurrou. – Na escuridão, debaixo das estrelas.

Ele se manteve imóvel pelo que pareceu ser minutos; um músculo em seu rosto era a única evidência de que ele a tinha ouvido. Então ele desceu da cumeeira, sem soltá-la, até chegarem ao telhado plano abaixo. Ele a soltou e recuou, tirando o casaco e forrando a superfície a seus pés.

Isso feito, ele estendeu o braço longo e forte para ela, com a palma para cima. Um convite irresistível.

Ela se moveu no mesmo instante, indo parar nos braços dele, e, quando ele a levantou mais uma vez, foi para deitá-la no tecido macio de seu casaco, que a envolveu com seu calor e seu aroma antes mesmo que ele descesse sobre ela, colocasse seus lábios nos dela, e começasse a lhe tirar a sanidade. E as roupas.

– Naquela primeira noite, no terraço da Casa Marwick... – Ele tirou a peliça dela. – Estava escuro demais para ver a cor do seu vestido... – Ele deu um beijo na pele macia do queixo dela. – E imaginei que você estivesse vestida de luar.

As mãos de Felicity acariciavam o cabelo dele.

– Você me faz sentir como se isso fosse possível.

– Tudo é possível – ele prometeu, tomando-lhe os lábios mais uma vez.

Em meio a beijos demorados e lânguidos, ele desamarrou os laços da frente do corpete, abrindo o tecido para revelar o espartilho – com os seios acima dele. Devil soltou os lábios dela, descendo com a língua pelos músculos do pescoço até o ombro, mordiscando-o. Ela exclamou para as estrelas sua surpresa e seu prazer.

– Você gosta disso? – ele perguntou, com suavidade, para a pele dela.

– Gosto – ela respondeu, os dedos se curvando na nuca dele, mantendo-o ali.

E então ele tirou seu espartilho, e seus seios se derramaram na noite, o ar frio acariciando sua pele antes prisioneira. Outra exclamação, esta provocando uma risada contida no ombro dela, e então ele se moveu, lambendo em círculos os bicos tesos antes de levantar a cabeça, seu olhar incandescente encontrando o dela por um momento antes de descer novamente. Ele arqueou os lábios ao admirá-la, e Felicity arqueou o corpo para ele, pedindo mais da sua atenção. Mais do seu toque.

Mais dele.

E ele lhe deu, baixando a cabeça, circulando com a língua um mamilo ereto antes de fechar os lábios ao redor dele e chupá-lo delicadamente, acariciando o bico duro até ela gemer, apertando os dedos na cabeça perfeita dele, mantendo-o ali, como se nunca mais fosse deixá-lo se afastar.

Talvez ela nunca o tivesse deixado sair dali, se ele não tivesse grunhido em meio aos beijos longos e ritmados. Se ele não tivesse deslizado a mão por baixo da saia dela. Se ela não tivesse levantado os quadris para encontrar o toque dele, balançando-os contra a mão dele. Se o movimento não o tivesse tirado daquela tarefa, fazendo-o soltá-la de seus lábios, ofegante.

– Meu Deus, Felicity. Você tem gosto de pecado. – Ele pressionou os quadris nos dela, e uma carência se acumulou no centro de Felicity. Uma carência tornada pior e melhor pela proximidade dele.

– Devon – ela suspirou. – Eu preciso...

– Eu sei, querida. – Ele tirou seu peso de cima dela e abriu rapidamente o vestido e seu colete, antes de se voltar para Felicity, deslizando as mãos por sua pele nua. – Você está com frio?

Ela riu. Não conseguiu evitar. A ideia de sentir frio ao lado dele...

– Não – ela respondeu. – Eu estou pegando fogo.

Ele tomou os lábios dela nos seus mais uma vez.

– Deus sabe que isso é verdade.

Ela pegou a mão dele, passando os dedos pelos dele, recuando ao encontrar o metal frio. Então passou um polegar com delicadeza sobre cada um dos anéis de prata.

– De onde eles vieram? – ela perguntou.

Ele seguiu o olhar dela, a surpresa estampada no rosto, como se não pensasse nos anéis há anos.

– De um homem em Covent Garden que fazia anéis. Ninguém tinha dinheiro para ouro, mas prata dava para comprar. Todos os lutadores usavam anéis como estes... uma demonstração de força. Do sucesso deles no ringue. – Ele apontou o anel do polegar. – Este é da primeira vez que eu quebrei um nariz. – O do dedo anelar. – E este é da primeira vez que eu nocauteei um sujeito. – E o terceiro, no indicador. – Este aqui é da última vez que tive de lutar.

Ele abriu e fechou a mão uma, duas vezes, curvando os dedos para formar um punho ameaçador.

– Eu nem penso neles mais.

Felicity levou a mão dele aos lábios, dando um beijo em cada um dos anéis de prata.

– São uma prova da sua bravura.

Ele grunhiu, puxando-a para um beijo de verdade, e ela aproveitou a oportunidade para descer as mãos pela camisa dele, puxando-a de dentro da calça, ansiosa por ele. Ela pôs as mãos por baixo do tecido, encontrando a pele quente e suave, desesperada para ficar mais perto dele.

– Devil – ela sussurrou.

– Eu sei – ele disse outra vez. E sabia mesmo. Ele conhecia o corpo dela melhor do que Felicity podia imaginar. Ele sabia quais lugares ansiavam por seu toque, que parte da pele dela queria seu beijo. Com os dedos, ele apertou um mamilo duro enquanto beijava o pescoço dela, provocando descargas de prazer nela.

Felicity gritou para a noite, frustrada – ávida e desesperada por ele.

Ele parou ao ouvi-la, e Felicity abriu os olhos. Devil a observava, algo magnífico em seus lindos olhos cor de âmbar.

– O telhado foi uma ótima escolha.

– Por quê? – ela franziu a testa.

Ele se aproximou e chupou o bico do seio dela – teso, quente e maravilhoso. E, quando ela estava gritando de prazer, ele a soltou, encostando sua testa na dela antes de responder.

– Porque, quando grita de prazer para a noite, pode ser tão escandalosa quanto quiser.

Ela corou ao ouvi-lo.

– Não vou gritar.

Ele baixou seus quadris nos dela, acomodando sua ereção na parte mais sensível do corpo de Felicity.

– Talvez não. Talvez você ria.

O rubor virou chama.

– Eu não queria rir...

Devil sacudiu a cabeça.

– Não ouse se desculpar por aquilo, meu amor. Eu vou morrer com o som daquela risada nos meus ouvidos. O prazer puro ressoando. Foi glorioso. – Ele a beijou de novo. – Tudo que eu quero é provocar aquela risada mais uma vez.

Ela fechou os olhos, constrangimento e desejo lutando dentro dela. O desejo venceu.

– Eu quero que você a provoque outra vez. – Ela arqueou os quadris de novo, adorando a imprecação sibilante que ele soltou com o movimento. Ainda que parecesse impossível, a ereção dele ficou mais dura. Maior. – Mas você está usando muito mais roupas do que eu gostaria.

Ele grunhiu de prazer ao ouvir isso, saindo de cima dela e ficando de pé para tirar a camisa, depois as botas e a calça. Os movimentos eram naturais, como se ele se sentisse plenamente à vontade com o próprio corpo. E como poderia ser diferente? Ele era perfeito. Felicity poderia passar horas admirando-o.

Quando ele endireitou o corpo, nu, e se voltou para ela, Felicity estendeu a mão.

– Espere.

– O que foi? – ele perguntou, seu olhar quente e faminto.

Ela se sentou, puxando o casaco dele ao seu redor.

– Eu quero olhar.

As palavras o mudaram. Ele inclinou a cabeça, passando a mão pelo cabelo curto, o movimento, enternecedor, também serviu para mostrar a perfeição de seus braços e ombros. Felicity ficou com a boca seca quando ele desceu a mão pelo pescoço e pelo peito, subindo e descendo antes de largá-la ao lado do corpo.

– Olhe à vontade, milady.

Ela fez um gesto preguiçoso, como uma rainha, indicando que ele devia se virar. E, como por um milagre, ele obedeceu. E voltou à posição original com um sorrisinho irônico nos lábios.

– Já decidiu o que vai fazer comigo?

A lembrança da primeira noite, no quarto dele, animou-a. *Eu nunca soube muito bem o que se faz com homens excessivamente perfeitos.* Ela o encarou.

– Eu ainda não sei o que se faz, mas descobri que estou disposta a tentar.

Ele arqueou uma sobrancelha.

– Fico feliz em ouvir isso.

Bom Deus. Ele era esplêndido – o luar em sua pele, o peito salpicado de pelos. Os músculos esculpidos, as elevações nos quadris, a curva deliciosa do traseiro, as coxas definidas. E, no meio delas, a ereção dura, linda e latejante.

– Quando eu vi você no banho... lá embaixo... – ela começou, sem conseguir tirar os olhos da ereção. – Eu queria olhar para você... Usei toda minha força para não me aproximar da banheira e espiar...

– Caramba, Felicity – ele grunhiu.

O olhar dela voou para o rosto dele com a imprecação.

– O quê?

Ele olhou para o céu, soltando um suspiro demorado e lindo.

– Perdão – ele disse, com tanta suavidade que Felicity pensou que não era para ela ter ouvido. Então ele a olhou novamente. – Você lambeu os lábios, querida.

Ela levou a mão à boca.

– Mesmo?

Ele sorriu, mostrando os dentes brancos, e, só de ver aquele sorriso sensual, Felicity ficou sem fôlego.

– Não ouse ter vergonha disso. Eu só... Cristo... Eu só quero que isto seja perfeito para você, e, quando olha para mim desse jeito... como se me quisesse... – Ele parou de falar quando ela baixou o olhar de novo, para sua ereção pulsante, e então, minha nossa, ele acariciou aquela extensão magnífica, e Felicity ficou com água na boca, e uma mulher na posição dela não podia aguentar tanto.

Felicity ficou vidrada na mão dele, nos movimentos lentos, lânguidos, e engoliu em seco. Ele era tão perfeito.

– Eu quero fazer isso.

O som que ele emitiu – baixo e sensual – fez o desejo latejar dentro dela, acumulando-se em lugares que ela tinha acabado de descobrir. Quando ele se moveu, na direção dela, seu coração acelerou.

– Eu vou fazer você repetir isso mil vezes antes de terminarmos – ele grunhiu, ajoelhando-se ao lado dela, estendendo a mão para o casaco com que ela tinha ocultado sua nudez.

Ela o segurou mais apertado.

Ele inclinou a cabeça.

– Felicity?

Ela passou os olhos por ele outra vez, admirando sua beleza bruta.

– Eu não... – Ela parou.

Devil esperou com paciência infinita.

Ela tentou de novo.

– Eu não... sou como você.

Ele se sentou sobre os calcanhares, como se estivesse absolutamente confortável. Como se pudesse passar a vida toda nu sem pensar duas vezes. Seu olhar ficou suave.

– Eu sei disso, querida. E essa é a principal razão de eu querer tirar esse casaco.

– Quero dizer... – Ela hesitou. – Eu nunca fiquei nua antes. Com um homem.

Ele deu um sorrisinho, torto e lindo.

– Eu também sei disso.

– Eu não sou... eu não...

Ele soltou o casaco e esperou.

– Você é perfeito – ela disse. – Mas eu... eu sou cheia de defeitos.

Ele a observou por um longo tempo. Uma eternidade. Segundos se estenderam entre eles como léguas. Então, quando ela pensou que estava tudo acabado, ele falou, a voz baixa e segura.

– Escute, Felicity Faircloth, sua arrombadora invisível e maravilhosa; não existe nada em você que seja um defeito.

Ela corou. E, de algum modo, por um momento fugaz, ela acreditou nele.

– Por favor, querida. Deixe-me mostrar para você.

Como se um pedido desses pudesse ser recusado. Ela soltou o casaco. Revelando-se.

Ele a observou, como se Felicity fosse a pintura de um mestre, depois sentou-se ao lado dela e a fez deitar, para que os dois pudessem se descobrir, com mãos e bocas, ele deslizando os dedos na pele dela, esta brincando com os pelos escuros no peito dele. Os lábios de Devil procuravam os vales na barriga dela enquanto ela abria as pernas lentamente.

– Diga mais uma vez – ele sussurrou junto à barriga dela, uma mão acariciando a pele macia do lado interno da coxa de Felicity.

Ela compreendeu no mesmo instante.

– Eu quero você – ela disse, explorando as curvas dos músculos, as saliências e reentrâncias do corpo de Devil.

Ele recompensou as palavras com outro beijo. Uma chupada. Uma lambida. Uma carícia.

O tempo todo, suas mãos se aproximavam de seu objetivo.

E dela também.

– Onde você me quer?

Ela se retorceu junto a ele, constrangida com a pergunta, e ele a mordiscou de novo, uma dorzinha, só para fazê-la arfar e desejá-lo ainda mais. Como ele sabia disso? Que uma mordida delicada podia seduzir tão bem quanto um beijo? Antes que ela pudesse perguntar, ele abriu as pernas dela e perguntou, em voz baixa e deliciosa:

– Aqui?

Outra engolida em seco.

– Sim.

Ele acariciou o sexo latejante, macio, então firme, em círculos tensos.

– Diga mais uma vez. Eu vou lhe dar tudo que quiser... Você só precisa me pedir.

– Eu quero – ela ofegou, esfregando-se nele, sentindo dor de tanto que precisava do seu toque. – Por favor. Eu quero...

O polegar dele descreveu um círculo firme, incendiando-a.

– Quer que eu lhe diga as palavras, querida?

– Quero! – ela exclamou. – Quero cada palavra. As mais obscenas.

Ele soltou outra imprecação.

– Você vai acabar comigo, Felicity Faircloth.

– Não antes que você me diga as palavras. – Ela suspirou, adorando que ele estivesse tão excitado quanto ela.

– Você quer gozar – ele disse. – Você quer que eu a faça gozar.

Mais pressão. Mais uma carícia. E outra e mais outra.

– Quero.

– Você quer meus dedos aqui. – Ele moveu a mão, e ela gritou quando ele começou a preenchê-la, magnífico, as mãos dela indo parar no cabelo dele, puxando-a cada vez mais para baixo. Ele grunhiu de novo.

– Garota danada, você quer minha boca também.

– Isso! – ela exclamou. – Isso mesmo, eu quero.

Ele atendeu ao pedido, colocando sua língua no calor macio dela, saboreando-a enquanto seus dedos continuavam o movimento, fazendo amor com ela com lambidas lentas, degustando-a. Com a mão livre, ele passou uma das pernas dela sobre seu ombro, abrindo-a para si. Felicity não conseguia – nem queria – se segurar e pressionava os quadris nele, agarrando-o e mantendo-o junto ao seu corpo até chegar ao orgasmo, gritando para todo o mundo o nome dele, que continuou a trabalhar com as mãos, a boca e a língua, até que tudo que ela sentiu foi prazer.

Com Felicity voltando do clímax, ele suavizou a língua e parou com os dedos, sentindo-a pulsar à sua volta. Ela o puxou para cima, chamando-o com a voz rouca, querendo mais.

Querendo tudo que havia.

Ele se deixou levar, ficando sobre ela, capturando seus lábios num beijo demorado e doce que atiçou o fogo mais uma vez. E então ela recuou, colocando as palmas de suas mãos no peito dele, deslizando-as pelas elevações dos músculos até encontrar a parte dele que a tinha hipnotizado. Quando seus dedos tocaram a ereção pulsante, ele afastou os quadris dela.

– Espere, querida.

– Por favor – ela suplicou, abrindo os olhos. – Por favor, me deixe tocá-lo.

Ele grunhiu e a beijou de novo.

– Acho que não posso ter isso, meu amor – ele disse nos lábios dela. – Acho que não consigo aguentar. Eu não quero que acabe.

Ela congelou. Não podia acabar. Ela queria o resto.

Ela queria tudo.

Cada toque, cada beijo, cada momento que iria uni-los.

Ela anuiu com a cabeça, recusando-se a abandonar o olhar dele, e sorriu.

Os olhos dele baixaram rapidamente para os lábios dela, depois subiram de novo.

– Esse é um sorriso maroto, milady.

– Eu sou sua lady – ela disse, a voz suave, sua mão movendo-se um pouco, só o bastante para segurá-lo. Para descobri-lo.

Ele sibilou de prazer.

– É. Cacete. Isso. – E então ele pegou aquela mão travessa e a recolocou em seu peito, um lugar mais seguro.

– Algum dia – ela disse –, você vai me deixar tocá-lo.

Ele desviou o olhar, depois voltou para ela. O movimento foi mínimo. Menos de um segundo. Menos que isso. Ainda assim, foi suficiente. Felicity soube a verdade. Não haveria algum dia. Nem amanhã, nem na próxima semana, nem no próximo ano. Não haveria outra noite ali, no telhado da casa dele, ou em seus aposentos, ou no depósito de gelo do armazém. Essa noite era tudo. Ela tinha feito o possível, e essa noite era tudo.

Essa noite era tudo que eles tinham.

Amanhã, ela iria perdê-lo.

Ela levantou os quadris para ele de novo, adorando o modo como a ereção dele – lisa, dura e quente como o sol – roçou em sua carne úmida. A exclamação de prazer dela foi saudada pelo grunhido baixo dele, que se afastou, saindo de cima dela.

– Você quer gozar de novo, querida?

Aonde ele estava indo?

– Espere – ela disse.

Os lábios dele, de novo no seio dela. Felicity tentou se sentar.

– Espere, Devon.

Ele passou a sombra áspera de sua barba na pele dela.

– Eu vou cuidar de você. Deite-se. Quero saborear seu prazer dez vezes esta noite. Cem.

Mas não do modo que ela queria. Não se entregando por inteiro.

– Espere – ela repetiu, dessa vez levantando o joelho para mantê-lo afastado. Empurrando-o enquanto ela tentava se sentar. – Não.

Ele parou no mesmo instante, recuando, a mão quente na coxa dela.

– O que foi?

– Eu não quero isso.

Ele deslizou o polegar na pele macia e quente da coxa dela, e Felicity ficou com a respiração presa no peito, seguida por uma torrente de calor, quando ele perguntou, em voz baixa e sedutora:

– Não quer?

Claro que ela queria. Deus, aquele homem era magnífico.

– Quero dizer, eu não quero só isso. Quero com você. Eu quero que nós... – Ela hesitou. Então, de uma vez: – Juntos.

Ele a soltou no mesmo instante.

– Não.

– Por quê?

– Porque se eu a tocar como... – Ele parou e desviou o olhar para os prédios à distância, escuros contra o céu estrelado. E, então, voltou-se para ela. – Felicity... se eu trepar com você... estarei arruinado.

A linguagem rude foi para espantá-la. Mas só a fez querê-lo mais.

– Você me disse que me daria tudo o que eu quisesse. É isso que eu quero. Esta noite. Com você. Tudo. Você por inteiro.

– Isso não. Eu lhe dou tudo, menos isso. – Ele parecia acuado.

– Por quê?

– Felicity. – Ele começou a se levantar. – Eu não sou para você.

Ela o acompanhou, ajoelhando-se.

– Por que não?

279

— Porque só Deus sabe onde eu nasci, e renasci aqui, na sujeira de Covent Garden. Estou sujo de um modo impossível de limpar. E estou tão abaixo de você que preciso me esticar só para olhar o seu rosto.

— Pois você está enganado – ela disse, estendendo a mão para ele, sem saber o que mais poderia fazer. Ele se afastou. – Está enganado.

— Eu lhe garanto que não estou. As coisas que eu já fiz... – Ele fez uma pausa, passando a mão pelo cabelo. – As coisas que vou fazer... – Ele se afastou dela. – Não, Felicity. Nós terminamos aqui. Vista-se que vou levar você para casa.

— Devil – ela disse, sabendo que, se fosse embora daquele telhado, iria perdê-lo para sempre. – Por favor. Eu quero você. Eu... – Ela hesitou mais uma vez. E, então, as únicas palavras que ela conseguiu encontrar saíram: – Eu te amo.

Ele arregalou os olhos e moveu a mão. Para ela? Por favor, ele esteja pensando em reconfortá-la.

— Felicity... – O nome saiu com dificuldade dos lábios dele. – Não...

Ela resistiu às lágrimas que ameaçavam transbordar. Claro que ele não a amava. Devil não era o tipo de homem que a amaria. Ainda assim, ela não conseguiu evitar de continuar falando.

— Você é tudo que eu desejo. Você. Isto. O que vier pela frente.

Ele sacudiu a cabeça.

— Você acha que Londres irá aceitá-la caso se ligue a mim? Você acha que vai retomar seu lugar nos salões de festas de Mayfair? Tomar chá com a rainha, ou seja lá o que vocês fazem?

— Eu não quero tomar chá com a rainha, seu idiota – ela respondeu, deixando a frustração dominá-la. – Estou cansada de deixar que decidam minha vida por mim. Minha família determina aonde eu vou, o que eu faço, com quem devo me casar. A aristocracia me diz onde é meu lugar no salão de festas, o que eu posso esperar sendo mulher, quais os limites do meu desejo. Eles sempre me alertam: *"Não queira demais. Você é velha demais, simples demais, estranha demais, imperfeita demais"*. Eu não deveria querer mais do que aquilo pelo que eu deveria estar grata por receber: as sobras do resto do mundo.

Então, ele estendeu a mão para ela, mas Felicity estava absorta em sua raiva.

— Eu não sou velha demais.

Ele negou com a cabeça.

— Não é.

— Eu não sou simples demais.

— Você não está nem perto de ser simples.
— E nós somos todos imperfeitos.
— Não você.
Então por que você não fica comigo?
Ela abraçou os joelhos junto ao peito e confessou seu pecado.
— Eu não quero salvá-los.
— Sua família.
Ela anuiu.
— Eu sou a última esperança deles. E eu deveria querer sacrificar tudo por eles. Pelo futuro deles. Mas não quero. Estou magoada pelo que fizeram.
— Você deve mesmo ficar magoada – ele disse.
— Eles não ligam nem um pouco para mim – ela sussurrou junto aos joelhos. – Eles me amam, eu acho, me toleram e sentiriam minha falta se eu sumisse. Mas, para falar a verdade, não sei o quanto demorariam para perceber que eu sumi. Minha mãe não nota quando eu passo noites em Covent Garden, e Arthur está tão preocupado com o próprio casamento que não tem tempo para pensar no meu por um segundo sequer. E meu pai... – A voz dela foi sumindo. – ...ele quase não tem papel nesta peça. Ele é *deus ex machina*, aparecendo no fim para assinar os documentos e pegar o dinheiro. – Ela levantou os olhos para Devil. – Eu não quero isso.
— Eu sei.
— Eu nunca quis conquistar o duque. Não de verdade.
— Você queria mais do que isso.
— Sim – ela sussurrou.
— Você queria o casamento, o homem, o amor, a paixão, a vida, o mundo todo.
Ela ponderou as palavras – que encapsulavam perfeitamente o que ela queria. Mas não Mayfair. Não mais Mayfair. Aqui. Agora. Covent Garden. Com seu rei.
Mais do que ela podia ter. Sempre mais.
— Posso lhe contar uma verdade?
Ele exalou demoradamente o nome dela, como uma prece.
— Não.
— Bem, vou falar mesmo assim, considerando que já lhe contei a pior parte – ela disse, incapaz de impedir as palavras de saírem. – Eu odeio chá. Quero tomar *bourbon*. Do tipo que você não admite que contrabandeia da América com todo aquele gelo. Eu quero fazer amor com você no seu depósito de gelo e tomar banho na sua banheira enorme. Com você olhando. Eu quero usar calças como Nik e aprender tudo sobre Covent

Garden. Eu quero estar ao seu lado aqui, no telhado, e lá embaixo, nas ruas, e quero que você me ensine a usar uma bengala-espada tão bem quanto eu uso uma gazua. – Ela fez uma pausa, apreciando o olhar estupefato no rosto dele quase tanto quanto o detestava. – Mas, mais do que tudo isso... eu quero você.

– Este mundo é só pecado, Felicity, e eu sou a pior parte.

Ela sacudiu a cabeça.

– Não. Este mundo é fechado. Você está fechado. Como algo precioso. – Ela o encarou e sustentou o olhar. – Eu quero entrar. Esta noite. – *Sempre*.

– Não tem como isso acabar sem que você seja arruinada.

– Eu já estou arruinada.

Ele meneou a cabeça.

– Não de um modo que importe.

Ela pensou que esse era um mero argumento semântico. E, então, como uma promessa, veio uma lembrança. Selvagem e louca, como ela ficou quando se lembrou.

– Eu nunca vou conquistar o duque, você sabe. Os proclamas foram lidos, sim, mas, mesmo que eu me casasse com ele, eu não o conquistaria. Eu não quero o duque. E ele não me quer. Não com paixão. Não de verdade.

– Isso não é importante para ele – Devil disse. – Ele não sabe o que é paixão.

– Mas você sabe – ela respondeu.

Ele praguejou na escuridão.

– Sei, droga. Sim, eu sei o que é paixão. Está me consumindo agora, esta noite, nua num telhado de Covent Garden, onde qualquer um pode topar conosco.

Ela sorriu ao ouvir aquilo, orgulho e amor se embaralhando dentro dela. Aquele homem magnífico. Ela estendeu a mão para ele, que permitiu que Felicity tocasse sua coxa e se aproximasse, mesmo quando ela abrandou a voz e falou:

– E se alguém topasse conosco?

– Eu teria que matar essa pessoa por ver você nua.

Ela aquiesceu. Bom Deus. Felicity nunca amaria qualquer um no modo como o amava.

– Devil... – ela sussurrou, a mão subindo pelo peito nu dele, flertando com a pele ali.

Ele pegou a mão dela.

– Felicity... – Ela odiou a resignação na voz dele.

– Nós fizemos um trato muitas noites atrás – ela disse, aproximando-se, dando um beijo no canto daqueles lábios carnudos e lindos. – E você prometeu que ele iria babar por mim.

Devil percebeu aonde ela ia com aquilo e meneou a cabeça.

– Felicity...

– Não. Esse era o acordo. Você não voltaria atrás, voltaria?

Ele refletiu. E ela viu no rosto dele a batalha sendo travada, a cicatriz na face ficando branca enquanto ele fixava o olhar sobre o ombro dela, num telhado distante. Ela aproveitou a oportunidade para se aproximar e dar um beijo suave no rosto dele.

– Devil – ela sussurrou junto à orelha dele, adorando o estremecimento que isso provocou nele. – Segundo os detalhes do nosso acordo, você ainda me deve um favor.

Ele pôs as mãos nela, circundando-a com um braço. Puxou-a para perto.

– Sim.

– Essa é uma palavra maravilhosa.

Ele riu na orelha dela, baixo, rouco e sem humor.

– É mesmo.

– Meu favor, então?

Ela foi tomada de prazer quando ele passou a mão na pele nua de suas costas.

– Peça.

– Eu quero esta noite – ela falou para a orelha dele.

Antes mesmo que as palavras desaparecessem, Devil a estava virando e deitando, colocando-se sobre ela, aninhando suas mãos fortes no rosto dela e tomando-a com um beijo demorado e intenso, fazendo o corpo dela cantar – seus seios, suas coxas, aquele lugar macio entre elas que ele tinha adorado tão bem e que ainda latejava por ele.

Felicity levantou as coxas e se balançou contra ele, que tirou a boca da dela sibilando, inclinando a cabeça para trás e mostrando os músculos tensos de seu pescoço. Quando ele olhou para ela de novo, seus lindos olhos cor de âmbar estavam plenos de desejo e algo parecido com dor.

– Uma noite – ele disse. – Uma noite, e então você me deixa. Uma noite, e você assume seu lugar no seu mundo.

Como se uma noite fosse suficiente.

– Sim – ela mentiu.

– Eu vou fazer direito – ele sussurrou. – Vou manter você em segurança.

– É o que você faz – ela aquiesceu. Aquele homem lindo, que tinha passado a vida inteira sendo um protetor.

– Vou lhe dar tudo – ele disse, encarando-a.

Mas não você.

Ela afastou o pensamento da cabeça e estendeu as mãos para ele.

– Por favor. – Ela arqueou os quadris. – Não pare.

Ele exalou uma risada, abaixando para chupar o bico de um seio até deixá-lo duro e teso.

– Não tenho nenhuma intenção de parar, minha garota gulosa. – Os dedos dele encontraram o caminho até o íntimo dela, massageando e se demorando, esticando e acariciando, a respiração dela cada vez mais rápida, o prazer correndo em seu corpo. Ela se esforçou para manter a mão dele ali, mesmo quando o toque ficou mais leve.

– Mais – ela disse. – Eu quero tudo.

– Eu também quero – ele sussurrou, encostando a testa na dela e beijando-a mais uma vez. – Deus, vou adorar estar aí dentro quando você gozar.

– Sim. – Ela o beijou. – Por favor.

– Tão gulosa.

– Devassa – ela concordou.

Ele soltou uma risada curta e tensa.

– Você não devia saber essa palavra.

– Você já me ensinou coisa pior – ela retrucou.

– É verdade – Devil assumiu, as palavras soando estranguladas enquanto ele balança os quadris contra ela.

– Você não pode me desensinar mais – ela disse, abrindo as coxas para acomodá-lo quando a ponta de sua ereção chegou à abertura dela, quente, lisa e – Oh...

– Hum! – ele exclamou. – Oh...

E então ele deslizou para dentro dela com perfeito controle, lenta e suavemente, e Felicity pensou que a sensação podia enlouquecê-la. Ele estava tão duro, tão grande, alargando-a além de qualquer coisa que ela pudesse ter imaginado; não era dor nem prazer, mas uma combinação gloriosa e insuportável das duas coisas. Não. Prazer. Tanto prazer. Ela arfou.

– Felicity? – Ele congelou. – Fale comigo.

Ela sacudiu a cabeça.

– Querida... – Ele a beijou com delicadeza. – Meu amor, diga alguma coisa.

Os olhos dela procuraram os dele.

– Ah...

– Algo além de *oh*, querida. Não quero machucar você.

Ela se retesou contra o corpo dele, e Devil mergulhou fundo nela. Ele gemeu, fechando os olhos.

– Oh, nossa... – ela disse.

Ele riu de novo, uma risada rouca e perfeita.

– Amor, se você não disser algo que não seja uma variação de *oh*, vou ter que parar.

Ela abriu os olhos de repente.

– Não ouse.

– Bem. – Ele arqueou as sobrancelhas. – Isso é algo diferente de *oh*.

Ela pôs as mãos nos ombros dele, deslizando-as sobre os músculos, cada um mais tenso que o outro.

– Você quer mais palavras?

– Eu preciso delas – ele disse com suavidade. – Eu preciso saber se está bom para você.

Ela riu com isso, e ele se abaixou e tomou sua boca com um beijo demorado. Quando terminou, ela pôs a mão na nuca dele, fitou-o nos olhos e disse:

– Eu quero tudo.

E ele começou a se mover – lindamente. Estocadas lentas e longas provocavam ondas de prazer nela, uma após a outra.

– Diga-me qual é a sensação, meu amor.

Ela quis falar, mas foi impossível – Felicity tinha perdido a fala de novo. Ele a tinha roubado com seu beijo, seu toque e sua deliciosa extensão, penetrando-a, guiando-a, dando-lhe prazer. Seus movimentos eram lentos e deliciosos o bastante para afugentar o restinho da dor que tinha ficado, deixando apenas suspiros, exclamações e um ritmo perfeito – um ritmo que ela ficou feliz de acompanhar.

Quando ela começou a se mexer, ele abriu os olhos, fitando-a, e ela perdeu a fala mais uma vez ao ver ali o desejo puro, autêntico. Ela estendeu a mão para ele, passando os dedos por seu rosto, na cicatriz branca e irregular.

– Você também quer tudo.

– É... – Ele gemeu de prazer. – É, cacete, eu quero tudo.

Então os quadris dele se moveram, e ela gritou quando ele acertou um lugar magnífico. Ele parou, levantando a sobrancelha.

– Aí? – ele repetiu o movimento.

– Aí – ela confirmou, agarrando nos ombros dele.

De novo.

– Por favor.

De novo.

– Devil – ela arfou.

– Fale de novo – ele grunhiu, levando-a cada vez mais alto. – Me dê as palavras mais uma vez.

Ela abriu os olhos e encontrou os dele.

– Eu te amo – ela sussurrou enquanto ele arremetia.

– Isso.

– Eu te amo. – Ela se agarrou nele, as palavras, uma oração. Uma litania. – Eu te amo.

– Sim. – Ele a fitou nos olhos o tempo todo, sussurrando aquela palavra uma vez após a outra, dando-lhe tudo que ela queria. Tudo com que ela tinha sonhado. Enquanto Felicity sussurrava seu amor, eles desabavam em direção ao prazer, de modo rápido, firme e perfeito, como a verdade. E, quando o prazer a preencheu como uma onda, ele capturou primeiro os gritos, depois a risada dela com seu beijo. E, só então, com o som do prazer barulhento dela em seus ouvidos, ele chegou ao clímax, profundo e poderoso, o nome dela em seus lábios.

Minutos mais tarde, talvez horas, eles continuaram deitados sob as estrelas, ainda impactados e extasiados pelo que tinham feito. Devil havia invertido a posição deles, colocando Felicity sobre seu peito, onde ela deitava a cabeça e brincava com os dedos, desenhando círculos em sua pele.

Ele a mantinha bem junto a si, seus braços e o casaco mantendo-a aquecida, seus dedos passando pelo cabelo dela numa carícia rítmica delicada, e, naquela breve eternidade, Felicity imaginou que aquela noite tinha mudado tanto ele quanto ela.

Ela fechou os olhos com a batida forte do coração dele em seus pensamentos – a pequena fantasia que terminava com ele pegando sua mão e se declarando a ela, para sempre. Felicity inspirou fundo, inebriada pelo cheiro dele; flor de tabaco, zimbro e pecado, e imaginou que, para sempre, qualquer indício desses aromas invocaria as falsas esperanças que ela criava nos braços dele.

Um casamento em Covent Garden – uma celebração barulhenta com vinho e música, com uma noite para ser passada neste mesmo telhado. Uma repetição daquele momento, porém ainda melhor, porque não iria terminar com ele a abandonando.

Terminaria com uma vida a dois. Um casamento. Uma parceira. Uma série de filhos com lindos olhos cor de âmbar, ombros fortes, e nariz comprido e reto. Crianças que iriam aprender que o mundo era grande e bom, e a aristocracia não era nada comparada aos homens e às mulheres que trabalhavam duro todos os dias para construir e melhorar a cidade onde moravam.

Homens como Devon. Mulheres como aquela que Felicity esperava se tornar ao lado dele.

Ela fechou os olhos e imaginou essas crianças, querendo-as. Amando-as, desde já.

Assim como já amava o pai delas.

– Felicity – ele disse o nome dela, contido e perfeito, e ela levantou a cabeça para encontrar o olhar dele. – A alvorada se aproxima.

A alvorada, pronta para incendiar a escuridão, e, com isso, suas fantasias preciosas e não construídas.

Não me mande de volta. Fique aqui comigo. Este é o meu lugar.

Ela não disse as palavras, mas ele pareceu ouvi-las mesmo assim. Devil exalou, o som entrecortado.

– Você merecia mais do que isto – ele disse. – Você merecia uma noite de núpcias. Com um homem dez vezes melhor do que eu. Com um homem que possa lhe dar a sociedade, um título, um nome, uma fortuna, uma casa em Mayfair e outra de campo que esteja na família há gerações.

– Você está errado. – Raiva ferveu nela.

– Não estou.

– Eu não quero nada disso.

Ele a observou por uma eternidade.

– Me diga outra vez por que estava chorando naquela noite, quando arrombou a fechadura. Quando seus amigos lhe deram as costas. Me diga outra vez por que estava triste.

Ela sentiu uma vergonha quente.

– Não é nada disso – ela protestou. – Eu não sou a mesma. Eu não me importo mais com Mayfair e bailes.

– Se eu acreditasse nisso... – Ele desviou o olhar para as estrelas. – ...eu rastejaria até você sem hesitar. Mas, se eu fizesse isso, você nunca teria essa vida. Nem aceitação.

– Você me ama? – ela sussurrou, o som quase inaudível, pouco mais alto que o vento farfalhando sobre as telhas do telhado. Que o som de pele roçando em pele. Que o som da respiração dos dois misturada.

Que o som da esperança.

Ele exalou com dificuldade, e então lhe disse uma verdade.

– Não o bastante.

E ali, sob as estrelas, naquele lugar que ela tinha aprendido a amar, Felicity resolveu provar que ele estava errado.

Capítulo Vinte e Quatro

Tudo tinha mudado, Felicity percebeu, ao descer da carruagem da família na noite seguinte, sua mãe seguindo-a logo atrás, o rosa de suas saias de cetim esvoaçando ao seu redor.

Um ano atrás, um mês atrás, duas semanas atrás, Felicity ansiava por este exato momento. Eram meados de junho, e o verão tinha chegado; toda Londres fazia as malas, preparando-se para fugir para o campo, mas as melhores fofoqueiras da cidade nem sonhariam em partir antes de um evento em particular – a festa de verão da Duquesa de Northumberland, o baile mais glamoroso da temporada.

Até um ano atrás, um mês atrás, duas semanas atrás, Felicity não teria imaginado uma festividade mais desejável do que essa, subindo os degraus da Casa Northumberland, com as janelas da mansão cintilando com a luz das velas, sua mãe vibrando de alegria ao seu lado, os convidados reunidos junto à porta, cumprimentando-as sem hesitação.

Recebendo-a.

Aclamando-a.

Só que tudo tinha mudado.

E não apenas o fato de que ela não era mais a mesma mulher, solteirona, estranha e invisível.

Nem que ela era, para todos reunidos ali, a futura Duquesa de Marwick.

Ah, era certamente por isso que a aristocracia acreditava que tudo tinha mudado. Mas Felicity sabia a verdade. Ela sabia que a mudança, sumária e irrevogável, devia-se ao fato de ela ter se apaixonado por um mundo além deste, revelado por um homem magnífico. E essa verdade revelava outra: esse mundo, que já tinha sido tão importante para ela, não era nada em comparação ao dele. A *ele*.

Mas Devil não acreditava nisso. E assim, sem opção, Felicity foi a esse lugar, cheio dessas pessoas, para provar isso a ele.

Essa intenção fez com que ela endireitasse as costas e os ombros. Manteve seu queixo alto, como se, de repente, ela não desejasse permitir que esse lugar e essas pessoas tivessem qualquer influência sobre ela. Havia somente uma pessoa que conseguia influenciá-la. E somente uma esperança de conquistá-lo.

O que significava que ela precisava encontrar seu noivo.

– Seu noivado já fez o mundo nos notar! – exclamou a marquesa, empolgada, quando eles entraram no grande saguão, com uma multidão as rodeando. Ela olhou para a escadaria principal, repleta de convidados, e soltou um gritinho. – Nós não fomos convidadas ano passado; não éramos bem-vindas. Por causa do... bem, você sabe.

Felicity diminuiu o passo e olhou para a mãe.

– Eu não sei, na verdade.

A marquesa olhou para a filha e baixou a voz.

– Por causa do seu escândalo.

– Está se referindo ao escândalo de eu ser colocada no mercado de casamento do Duque de Haven?

A mãe meneou a cabeça.

– Não só esse.

– O escândalo de eu ser uma solteirona?

– Isso pode ter colaborado um pouquinho também.

– Esse pouquinho influenciou mais ou menos do que eu ter sido banida do círculo íntimo das joias da sociedade?

– Ora, Felicity. – A mãe olhou ao redor e riu alto, com medo evidente de que alguém pudesse ouvi-las.

Felicity estava despreocupada com essa possibilidade.

– Eu imaginava que o escândalo que eliminou nossos nomes da lista de convidados foi papai e Arthur perderem todo o dinheiro da família.

A mãe arregalou os olhos.

– Felicity!

A garota apertou os lábios, sabendo que esse não era o lugar nem o momento adequado, mas não se importou. Virando-se, ela se encaminhou para a escada, em direção ao grande salão de baile.

– Não importa, mamãe. Afinal, estamos aqui hoje.

– Sim – a marquesa concordou. – Isso que importa. E o duque. E vamos estar aqui no ano que vem. E em todos os seguintes.

Eu não vou estar.

– Até seu pai pretende vir esta noite.

Claro que meu pai viria, agora que sentia poder mostrar a cara com os cofres da família cheios mais uma vez. Ela olhou para o alto da escada.

– Preciso encontrar o duque.

Ela não tinha dado dez passos quando alguém a chamou de algum lugar acima.

– Felicity!

A voz era familiar o bastante para fazer com que ela parasse e se virasse no mesmo instante para encontrar os olhos brilhantes de Natasha Corkwood, que cintilavam de interesse enquanto acenava do alto da escada, esticando-se e movendo-se para manter contato visual com Felicity. Ela se virou para dizer algo a seu acompanhante, Jared, Lorde Faulk, que olhou por sobre o ombro para acompanhar o olhar de sua irmã, o que fez surgirem em seus olhos reconhecimento e algo mais. Algo predatório.

Felicity desviou o olhar imediatamente, aumentando a velocidade escada acima.

Quando ela chegou ao alto, Natasha a chamou de novo, mais perto do que ela gostaria.

– Felicity!

– Querida, nós precisamos parar. Lady Natasha e Lorde Faulk são seus amigos. – Simples assim, sua mãe apagou o passado, como se dezoito meses de vergonha, tristeza e confusão fossem nada.

Amizade nem sempre é o que nós pensamos.

As palavras de Devil ecoaram nela, dando-lhe vontade de lhes dar as costas e deixá-los ali, diante de todos os londrinos com cuja opinião se importavam. Em vez disso, ela decidiu se virar para encará-los.

– Felicity! – Natasha disse, ofegante, o rosto estampando um sorriso falso. – Estávamos esperando você! – Ela colocou a mão no braço de Felicity.

Esta baixou o olhar para o toque ofensivo por tempo suficiente para que Natasha o retirasse. Nesse momento, Felicity encarou a outra.

– Por quê?

Um rubor subiu às faces de Natasha, e ela piscou, uma risadinha nervosa acompanhando sua surpresa.

– Por que... porque nós estávamos com saudades! – Seus olhos voaram para o irmão. – Não estávamos, Jared?

Lorde Faulk sorriu, revelando seus dentes, quase grandes demais para sua boca.

– É claro.

Como se o passado não tivesse acontecido. Como se tivessem tido um desentendimento bobo após tomarem champanhe demais, em vez de terem fingido que Felicity não existia durante dezoito meses. Como se ainda fossem amigos dela.

Como se quisessem voltar a ser.

Infelizes.

A palavra de Devil outra vez, baixa e sombria, soprada em seu ouvido, cuja lembrança lhe trouxe força.

– Seu vestido é *deslumbrante*. – Natasha continuava falando, e as mãos de Felicity foram, por conta própria, para sua saia fúcsia, absolutamente rosa. O vestido tinha chegado naquela manhã do ateliê de Madame Hebert, acompanhado de um bilhete da francesa, agradecendo a Felicity pela compra com *duques atuais e futuros... e quaisquer outros que apareçam e gostem de você usando rosa.*

E era deslumbrante mesmo, mais luxuoso do que qualquer coisa que ela já tinha vestido, com um decote amplo, que revelava uma grande extensão de seus ombros, e magníficas saias rosa debruadas com fio de seda roxo, a coisa toda lembrava a cor do Sol nascente.

Ou melhor, parecia a alvorada no céu de Devon.

Ela desejou que ele pudesse ver o vestido.

E veria, claro. Logo depois que ela terminasse com o duque, o qual Felicity não conseguia encontrar naquele amontoado de gente. O pensamento fez seu coração acelerar, e Felicity começou a procurar seu noivo no salão de baile.

– Obrigada, Natasha... Você também está maravilhosa – disse a marquesa, preenchendo o silêncio deixado pela filha.

Natasha fez uma mesura.

– Obrigada, milady. E parabéns para você também, pelo seu futuro genro!

A marquesa deu uma risadinha.

Natasha e Jared também.

Felicity olhou para cada um dos rostos antes de falar.

– Eu fiquei louca, ou você está tentando ser minha amiga de novo?

O rosto de Natasha ficou todo vermelho.

– Perdão?

– Felicity! – a mãe exclamou.

– Estou falando sério, Natasha. Parece que você gostaria de fingir que nós nunca nos desentendemos. Que vocês nunca me *expulsaram do seu grupo*. Não foi esse o termo que você usou?

Natasha abriu e fechou a boca.

Felicity ignorou a ex-amiga, achando-a espantosamente desinteressante – pela primeira vez na vida. Ela vasculhou o mar de convidados a caminho do salão de bailes. Liberdade.

– Preciso encontrar o duque – ela disse, sem se despedir.

– Ah, é claro que sim – disse a marquesa com um excesso de empolgação, por algum motivo ansiosa demais para manter aqueles parasitas por perto. Em voz baixa, ela acrescentou: – Os noivos querem ficar o máximo possível um na companhia do outro, vocês sabem.

– Ah, é *claro* – Natasha arrulhou para todos em volta. – Nós ainda estamos *tão* impressionados por você ter conseguido conquistar Marwick! Afinal, Felicity não é exatamente o tipo de esposa que um *duque* procura.

– Eu não o conquistei – Felicity disse, ausente, tentando abrir caminho.

Natasha fez uma cara de gato que acabou de ver um rato no celeiro.

– *Não* conquistou?

Seguiu-se um silêncio, depois a risada alta demais da mãe.

– Ora, Felicity! Que piada. É claro, os proclamas foram lidos! Houve um anúncio no *News*!

– Acho que sim. Bem, de qualquer modo, eu não ficaria tão interessada nisso, Tasha... – Felicity disse, lançando um olhar gelado para a garota. – Pois, ainda que eu o tivesse conquistado, você nunca seria bem-vinda à nossa casa.

Natasha ficou com a boca escancarada ao ouvir isso, e a mãe de Felicity, horrorizada com a grosseria da filha. Por sorte, Felicity foi salva de ter que continuar ali ao encontrar seu noivo, uma cabeça loira acima de todas as outras no salão, do outro lado daquela turba enfurecida. No momento em que o viu, seu coração começou a bater com estrondo. Ela se afastou das companhias indesejadas e costurou a multidão para chegar até ele.

Para se livrar dele.

Ele estava sozinho quando Felicity o alcançou, empertigado, observando impassível os convidados. Ela se colocou bem à frente dele.

– Olá, Vossa Graça.

Ele baixou os olhos para ela, depois voltou-se para o baile.

– Eu já pedi para você não me chamar disso. – Uma pausa. – Quem é aquela mulher?

Felicity olhou por cima do ombro e viu Natasha ali perto, bancando a vítima de olhos tristes.

– Lady Natasha Corkwood.

– O que você disse a ela?

– Eu lhe disse que não seria bem-vinda à nossa casa.

Ele a fitou nos olhos.

– Por que não?

– Porque ela me magoou, e descobri que estou cansada de ser magoada.

– Justo. – Ele deu de ombros.

– Não que isso importe, pois não vamos morar na mesma casa.

– Não – ele concordou. – Mas é uma bela figura de linguagem, e tenho certeza de que ajudou você a impor sua posição.

Ela inspirou fundo.

– Não foi o que eu quis dizer..

Ele a encarou, e Felicity viu compreensão no olhar dele. Compreensão e algo mais. Algo como... respeito?

– O que você quis dizer?

Pareceu apropriado que um noivado que começou diante de todo mundo terminasse da mesma forma. Pelo menos Felicity estava terminando com o duque frente a frente, e não por meio de uma rede de fofoqueiras enlouquecedoras.

– Receio não poder me casar com você.

Isso conseguiu a atenção dele. Marwick a observou por um longo momento antes de falar.

– Posso perguntar o motivo?

Meio mundo os observava, e Felicity descobriu que não se importava com esses observadores. Mas o duque devia se importar.

– Você gostaria de ir a um lugar onde pudéssemos... conversar?

– Não é necessário – ele respondeu.

Isso a fez hesitar.

– Vossa Gr... – Ela parou. – Duque.

– Diga-me o porquê.

– Muito bem – ela disse, o coração quase saindo pela boca. – Porque eu amo outro homem. Porque eu acho que ele pode me amar. Tudo que eu preciso fazer é convencê-lo de que quero mais ele do que este mundo.

Ele a observou por um instante.

– Imagino que seu pai não ficará entusiasmado com sua decisão.

– Acredito que não. – Ela meneou a cabeça. – Eu era meio que a última esperança dele.

– Do seu irmão também – ele observou. – Eles estavam muito contentes em poder pegar meu dinheiro.

– Em troca de um casamento sem amor – ela disse e sacudiu a cabeça. – Não quero isso.

– E o que você sabe de amor? – ele perguntou, as palavras como uma zombaria discreta.

Eu andaria através do fogo por ele. Whit tinha usado essas palavras no armazém, na outra noite, para explicar a lealdade dos empregados de Devil. Ela compreendia agora. Ela o amava. Felicity olhou para o duque.

– Basta saber que eu quero isso mais do que qualquer outra coisa.

Ele deu um sorriso irônico.

– E você deveria fazer o mesmo – ela acrescentou. Como ele não respondeu, Felicity acrescentou, hesitante. – Será que posso convencê-lo a investir, de algum modo, com o meu irmão? Ele é muito bom nos negócios, apesar de...

– Diga-me como é. – Ele a interrompeu.

Ela hesitou. Ele estava perguntando de... amor?

– É impossível descrever.

– Tente.

Felicity olhou para o lado, detendo-se num casal que dançava, a mulher usando um lindo vestido safira. Eles estavam virando, as costas dela um arco perfeito sobre o braço forte dele, as saias esvoaçantes. Ela olhou sorrindo para o parceiro, e ele a encarou, arrebatado. Nesse momento os dois estavam perfeitos, de tirar o fôlego. Não por causa do vestido dela ou do paletó dele, nem pelo modo como se moviam, nem pelo fato de que, quando pararam após o rodopio, as saias dela envolveram ambos, e ele sentiu o peso dos dois em suas pernas, desejando que a sensação durasse uma vida.

Tristeza, desejo e determinação se debatiam dentro de Felicity quando ela voltou sua atenção para o duque.

– Você encontra sua metade. Encontra sua metade e deixa que ela o ame.

– Não é tão fácil assim. – As palavras saíram ásperas.

– Bem – ela disse –, você pode começar procurando por sua metade.

– Estou procurando por ela há doze anos. Ou mais. Desde que me lembro. – Seria impossível não entender. O duque não estava procurando uma mulher ideal, ainda desconhecida, com quem poderia viver o resto de seus dias. Ele procurava por uma mulher específica.

Felicity anuiu com um movimento de cabeça.

– Então ela vale a espera. E, quando você a encontrar, vai se sentir feliz por este momento.

– Quando eu a encontrar, vou ficar mais infeliz do que jamais fui.

Uma visão surgiu. De Devil, na noite anterior, dizendo para ela que nunca poderia amá-la o suficiente. De ele a acompanhando até sua casa quando a luz começava a riscar o céu. Do beijo suave que ele lhe deu no jardim, antes que ela entrasse pela porta da cozinha. De como aquilo pareceu uma despedida. Das lágrimas que vieram, espontâneas e indesejáveis, mas que afloraram mesmo assim, até ela concluir que estava cansada de deixar o mundo manipular sua vida, e que estava na hora de ela assumir o controle.

– Você gostaria de dançar, Lady Felicity?

Ela franziu a testa.

– O quê?

– Estamos num baile, não? Não é algo inimaginável.

Ela não queria dançar. Mas ele insistiu.

– Isso e o fato de toda Londres estar nos observando. E você não é a pessoa menos emotiva que já conheci.

Contudo, não era a cidade toda. Era apenas uma fração minúscula dela, uma fração que ela começava a achar cada vez menos tolerável. Apesar disso tudo, ela deixou que ele a conduzisse até o centro do salão e a pegasse nos braços. Eles dançaram por vários e longos minutos em silêncio antes de Marwick falar.

– Então você acha que meu irmão está apaixonado por você.

Felicity afastou-se, ou, pelo menos, afastou-se o máximo possível enquanto dançavam. Ela só podia ter entendido mal. Ele não podia ter dito que...

– Eu, eu... perdão?

– Não precisa bancar a boba, milady – ele disse. – Ele estava atrás de você desde o início, não é? Desde a noite em que você anunciou nosso noivado para o mundo. – Ela errou um passo ao ouvir isso, e os braços dele se firmaram ao redor dela, tirando-a do chão por um momento até ela recuperar o equilíbrio.

Ela foi tomada por uma onda de confusão, seu olhar voando para o dele. Marwick não podia estar falando de Devil.

Devil, cujos olhos eram da mesma linda cor de âmbar que os do duque... o que ela devia ter notado antes. E ela teria notado antes se os olhos de Devil não fossem tão quentes, e os que a encaravam não fossem tão frios.

Ela enfim entendeu.

Santo Deus.

O pai de Devil era o Duque de Marwick.

O que fazia do homem diante dela...

– Ewan.

Para um mero observador, o nome pareceu não ter qualquer impacto nele, mas Felicity estava em seus braços, a poucos centímetros dele, e viu como o nome o atingiu, como se ela tivesse fechado a mão e dado um soco bem no queixo dele. Cada centímetro dele se contraiu. Ele apertou o maxilar. Sua respiração parou dentro do peito. A mão dele virou pedra na dela, e o braço ficou rígido nas suas costas. Então ele a encarou, os olhos plenos de verdade e algo de que ela deveria ter sentido medo.

Mas Felicity não se acovardou. Ela estava confusa e chocada, e sentia uma dúzia de outras emoções, mas não conseguiu encontrar espaço para medo, pois estava cheia demais de raiva. Porque, se estava certa e esse homem era Ewan, o terceiro irmão, levado à força ao campo para lutar por seu título em um tipo de competição monstruosa, então ele era o vencedor desse jogo. E, em vez de manter os irmãos por perto e cuidar deles como deveria ter feito – pois eles *mereciam* isso –, ele deixou que se virassem e lutassem nas ruas, sem que soubessem onde encontrariam alguma bondade. Sem que soubessem *se* encontrariam alguma bondade.

E ela o odiou por isso.

– Ele lhe contou de mim – o duque disse; a surpresa era evidente em suas palavras. Algo próximo a espanto.

Ela vibrava de raiva e fez menção de interromper a dança. Ele não permitiu. Ela colocou toda sua força no braço dele.

– Solte-me.

– Ainda não.

– Você o machucou.

– Eu machuquei muita gente.

– Você cortou o rosto dele.

– Posso lhe garantir que não tive escolha.

– Não. É evidente que este mundo era mais importante que seu *irmão*. – Ela meneou a cabeça. – Pois você se enganou. Eu o escolheria em vez disto a qualquer momento. Eu o escolho agora. Em vez de você.

Os olhos do duque faiscaram.

– Você não vai acreditar em mim, mas não teve nada a ver com este mundo.

– Não, tenho certeza que não – ela debochou. – Nada a ver com o título, as propriedades ou o dinheiro.

– Acredite no que quiser, Lady Felicity, mas é verdade. Ele foi um meio para um fim. – As palavras não foram cruéis. Foram honestas.

Ela franziu a testa.

– Que tipo de fim exigiria um meio desses? – Ela odiava aquele homem. – Você deveria ser espancado pelo que fez com seu irmão. Ele era só um menino.

— Eu também. — Uma pausa, então, casualmente: — Se estivesse conosco nessa época, Lady Felicity, talvez pudesse tê-lo salvado. Talvez pudesse ter salvado todos nós.

— Ele não precisa ser salvo — ela disse com suavidade. — Ele é magnífico. Forte, corajoso e honrado.

— É mesmo?

Algo na pergunta a perturbou, como se o duque fosse um mestre de xadrez e pudesse antever o inevitável fim dela. Felicity o empurrou de novo, querendo distância daquele homem monstruoso.

— Eu pensava que você era estranho. Mas não. Você é horrível.

— Eu sou. E ele também.

— Não. — Ela sacudiu a cabeça.

A resposta foi instantânea, repleta de escuridão.

— Ele não é inocente, milady. Não está curiosa sobre como você o conheceu? Sobre como ele veio a se interessar por você?

Ela sacudiu a cabeça ao se lembrar.

— Foi por acaso. Eu menti sobre nosso noivado. E ele ouviu. Por acaso.

Então, ele riu, o som fazendo-a sentir calafrios.

— Na nossa vida, nada aconteceu conosco por acaso. E agora você é uma parte disso, Felicity Faircloth. Agora está ligada a nós, e nada, jamais, vai acontecer por acaso com você. Não noivados. Nem o cancelamento deles. Nem vestidos dourados de festa, nem espiões que aparecem na sua cerca-viva. Nem mesmo os pássaros que cantam para você à noite gorjeiam por acaso.

Felicity ficou gelada, e o salão começou a girar com a revelação – de que esse homem, horroroso e odiento, estava inexoravelmente ligado a Devil. Que tinha sido assim há anos, e, pior, que ele sabia da extensão das interações dela com Devil. Que ele a tinha usado apesar disso. Que ele a tinha usado *por causa* disso, manipulando-a sem dificuldade.

— Você estava me usando para chegar nele.

— Sim. Mas, para ser justo, eu não planejei usá-la desde o início. Esse detalhe *foi* por acaso, na verdade. — Ele a virou, conduzindo-a pelo salão, e, para um observador, os dois pareciam hipnotizados um pelo outro, um casal perfeito. Ninguém conseguiria ver o modo como ela o empurrava, desejando se distanciar dele e do que o duque estava para dizer.

— Faz doze anos que eu tenho procurado por eles, sabia disso? Sem resultado. Cheguei a dois irmãos em Covent Garden. Comerciantes de gelo. Possivelmente contrabandistas. Mas eles controlam as ruas, pagando bem por lealdade, e estavam protegidos. Eu não tive escolha senão tentar uma nova abordagem. Vim para a cidade anunciando que estava à procura de uma noiva.

A compreensão veio.

— Para tirar os dois das sombras.

Ele inclinou a cabeça, surpresa em seus olhos.

— Isso mesmo. Eles podem se esconder de mim, mas não ficariam quietos se pensassem que eu queria renegar nosso único acordo. — O olhar dele estava fixo num ponto além do ombro dela.

— Nada de herdeiros.

Mais surpresa.

— Ele lhe contou isso também?

— Ele nunca pretendeu que você e eu nos casássemos — ela sussurrou.

O duque soltou uma gargalhada, e as pessoas à volta deles se viraram para o som inesperado. Ele não se importou.

— É claro que não. Nós somos farinha do mesmo saco, milady. Você se mostrou muito útil para mim... e também extremamente útil para ele.

— Como?

— Você é um aviso. Não me é permitida a felicidade. Não me é permitido um futuro. Como se essas coisas algum dia tivessem estado no meu destino.

O olhar dela procurou o dele; o coração de Felicity ribombava em suas orelhas, acompanhando a cacofonia do salão.

— Eu não entendo. Você não me queria. Eu não ia lhe proporcionar felicidade.

— Não. Mas poderia ter me proporcionado herdeiros. E isso ele não permitiria. Essa era a única punição que podíamos dar ao nosso pai. Nada de herdeiros. A linhagem termina comigo, entende? E conheço muito bem meu irmão para saber que Devon ia cuidar disso.

Teríamos uma única e eterna vingança.

E Felicity era a arma que ele tinha escolhido. A arma, ao que parecia, que os dois tinham escolhido.

— E a possibilidade de ter você faria Devon vir até mim.

Ela parou de dançar, o duque permitiu, e suas saias giraram ao seu redor, embora o restante dos convidados continuasse a rodopiar. As cabeças se voltaram para eles, os sussurros já começando. Felicity não se importava.

— Eu tenho que reconhecer: ele fez um bom trabalho. — Uma pausa. — Imagino que ele já tenha possuído você. Imagino que ele esperava que você viesse esta noite e terminasse nosso noivado. O que você fez, claro, porque se imagina apaixonada por ele. Porque se imagina capaz de convencê-lo de que ele também ama você.

O salão girava ao redor deles. A percepção de que Devil a tinha traído a atingiu com rapidez e violência, fazendo com que tivesse vontade de ao mesmo tempo vomitar e machucar aquele homem arrogante que estava diante dela.

– Pobre garota – ele acrescentou num tom isento de emoção. – Você devia saber. Devon não pode amar. Ele não possui esse sentimento. Ele, como todos os irmãos e nosso pai, não consegue fazer nada senão causar ruína. Espero que a sua, pelo menos, tenha sido prazerosa.

As palavras ameaçaram desmontá-la. Fazer com que voltasse a ser a Felicity Frustrada. A Felicity Fenecida. Mas ela não permitiria isso. Ela endireitou as costas, os ombros, e levantou o queixo, recusando-se a admitir as lágrimas que queriam aflorar. Ela não aceitaria se mostrar vulnerável. Não havia tempo para isso.

Em vez disso, ela recuou um passo, colocando distância entre eles. Os casais mais próximos diminuíram o ritmo, esticando os pescoços para observar. Mas não precisaram fazer esforço para ver quando ela fez a mão voar, nem precisaram apurar os ouvidos para escutar o estalo doloroso da sua mão no rosto dele.

Ele aceitou o tapa sem dizer nada, e o salão inteiro sentiu as vibrações do golpe.

Capítulo Vinte e Cinco

Devil passou horas, naquela noite, no lodo do Tâmisa, trabalhando com o gancho – a melhor forma de não pensar no que tinha feito. Ele levantou e carregou as mercadorias até seus músculos arderem, até suas roupas ficarem encharcadas de suor e ele sentir que a pele de seus ombros estava esfolada. Só então ele sentiu vontade de voltar para casa – dolorido, fedido e cansado o bastante para, após um banho, ter uma promessa de sono antes que acordasse, duro e quente, estendendo as mãos para a única coisa que não podia ter.

Cristo. Mal fazia um dia, e ele já sentia falta dela como se fosse ar.

Ele praguejou e destrancou a porta de sua casa, o edifício pesado de silêncio.

Deixando a exaustão vir, ele subiu a escada e enfiou uma chave na fechadura, apenas para descobrir que ela não era necessária. Alguém tinha destrancado a porta de seus aposentos, e, embora houvesse meia dúzia de possíveis arrombadores, ele queria que fosse uma pessoa, embora desejasse que fosse qualquer uma menos ela.

Devil empurrou a porta, abrindo-a, as dobradiças rangendo com o movimento lento.

Felicity estava no meio da sala, usando o mais lindo vestido rosa que ele já tinha visto – o tipo de vestido que qualquer homem mataria para tirar –, parada, altiva e serena. Os olhos dela procuraram os dele no mesmo instante, como se estivesse parada ali desde sempre à espera dele. Como se ela *fosse* ficar parada ali para sempre, até ele retornar.

Passado, futuro e um presente glorioso, impossível.

Ele entrou, fechou a porta atrás de si e se preparou para o que estava por vir. Reunindo forças para mandá-la embora de novo.

– Eu perguntaria como você entrou no prédio, mas não acho que iria gostar da resposta. – Ele apontou o queixo para o vestido, incapaz de não ressaltar a elegância dela. – Covent Garden nunca viu um traje tão lindo quanto o seu, milady.

Ela não baixou os olhos para o vestido.

– Eu venho do baile Northumberland.

Ele soltou um assobio baixo e demorado.

– Você mandou minhas lembranças aos almofadinhas?

– Não mandei, na verdade – ela disse. – Eu estava ocupada demais terminando meu noivado.

As palavras ricochetearam dentro dele. Ele se aproximou dela sem pensar. Mentira. Houve um único pensamento. *Sim*. Sim, ela estava livre e podia, finalmente, ser dele. Só que não podia.

– Por quê?

– Porque eu não queria me casar com o duque, nem com mais ninguém da aristocracia.

Case-se comigo.

– Porque – ela continuou – eu pensei que, se terminasse ali, se terminasse meu noivado publicamente, diante de toda a sociedade, você veria que eu estava disposta a dar minhas costas para esse mundo e vir ficar com você aqui, neste lugar.

O coração dele acelerou.

– Sabe, depois disso... depois de estapear o duque em público...

– Você bateu nele? – Devil estendeu a mão para ela. – Ele...

Felicity se afastou da mão dele, e Devil congelou, pavor e algo mais se instalando, instantaneamente, em seu âmago. *Medo*.

– Eu bati, na verdade. No meio do salão de bailes da sede de um dos ducados mais poderosos da história. Estou arruinada de verdade agora.

Ele não se importava com isso, com o fato de ela estar arruinada. Ele se importava apenas com *ela*.

– Por que você bateu nele? Ele a machucou?

Ela riu, um som amargo.

– Se ele me machucou? Não.

– Então por que...

– Acredito que algumas pessoas podem ficar machucadas ao descobrirem que foram traídas pelo homem com que estão prestes a se casar... – Ela o observou por um longo momento, sem falar. – Mas não era para eu me casar com ele, era? Desde o início?

A pergunta se instalou entre eles como gelo.

– Era para eu me casar com ele, Devil?

Ele apertou os lábios, de repente sentindo-se sem equilíbrio; o chão se movia debaixo de seus pés.

– Não.

– O interessante é que ele também não tinha intenção alguma de se casar comigo. Então, pela primeira vez, você e seu irmão queriam a mesma coisa. – Sangue subiu aos ouvidos de Devil.

Irmão.

Ela sabia.

– Como você soube?

Um instante. Então...

– Eu sei porque vocês são iguais.

Não.

– Nós não somos nada iguais.

– Que conversa mole. – Ela apertou os olhos para ele. – Vocês são mais parecidos do que pode imaginar. – Ela não sabia como as palavras iriam ferir. Como elas o enfureceriam. Como sussurravam a verdade.

– Nenhum de vocês pensou duas vezes antes de me usar. Ele, para tirar você da escuridão, para encontrá-lo após doze anos de procura. Mas a verdade é esta... – Ela fez uma pausa, e ele soube que o golpe viria. Soube, também, que não poderia escapar. – Eu não me importo com ele. Eu não confiava nele. Não desnudei meu corpo e, pior, meu coração para ele. E assim, embora os pecados que ele cometeu no passado sejam sem dúvida monstruosos... embora ele mais do que merecesse meu tapa... embora eu desejasse mal a ele além de qualquer medida... o pecado dele não é nada se comparado ao seu.

Então, ela deu as costas para ele, rodeando a escrivaninha e chegando à janela na extremidade da sala, o som de suas saias roçando no tapete igual a disparos de arma de fogo. Ele odiou vê-la se afastando. Odiou o modo como o ar parecia mais frio a cada passo dela, como se ele pudesse ficar congelado sem ela.

E ficaria mesmo.

Ela parou junto à janela, encostando uma mão no quadrado de vidro manchado, pequeno e quase opaco. Não valia a pena colocar vidro decente nas janelas de Covent Garden, e ver Felicity vestida como uma rainha passando os dedos naquele vidro só enfatizava tudo que Devil sabia ser verdade. Ele não podia tê-la.

Era melhor ela ter descoberto seu plano nesta noite.

Ela não é para ele.

– Você me ama? – A pergunta, tão direta, chegou como uma pancada. – Pergunto porque, duas noites atrás, no telhado deste prédio, você me disse que não podia me amar o suficiente para se casar comigo. E pensei que era uma defesa que você tinha armado para se proteger dessa sua crença boba de que eu queria aquele mundo em vez deste.

E era mesmo. Cristo. Ele devia ter contado para ela quando teve a chance.

Só que eles terminariam ali do mesmo modo. E a machucaria ainda mais. Como se pudesse magoá-la mais.

– Então eu pergunto agora, esta noite, você me ama?

Ele não sobreviveria a isso.

– Felicity.

Ele andou na direção dela, dando a volta na escrivaninha, mas Felicity não olhou para ele. Ela permaneceu junto à janela, fitando os telhados distorcidos de Covent Garden, tudo que ele poderia lhe dar.

– Eu implorei para você me amar. Implorei para acreditar que eu era suficiente para você. Suficiente para este lugar.

Você é. Sempre foi.

– Felicity. – O nome dela era uma farpa na garganta dele.

– É claro – ela disse, um sorriso nos lábios. Envergonhada. – Eu perguntei tudo isso porque não sabia a verdade. Não sabia como eu tinha desempenhado bem no seu plano.

O coração dele parou, depois rugiu como um trovão.

– Felicity.

– Pare de dizer meu nome! – ela exclamou, as palavras frias e raivosas. – Você não tem o direito de pronunciá-lo.

Isso era verdade.

– *Felicity Faircloth*, você sussurrou quando apareceu no meu quarto naquela noite do baile, e me fez promessas que nenhum homem conseguiria cumprir. Você debochou do meu nome de conto de fadas, dizendo que poderia me dar o que eu mais queria. Prometendo para mim. Sabendo que era o meu maior desejo.

– Eu menti – ele disse.

Ela deu uma risada áspera e sem humor.

– Foi o que descobri. Você achou que podia me seduzir com seu jogo, prometendo me fazer ser amada. Ser aceita outra vez. Fazer parte daquele mundo. E eu embarquei, às cegas, feliz, porque acreditei em você. – Ele detestou as palavras. A afirmação da vontade de retornar à sua torre e brincar, mais uma vez, de princesa.

— E então você piorou tudo. Me apresentou um mundo vasto que eu quis mais do que tudo. Uma vida que valia a pena viver. E se mostrou um homem que valia...

Ela se deteve, mas ainda assim ele ouviu o resto da frase. *Um homem que valia a pena amar.* Ele ouviu as palavras que ela nunca lhe diria. Não agora que sabia a verdade.

Felicity meneou a cabeça.

— Você é pior do que todos eles. Eu prefiro ser ignorada por cada membro da aristocracia às suas mentiras. Suas promessas manipuladoras. Eu queria... — Ela sacudiu a cabeça e olhou pela janela. — Eu queria que você não soubesse meu nome. Queria que fosse um segredo. Como o seu.

— Não é mais segredo — ele disse. — Eu lhe contei.

— É. Você contou. Devon Culm. Batizado pelo passado.

— E essa é a verdade.

Ela aquiesceu.

— Ewan me contou que você pretendia me seduzir para me tirar dele. Me usar para lhe dar uma lição.

Devil anuiu.

— Isso mesmo.

Ela deu uma risada amarga.

— Vou lhe dizer uma coisa: você é a única pessoa que eu conheço cuja verdade é toda composta de mentiras. Não me contou seu nome porque queria que eu soubesse. — Não era verdade, mas ele não disse nada. — Você não me contou por qualquer motivo que não fosse para me envolver mais. Para fazer de mim seu peão. Você sabia que sua história iria me sensibilizar. Que seu passado iria nos conectar. E me atacou usando isso, enquanto o tempo todo planejava minha ruína. — Ela fez uma pausa, raiva e arrependimento em conflito nos seus olhos. Raiva, Devil conseguia enfrentar, pois sempre foi capaz de lidar com esse sentimento. Mas arrependimento... Era uma facada no peito pensar que ela se arrependia de tê-lo conhecido. — Tudo isso enquanto me fazia amar você.

As palavras ameaçavam esmagá-lo.

— Nosso acordo. Todas aquelas noites atrás. Você me daria o duque, e eu ficaria lhe devendo um favor. Qual era a dívida que você planejava cobrar?

— Felicity...

— *Qual era?* — A fúria dela foi como uma pancada.

— Uma noite. — Cristo, ele se sentia um monstro. — Sua ruína.

Um instante. Então, com suavidade, mais para si mesmo que para ele:

– Nada de herdeiros. – Ela riu, amargurada. – Não sei o que é pior – ela disse, e Devil ouviu a tristeza em sua voz. – O fato de que você pretendia me arruinar por esporte, ou...

– Não era por esporte.

– Vingança é esporte. Mas isso não importa. Nada muda no final e só dobra os erros que foram cometidos. – Uma pausa. – E pessoas inocentes saem machucadas. Eu saí machucada. – Culpa o sacudiu enquanto ela falava, quando ela virou os lindos olhos castanhos para ele e disse: – Eu fui ferida mil vezes, e nenhuma delas se compara a isto... se compara a você, Devil.

Ele passou a mão pelo peito, onde uma dor tinha se instalado... uma dor da qual não se livraria, ele imaginou.

– Felicity, por favor...

Ela não hesitou.

– O pior... do que seu plano estúpido... é que eu teria lhe dado mil noites. Tudo que você precisava fazer era pedir. – Ela desviou o olhar dele. – Que tola eu fui, pensando que podia confiar no diabo.

– Felicity.

– Não. – Ela sacudiu a cabeça. – Você me fez de boba por tempo demais. Você e suas belas palavras. *Você é importante, Felicity...*

Cristo, ela era.

– *Você é linda, Felicity... Você está tão acima de mim que mal consigo vê-la...* Quanta bobagem!

Só que não era. Deus, essa não era a intenção dele.

– E então... *Não, Felicity, não podemos ficar juntos. Não posso arruinar você...* – Uma pausa. – Essa é minha favorita. Que fantástica! Muito apropriada, já que esse sempre foi o plano. Arruinar meu noivado. Meu futuro. *Eu. Não. Não no telhado. Quando isso aconteceu... tudo que eu queria era proteger você.*

Quando isso aconteceu, tudo que ele queria era amá-la.

Ela se virou e o encarou, os olhos brilhando de raiva, frustração e lágrimas não derramadas.

– Sabe, eu comecei a acreditar nas suas palavras. Comecei a acreditar que eu era mais que tudo isso. Que a Felicity Frustrada podia ser a Felicity Franca. Que a Felicity de Mayfair podia renascer nos telhados de Covent Garden. Nas suas mãos.

Cada palavra foi um golpe, como as facas de Whit, atiradas uma após a outra em seu peito, fazendo-o querer se ajoelhar e contar a verdade. Só que Felicity estava lhe dando a chance de deixá-la livre. Assim ela poderia ter a vida que merece. Tudo que ele precisava fazer era suportar perdê-la. Tudo que ele precisava fazer era escolhê-la em vez de si mesmo.

Tristeza penetrou no olhar dela, e ele se esforçou para não desviar os olhos. Para não estender a mão. Para não se mover.

– Eu segui o roteiro direitinho, não é? Tomei a decisão por você. Escolhi minha própria ruína, pensando que me traria felicidade. – Ela fez um som de escárnio. – Pensando que conseguiria convencê-lo de que nós dois poderíamos ser felizes juntos. Que eu não queria nada daquilo se pudesse ter isto. Se pudesse ter você. Como deve ter ficado contente! Com certeza riu muito da minha tolice.

Não. Cristo, não. Nada naquela noite no telhado teve a ver com vingança. Não teve relação alguma com seu irmão. Aquilo foi a consumação do amor deles, do conhecimento de que Felicity era tudo que ele sempre quis, e ela estava ali, exposta a ele. Para sempre.

Ela não tinha renascido no telhado. Ele, sim.

Mas, se ele tivesse lhe dito isso, ela teria ficado. E ele não podia ter deixado que isso acontecesse. Não ali. Não quando ele podia lhe dar o resto do mundo.

Tristeza deu lugar à raiva. Ótimo. Raiva era algo bom. Ela podia canalizar a raiva. Podia sobreviver a isso. Então ele iria atiçá-la.

– Posso lhe contar uma verdade?

– Sim – ela disse, e ele detestou a palavra nos lábios dela... a palavra que ecoou em seus ouvidos enquanto fazia amor com ela. Que significava que eles estavam juntos e eram parceiros. Que marcou o prazer dela e o futuro dos dois.

Mas não havia futuro em comum. Só o dela. Ele podia dar isso a ela. Podia lhe dar um presente. E ela merecia. Merecia todos os tempos.

– Diga-me – ela disse, deixando as palavras saírem, violentas e furiosas. – Diga-me alguma verdade, seu mentiroso.

Então ele fez a única coisa que podia fazer. Ele cortou os laços entre ela e este mundo, que não a merecia. Ele a libertou.

Ele mentiu.

– Você foi a vingança perfeita.

Ela ficou imóvel, apertando os olhos com um ódio quente que não era nada comparado ao que Devil sentia por si mesmo – o ódio que se espalhou por ele, instalando-se em músculos e ossos, roubando cada fiapo de felicidade que ele poderia vir a ter.

Ódio era bom, ele disse para si mesmo. Ódio não era lágrimas.

Mas também não era amor.

Ele tinha roubado isso dela, como um ladrão. Não, não dela. De si mesmo.

E seu amor, sua linda solteirona invisível e arrombadora de fechaduras, não chorou. Em vez disso, ela levantou o queixo, calma como uma rainha.

– Você merece a escuridão – ela disse.

E o deixou nas sombras.

Capítulo Vinte e Seis

Na manhã seguinte, em vez de ir ao armazém para supervisionar a movimentação do gelo que tinha acabado de chegar, em vez de se preparar para a distribuição de quase duas toneladas de produtos não taxados, ilegais, em vez de ir às docas do Tâmisa ou ao depósito dos Bastardos, Devil pôs casaco e chapéu e foi ver Arthur, Conde Grout, herdeiro do Marquesado de Bumble.

Ele foi, não seria de surpreender ninguém, rejeitado na porta por um mordomo que poderia trabalhar na casa de qualquer aristocrata pela habilidade que demonstrou em olhar de cima a baixo um homem pelo menos quinze centímetros mais alto e trinta quilos mais pesado que o próprio.

O Conde Grout, Devil foi informado, não estava recebendo ninguém.

Sem dúvida, isso era em razão do cartão de visita de Devil dizer apenas isto: *Devil*.

– Merda de Mayfair – ele resmungou quando a porta foi fechada com firmeza em sua cara, quase lhe arrancando o nariz. Será que ninguém desse lado da cidade entendia que homens como Devil eram, com frequência, mais ricos e mais poderosos do que podiam sonhar, e, portanto, bons aliados em potencial?

Não para Felicity.

Ele pôs o pensamento de lado.

Maldição. Ele teria que encontrar outro modo de entrar. Por ela.

Andando até os fundos da casa, ele investigou uma variedade de acessos: ele poderia quebrar uma janela para entrar no térreo; escalar a parede dos fundos, coberta de hera, e chegar a Deus sabe o que havia do outro lado da janela no terceiro andar; voltar à porta da frente e forçar o mordomo; ou escalar a árvore que possuía um galho proeminente que levava a uma sacada no segundo andar.

Não muito diferente da de Felicity na Casa Bumble.

Como tinha tido sorte com o quarto dela antes, Devil escolheu a árvore, escalando-a rapidamente e pulando com leveza na sacada de ferro forjado, onde testou a porta, que estava aberta.

Todos os aristocratas eram idiotas. Era um milagre que ninguém tivesse roubado aquela casa.

Pouco antes de entrar no quarto, ele ouviu uma voz de mulher vinda de dentro.

– Você devia ter me contado.

– Eu não queria que você se preocupasse.

– Você não pensou que eu ficaria preocupada quando começou a sair de casa antes de eu acordar e a voltar depois que eu estava deitada? Você não pensou que eu iria reparar que algo estava muito errado quando meu marido parou de falar comigo?

– Droga, Pru... não é para você ficar preocupada. Eu já disse que vou cuidar de tudo.

Devil fechou os olhos e virou o rosto para o céu. Ele parecia ter encontrado justo o quarto em que Grout e sua esposa estavam tendo uma briga de casal.

– Não é para eu me preocupar... Você está louco se pensa que não me interesso pela nossa vida.

Devil ficou em silêncio, escutando. Por tudo que descobriu em sua investigação da família de Felicity, Lady Grout era bastante aborrecida, interessada em livros e aquarelas, mas vivia um duradouro casamento por amor. Ela e Arthur casaram-se quando tinham 20 anos, e os dois moraram alegremente na cidade enquanto ele juntava uma fortuna em bons investimentos. Isso antes ainda de terem o primeiro filho, cinco anos atrás. Pelo que Devil soube, Lady Grout estava grávida de novo.

– Você não pode cuidar disso, Arthur. Não sozinho. Está perdido. E, embora eu não tenha um tostão furado, tenho um cérebro na cabeça e uma vontade de ajudar, apesar de você ter tomado, com seu miolo mole, a decisão de esconder segredos de mim.

A parte sobre Lady Grout ser aborrecida parecia questionável.

– Eu trouxe vergonha para nós! Para os meus pais! E para Felicity!

– Oh, homem burro. Você cometeu um erro! Assim como seu pai e sua irmã. Mas, devo acrescentar, imagino que ela tenha uma razão mais do que decente para ter esbofeteado o duque, e eu gostaria muito de saber qual é.

Houve uma longa pausa.

— Essa é minha função, Pru — disse o conde em voz baixa e desolada. — Mantê-la feliz. Confortável. Em segurança. Sustentar você. Foi a isso que me dispus quando nos casamos.

Devil entendia a frustração nas palavras do outro. A sensação de desespero que vinha com a vontade de manter sua amada em segurança. Não era por isso que ele próprio estava ali? Para manter Felicity em segurança?

— E eu concordei em obedecer! Mas vou lhe dizer que estou cansada de fazer isso, Arthur. — Devil arqueou as sobrancelhas. A mulher não estava feliz. — Ou somos parceiros na vida, ou não somos. Não me importa que estejamos pobres como ratos de igreja. Não me importa que toda Londres nos recuse de entrar em suas casas. Não me importa se nunca mais formos convidados para outro baile, desde que passemos por tudo isso juntos.

Eu não sou a mesma. Não me importam Mayfair e bailes.

— Eu te amo — a condessa disse em voz baixa. — Amo você desde que éramos crianças. Eu o amei rico. E agora amo você pobre. Você me ama?

Você me ama?

A pergunta ecoava em Devil desde que Felicity a fez, seis horas antes. E agora, pronunciada por outra voz, ameaçou colocá-lo de joelhos.

— Sim — respondeu o conde. — Sim, é claro. É por isso que me meti nessa enorme confusão.

Sim.

Sim, claro que ele a amava. Ele amava tudo a respeito dela. Felicity era luz solar, ar fresco e esperança.

Sim, ele a amava loucamente.

E tinha arruinado isso. Tinha usado Felicity, mentido para ela e a colocado contra si. Ele a tinha traído. E sofreria sua própria punição por viver loucamente apaixonado por ela e sem ela.

O que talvez fosse mesmo melhor, porque amor não mudava o fato de que Felicity seria sempre Mayfair, e ele, Covent Garden. Ele nunca seria bom o suficiente para se aquecer na luz que ela irradiava, mas poderia, com certeza, protegê-la a partir da escuridão.

Mais do que protegê-la. Ele poderia lhe dar tudo com que ela sempre sonhou.

Estava na hora de Devil entrar no quarto de outro Faircloth e oferecer a seus moradores tudo que eles desejavam. Dessa vez ele não pretendia falhar.

Depois que terminou de falar com o conde e a condessa, Devil voltou para o armazém, onde continuou seu trabalho estafante, preparando o lugar para um novo carregamento, grato pela dor nos músculos – seu suplício pelos pecados cometidos contra a mulher que amava.

Punição por suas mentiras.

Ele trabalhou sem descanso, ao lado de meia dúzia de homens que se revezavam em turnos para não passar tempo demais em temperaturas congelantes. Devil abraçava o frio assim como a escuridão e a dor, aceitando-os como sua penitência. Acolhendo-os. As mais de dez lanternas penduradas no teto não eram suficientes para afastar a escuridão, e ele ignorava a ameaça de pânico que vinha de vez em quando ao olhar na direção errada e encontrar um negrume infinito, assim como ignorava o suor que encharcava suas roupas. Pouco depois que começou a trabalhar, ele tirou o casaco e o jogou sobre uma das altas paredes de gelo para ter maior liberdade de movimento.

Passadas algumas horas, quando ele havia perdido a conta de quantos turnos tinham rotacionado pelo depósito, Whit chegou, fechando a grande porta de aço atrás dele para conservar o frio. Ele vestia casaco e chapéu grossos, e botas até o joelho – que lhe foram úteis, pois ele tinha passado o dia na lama gelada da doca.

Whit ficou observando Devil enganchar e levantar vários blocos de gelo imensos antes de grunhir.

– Você precisa de comida.

Devil sacudiu a cabeça.

– E de água. – Whit estendeu um cantil para ele.

O irmão foi até a pilha de gelo no centro do armazém e pegou outro cubo.

– Estou rodeado de água.

– Você está empapado de suor. E a carga está a caminho. Os homens vão precisar que você esteja forte o bastante para ajudar quando ela chegar.

Devil não mostrou surpresa diante da informação; se a carga estava a caminho, o sol tinha se posto e a escuridão devia ser total, fazendo com que fosse quase meia-noite – horas desde que havia descido ao depósito escuro e começado a trabalhar.

– Eu estarei forte o bastante quando chegar. Eu construí toda a merda do forte de gelo, não foi?

Whit passou os olhos pelo ambiente, avaliando-o.

– Construiu mesmo.

Devil anuiu, ignorando o calafrio que o percorreu – suor esfriando no momento em que parou de se mexer.

– Então me deixe voltar ao trabalho. Você pode se preocupar com sua própria força.

Whit o observou durante um longo momento.

– Grace partiu.

Devil parou, virando-se para o irmão.

– Há quanto tempo?

– Tempo bastante para a gente colocar vigia em Ewan. Ele não vai gostar de você ter ficado com a garota.

– Eu não fiquei.

– Ouvi dizer que ela bateu nele. – Whit fez uma pausa. – Felicity Faircloth. Nome de princesa de livro, gancho de direita de boxeador.

Devil não respondeu. Ele pensou que não conseguiria encontrar palavras que passassem pelo bolo que sentiu na garganta ao notar o orgulho de seu irmão pela garota que ele amava.

– Pelo menos vista o casaco – Whit acrescentou após um longo silêncio. – Você sabe o que acontece no frio, Devil. Não vai conseguir salvar a garota se estiver morto.

Devil olhou para o irmão, deixando sua fúria transparecer no olhar.

– Eu já a salvei.

Whit arqueou as sobrancelhas, uma pergunta silenciosa.

– Você não a está vendo em nenhum lugar de Covent Garden, está? Agora caia fora.

Whit hesitou, como se fosse dizer algo, depois se virou para sair.

– Eles vão chegar em trinta minutos. É aí que o trabalho de verdade começa.

E foi mesmo bem na hora que se formou uma fila de homens fortes içando e carregando caixas e barris, engradados e tonéis – o maior carregamento que os Bastardos já tinham importado – até o depósito. Depois disso, mais gelo – milhares de quilos. Devil ficou com eles, ignorando a fome e a sede que o incomodavam, ignorando a dor nos ombros e a ardência dos músculos.

Ele preferia tudo isso a enfrentar o que o esperava acima, num mundo sem Felicity.

Os homens arrumaram o carregamento rapidamente – uma habilidade valiosa que vinha com anos de prática. O esconderijo só era útil se a carga fosse trazida e escondida com o máximo de rapidez, evitando que muito gelo derretesse e, por extensão, uma possível descoberta.

Uma hora antes do amanhecer, conforme o céu transformava-se de preto em cinza, Devil saiu do depósito, com uma lanterna na mão, para confirmar se a entrega tinha sido finalizada. A equipe estava reunida em volta do alçapão – sessenta homens e garotos no total, além de Nik e um punhado de mulheres jovens do cortiço que trabalhavam para ela, ajudando os negócios a acontecerem sem surpresas.

Do outro lado do armazém, Whit subiu numa das grandes plataformas de madeira para se dirigir aos homens. O grupo ficou agitado; Whit não era de discursos grandiosos. Ou de qualquer discurso. Ainda assim, lá estava ele.

– Foi uma boa noite de trabalho, rapazes – ele encontrou as mulheres na aglomeração e olhou cada uma nos olhos – e garotas. A carga vai ficar aqui até a gente ter certeza de que dá para transportar e mantê-los em segurança. Vocês sabem que perdemos dinheiro a cada dia que a carga fica no esconderijo... – Ele meneou a cabeça e encarou o máximo de olhos que conseguiu, o sotaque do cortiço marcando suas palavras. – Mas num vão pensar, nem por um momento, que vocês não são a coisa mais importante que tem aqui. Eu e Devil... a gente sabe disso melhor do que ninguém. E já que estamos aqui, vale lembrar a nossa querida Annika, que tem um cérebro tão afiado quanto a língua.

Um viva emanou do grupo, e Nik fez uma reverência elaborada, cheia de floreios, depois se endireitou e pôs as mãos em concha ao redor da boca.

– Você fala demais, Beast! – ela gritou. – Quando vamos beber?

Risadas se seguiram, e os cantos dos olhos de Whit se enrugaram num sorriso de satisfação enquanto ele observava o grupo. Quando encontrou Devil nos fundos, ele levantou o queixo para cumprimentá-lo antes de continuar.

– Na verdade, o Calhoun vai manter a Cotovia aberta para nós. A cerveja é por conta dos Bastardos esta manhã.

Outra rodada ruidosa de vivas espocou quando Whit saltou para o chão, abrindo caminho entre os homens na direção de Devil, que inclinou a cabeça para o irmão.

– Você é tão bom quanto o General Wellington com seus discursos motivacionais.

– Terminar com bebida ajuda. Você vem conosco?

– Não. – Devil sacudiu a cabeça.

– Está certo. – Whit bateu a mão no ombro do irmão, e este chiou de dor. Assustado, Whit recuou no mesmo instante. – Em alguns minutos, a dor vai pegar você. Está empapado de suor. É milagre ainda estar de pé. Vá para casa e peça um banho quente.

Devil meneou a cabeça.

— Daqui a pouco. Tenho que terminar a parede de gelo e trancar o depósito. Os homens merecem comemorar.

— Você trabalhou o dia todo lá embaixo. Mais do que qualquer um de nós. Merece descansar. — Como Devil não disse nada, ele continuou. — Vou mandar um recado aos criados, para prepararem um banho para você daqui a uma hora. Esteja lá.

Devil anuiu, sem querer que o irmão soubesse a verdade: que ele não queria voltar para aquele prédio cheio de lembranças de como ele tinha machucado Felicity.

— Vá. Eu vou terminar aqui e depois, cama.

— Não vai ser a cama quente com Felicity Faircloth?

A pergunta doeu.

— Eu prefiro quando você não fala.

— Da próxima vez que levar a garota para o telhado, Dev, dispense os vigias.

Ele soltou um palavrão.

— Nenhum vigia vai falar nada de Felicity Faircloth.

— Claro que não. Além do mais, quando souberem que ela deu uma bolacha no Marwick na frente da Duquesa de Northumberland, vão gostar dela ainda mais.

— Ainda mais?

Os olhos de Whit ficaram sombrios.

— Dizem que ela deixa você feliz, mano.

E deixa mesmo. Por Deus, Felicity o fazia feliz, mais do que já tinha estado, para ser honesto. Ele não era o tipo de homem que se dava o luxo da felicidade, exceto nos braços dela. E aos olhos dela.

— Não quero falar de Felicity Faircloth. E mandarei embora qualquer um que a mencionar. Covent Garden não é o lugar dela.

O irmão o observou por um longo momento sem se mover, depois inclinou a cabeça e se afastou.

O grupo partiu rapidamente, com o primeiro turno de vigias subindo ao telhado. Ninguém entraria no prédio sem levar uma bala antes. Não sem permissão expressa dos próprios Bastardos. Assim, Devil estava sozinho quando desceu do armazém para o esconderijo escuro, onde uma única lanterna tinha ficado acesa.

Ele estava sozinho quando usou o gancho na última fileira de gelo, içando e movendo os blocos até estarem alinhados numa parede perfeita com mais de dois metros de altura. Esse esforço final, somado ao resto do dia, cobrou seu preço, e, ao fim da tarefa, ele estava ofegante, com a respiração difícil. Ele foi lentamente até a porta, pegando a lanterna e saindo do depósito. Apoiando a luz no chão, ele fechou a porta de aço, ansioso por colocar os cadeados logo e se livrar daquele breu.

Como se algum dia ele fosse conseguir se livrar da escuridão, agora.

Antes de encostar na primeira tranca, uma voz veio das sombras.

– Onde ela está?

Devil se virou para encarar Ewan.

– Como você entrou aqui?

O irmão se aproximou do halo tênue da lanterna, com seu cabelo loiro, alto e forte – forte demais para um aristocrata. Era um milagre que ninguém tivesse notado sua falta de refinamento – uma marca da herança ilegítima –, embora Devil acreditasse que a alta sociedade via apenas o que desejava enxergar.

Ewan ignorou a pergunta e repetiu a sua.

– Onde ela está?

– Vou arrancar suas tripas se você tiver machucado mais um dos meus homens.

– Outro? – o duque disse, todo inocente.

– Foi você, não? Que roubou nossos carregamentos?

– Por que está dizendo isso?

– O almofadinha nas docas... observando nossos navios. O momento certo... os roubos começaram pouco antes de você anunciar sua volta. E agora... aqui está você. O que é? Não basta ameaçar nossas vidas? Quer tirar nosso sustento também?

Ewan recuou, encostando na parede do túnel escuro.

– Eu nunca ameacei suas vidas.

– Que conversa mole! Mesmo que eu não me lembrasse da última noite no solar, quando veio atrás de nós com uma lâmina afiada para acabar conosco, faz anos que você tenta nos pegar. Nós encontramos seus espiões, Ewan. Pusemos eles para correr. Criamos uma geração no cortiço com uma única regra: ninguém fala dos Bastardos.

Um brilho prateado chamou a atenção de Devil para a mão do irmão, que segurava sua bengala. O coração dele disparou, e ele forçou uma risada.

– Você acha que pode me silenciar? Acha que ainda é o matador dentre nós? Faz vinte anos que estou vivendo aqui, seu idiota.

Ewan apertou os lábios, e Devil continuou.

– Mas, mesmo que houvesse uma chance de me derrotar, você não me mataria.

– Por quê?

— Pelo mesmo motivo que você nos deixou escapar, anos atrás. Se me matar, nunca vai saber o que aconteceu com Grace.

Nada mudou no duque ao ouvir aquelas palavras, nem a cadência de sua respiração, nem a rigidez da sua coluna, mas Devil não precisava de prova para saber que tinha acertado. Houve um tempo em que ele conhecia Ewan tão bem quanto a si mesmo. E ainda conhecia. Um fazia parte do outro, todos os três. Todos os quatro.

— Eu encontrei você — Ewan disse, afinal.

As palavras provocaram em Devil um calafrio quase tão intenso quanto o esconderijo de gelo.

— Encontrou. Mas ela, não.

— Você cometeu um erro, Dev. — Ele tinha cometido dezenas de erros, e esta consequência não era nada comparada às outras. — Você devia ter tomado mais cuidado com Felicity Faircloth.

Conte-me uma verdade.

— Eu soube que ela esbofeteou você.

Ewan levou a mão ao rosto.

— Ela não ficou feliz ao descobrir meus verdadeiros motivos.

— Nem ao descobrir os meus.

Eu teria lhe dado mil noites. Tudo que você precisava fazer era pedir.

— Eu disse para Felicity que ela devia ter estado conosco no solar. Se ela tivesse estado na casa de campo, Devil nunca teria sobrevivido. Ele teria ficado ocupado demais defendendo-a em vez de proteger a si mesmo.

Ele meneou a cabeça.

— Eu não gostaria que ela chegasse nem perto do solar. Eu preferiria morrer antes de deixar que Felicity testemunhasse o que nós sofremos. Não sei como você consegue morar lá. Eu teria ateado fogo naquele lugar.

— Penso nisso todos os dias — Ewan respondeu, absolutamente calmo. — Talvez eu o faça, mesmo.

Devil fitou o irmão por um longo momento. Ewan sempre foi assim, calmo e observador, como se não sentisse as mesmas emoções que o resto do mundo. Como se as considerasse interessantes do mesmo modo que uma pessoa considera um mostruário de objetos inusitados.

Grace tinha sido a única pessoa capaz de fazer Ewan sentir algo. Mesmo assim, ele quase a tinha matado. Nada ficava entre Ewan e o que ele queria.

Nada, a não ser Devil, ao que parecia. Sempre Devil.

— Não sou eu quem está roubando sua carga — Ewan disse após um instante, a mudança de tópico nem um pouco anormal para ele.

Devil acreditou em Ewan. Afinal, estava tudo às claras agora, e nenhum deles tinha motivo para mentir. – O Conde Cheadle é o seu ladrão.

Devil arqueou as sobrancelhas. Ele não sabia se deveria acreditar nisso, mas por que Ewan mentiria?

– Não lhe ocorreu fazer algo a respeito?

– Somos todos criminosos de um modo ou de outro, Devon – Ewan respondeu, apenas. – Além do mais, não é da sua bebida que estou atrás.

– Não. Você quer algo muito mais valioso. O impossível.

– Não. Ela é tudo que eu sempre quis – Ewan disse. – E Felicity Faircloth cumpriu seu propósito de me trazer até aqui. Perto o bastante para eu a encontrar. Pois vou lhe dizer, Lady Felicity foi conveniente... até mais conveniente do que imaginei que seria, depois que percebi que você gostava dela.

As palavras enfureceram Devil. Felicity era mais do que conveniente. Ela era mais do que um peão.

– Como você ousou manipulá-la para me atingir?

Ewan arqueou uma sobrancelha loira para Devil.

– Repita isso. Desta vez, mais devagar.

Devil praguejou. Sim, ele também tinha usado Felicity. No começo. Por um instante, antes de se dar conta. No momento em que a colocou no salão de baile, como uma mensagem para Ewan, ele perdeu toda vontade de continuar com o plano. Ele hesitou. E se perdeu.

– O problema, Devon, é que Felicity Faircloth não é apenas conveniente. Ela também é inteligente demais para seu próprio bem. E sabe nosso segredo.

Devil ficou rígido; as palavras e seu significado ecoaram com a clareza de um disparo de rifle na escuridão. Ele resistiu ao impulso de agarrar o irmão pelo pescoço e acabar com aquilo.

– E agora chegamos ao ponto. Nós deveríamos ter matado você quando tivemos a chance.

– Sabe, irmão, na maioria dos dias, eu desejo que vocês tivessem feito exatamente isso. Mas é você que sempre gostou dos acordos, Devon. Se alguma barganha fosse possível, era com você mesmo.

Não ela. Felicity era importante demais para fazer parte de uma falcatrua.

– Se tocar nela, você morre. Essa é a único acordo que importa.

Ewan olhou para o corredor, para a escuridão.

– Estou surpreso que tenha encontrado em si a capacidade de amar alguém, Dev. Você tinha a certeza de que essa emoção era uma fábula.

— Nos lábios de outro, as palavras poderiam ter sido cáusticas. Ou gentis. Mas nos de Ewan, expressavam curiosidade, como se Devil fosse um espécime debaixo de uma lupa.

— Diga-me — Ewan continuou —, quando foi que você percebeu? Quando dancei com a garota? Usando aquele vestido dourado? Aliás, esse foi um toque cruel.

Devil detestou a revelação de que Ewan também esteve manipulando-o.

— Só um lembrete de que você nunca foi suficiente para Grace. Que nunca manteve as promessas que fez para ela.

O duque apertou os olhos.

— Ou foi quando o garoto na cerca-viva voltou para relatar que eu tinha beijado a garota no jardim da casa dela? Foi aí que você se deu conta de que a amava? — Uma pausa. — Nesse ponto, ela já o amava, sabe. E eu acho que era recíproco, pela velocidade com que apareceu para reivindicá-la.

As palavras doeram. Foram encolerizantes, porque o fato de Ewan saber que Devil a amava quando ela própria não sabia parecia uma traição do pior tipo. Quando, na verdade, ela nem devia saber, porque, se Devil tivesse lhe contado, ele não teria conseguido resistir ao que ela faria a seguir, e Felicity nunca teria a vida que merece.

— Se pelo menos você tivesse decidido amá-la desde o início, em vez de manipulá-la para me punir, talvez pudéssemos ter evitado tudo isto...

— Pense com muito cuidado antes de ameaçá-la, irmão.

Os olhos do duque, absolutamente calmos, encontraram os de Devil.

— Por que eu faria isso?

— Porque eu não vou hesitar em destruir você por ela.

— Não existe nada que você não faria por ela, não é?

Devil sacudiu a cabeça.

— Nada. De boa vontade eu desistiria de tudo pela felicidade dela. Subiria no patíbulo por matar um duque... sem pensar duas vezes.

— O acordo é simples, Devon. Você me diz onde posso encontrar Grace, e eu desisto de punir Felicity Faircloth por saber o que não deveria. Melhor ainda, eu não apenas a deixo viver, como também permito que ela termine nosso noivado arruinado. Dou dinheiro para o pai ausente. E para o irmão também. Deixo-a melhor do que a encontrei. Bem melhor do que poderia estar com você.

Raiva ferveu dentro de Devil com aquelas palavras frias. Com a ideia de Ewan próximo a Felicity — sua princesa de contos de fadas. Seu irmão continuou.

— Bondade da minha parte, não acha? — Uma pausa. — Mas, se você não me der Grace... Não terei escolha senão punir a garota. E você também. Vou forçar o casamento. Vou levá-la para algum lugar a que você não tenha acesso. E vou garantir que nunca mais a veja.

Devil ficou rígido. Obrigou-se a levantar uma sobrancelha.

— Você acha que existe algum lugar em que não conseguirei encontrar você? Passei anos na escuridão, Ewan, enquanto você amoleceu à luz.

Um longo silêncio.

— Vá atrás, então — ele disse apenas. — Mas, se você chegar perto, vou tirar coisas dela. Coisas que ela ama. Cada olhadela que você der a Felicity vai resultar na privação dela do mundo que só recentemente veio a desfrutar. Nunca se esqueça de que aprendi sua punição com nosso pai.

Veio a lembrança. Levantando-se do chão escuro, olhos vermelhos após uma noite chorando pelo cachorro que seu pai havia tirado dele, para encontrar o irmão no gramado do solar, brincando com seu próprio cãozinho.

Ewan, que sempre escolheu seu futuro em detrimento do passado comum com os irmãos. O herdeiro perfeito.

— Você é uma merda de monstro. Igual a ele.

Ewan não se moveu.

— Talvez. Mas foi você que arrastou a garota para isto, não foi? Você a colocou na mesa como uma arma. Eu só a estou usando.

Devil estava farto. Ele se atirou no corredor escuro, o punho já no alto, todo peso de seu corpo atrás do golpe, que atingiu Ewan com um estrondo assustador de osso na carne. A cabeça do duque foi para trás, o movimento limitado pela parede de pedra às suas costas.

— Você acha que pode ameaçar Felicity?

Ewan se recuperou com velocidade espantosa, disparando seu golpe, causando uma dor de tirar o fôlego que irradiou dos olhos de Devil. Este puxou o irmão da parede, desferindo-lhe uma série de socos em rápida sequência.

— Acha que não vou deixar você para apodrecer aqui, neste lodo, de onde fiz o possível para afastar ela? Eu desisti da minha única chance de felicidade para mantê-la longe disto. Do meu passado. Do *seu* passado, seu canalha.

Os olhos de Ewan se abriram, impassíveis.

— E o que você faria para encontrá-la se estivesse perdida?

Tudo.

Com a respiração pesada, Devil jogou o irmão ensanguentado no chão e se afastou dele. Na porta do depósito, ele procurou as chaves em seu bolso.

– Onde ela está? – Com esforço, Ewan tinha se sentado, apoiando as costas na parede, o rosto nas sombras, o sangue escuro escorrendo por seu queixo. – Passei doze anos procurando vocês. E, quando ouvi falar dos Bastardos, era só você e Whit. Nenhuma mulher. Nem esposa. Nem irmã. Onde ela está?

Ele percebeu a angústia nas palavras dele, e por um momento – um piscar de olhos – pensou em contar a verdade. Devil seguiria Felicity das sombras pelo resto dos seus dias. Iria observá-la se casar, envelhecer e ter filhos – pequenos arrombadores de cabelos castanhos que seriam mais do que aparentavam. E se não conseguisse encontrá-la?

Sem dúvida ele ficaria louco como o irmão, sem a mulher que amava. Mas anos atrás, quando três crianças escaparam de seu passado horrível em busca de um futuro brilhante, elas fugiram por causa do homem que estava diante dele. Porque ele os tinha traído brutalmente.

A cicatriz Devil latejou com a lembrança.

E hoje o puniria com uma certeza implacável.

– Você tentou matá-la, Ewan. O último teste do nosso pai. Foi você quem pegou a lâmina. – O duque desviou o olhar. – Ela é prova do seu egoísmo. Você roubou um ducado. E pior, roubou o nome dela.

Ewan se virou para ele, os olhos enlouquecidos.

– Ela nunca quis nada disso.

– Mesmo assim é roubo – Devil disse. – Nós éramos crianças, mas vocês dois sempre foram mais maduros. Estavam ligados um ao outro.

– Eu a amava.

Devil sabia disso. Ewan e Grace eram jovens demais para amar, mas mesmo assim se amavam. O que tinha tornado ainda pior o que aconteceu.

– Então você deveria ter protegido Grace.

– Eu a protegi! Deixei que ela fugisse com você!

Devil virou o rosto, mostrando sua cicatriz para Ewan.

– Só depois que eu impedi você de destruí-la. Você acha que não me lembro? Acha que ainda não sinto sua lâmina arder no meu rosto?

Punição e proteção, dois lados da mesma moeda. Ele não tinha aprendido a lição sozinho? Ele não tinha punido a si mesmo para proteger Grace todos esses anos? Ele não tinha se punido de novo para proteger Felicity?

Devil não aceitaria sua penitência uma vez após a outra pela segurança dela?

E agora ele iria punir Ewan.

– Grace se foi.

A mentira ecoou na escuridão, clara e fria. E, pela primeira vez desde que apareceu, o duque se mostrou. A inspiração de Ewan foi alta e sonora, como se Devil tivesse desembainhado sua bengala-espada e atravessado seu coração com a ponta.

— Para onde?

— Onde você nunca vai encontrá-la.

— Conte para mim. — A voz de Ewan tremia.

Devil observou o irmão com cuidado e deu seu golpe final.

— Onde nenhum de nós pode encontrá-la.

Ele queria fazer Ewan acreditar que Grace estava morta. Ela ficaria furiosa com Devil pela mentira, sem dúvida, mas, se isso tirasse o maldito rastro dela, ele aguentaria a fúria da irmã. Além do mais, Ewan merecia a dor. Devil iria dormir bem esta noite.

Ou não, pois estaria sem Felicity.

Ele se voltou para as trancas, pegando suas chaves. Cristo, ele estava cansado de tudo isso. Ele era Janus, amaldiçoado, sem nada além do passado maldito. E do futuro sombrio.

E, como o deus romano, não conseguia ver o presente.

O brilho prateado da cabeça de leão no castão de sua bengala veio rápido demais para ele se defender. O golpe o colocou de joelhos, a dor, excruciante.

— Você devia ter protegido Grace!

Devil engoliu a dor e mentiu com perfeição — uma mentira que seria o orgulho de qualquer bom contrabandista.

— Você devia tê-la protegido primeiro.

Ewan rugiu, fúria tomando conta de todo o seu corpo.

— Você a tirou de mim.

O corredor escuro começou a girar.

— Ela veio porque quis. Ela queria fugir.

— Você assinou sua sentença de morte esta noite, irmão. Se eu tenho que viver sem amor, você pode morrer sem.

As palavras foram um golpe mais duro do que a porretada que Ewan tinha lhe dado.

Felicity. Devil estava perdendo a consciência rapidamente. Ele levou a mão à têmpora, sentindo a umidade quente ali. Sangue.

Felicity. Ele não queria morrer sem ela.

Não sem vê-la outra vez. Não sem tocá-la, sentindo a pele macia dela. Não sem um último beijo.

Não sem dizer uma verdade a ela.

Felicity. Não sem dizer que a amava.

Ele devia ter dito isso quando pôde.

Ele devia ter se casado com ela... *Ele se casou com ela.*

O aço raspando soou ameaçador e estranho.

Não. Ele não se casou. Ele a deixou.

Eles se casaram. Foi uma cerimônia animada em Covent Garden, com gaita de fole e violino; com muito vinho e música, e Devil disse a ela que a amava cem, mil vezes.

Ele deslizava. Seu corpo sendo arrastado pela lama gelada até o esconderijo.

Ele se casou com ela, tornando-a a rainha de Covent Garden, e seus homens juraram fidelidade a ela, que ficou grávida de uma criança. De várias crianças. Garotinhas com jeito para máquinas, assim como a mãe. E ela não se arrependeu.

Nem ele.

Não. Espere. Não se casou. Esse não era o passado. Era o futuro.

Ele se rolou, ficando de quatro, mal conseguindo ver o brilho da lanterna no corredor. Ele precisava chegar até Felicity. Para mantê-la em segurança.

Para amá-la.

Ela precisava saber que ele a amava.

Que ela era a luz dele.

Luz. Indo embora. Ewan estava na abertura da porta.

— Se eu tenho que viver no escuro, você pode morrer nele.

Devil estendeu a mão para a porta, o negrume infinito do depósito já lhe roubando o fôlego. *Não, a escuridão não.*

— Felicity!

A porta foi fechada, impedindo a luz.

— Não!

A única resposta foi o som ominoso dos cadeados sendo fechados. Um após o outro. Trancando-o no depósito gelado.

— Felicity! — Devil gritou, medo e pânico inundando-o. Forçando-o a enfrentar o torpor e a cambalear até a porta, onde bateu forte.

Não houve resposta.

— Ewan! — ele gritou outra vez, a loucura vindo com a escuridão. — Por favor.

Ele se jogou contra a porta, esmurrando-a — sabendo que o depósito ficava baixo demais e era muito bem escondido para que algum de seus vigias, lá fora, pudesse ouvi-lo. Ainda assim ele gritou, desesperado por Felicity.

Para mantê-la em segurança. Ele se virou para a escuridão, tateando o solo enlameado até encontrar o gelo, içando-se sobre os blocos para encontrar o pegador que tinha deixado ali.

A escuridão se fechou à volta dele, pesada e nauseante no frio gélido, e ele se forçou a respirar fundo enquanto procurava.

– Onde está essa merda?

Ele o encontrou e, pegando-o pelo cabo e rastejando de volta à porta, rugiu o nome dela de novo.

– Felicity!

Mas ela não estava ali para ouvi-lo. Ele a tinha afastado.

Eu amo você, Devil.

Ele se forçou a ficar de pé e agitou o gancho, raspando-o no aço. De novo. E de novo. Ele precisava chegar até ela. De novo. Ele tinha que mantê-la em segurança. De novo.

Você me ama?

Ele a amava. E, naquele momento, quando percebeu a futilidade de seus golpes, foi vencido pela verdade – ele nunca teria a chance de dizer isso a ela.

Você merece a escuridão.

O último golpe na porta esgotou o que restava de sua força, e ele caiu no chão e fechou os olhos, deixando a escuridão e o frio dominá-lo.

Capítulo Vinte e Sete

Sem conseguir dormir, Felicity se levantou ao raiar do dia e foi à casa do seu irmão, entrando pela porta da cozinha e subindo até os aposentos da família, onde abriu a porta do quarto dele e o encontrou ainda na cama, beijando a esposa.

No mesmo instante, ela se virou de costas e cobriu os olhos com a mão.
– Ahh! – ela gritou. – Por quê?
Embora essa pudesse não ser a reação mais gentil à visão de felicidade conjugal que tinha testemunhado, foi, com certeza, mais cortês do que outras coisas que poderia ter pensado ou dito – e também foi eficiente.

Pru deu um gritinho de surpresa.
– Droga, Felicity! – Arthur protestou. – Você não sabe bater?
– Eu não esperava... – Ela fez um gesto com a mão e se voltou para o casal. A cunhada estava sentada na cama com as cobertas puxadas até o queixo. Voltando-se para a porta, ela acrescentou: – Oi, Pru.
– Oi, Felicity – ela respondeu, um sorriso na voz.
– Que bom ver você.
– Digo o mesmo! Soube que tem muita coisa acontecendo.
– Tem, sim – Felicity fez uma careta. – Imaginei que você ficaria sabendo.
– Chega! – Arthur disse. – Vou colocar fechaduras em todas as portas.
– Todas já têm fechaduras, Arthur.
– Vou colocar mais, então. E vou usá-las. Duas pessoas invadindo nosso quarto, sem serem convidadas, em menos de um dia, já é demais. Pode se virar, Felicity.

Ela se voltou para eles, descobrindo que tanto o irmão quanto a cunhada tinham vestido robes. Pru, grávida, atravessava o quarto a caminho de uma bela penteadeira, e Arthur, parado ao pé da cama, parecia... incomodado.

– Eu fui convidada – ela se defendeu. – Eu fui convocada! *Felicity. Venha me ver imediatamente.* Alguém poderia até pensar que você era um rei, pela forma como soou imperioso.

– Não imaginei que você presumiria que a convocação era para esta hora da manhã!

– Eu não consegui dormir. – Ela acreditava que nunca mais conseguiria pegar no sono, pois, quando começava a sonhar, era com Devil, o rei de Covent Garden, e o modo como ele a olhava, tocava e amava... era perfeito. Mas, quando tudo parecia deliciosamente real, ela despertava, e então se dava conta de que tudo era horrivelmente falso, e não dormir parecia uma alternativa melhor. – Eu pretendia visitá-lo hoje, Arthur. Para me desculpar. Eu sei que é terrível, que papai desapareceu e mamãe está sempre passando mal, mas eu estive pensando no que aconteceu duas noites atrás e... espere. Mais alguém invadiu seu quarto?

Ele arqueou as sobrancelhas.

– Eu estava me perguntando quando isso chamaria sua atenção. – Ele suspirou. – Não estou preocupado com o que aconteceu no Baile Northumberland.

– Bem – Felicity suspirou –, você deveria estar, Arthur. Não foi... meu melhor momento. Estou arruinada de verdade.

Ele deu uma gargalhada.

– Dá para imaginar.

– Eu acho, honestamente, que esse talvez tenha sido seu melhor momento – disse Pru, alegre, da penteadeira. – Marwick parece ser muito desagradável.

– Ele é mesmo – Felicity concordou. – Muito. Mas... – Ela se deteve antes que pudesse observar que sua decisão, embora libertadora para si, era o oposto para o pai e o irmão, que agora não tinham esperança de recuperar suas fortunas. Se Arthur ainda não tivesse contado para Pru, essa seria uma terrível traição.

Mesmo que ele mereça.

Felicity olhou para ele com a pergunta em seus olhos.

– Ela sabe – ele disse.

Depois se voltou para Pru.

– Você sabe?

— Que este homem idiota estava escondendo a verdade sobre o desastre financeiro de nós duas? De fato, eu sei.

Felicity ficou boquiaberta. Ela não esperava que sua cunhada fosse chorar e se lamentar em face da ruína econômica, mas também não esperava que Pru estivesse tão... bem, francamente, feliz. Ela olhou para o irmão.

— Aconteceu alguma coisa.

O irmão a observou por um longo momento.

— Sim.

Seria possível que o duque não tivesse permitido o fim do noivado? Ele era louco o bastante para isso – só para punir o irmão. E, por mais que Felicity estivesse irritada com Devil, e tivesse sido magoada por ele, não tinha vontade alguma de puni-lo.

— Não vou me casar com Marwick. Deixei isso bem claro no baile... E mesmo que ele...

— Não tenho interesse que você se case com o duque, Felicity. Sinceramente, eu detestei essa ideia desde o começo. Da mesma forma que não tenho interesse em falar do baile. Eu gostaria de conversar sobre o que aconteceu *depois*.

Felicity congelou. *Impossível*.

— Não aconteceu nada depois do baile.

— Não foi o que nós ficamos sabendo.

Felicity olhou para Pru, depois para Arthur, um fio de suspeita surgindo nela.

— Quem invadiu o quarto de vocês antes de mim?

— Eu acho que você sabe.

Ela congelou.

— Ele não deveria ter vindo aqui. – Ele a tinha usado. Traído. *Você foi a vingança perfeita.*

Ele já tinha causado estrago suficiente; não podia deixá-la em paz?

— De qualquer modo – Arthur disse –, ele apareceu aqui ontem.

— Ele não é importante – ela mentiu.

Arthur arqueou a sobrancelha.

— Ele parece ser bem importante, se quer saber – Pru interveio.

Ninguém lhe perguntou, Pru.

— O que ele disse? – Felicity quis saber. Com certeza Devil não tinha contado sobre a noite no telhado. Isso faria com que tivesse de se casar com ela, e Deus sabia que ele não queria correr esse risco por nada.

E nem estava disposto a considerar se unir a ela.

– Ele disse muitas coisas, na verdade. – Arthur olhou para Pru. – Apresentou-se com muita educação, apesar de ter escalado uma árvore para invadir nossa casa.

– Ele faz esse tipo de coisa – Devil disse.

– Faz mesmo? – Pru perguntou, como se estivessem discutindo o gosto de Devil por montar cavalos.

– Mais tarde teremos que conversar a respeito de como você sabe isso – Arthur disse. – Mas então ele me passou um sabão por eu maltratar você.

Ela arregalou os olhos para o irmão.

– É sério?

– Sim. Lembrou-me que você não é o meio para um fim. Que estávamos a tratando de um modo abominável, e que não a merecíamos.

Lágrimas afloraram, acompanhadas de raiva e frustração. Ele também não a merecia.

– Ele não devia ter feito isso, também.

– Ele não parece o tipo de homem que pode ser detido, Felicity – Pru observou.

Especialmente quando você quer impedir que não a abandone.

– A coisa é que ele tinha razão – Arthur continuou. – Nós nos comportamos abominavelmente mesmo. Ele acha que você deveria romper conosco. Que você é valiosa demais para nós.

– Ele não me acha tão valiosa assim. – O valor dela, para ele, acabou no momento em que sua utilidade no plano de vingança se esgotou.

– Para alguém que não acredita no seu valor, até que ele estava disposto a pagar uma fortuna para compensá-la.

Ela congelou, compreendendo no mesmo instante.

– Ele lhe ofereceu dinheiro.

Arthur meneou a cabeça.

– Não só dinheiro. O resgate de um rei. E não só para mim... para nosso pai também. Uma grande quantia, que encheu nossos cofres. Para recomeçarmos.

Ela sacudiu a cabeça. Aceitar o dinheiro de Devil criava um laço entre eles. Ele poderia aparecer a qualquer momento para ver como andavam seus investimentos. Ela não o queria por perto. Ela não aguentaria vê-lo.

– Você não pode aceitar.

Arthur arregalou os olhos.

– E por que não?

– Porque não pode – ela insistiu. – Ele só está fazendo isso pois sente algum tipo de culpa.

– Bem, podemos argumentar que o dinheiro de um homem culpado vale tanto quanto o dinheiro de um homem que dorme bem à noite, mas, deixando isso de lado, por que o Sr. Culm deveria se sentir culpado, Felicity?

Sr. Culm. O nome parecia ridículo na boca do irmão. Devil nunca o tinha usado com ela. Adorava ser o oposto de um *senhor* com uma paixão poderosa.

Além disso, "Sr. Culm" fazia com que se lembrasse de quando queria ser a Sra. dele.

O que ela não desejava mais. Obviamente.

– Porque ele sente culpa – ela escolheu como resposta. – Porque... – a voz dela foi sumindo. – Não sei. Ele sente isso e ponto.

– Eu acho que talvez ele se sinta culpado por causa da *outra* coisa que disse enquanto estava aqui, Arthur.

O irmão suspirou, e Felicity olhou para Pru, que estava com cara de gato que comeu o rato.

– O que ele disse?

– Como foi que ele falou? – perguntou Pru com um sorriso que deu a Felicity a clara impressão de que sua cunhada tinha memorizado exatamente o que Devil tinha dito. – Ah, sim. Ele ama você.

Lágrimas vieram. Instantaneamente. Lágrimas, raiva, frustração e ódio por ele ter dito as palavras que Felicity ansiava ouvir para Prudence e Arthur, e não para ela – a pessoa que ele disse amar.

Ela meneou a cabeça.

– Não ama, não.

– Eu acho que talvez ame, sim, sabe – Arthur observou.

Uma lágrima solitária rolou por seu rosto, que ela logo limpou.

– Não, ele não me ama. Você e meus pais não são os únicos que me trataram de modo abominável. Ele fez o mesmo.

– Sim – Arthur aquiesceu. – Ele nos contou isso também. Disse que cometeu erros suficientes para que seja impossível, para ele, fazê-la feliz.

Ela congelou.

– Ele falou isso?

Pru anuiu.

– Disse que viveria arrependido até o fim da vida. Que se lembraria da chance que teve e estragou.

Outra lágrima. E outra. Felicity fungou e balançou a cabeça.

– Ele não se importava o bastante comigo.

– Não vou afirmar o contrário – disse Arthur. – Você é quem deve decidir se um homem é digno de você ou não. Mas saiba que Devon Culm deu uma fortuna para você, Felicity.

– Para *você* – ela corrigiu o irmão. – Para quê, então? Para eu ser sustentada? Para que eu seja sua responsabilidade para sempre? Para que eu pertença a você e viva na tristeza e no silêncio, neste mundo que costumava ser brilhante, mas cujo verniz, agora, está descascando? Tudo que ele fez foi tornar meu futuro uma gaiola dourada.

– Não, Felicity. Eu falei a verdade. Culm deu uma fortuna a *você*. Ele deseja que tenha o bastante para encontrar sua própria felicidade. – Ele olhou para Pru. – Como foi mesmo que ele disse?

Pru suspirou.

– *Um futuro onde e com quem você desejar.*

– Um dote? – Ela franziu o cenho. O bastardo. Felicity tinha destrancado tudo, e lá estava ela rodeada por correntes de novo. Novas fechaduras.

Arthur negou com a cabeça.

– Não. O dinheiro é seu. Uma quantia enorme, Felicity. Mais do que você conseguiria gastar.

A irmã assimilava as palavras chocantes quando Pru pegou uma caixa na penteadeira e a levou até a cunhada.

– E ele deixou um presente para você.

– O dinheiro não foi o bastante? – Uma caixa preta de ônix, mais comprida que larga, com cerca de dois centímetros de altura, amarrada com um laço de seda cor-de-rosa. Ela sentiu o peito apertar ao ver o bonito pacote que o conjunto compunha. Rosa em contraste com preto, como luz na escuridão. Como uma promessa.

– Ele insistiu que você recebesse isto quando nós lhe contássemos do dinheiro.

Ela tirou o laço da caixa, enrolando-o com cuidado no pulso antes de levantar a tampa para descobrir um grosso cartão branco lá dentro. Ali, na linda caligrafia de Devil, havia três palavras.

Adeus, Felicity Faircloth.

O coração dela apertou com essas palavras, lágrimas mais uma vez aflorando instantaneamente.

Ela o odiava. Ele tinha tirado dela a única coisa que realmente queria. *Ele.*

Mesmo assim, ela pegou o cartão, e ficou sem respirar diante do brilho do metal sob o papel; seis linhas finas e retas de aço brilhante, lindamente forjado. As lágrimas corriam livres, agora, e a mão dela tremia quando se aproximou do presente, seus dedos acariciando o objeto metálico.

– Devil – ela sussurrou, incapaz de tirar o nome dele de sua boca. – São lindos.

Pru se inclinou para olhar dentro da caixa.

– O que são? Grampos de cabelo?

– Sim.

– Que formato estranho.

Felicity tirou um da caixa, admirando a onda recortada na extremidade. Colocando-o sobre a almofada de veludo preto da caixa – a mais linda que já viu na vida –, passou o dedo sobre o ângulo em L de outro grampo. E a ponta quadrada do terceiro.

– São gazuas.

O dinheiro era uma coisa. Mas as gazuas eram tudo.

Você tem o futuro em suas mãos toda vez que empunha um grampo, ele havia observado, dias antes no armazém, quando lhe disse que ela não deveria se envergonhar de seu talento.

Aquelas gazuas eram a prova de que ele a conhecia. Que colocava os desejos e a paixão dela em primeiro lugar. Que se importava mais com as escolhas dela do que com sua própria culpa.

Mas, mais do que tudo isso, as gazuas provavam que ele a amava.

Ele tinha lhe comprado a liberdade – ela nunca mais teria que tomar decisões baseadas nos negócios de Arthur, ou na opinião da mãe, ou na sua própria condição social. Ele a tinha libertado de Mayfair. Do mundo que Felicity não queria mais. E havia lhe dado o futuro que quisesse.

Do mesmo modo que no telhado, quando resistiu a ela. Quando lhe disse que não a possuiria. Que não a arruinaria. Que não lhe roubaria o futuro que podia enxergar – como Janus. Nesse momento, ele deixou que ela o escolhesse, o que Felicity fez, sem se sentir culpada, nem por um instante. E agora ele tinha garantido que ela nunca mais fosse arruinada; Devil tinha reabastecido os cofres da família e tornado Felicity rica além da conta. Rica de dinheiro e liberdade.

Onde e com quem você desejar.

Ela pegou as gazuas e as prendeu no cabelo, uma após a outra.

Ela não queria fazer parte da aristocracia. Ela queria o mundo.

E ele era o homem que lhe daria isso.

Não que ela não estivesse preparada para tomá-lo.

Sem resposta, Felicity batia na grande porta de aço do armazém cerca de meia hora depois, conforme o sol começava a se mostrar sobre os telhados do cortiço. Qual a vantagem de ter recebido o benefício do passe livre de um Bastardo Impiedoso em Covent Garden se não era possível entrar na droga do armazém deles quando quisesse?

Ela teria que resolver aquilo de outro modo. Felicity levou a mão ao cabelo, de onde tirou dois cintilantes grampos de aço, perfeitamente moldados. Devil tinha encontrado um artesão habilidoso, que entendia as minúcias do arrombamento de fechaduras, o que parecia algo que não deveria existir... Mas ele era especialista em coisas ilícitas, então isso não a surpreendia. Ela se ajoelhou na terra diante da porta do armazém para destrancá-la.

Era melhor que ele estivesse lá dentro, ou Felicity ficaria muito irritada por ter sujado o vestido.

Era melhor que ele estivesse lá dentro também porque ela estava pronta para lhe dar um sermão, que ele merecia muito, aquele bastardo.

Depois disso, ela pretendia ficar ali até ele lhe dizer que a amava. Mais de uma vez.

Antes que pudesse concluir o serviço, contudo, um homem pulou até o chão atrás dela.

— Milady.

Ela se virou para encontrar John, o homem atraente e amistoso que a tinha acompanhado até sua casa da última vez que esteve ali.

— Oi, John — ela disse, tranquila, um sorriso alegre no bonito rosto.

— Bom dia, milady — John respondeu com sua voz grossa. — Espero que entenda que eu não posso deixar que você arrombe essa fechadura.

— Ótimo — ela disse. — Então você vai me poupar o trabalho e me deixar entrar?

John arqueou as sobrancelhas.

— Desculpe, não posso fazer isso.

— Mas eu sou bem-vinda aqui. Estou sob a proteção dele. Devil me deu rédeas livres em Covent Garden.

— Não mais, milady. Agora recebemos ordens de que, se fosse encontrada aqui, nós deveríamos levá-la de volta a Mayfair. Sem hesitar. Você não pode mais ver Devil.

Um aperto tomou o peito dela. Ele não queria vê-la outra vez.

O que, claro, era bobagem, porque era óbvio que ele a queria.

Era óbvio que ele a amava.

Ele só precisava ser convencido a dizer isso a ela, o boboca.

Dito isso, aquela situação não era a mais ideal. Então, Felicity tentou uma nova abordagem.

– Eu nunca lhe agradeci por me levar para casa naquela noite.

– Me desculpe a sinceridade, milady, mas você realmente estava muito ocupada falando mal de Devil para me agradecer.

Ela apertou os lábios.

– Eu estava muito brava com ele.

– Sim, milady.

– Não teve nada a ver com você.

– Não, milady.

– Ele me deixou naquela noite.

– Sim, milady.

Assim como ele a tinha deixado uma vez após a outra. Ela encarou John.

– Ele me deixou de novo, noite passada.

Algo lampejou nos olhos castanhos do homem. Algo muito parecido com pena. Não. Felicity não aceitaria a piedade de ninguém.

– Ele acha que pode me dizer o que é melhor para mim. Eu não gosto disso.

John deu um sorriso torto.

– Não, imagino que não goste, milady.

– Nunca diga a sua mulher o que é melhor para ela. A não ser que saiba o que é bom para você mesmo, John.

Ele riu disso, uma risada grave e sincera. Felicity continuou falando, tanto para ele como para si mesma.

– Ele é ruim da cachola, é óbvio, porque é mais do que bom o suficiente para mim. Ele é o melhor dos homens. – Ela olhou para John de novo. – O melhor que já conheci.

– Só os Bastardos e Nik têm as chaves desta porta. – John ficou observando os telhados por muito tempo.

– Será que eu consigo convencê-lo, pelo menos, a patrulhar os fundos do prédio enquanto eu arrombo esta fechadura?

– Não dá para arrombá-la.

Ela sorriu.

– Quando nos conhecermos melhor, John, acho que você vai descobrir que sou muito boa nisso.

– Já a vi com Devil. Não tenho problemas para acreditar nisso.

As palavras aceleraram o coração dela, e tristeza inundou os grandes olhos castanhos dele. John não iria fazer o que ela pedia. Era leal demais a Devil para deixar que ela entrasse, mesmo vendo que suas intenções eram boas.

– Por favor, John – ela sussurrou.

– Me desculpe – ele disse.

Um rouxinol cantou, e Felicity levantou os olhos para o som estranho, tão inesperado no pátio de um armazém no cortiço. Ao não encontrar nada de extraordinário, ela se voltou para John, que estava... sorrindo.

– John? – Ela franziu a testa.

– Lady Felicity. – A voz veio de cima, e ela se voltou para o som, vendo Whit descer pelo lado do armazém para aterrissar ao lado dela.

– Vou precisar de calças para conseguir acompanhar vocês, não vou?

Ele inclinou a cabeça para o lado.

– Não é a pior das ideias.

O aceite tácito da premissa encheu-a de alegria.

– Eu estava acabando de dizer a John que amo loucamente seu irmão. – Uma das sobrancelhas pretas de Whit levantou. – Assim, tenho toda intenção de arrombar esta fechadura não arrombável e entrar lá para dizer que ele é um cabeça de repolho por não retribuir meu amor. Mas isso vai demorar algum tempo, e, quando uma mulher decide que quer lutar pelo homem que ama, ela gosta de fazer isso o mais rapidamente possível. Você entende?

– Entendo. Mas ele não está aí. Está em casa.

Felicity sacudiu a cabeça.

– Não está, não. Eu fui lá primeiro.

Ele grunhiu sua desaprovação.

– Então você compreende porque eu agradeceria se você me deixasse entrar.

Ele franziu as sobrancelhas.

– Você bateu?

– Bati.

Ele levantou o punho e martelou a porta.

– E ele não respondeu?

Felicity não gostou da expressão no rosto dele.

– Não.

A chave dele foi encaixada na fechadura no mesmo instante, e em segundos a porta do armazém cavernoso estava aberta. Silêncio e escuridão os recebeu.

– Devil? – ela gritou.

Sem resposta. Felicity sentiu um peso no coração. Algo estava errado. Ela se voltou para John.

– Luz. Nós precisamos de luz.

O homem foi no mesmo instante pegar uma lanterna.

– Ele saiu? – Whit gritou às costas de John.

– Ninguém entrou nem saiu desde que todos foram embora. – Foi a resposta firme de John.

– Devil! – Whit gritou.

Silêncio.

John entregou a lanterna para Felicity, que a levantou.

– Devil?

– Ele deve ter saído – Whit disse. – Droga, John, tem mais de cem mil libras em mercadorias aqui embaixo, e vocês, vigias, descansam tempo suficiente para verem alguém sair pela única droga de porta deste lugar.

– Ele não saiu por aquela porta, Beast! – John protestou. – Meus homens sabem trabalhar. E fazem isso bem.

Felicity parou de prestar atenção na discussão dos dois e foi mais fundo na escuridão, até um canto distante do armazém, onde o alçapão no chão estava aberto para um negrume profundo abaixo.

Devil insistia para que aquela entrada nunca ficasse aberta, porque isso sugeria que havia alguém no esconderijo.

– Devil? – Ela ficou na borda do buraco e gritou para o vazio. Ele não poderia estar lá embaixo. Ele detestava a escuridão.

Ainda assim... Felicity sabia que Devil estava lá. Sem dúvida.

Ela desceu no mesmo instante, correndo pelo longo túnel escuro, segurando a lanterna no alto, com o coração na garganta.

– Devil? – ela gritou de novo.

Foi então que ela viu. O brilho no chão à sua frente. A prata reluzindo. A cabeça de leão no castão da bengala dele. A arma, jogada no chão.

Perto da entrada do depósito de gelo.

Ela levou a mão à maçaneta e puxou. Trancada por fora, por uma coluna de seis cadeados de aço. Ela bateu na porta com pancadas pesadas.

– Devil?

Nenhuma resposta.

Mais pancadas.

– Devil? Você está aí?

De novo, nada de resposta.

– Devil? – Ela bateu novamente e encostou a orelha na porta, sem conseguir ouvir nada além do próprio coração acelerado.

Felicity baixou a lanterna no chão e pegou os grampos de cabelo sem hesitar. Bateu na porta de novo, o mais forte que conseguiu, enquanto gritava.

— Devil! Eu estou aqui! — Depois ela gritou por Whit e John, mas não podia esperar por eles.

Ela se ajoelhou e começou a trabalhar nos cadeados, o tempo todo conversando com a porta, na esperança de que ele a ouvisse.

— Não ouse morrer aí, Devon Culm. Eu tenho muita coisa para lhe dizer, seu homem terrível e maravilhoso...

O primeiro cadeado abriu, e ela o tirou do fecho, jogando-o no corredor e imediatamente começando a trabalhar no próximo.

— Você acha que pode aparecer na casa do meu irmão e assumir que me ama sem dizer isso para mim primeiro? Você acha justo? Não é... e vou puni-lo fazendo com que diga que me ama todo minuto de toda hora pelo resto das nossas vidas...

O segundo cadeado abriu, e ela imediatamente colocou as gazuas no terceiro, sempre gritando.

— Devil? Você está aí? Amor? — Ela esmurrou a porta.

Silêncio. Ela jogou o terceiro cadeado de lado.

— Eu te amo, você sabe disso? — Ela enfiou as gazuas no quarto cadeado, depois no quinto.

— Está com frio, meu amor? — Ela gritou para Whit de novo. E para John. — Estou chegando — ela sussurrou, agora no sexto cadeado, sentindo a mola da tranqueta se mover lá dentro; este era diferente dos outros. Ela mexeu nos pinos de metal, sussurrando de novo: — Estou chegando.

Pronto. Ela jogou o cadeado de lado e abriu a porta, tendo que se esforçar para empurrar a grande placa de aço, e o ar ficou imediatamente mais frio quando apareceu a porta interna com outra coluna de cadeados. No mesmo instante, ela se ajoelhou na lama fria.

Felicity nem conseguia mais ver os trincos; ela trabalhava por tato. Sempre chamando-o.

— Devil? Por favor, meu amor... Você está aí? — O coração dela batia forte, e Felicity não deixou as lágrimas saírem. Recusou-se a acreditar que podia tê-lo perdido. — Devil, por favor... Eu estou trabalhando o mais rápido que consigo. Estou aqui. — Ela disse. — Estou aqui. — Repetiu uma vez após a outra.

Então, quase inaudível, quase impossível de acreditar, ela ouviu. Uma batida. Leve como asas de borboletas. De mariposa. *Sua mariposa*.

— Devil! — ela gritou, batendo na porta. — Estou ouvindo você! Não vou abandoná-lo. Nunca mais. Não vai mais se livrar de mim.

Um cadeado. O segundo. E o terceiro. As mãos dela estavam mais firmes do que nunca, as gazuas voando pelas trancas.

– Maldição. Ninguém guarda gelo com tantos cadeados, Devil. Você é definitivamente um contrabandista. Provavelmente um ladrão, também. Deus sabe que você roubou meu coração. E meu futuro. Estou aqui para recuperá-lo.

O cadeado abriu, e ela foi para o quarto. A essa altura, um grampo de cabelo normal estaria dobrado ou quebrado, tornando-se inútil. Mas aquelas gazuas eram perfeitas. *Ele* era perfeito.

– Você terá que se casar comigo, sabe. Estou cansada de deixar você tomar as decisões relativas à nossa felicidade, porque, quando as toma, eu fico triste, e você fica... – Ela jogou o quarto cadeado de lado. Foi para o quinto. – Bem... você fica trancado numa masmorra de gelo. Imagino que isto seja trabalho do meu ex-noivo?

Uma pausa enquanto ela descartava o quinto cadeado e ajeitava as gazuas no último.

– Só mais um, Devon. Aguente aí. Por favor. Estou chegando.

Clique.

Ela jogou o cadeado longe e tirou a tranca pesada na base da porta, puxando-a com toda sua força. Ela veio trazendo um sopro de ar gélido e Devil, que caiu em seus braços.

Ela o agarrou, e os dois caíram de joelhos com o peso dele. Devil tremia de frio, o rosto enfiado no pescoço dela. Ele suspirava só uma palavra, uma vez após a outra, como uma oração.

– Felicity.

Ela passou os braços ao redor dele, desesperada para cobri-lo. Desesperada para aquecê-lo.

– Obrigada pelas gazuas.

– V-você m-me s-salvou. – Ele estava tão frio.

– Sempre – ela sussurrou, dando um beijo na testa gelada. – Sempre.

– F-Felicity – ele balbuciou o nome dela. – Eu...

Ela massageou os braços dele com as mãos.

– Não... – Ela falou. – Não fale. Eu tenho que chamar Whit.

– N-não. – Ele ficou rígido e engoliu em seco. Felicity notou a dificuldade dele. – Estava tão escuro.

– Eu sei – ela disse, e lágrimas afloraram. – Vou deixar a lanterna.

Os braços dele viraram aço, com uma força surpreendente e imensamente reconfortante.

– A-a lanterna não. Você é a luz. Não me deixe.

– Não consigo carregá-lo – ela disse. – Tem que me deixar buscar Whit.

Ele abriu os olhos – escuros sob a luz fraca.

– N-não m-me deixe. Nunca mais.

– Nunca. – Ela sacudiu a cabeça. – Mas, amor, está muito frio aqui. Nós precisamos esquentá-lo.

– Você é fogo – ele sussurrou. – Você é chama. Eu te amo.

As palavras ribombaram dentro dela, e Felicity não conseguia parar de tocá-lo, de passar as mãos pelo corpo dele, com pressa, tentando aquecê-lo.

– Devil.

Ele se afastou um pouco, procurando-a com o olhar.

– Eu te amo.

O coração dela acelerou ainda mais.

– Devil, eu preciso levá-lo para algum lugar quente. Você está machucado?

– Eu te amo – ele sussurrou de novo. – Eu te amo. Você é meu futuro.

O coração dela falhou. Ele tinha enlouquecido.

– Meu amor, nós vamos ter tempo para isso depois que estivermos lá em cima.

– Nunca haverá tempo bastante – ele disse, puxando-a para si, batendo os dentes, a pulsação acelerada. – Jamais conseguirei dizer o suficiente. – Ele a beijou, os lábios frios ao toque, mas de algum modo incendiando-a. Ela estendeu a mão, acariciando o rosto dele.

Quando ele a soltou, foi para encostar a testa na dela e sussurrar mais uma vez:

– Eu te amo.

Ela não conseguiu evitar o sorriso que veio – ali, no esconderijo escuro, úmido, gelado, que quase tinha matado este homem, mas que também era o lugar mais perfeito para ele lhe dizer que a amava.

– Você falou isso para o meu irmão primeiro.

– Sim.

– Estou muito brava com você, sabia?

– Estou sabendo agora.

– Estou muito brava e vim até aqui para lhe dizer o quanto estou brava com isso. E com o dinheiro, também.

Ele estremeceu e apertou o rosto no pescoço dela.

– Eu queria que você ficasse livre de tudo.

– Não quero sua fortuna, Devil.

– Eu não preciso mais dela. Sem você, o dinheiro não vale nada.

– Seu homem lindo e ridículo – ela disse. – Então por que não fica comigo?

— Tempos atrás... você me perguntou por que eu a escolhi. — As palavras saíam lentas e medidas, como se fosse importante que ela as escutasse bem. — Naquela noite, eu a escolhi porque pensei que você poderia conquistá-lo. Porque você parecia o tipo de mulher fácil de sacrificar.

Ela anuiu. Felicity Fenecida. Invisível e infeliz.

— Mas não era — ele continuou. — Nunca foi. Eu a escolhi porque queria você por perto. Porque eu não suportava a ideia de alguém ter você. Alguém além de mim. — Ele a puxou para perto de novo, o rosto frio na pele quente do pescoço dela. — Deus, Felicity. Eu sinto muito.

— Eu não.

Ele recuou, atento.

— Não sente?

— Não. Você terá uma vida inteira para me compensar, e eu pretendo ser a verdadeira noiva do diabo.

Ele sorriu.

— Vou adorar cada minuto disso.

— Quero você fora deste lugar. Quero você quente.

Ele a puxou para perto, envolvendo-a com seus braços.

— Eu tenho algumas ideias de como você pode me esquentar.

Ele baixou os lábios para ela, e Felicity ficou tão grata por ele conseguir pensar isso naquele momento que se entregou à carícia, deslizando as mãos pelo peito dele até os ombros largos e mais além, alcançando o maxilar áspero e o cabelo, onde descobriu uma parte molhada.

— Bem — disse Whit ao chegar. — Não era isso que eu esperava encontrar aqui.

Devil interrompeu o beijo.

— Vá embora.

— Não, não vá, Whit — ela disse. — Nós precisamos de você.

— Nós não precisamos dele — Devil protestou, tentando se levantar e inspirando fundo com a dor provocada pelo movimento, fazendo-a sentir uma pontada no coração.

Ela pôs a mão na luz, o sangue escuro na ponta de seus dedos.

— Você está sangrando. — Ela se virou para Whit. — Ele está gelado. E sangrando.

Whit se aproximou imediatamente e pegou o braço do irmão, passando-o sobre seu ombro.

— Que raios aconteceu com você?

Devil levou a mão à têmpora, fazendo uma careta.

— Ewan. — Ele estendeu a mão para Felicity. — Ele não veio por você.

Ela meneou a cabeça.

— E por que viria? Eu terminei nosso noivado. E bati nele.

Devil sorriu ao ouvir isso.

— Eu sei, amor. Tive muito orgulho de você por isso.

— Ele mereceu. E merece mais, pelo que fez com você.

— Grace foi para os telhados, noite passada – disse Whit.

Devil aquiesceu.

— Eu deixei Ewan pensar que ela está morta. – Ele puxou Felicity para perto e beijou sua testa antes de olhar para Whit. – Ele ficou furioso.

— Ele partiu – o irmão disse. – O vigia nos contou esta manhã que ele foi embora da casa em Mayfair ao raiar do dia.

— Ele vai voltar – Devil afirmou. – Vai querer nos punir.

Whit levantou a lanterna para o rosto de Devil.

— Cristo, ele te acertou de jeito.

Felicity fez uma careta.

— Nunca um sujeito mereceu ser punido mais do que esse duque.

Devil olhou para ela, depois para Whit.

— Ele foi punido hoje.

Whit grunhiu, parecendo compreender o que aquilo significava. Contudo, Felicity não entendeu e ficou irritada.

— Ele bateu na sua cabeça e o trancou num depósito de gelo, onde poderia ter morrido. Qualquer coisa que você possa ter feito com ele não se compara a isso.

— Você fala como alguém que nunca ficou desesperado pela mulher que ama.

— Bem – ela respondeu sem hesitar –, eu fiquei desesperada para encontrar o homem que amo, então tenho uma boa ideia, sim.

Os irmãos a observaram por um longo momento antes de Whit falar.

— Eu gosto dela.

Devil sorriu, então fez uma careta de dor.

— Eu também – ele disse.

Ela revirou os olhos.

— Você está com um sangramento na cabeça. Não tem tempo para gostar de mim.

— Sempre terei tempo para gostar de você, Felicity Faircloth.

Com a ajuda de Whit, eles subiram Devil até o armazém, depois o conduziram ao pátio, agora iluminado pelo sol. Felicity logo chamou John.

— Nós temos que chamar uma carruagem! Ou algo parecido... Devil precisa de um médico, agora mesmo. Um profissional decente, não um pateta com uma caixa de sangria. – Em vez de se mexer para ajudar, John se afastou para observar, um grande sorriso no rosto. Felicity franziu a testa, confusa. – John, *por favor.* – Então ela se virou para acompanhar o olhar dele, encontrando Devil perfeitamente imóvel a dez passos dela.

Ela correu para o lado dele, as saias esvoaçando ao redor de ambos.

– O que foi? – ela perguntou, passando as mãos pelos braços e ombros dele. – Machucou mais alguma coisa? É a sua cabeça? Você não vai desmaiar, vai?

Ele pegou as mãos dela nas suas e as beijou.

– Pare, amor. Você vai fazer os rapazes pensarem que sou mole.

– Eles já acham você mole quando se trata dela – Whit grunhiu.

– Só porque acham que não sou digno dela.

– Eles *sabem* que você não é.

Felicity meneou a cabeça.

– Qual o problema com vocês dois? Ele precisa de um médico!

– Primeiro eu preciso é de você – Devil disse.

– O quê? – ele tinha enlouquecido.

– Você voltou para mim.

– É claro que voltei. Eu te amo, seu imbecil.

Whit disfarçou sua risada com uma tosse, e Devil deu outro beijo nos dedos dela.

– Bem, nós teremos que rever essa coisa de você duvidar da minha inteligência.

– Eu não duvido da sua inteligência – ela disse. – Acho que você é brilhante. Exceto quando pensa que eu não sei o que quero.

– Eu te amo, Felicity Faircloth.

Ela sorriu.

– Quando estivermos casados, você continuará me chamando por nome e sobrenome?

– Só se você me pedir com educação. – Ele se aproximou dela. – Acho que te amo desde o momento em que a encontrei naquele terraço, depois de você arrombar a fechadura e achar seu caminho da luz para a escuridão.

– Para a liberdade – ela corrigiu com suavidade.

– Naquela noite, no seu quarto, eu brinquei sobre resgatar a princesa da torre...

– E você fez isso – ela o interrompeu.

Ele negou com a cabeça.

– Não, amor. Você me resgatou. Me tirou de um mundo sem cor. Sem luz. Um mundo sem você. – Ele passou o polegar pelo rosto dela.

— Linda, perfeita Felicity. Você me salvou. Eu a queria desde o início. Foi só questão de tempo para que tudo, *tudo*, fosse secundário a querer você. A mantê-la em segurança. A amá-la. — Lágrimas inundaram os olhos dele enquanto continuava. — E tudo que eu queria era sua felicidade. A minha não era nada se comparada à sua.

— Mas a minha felicidade está ligada a você. Não vê?

Ele anuiu.

— Não posso lhe dar Mayfair, Felicity. Nunca seremos bem-vindos lá. Você sempre será uma pobretona, não importa o quão rica seja. — Ele fez uma pausa, perdido em seus pensamentos, e então disse: — Mas eu vou lhe dar todo o resto. O mundo inteiro. Só precisa pedir. — Os lindos olhos dele cintilaram sob o sol. — Você me resgatou do passado e me deu um presente. Agora... desejo que você me prometa um futuro.

— Sim — ela sussurrou, incapaz de conter as lágrimas. — Sim.

Ele capturou os lábios dela num beijo sensual que deixou ambos sem fôlego.

— Por que vocês não vão pra cama? — resmungou Whit.

Felicity se afastou, um rubor nas maçãs do rosto.

— Logo depois que ele consultar um médico. — Ela fez menção de sair do pátio, indo na direção da rua.

— Espere — Devil disse. — Eu posso jurar que, enquanto estava salvando a minha vida, lá embaixo, no escuro, você disse que teríamos de nos casar.

Ela deu um sorriso torto.

— Bem, você estava com muito frio e sofrendo de um ferimento na cabeça, então é melhor não jurar que ouviu o que acha ter ouvido.

— Tenho certeza, amor.

— As mulheres não costumam pedir os homens em casamento. Com certeza não mulheres como eu. Nem homens como você.

— Mulheres como você?

— Solteironas invisíveis. Felicitys Fenecidas.

— Lady Ladrona, você me pediu ou não em casamento?

— Acredito que não foi bem um pedido... foi mais um esclarecimento dos fatos.

— Esclareça de novo, então.

— Não. — O rubor transformou-se em fogo.

Ele deu um beijo na testa dela.

— Por favor?

— Não. — Ela se soltou dele e continuou andando.

– Tão tradicional – ele debochou. E então, após um momento, ele disse às costas dela: – Felicity?

Ela se virou e o encontrou de joelhos no pátio ensolarado. Felicity deu um passo na direção dele, já estendendo a mão, pensando que ele tinha caído de novo.

Devil agarrou a mão de sua amada e a puxou para mais perto, até as saias dela estarem ondulando ao seu redor. Ela congelou e ficou encarando o rosto do homem que amava enquanto ele dizia:

– Não tenho muita coisa. Nasci sem nada, e nunca me deram coisa alguma. Não tenho um nome digno, nem um passado do qual me orgulho. Mas juro aqui, neste lugar que construí, que costumava significar tudo para mim, mas que agora não tem sentido sem você, que passarei o resto da minha vida amando-a. E farei tudo que puder para lhe dar o mundo.

Ela sacudiu a cabeça.

– Eu não quero o mundo.

– O quê, então?

– Você – ela disse apenas. – Eu quero você.

Devil abriu o sorriso mais lindo que Felicity já tinha visto.

– Você já me tem desde aquela primeira noite, amor. Agora me diga o que mais você quer.

Ela corou.

O coração de Felicity bateu mais forte quando ele tirou o anel de prata do próprio dedo anelar e o transferiu para o polegar dela, seguindo a carícia da prata quente com um beijo no metal e nos dedos dela. Haveria um casamento, sem dúvida, mas aquele momento, ali, naquele lugar, provocou uma sensação de cerimônia abençoada pelo sol e pelo ar.

E, quando seu noivo se levantou – pairando sobre ela com seus lindos ombros largos, as mãos dele foram até as faces dela, emoldurando seu maxilar, inclinando o rosto para si –, Felicity lhe deu o tipo de beijo que uma rainha de Covent Garden daria a seu rei.

Quando terminou, ele se virou para o alto, e Felicity acompanhou o olhar dele até os telhados ao redor do pátio do armazém, onde dezenas de homens estavam dispostos em intervalos, cada um com seu rifle e um sorriso no rosto, observando-os.

Ela corou, e o rubor se transformou em chama quando ele gritou, mais forte do que nunca:

– Minha lady.

Ele lhe deu um beijo demorado, lento e profundo, até os homens reunidos baterem os pés e gritarem seus parabéns para o casal, criando uma magnífica cacofonia de ecos que reverberaram em todos os prédios, tão estrondosa que os tremores em seus pés provocaram uma onda de prazer nela – um prazer que se transformou em fogo quando ele a puxou para perto e sussurrou em seu ouvido.

– Seu mundo a aguarda, meu amor.

Epílogo

Três meses depois

Felicity aproximou-se de Devil no pátio do armazém dos Bastardos Impiedosos em Covent Garden quando a última carroça de aço partia, com Whit nas rédeas.

Devil a puxou para perto de si conforme o vento de setembro soprava, fazendo com que suas saias ondulassem ao redor deles. Ali ficaram, o rei e a rainha de Covent Garden, até o tropel dos cascos dos cavalos sumir na noite. Quando esse som foi substituído pelas vozes dos vigias nos telhados acima e dos homens que tinham passado a noite trabalhando para preparar o carregamento para entrega, ela inclinou o rosto para ele e sorriu.

– Outro dia ganho.

Ele se virou para ela, emoldurando seu rosto com as mãos, segurando-a enquanto a beijava, um beijo longo e profundo, até os dois ficarem ofegantes.

– Está tarde, esposa – ele disse. – Você deveria estar na cama.

– Prefiro minha cama com você nela – Felicity provocou, adorando o grunhido baixo que ele soltou ao ouvi-la. – Me chame de *esposa* outra vez.

Ele se inclinou e encostou os lábios na pele macia do maxilar dela.

– Esposa... – Ele raspou os dentes no lugar em que o pescoço encontra o ombro. – Esposa... – Mordiscou a curva ali. – Esposa.

Ela estremeceu, depois passou os braços ao redor dele.

– Acho que nunca vou me cansar disso, marido.

Ele levantou a cabeça e a encarou, seus olhos escuros sob o luar.

– Nem mesmo quando lembra que se casou com a escuridão?

O casamento, realizado com uma licença especial dias após Felicity ter resgatado Devil do depósito de gelo, foi perfeito... e o oposto de tudo que ela um dia imaginou. Em vez de um evento formal na Catedral de St. Paul, ao qual compareceria metade da nobreza do reino, foi uma celebração animada, barulhenta, em uma igreja de St. Paul diferente – a poucos metros do mercado de Covent Garden.

Para o desgosto dos pais de Felicity, a cerimônia foi realizada pelo vigário do cortiço – um homem que gostava de beber uma cervejinha – para uma congregação repleta de homens dos Bastardos e suas famílias. Arthur e Pru estiveram presentes, claro, acompanhados de vários aristocratas de má reputação que tinham acolhido Felicity, Devil e toda a família Faircloth sob suas asas – afinal, como a duquesa de Haven observou durante o almoço de casamento, os escandalosos devem permanecer unidos.

Apenas Grace faltou à comemoração. Ela continuava escondida enquanto os Bastardos se esforçavam para encontrar Ewan, que tinha desaparecido após partir de Londres. Um pacote de Madame Hebert tinha sido entregue antes da cerimônia, no qual Felicity encontrou calças de camurça, uma linda camisa branca, um colete rosa e prata que nada tinham a ver com qualquer vestido de Mayfair, e uma casaca sob medida, preta com forro de cetim rosa. Acompanhando as roupas, um par de botas de couro compridas, com o cano terminando acima do joelho.

Um conjunto adequado a uma rainha de Covent Garden.

Com a roupa, uma mensagem.

Bem-vinda, irmã.

Naquela noite houve uma festa animada, em que Lady Felicity Faircloth, agora Sra. Felicity Culm, recebeu seu terceiro nome – o que mais gostava dentre todos: A Noiva do Bastardo.

Felicity achou que o dia de seu casamento tinha sido perfeito. E ficou ainda melhor à noite, quando seu marido a encontrou em meio a uma multidão de amigos que a cumprimentavam, pegou-a pela mão e levou-a até o telhado de seu escritório para assistir à revoada de centenas de lanternas de papel lançadas ao céu de telhados à volta deles.

Depois que ela exclamou de empolgação e se jogou nos braços dele, Devil lhe deu o beijo que ela pedia e bateu sua bengala duas vezes na chaminé de lata ao lado, dispensando os duendes que o tinham ajudado antes, trazendo sua mulher para um leito de seda e pele debaixo do céu estrelado.

Felicity estremeceu com a lembrança daquela noite, e Devil a puxou para perto.

– Está com frio, meu amor?

— Não. – Ela sorriu. – São muitas lembranças.

Ele sorriu junto ao cabelo dela.

— Boas?

— As melhores – ela respondeu, olhando para ele por baixo dos cílios. – Mas acontece que estamos em setembro, e em breve não poderemos usar os telhados.

Ele arqueou uma sobrancelha, compreendendo o que ela dizia. O que ela queria.

— Acho que está subestimando meu poder, Felicity Faircloth.

— Felicity Culm, por favor. – Ela sorriu. – E eu nem sonharia em subestimar você, Devil... Na verdade, não consigo imaginar que o clima possa lhe negar seus desejos.

Ele sorriu e se aproximou, falando com a voz grave e sensual.

— Os invernos no telhado serão ainda melhores do que o verão.

— Serão mesmo? – Ela arregalou os olhos.

— Vou abrir você sobre a neve e ver o quão quente consigo fazê-la arder, minha linda chama.

Ela ficou quente como o sol.

— Será que consigo atrair você para um telhado, para praticarmos, minha linda mariposa?

— Não – ele respondeu, endireitando-se.

— Não?

— Não. Quero mostrar algo a você. – Ele pegou a mão dela e a levou para fora do armazém, pelos fundos, em direção às luzes feéricas da Rua Drury. Eles pararam na Cotovia Canora, que estava cheia de empreiteiros dos Bastardos, bebendo e comemorando uma noite de trabalho árduo. Abrindo a porta para ela, Devil a seguiu para dentro, com um aceno para o proprietário, em direção a um lugar no salão reservado para os clientes dançarem. Um quarteto de cordas e gaita de fole tocava, e Devil a puxou para seus braços quando os músicos começaram uma nova melodia.

Ela riu quando ele a girou, surpreendendo-a.

— Você queria me mostrar esta taverna?

Ele sacudiu a cabeça.

— Uma vez você me disse que eu não parecia ser o tipo de homem que dançava.

Ela lembrou.

— E você é?

— Nunca fui antes... dançar parecia o tipo de coisa que as pessoas faziam quando estavam alegres.

O olhar dela voou para o dele.

– E você não estava.

– Não, até você chegar.

Ela anuiu, seus dedos brincando no ombro dele. Então ela o encarou.

– Mostre para mim.

E assim ele o fez, puxando-a perto o bastante para escandalizar Mayfair, girando-a, erguendo-a e balançando-a no ritmo da música empolgante, maravilhosa. Felicity se agarrou ao seu marido, cujos braços fortes a mantinham em segurança e perto. Ele a girou sem parar, cada vez mais rápido, acompanhando o ritmo da música, e o público reunido batia palmas, até ela jogar a cabeça para trás e rir, incapaz de fazer qualquer outra coisa.

Então ele a levantou nos braços e a carregou através da taverna até a rua, onde a iluminação pública, auxiliada por uma névoa fina de outono, transformava os paralelepípedos em ouro. Ele a colocou no chão enquanto Felicity recuperava o fôlego, roubando-lhe com um beijo a última risada dos seus lábios.

– Então, esposa?

Ela meneou a cabeça.

– Não foi como num sonho. – Ele fez uma careta, e ela riu de novo, estendendo as mãos para ele. – Meu amor... meu Devil... foi melhor. Foi real.

Eles se beijaram de novo, um beijo longo e profundo. E, quando ele levantou a cabeça, estava sorrindo, feliz, apaixonado e lindo. Ela sentiu como se seu coração fosse explodir de alegria, e subiu na ponta dos pés para sussurrar no ouvido dele.

– Me ame. Passado, presente e futuro.

A resposta dele veio como fogo.

– Sim.

Fim

Nota da autora

Dois anos atrás, em Londres, conheci um homem que me fascinou com histórias de seu avô, que vendia, em Covent Garden, raspadinha de limão que fazia com blocos de gelo que pegava nas docas. Eu queria lembrar o seu nome, mas onde quer que esteja, sou sua devedora, assim como sou de Gavin Weightman por *The Frozen Water Trade* [O comércio da água congelada], que foi uma fonte valiosíssima de informações sobre o transporte de gelo e seu impacto no mundo.

Por volta da mesma época, fiquei encantada por "Perfect Security" [Segurança perfeita], um episódio do podcast 99% *Invisible* [99% invisível], que conta a invenção da fechadura Chubb, e da controvérsia de 1851, quando um norte-americano impertinente apareceu na Grande Exposição e arrombou a fechadura, fazendo com que o mundo nunca mais se sentisse seguro. Felicity Faircloth apareceu catorze anos antes desse homem, mas ela arromba a Chubb do mesmo modo que ele, e sou grata a Roman Mars e sua equipe por me trazerem essa história no momento perfeito.

O banco dos sussurros de Felicity é uma réplica do banco de Charles B. Stover, no Jardim de Shakespeare, no Central Park – o lugar perfeito para se contar segredos.

Covent Garden é um lugar bem chique atualmente – muito diferente do que era na década de 1830. Passei horas no Museu de Londres debruçada sobre a extraordinária pesquisa antropológica de Charles Booth, "A vida e o trabalho do povo de Londres", feita no fim do século XIX, e sou grata a esse museu por disponibilizar ao público, no meio digital, esse recurso tão importante.

Como sempre, meus livros são cuidados por uma equipe incomparável, e tenho a sorte imensa de contar com a brilhante Carrie Feron ao meu lado em cada passo do caminho, e também Carolyn Coons, Liate Stehlik, Brittani DiMare, Eleanor Mickuki, Angela Craft, Pam Jaffee, Libby Collins e toda a Avon Books. Meu agente, Steve Axelrod, e minha assessora de imprensa, Kristin Dwyer, são os melhores.

Os Bastardos Impiedosos seriam apenas um sopro de ideia sem Carrie Ryan, Louisa Edwards, Sophie Jordan e Ally Carter, e não estariam nas páginas deste livro sem minha irmã, Chiara, e minha mãe, que me ensina todos os dias como o mundo muda as mulheres, e como nós também o mudamos.

E, finalmente, agradeço a Eric, que aceita todas as minhas pesquisas com bom humor, até mesmo quando eu tento arrombar um cofre para fazê-las, fico bêbada de poder e penso seriamente em entrar para o crime: Se um dia eu tiver de fugir da lei, espero que você esteja comigo.

Este livro foi composto com tipografia Electra Std e impresso em papel Off-White 70 g/m² na Formato Artes Gráficas.